GOLDMANN

W0073886

Buch

Rom im Jahre 72 v. Chr. Der Spartacusaufstand versetzt gerade den
Süden Italiens in Aufruhr, als der Detektiv Gordianus einen höchst
brisanten Auftrag erhält. Marcus Crassus, reichster Mann Roms,
läßt ihn in sein luxuriöses Landhaus kommen, um den Mord an seinem Verwalter und Cousin Lucius Licinius zu klären. Am liebsten
sähe Crassus seinen eigenen Verdacht untermauert, daß zwei Sklaven Lucius getötet und sich dann Spartacus' Heer angeschlossen
haben. Crassus ist von dieser Überzeugung um so weniger abzubringen, als ihm der Mord so die Chance bietet, sich durch eine
spektakuläre Strafaktion zu profilieren: Er beruft sich auf ein altes
römisches Gesetz, wonach sämtliche Sklaven eines Haushalts mit
dem Leben büßen, wenn einer von ihnen den Herrn getötet
hat. Gordianus bleiben genau drei Tage, um die Verdächtigen zu
entlasten und 99 Menschen das Leben zu retten. Dabei kommt er
einer gewaltigen politischen Intrige auf die Spur, die direkt zu
Spartacus führt – der inzwischen unaufhaltsam Richtung Rom marschiert…

Autor

Steven Saylor studierte Geschichte an der University of Texas in
Austin, bevor er Journalist und Redakteur in San Francisco wurde.
Mit *Die Pforten des Hades* legt er nach *Das Lächeln des Cicero* seinen
zweiten Kriminalroman aus dem alten Rom vor. Sein Erstling
wurde von Publishers Weekly als »mitreißende Verbindung von
historischem Roman und Krimi« gefeiert.

Stevan Saylor im Goldmann Taschenbuch:

Das Lächeln des Cicero. Kriminalroman (42949)

STEVEN SAYLOR

DIE PFORTEN DES HADES

Ein Krimi aus dem alten Rom

Ins Deutsche übertragen von
Kristian Lutze

GOLDMANN VERLAG

Die Originalausgabe erschien unter dem Titel
»Arms of Nemesis«
bei St. Martin's Press, New York

Der Abdruck des Auszugs aus dem Gedicht von Lukrez
auf Seite 242 erfolgt mit freundlicher Genehmigung
des Verlages Artemis & Winkler,
Zürich und Düsseldorf

Der Goldmann Verlag
ist ein Unternehmen der Verlagsgruppe Bertelsmann

Deutsche Erstveröffentlichung 12/95
Copyright © Der Originalausgabe 1992 by Steven W. Saylor
Copyright © der deutschsprachigen Originalausgabe 1995 by
Wilhelm Goldmann Verlag, München
Umschlaggestaltung: Design Team München
Umschlagmotiv: John Vanderlyn
Satz: Uhl + Massopust, Aalen
Druck: Elsnerdruck, Berlin
Verlagsnummer: 43175
AB · Herstellung: Ludwig Weidenbeck
Made in Germany
ISBN 3-442-43175-1

1 3 5 7 9 10 8 6 4 2

Für Penni Kimmel,
helluo librorum et litterarum
studiosus

INHALT

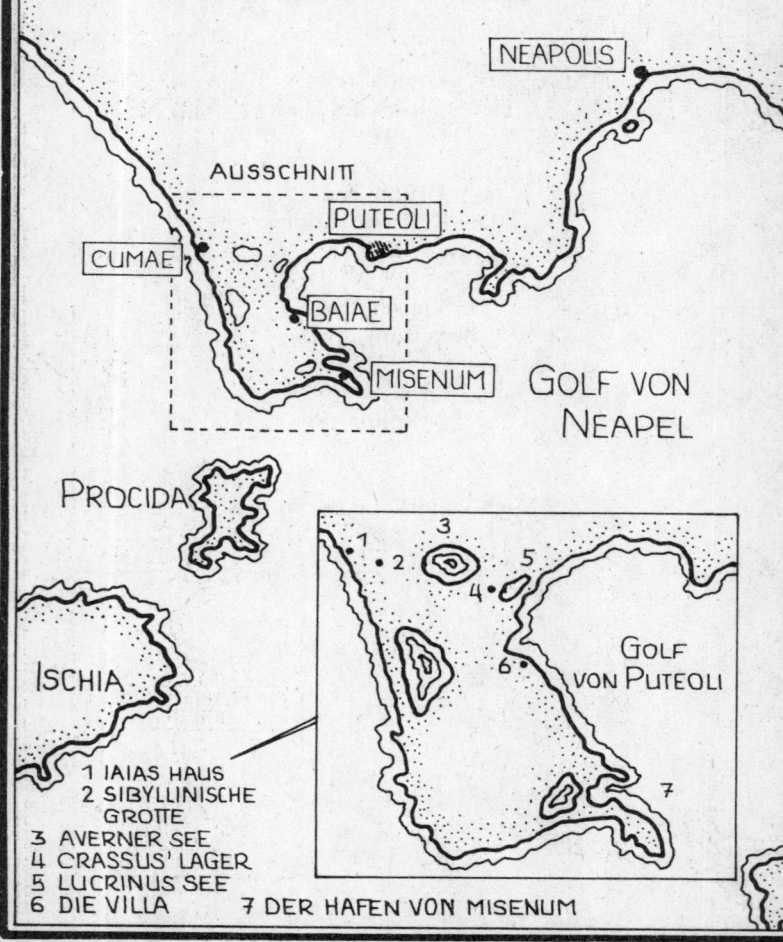

DIE BUCHT VON NEAPEL
Zur Zeit des Spartacus - Aufstands
72 v. Chr.

NEAPOLIS

Ausschnitt

PUTEOLI

CUMAE

BAIAE

MISENUM

GOLF VON NEAPEL

PROCIDA

ISCHIA

GOLF VON PUTEOLI

1 IAIAS HAUS
2 SIBYLLINISCHE GROTTE
3 AVERNER SEE
4 CRASSUS' LAGER
5 LUCRINUS SEE
6 DIE VILLA
7 DER HAFEN VON MISENUM

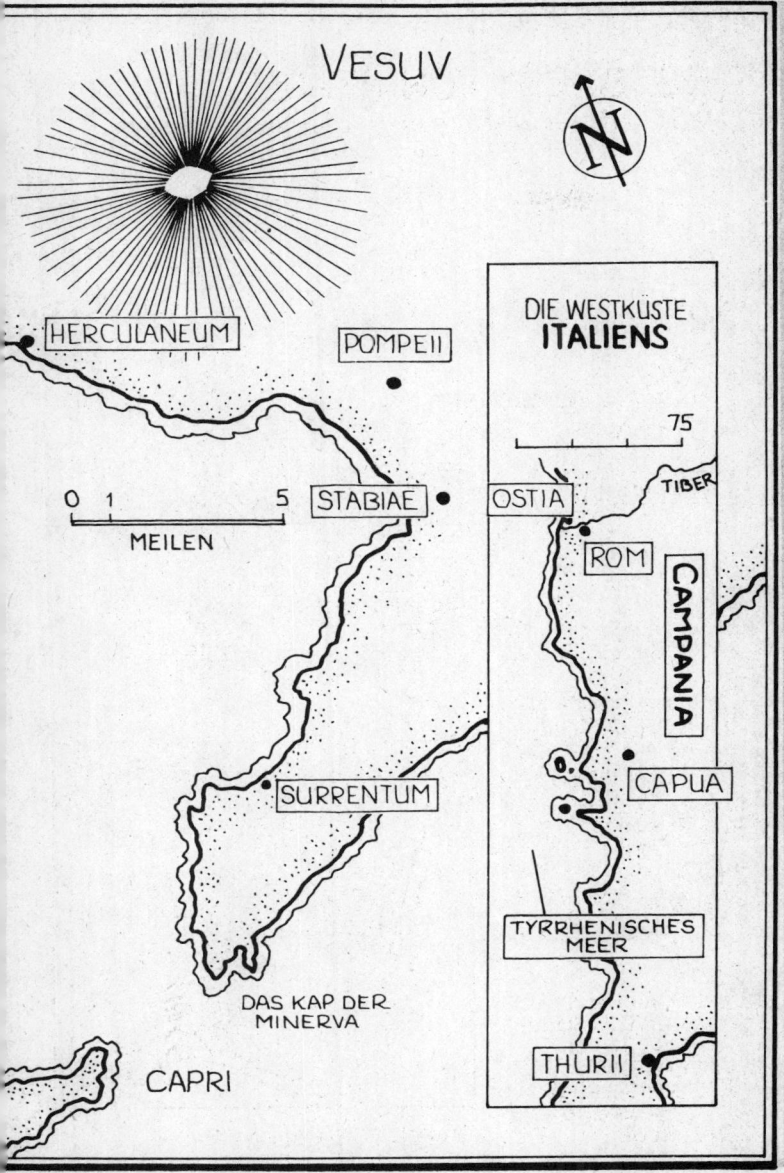

ERSTER TEIL

Leichen, tot und lebendig

Trotz all seiner feinen Eigenschaften – seiner Ehrlichkeit und Hingabe, seiner Intelligenz und einer fast unheimlichen Behendigkeit – war Eco denkbar ungeeignet, Besucher an der Tür zu empfangen. Denn Eco war stumm.

Taub jedoch ist er nie gewesen. Vielmehr hat er die schärfsten Ohren von ailen Menschen, die ich kenne. Außerdem hat er einen leichten Schlaf, eine Angewohnheit, die ihm aus unglücklichen und wachsamen Kindheitstagen geblieben ist, bevor ihn seine Mutter verließ, ich ihn von der Straße auflas und schließlich adoptierte. Deshalb nahm es nicht wunder, daß Eco in der zweiten Stunde nach Einbruch der Dunkelheit das Klopfen an der Haustür hörte, als alle anderen Hausbewohner schon zu Bett gegangen waren. Es war Eco, der meinen nächtlichen Besucher empfing und ihn, unfähig, ihn fortzuschicken, um ein Haar wütend angezischt hätte wie ein Bauer, der eine entlaufene Gans von der Schwelle scheuchen will.

Was also hätte der Junge tun sollen? Er hätte Belbo, meinen Leibwächter, wecken können. Mit seiner massigen Gestalt und seiner Knoblauchfahne, einfältig den Schlaf aus den Augen reibend, hätte Belbo meinen Besucher vielleicht einschüchtern können, doch ich bezweifle, daß er ihn losgeworden wäre, denn der Fremde war hartnäckig und doppelt so schlau wie Belbo stark. Also tat Eco, was er tun mußte; er bedeutete meinem Besucher, auf der Schwelle zu warten, und klopfte dann leise an meine Tür. Nachdem es ihm so nicht gelungen war, mich zu wecken – üppige Portionen von Bethesdas Fisch-und-Graupen-Suppe sowie reichlich Weißwein zum Nachspülen hatten mich schnell in einen tiefen Schlaf sinken lassen –, öffnete er behutsam die Tür, schlich auf Zehenspitzen in meine Kammer und rüttelte sanft an meiner Schulter.

Neben mir rührte sich die schlafende Bethesda und seufzte.

Ihr langes, volles, schwarzes Haar war irgendwie auf meinem Gesicht zu liegen gekommen, und die Strähnen kitzelten meine Nase und Lippen. Der Duft von parfümiertem Henna löste einen leichten erotischen Schauer in meinen Lenden aus. Ich streckte meinen Arm nach ihr aus, schürzte die Lippen zu einem Kuß und strich mit der Hand über ihren Körper. Dabei fragte ich mich, wie es möglich war, daß sie gleichzeitig von hinten an meiner Schulter zerrte.

Eco haßte es, jene grunzenden, halb tierischen Laute der Stummen auszustoßen, die er erniedrigend und peinlich fand. Er zog es vor, wie die Sphinx völlig still zu bleiben und seine Hände für sich sprechen zu lassen. Er packte meine Schulter ein wenig fester und rüttelte sie heftiger. Da erkannte ich seinen Griff, so sicher wie man eine vertraute Stimme erkennt. Ich verstand sogar, was er sagte.

»Jemand an der Tür?« murmelte ich, mich räuspernd und die Augen noch einen Moment geschlossen haltend.

Eco gab meiner Schulter einen zustimmenden Klaps, seine Art, im Dunkeln »ja« zu sagen.

Ich kuschelte mich an Bethesda, die dem Störenfried den Rücken zugewandt hatte, und strich mit den Lippen sanft über ihre Schulter. Sie atmete tief, ein Geräusch irgendwo zwischen Gurren und Seufzen. Auf allen meinen Reisen von den Säulen des Hercules bis an die parthische Grenze habe ich nie eine sinnlichere Frau getroffen. Wie eine kunstfertig gebaute Leier, dachte ich bei mir, perfekt gestimmt und poliert und mit den Jahren immer kostbarer; du kannst dich glücklich schätzen, Gordianus der Sucher, vor fünfzehn Jahren auf einem Sklavenmarkt in Alexandria dieses Juwel gefunden zu haben.

Irgendwo unter dem Laken rührte sich das Kätzchen. Bethesda hat, ganz Ägypterin, stets Katzen gehalten und auch mit ins Bett genommen. Bisher hatte unsere jüngste Bettgenossin ihre Krallen noch eingezogen, und das war gut so, weil mein verwundbarster Körperteil in den letzten Momenten unübersehbar größer geworden war, und genau darauf schien es die

Katze abgesehen zu haben, vielleicht weil sie es für eine Schlange hielt, mit der man spielen konnte. Ich kuschelte mich Schutz suchend an Bethesda. Sie seufzte. Ich dachte an eine regnerische Nacht vor mindestens zehn Jahren – eine andere Katze, ein anderes Bett, doch dasselbe Haus, das Haus, das mein Vater mir hinterlassen hat, und wir beide, jünger zwar, aber sonst nicht viel anders als heute. Ich döste und hätte mich fast in meinem Traum verloren.

Ich spürte zwei kräftige Klapse auf meiner Schulter.

Zweimal, das bedeutete bei Eco »nein« genau wie Kopfschütteln. Eco wollte oder konnte meinen Besucher nicht wegschicken.

Wieder klopfte er mir zweimal hart auf die Schulter. »Schon gut, schon gut!« murmelte ich. Ärgerlich wendete Bethesda sich ab, das Laken mit sich reißend, so daß ich der feuchten Septemberluft schutzlos ausgeliefert war. Das Kätzchen kam auf mich zugerollt und streckte, Halt suchend, die Krallen aus.

»Numas Eier!« schrie ich, obwohl es nicht der legendäre König Numa war, der sich durch eine winzige Kralle verwundet sah. Eco ignorierte meinen Schmerzensschrei diskret, während Bethesda im Dunkeln schläfrig lachte.

Ich sprang aus dem Bett und tastete nach meiner Tunika. Eco hielt sie bereits in der Hand, damit ich hineinschlüpfen konnte.

»Wehe, wenn das nicht wichtig ist!« knurrte ich.

Es war wichtig, obwohl ich in jener Nacht und noch eine ganze Zeit danach nicht ahnen konnte, wie wichtig. Hätte sich der Gesandte, der in meiner Halle wartete, deutlich erklärt, hätte er offen gesagt, warum und in wessen Namen er hier war, ich hätte mich seinen Wünschen gefügt, ohne auch nur einen Moment zu zögern. Einen Fall und einen Klienten, wie sie mir in jener Nacht in den Schoß fielen, bekommt man nur alle Jubeljahre einmal; ich hätte um die Chance gekämpft, diesen Auftrag zu bekommen. Statt dessen umgab sich der Mann, der sich knapp als Marcus Mummius vorstellte, mit einer Aura andeutungsvoller Heimlichtuerei und begegnete mir mit einem Argwohn, der an Geringschätzung grenzte.

Er erklärte mir, daß man meine Dienste benötigte, und zwar sofort, für einen Auftrag, der mich einige Tage aus Rom fortführen würde. »Hast du irgendwelchen Ärger?« fragte ich.

»Nicht ich!« fuhr er mich an. Er schien überhaupt unfähig, in einem Tonfall zu sprechen, der einem schlafenden Haus angemessen gewesen wäre. Er stieß seine Worte grunzend und knurrend hervor, so wie man mit einem unbotmäßigen Sklaven oder einem unfolgsamen Hund redet. Solcherart gesprochen, gibt es keine häßlichere Sprache als die lateinische – im Kasernenhofton, meine ich, denn so schlaftrunken und betäubt vom Wein ich auch war, begann ich doch bestimmte Schlußfolgerungen über meinen unerwünschten Besucher zu ziehen. Hinter seinem sorgfältig gestutzten Bart, seiner schlichten, aber teuer aussehenden, schwarzen Tunika, den edel verarbeiteten Stiefeln und dem vornehmen wollenen Umhang verbarg sich zweifelsohne ein Militär, ein Mann, der es gewohnt war, daß seinen Befehlen unverzüglich Folge geleistet wurde.

»Also«, sagte er, während er mich musterte wie einen frisch aus dem Bett gejagten, trägen Rekruten, der sich um den Tagesmarsch drücken wollte, »kommst du nun oder nicht?«

Empört über so viel Unhöflichkeit, stemmte Eco seine Faust in die Hüfte und starrte den Mann wütend an. Mummius warf den Kopf zurück und schnaubte ungeduldig.

Ich räusperte mich. »Eco«, sagte ich, »hol mir einen Becher Wein, bitte. Aufgewärmt, wenn es geht; sieh nach, ob die Glut in der Küche noch brennt. Für dich auch einen Becher, Marcus Mummius?« Mein Gast sah mich finster an und schüttelte dann entschieden den Kopf wie ein pflichtbewußter Legionär im Dienst.

»Vielleicht ein wenig warmen Apfelmost? Wirklich, Marcus Mummius, ich muß darauf bestehen. Die Nacht ist kühl. Komm mit in mein Arbeitszimmer. Eco hat bereits die Lampen angezündet; er ahnt all meine Wünsche. Nimm Platz –

bitte. Ich nehme an, du bist hier, um mir Arbeit anzubieten.«

Im helleren Licht meines Arbeitszimmers sah ich, daß Mummius ausgelaugt und erschöpft wirkte, als hätte er seit längerer Zeit nicht mehr richtig geschlafen. Er rutschte unruhig auf seinem Stuhl hin und her, während sein Blick ruhelos und unnatürlich wachsam durch den Raum wanderte. Nach einer Weile sprang er auf und begann, im Zimmer auf und ab zu laufen, und als Eco mit dem aufgewärmten Apfelmost kam, weigerte er sich, davon zu trinken. Genauso würde ein Soldat auf einer langen Wacht davor zurückschrecken, es sich bequem zu machen, aus Angst, der Schlaf könne ihn übermannen.

»Ja«, sagte er schließlich, »ich bin gekommen, dich zum Dienst zu zitieren –«

»Mich zum Dienst zu zitieren? Niemand zitiert Gordianus den Sucher zum Dienst. Ich bin ein freier Bürger, niemandes Sklave oder Freigelassener, und als ich gestern abend zu Bett ging, war Rom – erstaunlicherweise – noch immer eine Republik und keine Diktatur. Andere Bürger konsultieren mich, bitten um meine Dienste, engagieren mich. Und normalerweise kommen sie bei Tageslicht. Zumindest die Ehrlichen.«

Mummius schien große Mühe zu haben, seines Ärgers Herr zu werden. »Das ist doch lächerlich«, sagte er. »Man wird dich selbstverständlich bezahlen, wenn es das ist, worum du dich sorgst. Ich bin ermächtigt, dir das Fünffache deines üblichen Tagessatzes anzubieten für die Unannehmlichkeiten und die ... Reise«, sagte er vorsichtig. »Fünf Tageshonorare Garantie plus sämtliche Spesen und Unkosten.«

Er hatte meine volle Aufmerksamkeit. Aus dem Augenwinkel bemerkte ich, wie Eco eine Braue hochzog, um mir anzudeuten, ich solle gerissen sein. Kinder von der Straße lernen früh, hart zu verhandeln. »Das ist sehr großzügig, Marcus Mummius, wirklich überaus großzügig«, sagte ich. »Aber vielleicht weißt du noch nicht, daß ich im letzten Monat mein Honorar erhöhen mußte. Die Preise sind dramatisch gestiegen, seit die Sklaven revoltieren und dieser unbesiegbare Spartacus Chaos verbreitend durch die Lande zieht –«

»Unbesiegbar?« Mummius schien das für eine persönliche Beleidigung zu halten. »Spartacus unbesiegbar? Das werden wir bald sehen.«

»Unbesiegbar von einer römischen Armee im Feld, meine ich. Spartacus und seine Anhänger haben bisher noch jedes römische Kontingent geschlagen, das man gegen sie in die Schlacht geschickt hat; sie haben sogar zwei römische Konsuln in Schimpf und Schande nach Hause geschickt. Aber wenn erst Pompejus –«

»Pompejus!« Er spuckte den Namen förmlich aus. »Ja, wenn es Pompejus endlich gelingt, seine Truppen aus Spanien zurückzuführen, wird er diesem Sklavenaufstand ganz schnell ein Ende bereiten...« Ich plapperte weiter, weil das Thema meinen Gast offensichtlich irritierte und ich ihn ablenken wollte, während ich den Preis in die Höhe trieb.

Mummius spielte auch wunderbar mit. Er rannte auf und ab und knirschte wütenden Blicks mit den Zähnen, wollte sich jedoch offenbar nicht dazu herablassen, weiter über eine so bedeutende Angelegenheit wie den Sklavenaufstand zu tratschen. In dem halbherzigen Versuch, mich zu unterbrechen, murmelte er nur mehrmals: »Das werden wir ja sehen.« Schließlich erhob er seine Stimme wieder zu gewohnter Kommandolautstärke und schnitt mir erfolgreich das Wort ab. »Wegen *Spartacus* werden wir sehen! Aber du wolltest gerade etwas über deine Honorare sagen.«

Ich räusperte mich und trank einen Schluck warmen Wein. »Ja. Also, wie schon gesagt, jetzt wo die Preise völlig außer Kontrolle geraten sind –«

»Ja, ja –«

»Also, ich weiß ja nicht, was dein Auftraggeber über mein Honorar gehört hat. Ich habe ja keine Ahnung, woher er meinen Namen kennt und wer mich empfohlen hat.«

»Das tut nichts zur Sache.«

»Also gut. Das Fünffache, hast du gesagt...«

»Ja, das Fünffache deines üblichen Tagessatzes!«

»Im Vergleich zu dem üblichen Preis mag es einem recht viel vorkommen...«

Eco war hinter den Mann getreten und zeigte mit dem Daumen *höher, höher, höher.* »Achtzig Sesterzen pro Tag«, sagte ich, aufs Geratewohl eine Zahl nennend – in etwa der zweifache Monatslohn eines einfachen Legionärs.

Mummius sah mich eigenartig an, und einen Moment lang glaubte ich, zu weit gegangen zu sein. Nun denn, sollte er sich doch umdrehen und ohne ein weiteres Wort aus dem Haus stürmen, dann könnte ich wenigstens in mein warmes Bett zu Bethesda zurückkehren. Wahrscheinlich wollte er mich ohnehin zu einem nutzlosen Abenteuer überreden.

Dann lachte er laut los.

Sogar Eco war völlig perplex. Über Mummius' Schulter sah ich, wie er die Stirn runzelte. »Achtzig Sesterzen pro Tag«, wiederholte ich so gelassen wie möglich, bemüht, nicht ebenso verwirrt zu wirken wie Eco. »Du verstehst mich doch?«

»O ja«, erwiderte Mummius, während sein Kasernenhoflachen langsam einem Grinsen wich.

»Das Fünffache macht –«

»Vierhundert Sesterzen pro Tag!« fuhr er mich an. »Rechnen kann ich selbst.« Dann schnaubte er mit so tiefer Verachtung, daß ich wußte, ich hätte viel mehr verlangen können.

Durch meine Arbeit habe ich häufig Kontakt mit den wohlhabenden Kreisen Roms. Für ihre Kämpfe untereinander brauchen die Reichen Anwälte; Anwälte wiederum brauchen Informationen, und die Beschaffung von Informationen ist meine Spezialität. Ich habe schon Honorare bekommen von Advokaten wie Hortensius oder Cicero, manchmal sogar von so vornehmen Klienten wie den bedeutenden Familien der Meteller oder der Messaller. Aber selbst die würden wahrscheinlich davor zurückschrecken, Gordianus dem Sucher einen Tagessatz von vierhundert Sesterzen zu zahlen. Ich begann mich zu fragen, wie reich wohl der Klient war, den Marcus Mummius repräsentierte.

Es stand jetzt außer Diskussion, daß ich den Auftrag annehmen würde. Dafür sorgte schon das Geld – Bethesda würde vor Entzücken schnurren, wenn so viel Silber in die Haushaltskasse floß, und vielleicht würden mich auch gewisse Gläubiger schon bald wieder mit einem Lächeln statt mit losgelassenen Hunden begrüßen. Der einzige echte Haken war meine Neugier. Ich wollte wissen, wer Marcus Mummius zu mir geschickt hatte. Andererseits wollte ich ihn nicht merken lassen, daß er mich eigentlich längst rumgekriegt hatte.

»Es muß eine ziemlich wichtige Ermittlung sein«, sagte ich höflich und versuchte dabei so professionell distanziert wie nur möglich zu klingen, während vor meinem inneren Auge ein Brunnen mit Silbermünzen sprudelte. Endlich würde ich die Rückwand des Hauses restaurieren lassen können, die rissigen Fliesen im Atrium ersetzen, mir vielleicht sogar ein neues Sklavenmädchen leisten, das Bethesda bei ihren Pflichten zur Hand gehen konnte...

Mummius nickte ernst. »Es ist wahrscheinlich der wichtigste Fall deines Lebens.«

»Eine heikle Sache vermutlich.«

»Sehr.«

»Die Diskretion erfordert.«

»Äußerste Diskretion.«

»Ich nehme an, es geht um mehr als um bloßen Besitz. Steht jemandes Ehre auf dem Spiel?«

»Mehr als die Ehre«, sagte Mummius ernst und mit einem gehetzten Augenaufschlag.

»Dann um Leben und Tod? Ein Menschenleben ist in Gefahr?« Sein Gesichtsausdruck verriet mir, daß von einem Mordfall die Rede war. Ein fettes Honorar, ein mysteriöser Klient, ein Mord – mein Widerstand war vollends gebrochen. Ich tat mein Bestes, eine möglichst ausdruckslose Miene aufzusetzen.

Mummius sah mich lange und ernst an – mit jenem Blick von Männern auf einem Schlachtfeld, nicht im ersten Rausch der Begeisterung vor dem Morden, sondern hinterher, inmitten des Blutbads und der Verzweiflung. »Nicht ein Leben«, sagte er langsam, »sondern viele Leben. Zahllose Leben – Männer, Frauen, Kinder – sind in Gefahr. Wenn wir nichts dagegen tun, wird das Blut fließen wie Wasser, und das Geschrei der Säuglinge wird bis in den tiefsten Schlund des Hades zu hören sein.«

Ich trank meinen Wein aus und stellte den Becher ab. »Marcus Mummius, willst du mir nicht ganz offen sagen, wer dich geschickt hat und was man von mir verlangt?«

Er schüttelte den Kopf. »Ich habe ohnehin schon zu viel gesagt. Vielleicht ist die Krise bei unserer Ankunft bereits überwunden, das Problem gelöst, und wir brauchen dich gar nicht. Für diesen Fall ist es das beste, daß du weder jetzt noch irgendwann davon weißt.«

»Keine Erklärung?«

»Keine. Doch du wirst in jedem Fall bezahlt werden.«

Ich nickte. »Wie lange werde ich von Rom fort sein?«

»Fünf Tage wie schon gesagt.«

»Du scheinst dir dessen sehr sicher zu sein.«

»Fünf Tage« bestätigte er noch einmal. »Danach kannst du nach Rom zurückkehren. Vielleicht auch schon eher. Länger wird es auf keinen Fall dauern. In fünf Tagen ist die Sache so oder so beendet, zum Guten … oder zum Schlechten.«

»Ich verstehe«, sagte ich, ohne ein Wort zu begreifen.

Mummius preßte seine Lippen aufeinander.

»Weil ich nämlich keineswegs sicher bin«, fuhr ich fort, »daß ich gerade jetzt Lust habe, durch die Landschaft zu stapfen ohne jede Ahnung, wohin es eigentlich geht. Wir haben zur Zeit einen kleineren Sklavenaufstand; ich meine mich zu erinnern, daß wir eben noch davon sprachen. Meine Informanten auf dem Lande raten mir dringend von unnötigen Reisen ab.«

»Deine Sicherheit wird garantiert«, erklärte Mummius mit der ganzen Autorität seiner Person.

»Dann habe ich also dein Wort als Soldat – oder Exsoldat –, daß man mich keinerlei taktischen Gefahren aussetzen wird?«

Mummius verengte die Augen. »Ich sagte, deine Sicherheit wird garantiert.«

»Sehr gut. Dann werde ich Belbo zu Bethesdas Schutz hierlassen; ich bin sicher, dein Auftraggeber kann mir im Bedarfsfall einen Leibwächter stellen. Eco hingegen möchte ich mitnehmen. Ich nehme doch an, die Großzügigkeit deines Auftraggebers reicht aus, auch ihn mit Verpflegung und einem Schlafplatz zu versorgen?«

Er sah sich mit einem skeptischen Funkeln in den Augen nach Eco um. »Er ist nur ein Junge.«

»Eco ist achtzehn. Er hat schon vor mehr als zwei Jahren seine erste Männertoga angelegt.«

»Stumm, nicht wahr?«

»Ja. Geradezu ideal für einen Soldaten, würde ich meinen.«

Mummius knurrte. »Dann nimm ihn halt mit.«

»Wann brechen wir auf?« fragte ich.

»Sobald du bereit bist.«

»Also morgen früh?«

Er sah mich an, als sei ich ein fauler Legionär, der vor der entscheidenden Schlacht noch ein Nickerchen machen wollte. Die befehlsgewohnte Schärfe kehrte in seine Stimme zurück. »Nein, sobald du bereit bist! Wir haben sowieso schon genug Zeit vergeudet!«

»Meinetwegen!« sagte ich gähnend. »Ich werde Bethesda sagen, sie soll rasch ein paar Sachen zusammenpacken –«

»Das wird nicht nötig sein.« Mummius reckte sich zu voller Größe empor. Er sah noch immer erschöpft aus, schien jedoch froh, endlich wieder das Kommando zu führen. »Was du brauchst, wirst du bekommen.«

Natürlich; ein Klient, der bereit war, vierhundert Sesterzen pro Tag zu bezahlen, konnte bestimmt ein paar alltägliche Notwendigkeiten wie Kleidung zum Wechseln, einen Kamm oder einen Sklaven bereitstellen, der meine Sachen schleppte. »Dann werde ich mich nur kurz von Bethesda verabschieden.«

Ich wollte den Raum gerade verlassen, als Mummius sich räusperte. »Noch etwas, nur um sicherzugehen«, sagte er und sah erst mich und dann Eco an. »Ihr werdet doch nicht etwa seekrank?«

ZWEI

»Wohin bringt der Mann dich?« verlangte Bethesda zu wissen. (Ja, sie »verlangte«, ungeachtet ihres Status als Sklavin. Wer solche Dreistigkeit schwer nachvollziehbar findet, kennt Bethesda nicht.) »Wer ist er? Was macht dich glauben, daß du ihm vertrauen kannst? Was, wenn einer deiner alten Feinde ihn geschickt hat, um dich aus der Stadt zu locken und dir die Kehle durchzuschneiden, ohne daß jemand es sieht?«

»Bethesda, wenn mir jemand die Kehle aufschlitzen wollte, müßte er nicht solche Umstände machen, sondern könnte die Sache direkt hier in der Subura erledigen. Er könnte an jeder Straßenecke einen Mörder dingen.«

»Ja, und deswegen hast du auch Belbo als Leibwächter. Warum nimmst du ihn nicht mit?«

»Weil es mir lieber ist, wenn er hier bleibt, um dich und die anderen Sklaven während meiner Abwesenheit zu beschützen, damit ich mir unterwegs keine Sorgen machen muß.«

Selbst mitten in der Nacht aus dem Schlaf gerissen, sah Bethesda fantastisch aus. Ihr schwarzes, von einzelnen silbernen Strähnen durchzogenes Haar fiel in seiner ganzen, ungebändigten Pracht um ihr Gesicht. Auch schmollend bewahrte sie jene Aura unerschütterlicher Würde, durch die ich vor fünfzehn Jahren auf dem Sklavenmarkt von Alexandria auf sie aufmerksam geworden war. Ich spürte einen Anflug von Zweifel wie jedesmal, wenn ich mich von ihr trennen mußte. Die Welt ist ein unsicherer und ungewisser Ort, und das Leben, für das ich mich entschieden habe, fordert die Gefahr geradezu heraus. Doch ich hatte schon vor langer Zeit gelernt, meine Zweifel nicht offen zu zeigen. Bethesda hingegen tat das genaue Gegenteil.

»Es geht um sehr viel Geld«, erklärte ich ihr.

Sie schnaubte verächtlich. »Wenn er die Wahrheit sagt.«

»Ich glaube, das tut er. In einer Stadt wie Rom kann man nur so lange überleben wie ich, wenn man sich eine gewisse Menschenkenntnis aneignet. Marcus Mummius ist ehrlich, soweit er das eben sein kann. Nicht gerade mitteilsam, wie ich zugeben muß –«

»Er sagt dir ja nicht einmal, wer ihn geschickt hat!«

»Das will er mir in der Tat nicht verraten, aber er gibt es ganz offen zu. Mit anderen Worten, er sagt die Wahrheit.«

Bethesda machte ein obszönes Geräusch mit den Lippen. »Du klingst schon wie einer dieser Redner, für die du immer arbeitest, wie diese Witzfigur Cicero, der behauptet, Wahrheit ist Lüge und Lüge Wahrheit, gerade wie es ihm in den Kram paßt.«

Ich biß mir auf die Zunge und atmete tief ein. »Vertrau mir, Bethesda. Bis jetzt habe ich doch auch immer überlebt, oder nicht?« Ich blickte in ihre Augen und meinte inmitten des eisigen Feuers eine Spur von Wärme erkennen zu können. Ich legte meine Hand auf ihre Schulter. Sie schüttelte sie ab und drehte sich weg. So ging das immer.

Ich machte einen Schritt auf sie zu, schob meine Hand unter ihr wallendes Haar und legte sie in ihren Nacken. Sie hatte kein Recht, mich abzuweisen, und sie rührte sich nicht von der Stelle, doch als meine Finger ihre Haut berührten, versteifte sie sich und hielt den Kopf hoch, selbst als ich mich zu ihr hinabbeugte, um ihr Ohr zu küssen. »Ich komme bestimmt zurück«, sagte ich. »In fünf Tagen bin ich wieder da. Das hat der Mann mir versprochen.«

Ich sah, wie sich die Haut über ihren Wangenknochen spannte und ihr Kinn zitterte. Sie blinzelte heftig, und ich sah die kleinen Fältchen, die die Zeit wie einen winzigen Fächer um ihre Augenwinkel gezeichnet hatte. Sie starrte die kahle Wand an. »Es wäre etwas anderes, wenn ich wüßte, wohin du gehst.«

Ich mußte lächeln. Bethesda kannte überhaupt nur zwei Städte, Alexandria und Rom, und mit Ausnahme ihrer Reise von der einen zur anderen hatte sie sich nie weiter als eine Meile aus einer der beiden hinausgewagt. Was also kümmerte es sie, ob mich mein Auftrag nach Cumae oder Karthago führte?

»Also gut«, seufzte ich, »wenn es dich tröstet, ich vermute, daß Eco und ich die nächsten paar Tage in der Umgebung von Baiae verbringen werden. Du hast doch sicher davon gehört?«

Sie nickte.

»Es ist ein malerischer Landstrich an der Küste«, sagte ich, »nördlich des Kaps von Misenum gegenüber von Puteoli und Pompeji in einer kleinen Bucht gelegen, die die Einheimischen ›Cuppa‹ nennen. Der Blick auf Capri und den Vesuv soll ziemlich erhebend sein. Dort bauen sich die Reichsten der Reichen prächtige Villen entlang der Küste und baden in heißem Schlamm.«

»Aber woher weißt du, daß die Reise dorthin geht, wenn der Mann es dir nicht sagen will?«

»Es ist bloß eine Vermutung.«

Schließlich gab Bethesda meiner Berührung nach. Sie seufzte, und ich wußte, daß sie sich mit dem Gedanken an meine Abwesenheit und der Aussicht versöhnt hatte, ein paar Tage lang Hausherrin zu spielen und das alleinige Kommando über die anderen Sklaven zu übernehmen. Aus Erfahrung wußte ich, daß sie sich, sobald ich fort war, in eine absolut gnadenlose Tyrannin verwandelte. Ich hoffte nur, daß Belbo ihr striktes Regiment aushalten würde. Der Gedanke ließ mich lächeln.

Ich drehte mich um und sah Eco in der Tür stehen. Für den Bruchteil einer Sekunde spiegelte seine Miene tiefe Faszination wider; dann verschränkte er die Arme und verdrehte die Augen, als wolle er jedes Interesse oder gar Mitgefühl für diesen Augenblick der Zärtlichkeit leugnen, den er gestört hatte. Ich küßte Bethesda rasch auf die Wange und wandte mich zum Gehen.

Marcus Mummius lief mit müdem und ungeduldigem Gesichtsausdruck in der Halle auf und ab. Als ich kam, warf er die Hände in die Luft und stürmte, ohne auf mich zu warten, aus der Tür, während er mir im Gehen über die Schulter einen Blick zuwarf, der mir unmißverständlich klarmachte, was er davon hielt, daß ich so viel Zeit vergeudet hatte, nur um mich von einer Frau zu verabschieden, noch dazu von einer Sklavin.

Wir eilten den steilen Pfad entlang, der vom Esquilin-Hügel hinunterführt, wobei wir im Licht von Ecos Fackel auf Löcher und Stolpersteine achteten. Am Ende des Weges, wo der Pfad in die Via Subura mündet, erwarteten uns zwei Männer mit vier Pferden.

Sie sahen aus wie Legionäre. Unter ihren leichten Wollumhängen sah ich kurz ein Messer aufblitzen, was mir angesichts unserer Expedition durch die finsteren Straßen Roms ein Gefühl größerer Sicherheit gab. Auch ich griff unter meinen Umhang und berührte meinen Dolch. Mummius hatte mir zwar versichert, daß für alles gesorgt sein würde, aber ich zog es vor, meine eigene Waffe zu tragen.

Mit Eco hatte Mummius nicht gerechnet, so daß man mir den kräftigsten Gaul gab und der Junge hinter mir sitzen konnte, indem er die Arme um meine Hüfte klammerte. Ich habe breite Schultern und einen kräftigen Brustkorb (und in den letzten Jahren vielleicht auch um die Mitte ein wenig zugelegt), während Eco dünn und drahtig ist, so daß das Tier das zusätzliche Gewicht kaum spürte.

Die Nacht war mild, nur der Hauch einer frühherbstlichen Kühle hing in der Luft, doch die Straßen waren fast menschenleer. In Krisenzeiten meiden die Römer die Dunkelheit, verbarrikadieren sich bei Sonnenuntergang in ihren Häusern und überlassen die Straßen den Zuhältern, Betrunkenen und Abenteuerlustigen. So war es in den chaotischen Tagen des Bürgerkriegs gewesen wie auch in den düsteren Jahren von Sullas Diktatur, und so war es jetzt wieder, als der Aufstand des Spartacus in aller Munde war. Auf dem Forum erzählte man sich grauenerregende Geschichten darüber, daß ganze Dörfer überfallen, ihre Bewohner bei lebendigem Leibe geröstet und von ihren früheren Sklaven zum Abendessen verspeist worden seien. Nach Anbruch der Dunkelheit nahmen die Römer keine Einladungen mehr an und mieden die Straßen. Wenn sie zu Bett gingen, verriegelten sie die Türen zu ihren Kammern, um zum Schlafen selbst ihre vertrauenswürdigsten Sklaven auszuschließen, und erwachten am anderen Morgen doch schweißgebadet aus ihren Alpträumen. Wieder einmal regierte das Chaos in der Welt, und sein Name war Spartacus.

Wir trappelten durch die Nebenstraßen der Subura, die nach Urin und verfaulten Lebensmitteln stanken. Hin und wieder wurde unser Weg erleuchtet vom Lichtschein aus überhängenden Obergeschossen; Fetzen von Musik und betrunkenem Gelächter wehten über uns hinweg und verklangen in unserem Rücken. Die Sterne über uns sahen sehr kalt aus und sehr weit weg, ein Anzeichen dafür, daß ein frostiger Winter bevorstand. In Baiae, wo sich der Sommer im Schatten des Vesuvs länger hält, würde es bestimmt wärmer sein.

Schließlich mündete die Via Subura auf das Forum, wo die Hufe unserer Pferde zwischen den verlassenen Plätzen und Tempeln unnatürlich laut widerhallten. Wir ritten entlang des innersten Heiligen, wo Pferden selbst nachts der Zutritt verboten ist, und folgten dann dem schmalen Tal zwischen dem Kapitol und dem Palatin Richtung Süden. Der Geruch von Stroh und Dung erfüllte die Luft, als wir am großen Viehmarkt des Forum Boarium vorbeikamen, der bis auf das gelegentliche Brüllen der Tiere in ihren Gattern völlig still dalag. Vor uns erhob sich auf seinem Sockel der riesige Bronzeochse, das Wahrzeichen des Viehmarkts, eine gigantische, gehörnte Silhouette, wie ein gewaltiger Minotaurus über dem Abgrund.

Ich klopfte auf Ecos Bein, und er beugte sich vor und brachte sein Ohr nahe an meine Lippen. »Genau wie ich gedacht habe«, flüsterte ich. »Wir reiten zum Tiber. Bist du müde?«

Er klopfte mir zweimal energisch auf die Schulter.

»Gut«, sagte ich lachend. »Dann kannst du Wache halten, während wir stromabwärts nach Ostia fahren.«

Am Ufer des Flusses warteten weitere von Mummius' Leuten, die unsere Pferde in Empfang nahmen, als wir abstiegen. Am Ende des längsten Piers lag abfahrbereit unser Schiff.

Schläfrig, wie ich war, hatte ich mir eine langsame, gemütliche Reise den Tiber hinab und an der Küste entlang vorgestellt, aber weit gefehlt. Das Boot war keineswegs die kleine Jolle, die ich erwartet hatte, sondern eine Barkasse mit zwölf Rudersklaven, einem Steuermann am Heck und einer Überdachung mittschiffs, ein robustes und schnelles Gefährt. Ohne sich aufzuhalten, geleitete Mummius uns an Bord. Seine beiden Leibwächter folgten, und wir legten sofort ab.

»Wenn du willst, kannst du schlafen«, sagte er und wies auf die überdachte Fläche, wo sich ein Haufen achtlos hingeworfener Decken türmte. »Nicht besonders luxuriös, und eine Sklavin, die dich wärmt, haben wir auch nicht, aber zumindest auch keine Läuse. Es sei denn, einer von diesem nichtsnutzigen Haufen hier hat sie eingeschleppt.« Er begleitete seine Worte mit einem harten Tritt in den Rücken eines der Ruderer. »Rudert!« brüllte er. »Und diesmal ein bißchen flotter als eben flußaufwärts, oder ich lasse euch alle endgültig auf das große Schiff versetzen.« Er lachte freudlos. Wieder in seinem Element wurde Mummius zunehmend jovialer, und ich war mir nicht sicher, ob mir diese Seite seines Charakters gefiel. Er überließ einem seiner Männer das Kommando und kroch unter die Decken.

»Weck mich, wenn es sein muß«, flüsterte ich Eco zu und drückte seine Hand, um sicherzugehen, daß er mir zuhörte. »Oder wenn du kannst, schlaf ein bißchen; ich glaube nicht, daß uns unterwegs irgendeine Gefahr droht.« Dann gesellte ich mich zu Mummius unter die Plane, machte es mir am gegenüberliegenden Ende bequem und bemühte mich krampfhaft, nicht an mein eigenes Bett und Bethesdas warmen Körper zu denken.

Ich versuchte zu schlafen, doch es wollte mir nicht gelingen. Das Klirren der Ketten, das Platschen der ins Wasser eintauchenden Ruder und das monotone Stampfen des Flusses gegen den Rumpf des Schiffes lullte mich schließlich in einen unruhigen Halbschlaf, aus dem ich immer wieder erwachte, um Marcus Mummius neben mir schnarchen zu hören. Als mich das heisere Getöse zum vierten Mal weckte, streckte ich meinen Fuß unter der Decke hervor und gab ihm einen sanften Tritt. Er hielt einen Moment lang inne und hob dann von neuem an, Geräusche zu machen, als ob jemand erdrosselt würde. Ich hörte ein verhaltenes Kichern, stützte mich auf meine Ellenbogen und sah zwei Wachen, die mir vom Bug aus zulächelten. Sie standen dicht beieinander, hellwach, und sprachen leise miteinander. Ich drehte mich um und erblickte den Steuermann auf seinem Posten, ein bärtiger Riese, der nichts zu sehen und zu hören schien außer dem Fluß. Eco hockte in der Nähe über das Schanzwerk gebeugt und blickte ins Wasser wie eine Narziß-Statue, die unter dem Sternenhimmel ihr Spiegelbild betrachtet.

Schließlich wurde Mummius' Schnarchen leiser und vermischte sich mit dem Geräusch des an die Planken klatschenden Wassers und dem gleichmäßigen, rhythmischen Atmen der Ruderer, doch die tiefe, heilsame Umarmung des Morpheus blieb mir verwehrt. Ich wälzte mich mit meinen Decken von einer Seite auf die andere, bald war mir zu heiß, bald zu kalt, während meine Gedanken in Sackgassen liefen und beim Umkehren ihre eigenen Wege kreuzten. Dieser Halbschlaf machte mich träge, ohne daß ich Ruhe fand, eine Regungslosigkeit, die keine Erholung brachte; als wir schließlich Ostia und das offene Meer erreichten, war ich ein matterer Mann als der, den Marcus Mummius vor Stunden aus seinem warmen Bett gelockt hatte. In meinen schlaftrunkenen Fantasien seltsam abgekoppelt von Zeit und Raum, stellte ich mir vor, daß die Nacht nie enden würde und wir auf ewig durch die Dunkelheit fahren mußten.

Mummius führte uns von der Barkasse auf einen Pier. Die Leibwächter kamen mit uns, während die vor Erschöpfung keuchenden Ruderer zurückblieben. Ich sah mich kurz nach ihnen um, ihre breiten, nackten Rücken bebten und glänzten schweißnaß im Sternenlicht. Einer von ihnen beugte sich über den Bug und erbrach sich. Irgendwann unterwegs hatte ich aufgehört, ihr stoßweises Atmen und das gleichmäßige Knirschen der Ruder wahrzunehmen; ich hatte sie völlig vergessen, wie man die Rädchen einer stampfenden Maschine vergißt. Wer bemerkt schon ein Rad, bis es Öl braucht, wer einen Sklaven, bis er krank, hungrig oder gewalttätig wird? Ich schauderte und zog die Decken enger um meine Schultern, um die kalte Seeluft abzuwehren.

Mummius führte uns am Hafen entlang. Ich hörte das leise Plätschern der Wellen gegen die Holzpfeiler der Uferpromenade. Zu unserer Rechten lag eine kleine Flotte von Flußschiffen an den Docks vertäut. Links von uns zog sich eine flache Mauer, gestapelte Körbe und Kisten warfen verwirrende Schatten. Jenseits der Mauer lag die schlafende Stadt Ostia. Hier und da konnte ich in einem der oberen Stockwerke ein erleuchtetes Fenster erkennen, und in die Stadtmauer waren in regelmäßigen Abständen Lampen eingelassen, aber außer uns war keine Menschenseele zu sehen. Licht- und Schattenspiele täuschten das Auge; ich glaubte, eine Bettlerfamilie zusammengekauert in einer Ecke zu erkennen und eine Ratte, die aus dem Bündel auf mich zugehuscht kam, bevor sich das Bild vor meinen Augen in nichts weiter als ein paar Lumpenfetzen auflöste.

Ich stolperte über eine lose Planke. Eco faßte meine Schulter, um mich zu halten, bevor mich Mummius mit einem Klaps auf den Rücken fast niederstreckte. »Hast du nicht gut geschlafen?« bellte er mir mit seiner Kasernenhofstimme ins Ohr. »Mir reichen zwei Stunden am Tag. In der Armee lernt man, im Stehen zu schlafen oder sogar auf einem Marsch, wenn es sein muß.«

Ich nickte träge. Wir kamen an Lagerhäusern und Landungsstegen vorbei, passierten geschlossene Märkte und Werften. Der Salzgeruch in der Luft wurde kräftiger, das undeutliche Rauschen des Meeres vermischte sich mit dem gleichmäßigen Plätschern des Flusses. Wir erreichten das Ende der Docks, wo der Tiber plötzlich breiter wird und ins

Meer mündet. Die Stadtmauer wand sich nach Süden, und vor uns erstreckte sich eine riesige, glatt unter den Sternen daliegende Wasserfläche. Hier wartete ein anderes, größeres Boot auf uns. Mummius geleitete uns über den Steg und in den Laderaum. Er bellte dem Aufseher einen Befehl zu, und wir legten ab.

Der Landungssteg wurde kleiner, die Wellen um uns herum größer. Eco warf mir einen alarmierten Blick zu und packte meinen Ärmel. »Keine Angst«, sagte ich. »Wir werden nicht lange auf diesem Boot bleiben.«

Wenig später umrundeten wir eine felsige Landzunge, und das Schiff kam in Sicht. »Eine Triere!« flüsterte ich.

»Sie heißt die *Furie*«, sagte Mummius, meine Überraschung bemerkend, mit einem stolzen Lächeln.

Ich hatte ein großes Schiff erwartet, aber nicht so groß wie dieses. Auf seinem Deck erhoben sich drei Maste mit aufgerollten Segeln. Drei Reihen Ruder ragten aus dem Rumpf. Es schien kaum faßbar, daß man ein derartiges Ungetüm losgeschickt hatte, nur um einen einzigen Mann abzuholen. Mummius zündete eine Fackel an und schwenkte sie über dem Kopf. An Bord wurde ebenfalls eine Fackel entzündet, die unser Zeichen erwiderte. Als wir näher kamen, schwärmten auf einmal Männer an Deck und begannen die Masten zu besteigen, lautlos wie Geister im Sternenlicht. Die aus dem Wasser gezogenen Ruder rührten sich wie die zitternden Beinchen eines Tausendfüßlers und tauchten nach unten. Segel entrollten und blähten sich in der leichten Brise. Mummius befeuchtete einen Finger und hielt ihn in die Luft. »Nicht viel Wind, aber er bläst gleichmäßig in südlicher Richtung. Gut!«

Unsere Barkasse landete Bug an Bug mit der Triere, eine Strickleiter wurde herabgelassen. Eco kletterte als erster an Bord, ich folgte ihm. Zuletzt kam Mummius und holte die Leiter hinter sich ein. Das kleinere Boot legte ab und nahm wieder Kurs auf Ostia. Rasch schritt Mummius die gesamte Länge des Schiffes ab und gab Befehle. Die *Furie* lichtete den Anker und drehte bei. Vom Unterdeck hörte man das rhythmische Stöhnen der Ruderer, und auf beiden Seiten gab es ein lautes Platschen, als die Ruderblätter zu ihrem ersten Schlag ins Wasser tauchten. Ich warf einen Blick zurück auf Ostia, den schmalen Strand und die schrägen Dächer, die sich über den Mauern erhoben. Die Stadt entfernte sich mit verblüffender Geschwindigkeit, Mauern verschwammen, und die Kluft schwarzen Wassers wurde breiter und breiter. Auf einmal schien Rom sehr weit weg.

Marcus Mummius war mit der Mannschaft beschäftigt und beachtete uns nicht. Eco und ich fanden ein ruhiges Plätzchen und versuchten, gegen die Kühle des offenen Meeres in unsere Decken gewickelt und aneinandergelehnt, zu schlafen.

Wenig später rüttelte mich Mummius wach.

»Was tust du hier auf Deck? Ein verweichlichter Städter wie du wird sich in der feuchten Luft ein Fieber holen und sterben. Kommt, alle beide, im Achterschiff ist ein Platz für euch.«

Wir folgten ihm, über Taurollen und verborgene Bodenluken stolpernd. Über den dunklen Hügeln im Osten zog der erste Schimmer der Morgenröte auf. Mummius führte uns eine kurze Treppe hinab in eine winzige Kammer mit zwei Pritschen. Ich ließ mich sogleich in die nächstgelegene fallen und stellte angenehm überrascht und mit einem wohligen Schauer fest, daß ich in einer Matratze aus feinsten Gänsedaunen versank. Eco nahm die andere Pritsche und begann zu gähnen und sich zu strecken wie eine Katze. Ich zog mir die Decke über die Ohren und fragte mich, schon im Halbschlaf, ob Mummius uns wohl die Benutzung seines eigenen Lagers angeboten hatte.

Ich öffnete die Augen und sah ihn mit verschränkten Armen an einer Wand im Flur lehnen. Seine Gesichtszüge verschwammen im blassen Licht des Morgengrauens, doch am sanften Flackern seiner Lider und dem herabhängenden Kiefer erkannte ich, daß Marcus Mummius, kein Angeber, sondern ein ehrlicher Soldat, fest schlief und träumte – im Stehen.

DREI

Als ich aus dem Schlaf hochschreckte, wußte ich einen Moment lang nicht, wo ich war. Es mußte Morgen sein, denn selbst nach heftigsten Ausschweifungen schlafe ich selten bis zum Mittag, doch die hellen Sonnenstrahlen, die durch ein Fenster über meinem Kopf in die Kammer fielen, waren weich wie das frühherbstliche Nachmittagslicht. Die Erde schien zu erzittern, wenngleich nicht mit den plötzlichen Stößen eines Erdbebens. Das Haus um mich herum quietschte und stöhnte, und als ich mich erheben wollte, versanken meine Ellenbogen in einem riesigen, bodenlosen Daunenkissen.

Durch das Bullauge über meinem Kopf drang eine vage vertraute Stimme an mein Ohr, die im grimmigen Soldatenton Befehle brüllte, und ich erinnerte mich wieder.

Neben mir stöhnte Eco und schlug blinzelnd die Augen auf. Es gelang mir, mich aufzurichten und mich auf die Bettkante zu setzen, während mein Lager mit seinen luxuriösen Daunenbergen mich, so kam es mir vor, in den weichen Dunst des Vergessens zurücklocken wollte. Ich schüttelte den Kopf, um endlich zu mir zu kommen. Neben mir hing in einer Halterung an der Wand ein Wasserkrug, den ich mit beiden Händen griff und in einem gierigen Zug daraus trank, bevor ich mir ein wenig Wasser ins Gesicht spritzte.

»Verschwende es nicht«, fuhr mich eine Stimme an. »Das ist frisches Tiberwasser zum Trinken, nicht zum Waschen.« Ich blickte auf und sah Marcus Mummius mit verschränkten Armen auf der Schwelle stehen. Strahlend und hellwach grinste er mich mit dem überlegenen Lächeln eines Frühaufstehers an. Er hatte seine militärische Kluft angelegt, eine lederbesetzte rote Leinentunika unter einem Panzerhemd.

»Wie spät ist es?«

»Zwei Stunden nach Mittag. Oder wie man an Land sagt, die neunte Stunde des Tages. Seit du gestern nacht auf dieses Lager gefallen bist, hast du ohne Pause geschnarcht und geschlafen.« Er schüttelte den Kopf. »Auf einem so weichen Bett sollte ein echter Römer gar nicht schlafen können. Ich sage immer, diesen Firlefanz sollten wir lieber den modischen Ägyptern überlassen. Ich hatte schon befürchtet, du wärst todkrank, aber Tote schnarchen nicht, wie man mich beruhigt hat, so daß es wohl doch nichts Ernstes sein konnte.« Er lachte, während ich mich an der grausamen Fantasie ergötzte, ihn auf einem ägyptischen Speer aufgespießt zu sehen.

Ich schüttelte erneut den Kopf. »Wie lange noch? Müssen wir auf diesem Schiff bleiben, meine ich?«

Er runzelte die Stirn. »Damit würde ich mich doch verraten, oder nicht?«

Ich seufzte. »Laß mich die Frage anders formulieren: Wie lange brauchen wir noch bis Baiae?«

Mummius sah auf einmal ganz seekrank aus. »Ich habe nie gesagt –«

»Nein, das hast du tatsächlich nicht. Du bist ein guter Soldat, Marcus Mummius, und du hast mir nichts verraten, das geheimzuhalten du geschworen hast. Trotzdem würde ich gerne wissen, wann wir in Baiae ankommen.«

»Wieso denkst du –«

»Genau das ist es, Mummius, ich *denke*. Ich wäre wohl kaum der Mann, nach dem dein Auftraggeber schicken läßt, wenn ich nicht ein so simples Rätsel wie die Frage unseres Zielorts lösen könnte. Zunächst einmal fahren wir zweifelsohne gen Süden; ich bin zwar kein großer Seemann, aber selbst mir ist bewußt, daß die Sonne im Osten auf- und im Westen untergeht, und da die Nachmittagssonne zu unserer Rechten und die Küste zu unserer Linken liegt, schließe ich, daß wir nach Süden segeln. Nimmt man jetzt noch die Tatsache, daß du mir versprochen hast, daß mein Auftrag in fünf Tagen beendet sein wird, können wir Italien wohl kaum verlassen. Wohin also sollte die Reise gehen, wenn nicht zu einer Küstenstadt im Süden, wahrscheinlich am Golf. Natürlich könnte ich mit Baiae auch falsch liegen; vielleicht ist es Puteoli, Neapolis oder sogar Pompeji, aber das glaube ich nicht. Jemand, der so reich ist wie dein Auftraggeber – der ohne mit der Wimper zu zucken bereit und in der Lage ist, das Fünffache meines üblichen Tageshonorars zu zahlen, und mir gleichsam aus einer Laune heraus dieses Schiff schickt –, jemand, der so reich ist, hat garantiert auch eine Villa in Baiae, weil Baiae der Ort ist, an dem sich jeder Römer, der es sich leisten kann, eine Sommerresidenz baut. Außerdem hast du gestern vom Schlund des Hades gesprochen.«

»Ich habe nie –«

»Doch, du sagtest, daß viele Menschenleben in Gefahr sind, und du sprachst vom Geschrei der Säuglinge im Schlund des Hades. Natürlich könntest du dich bildhaft ausgedrückt haben wie ein Dichter, obwohl ich dir einen eklatanten Mangel an Poesie unterstellen würde, Marcus Mummius. Du bist ein Mann des Schwertes, nicht der Lyra, und als du vom ›Schlund des Hades‹ sprachst, hast du das ganz wörtlich gemeint. Ich bin selbst nie dort gewesen, aber die griechischen Siedler, die sich erstmals an diesem Küstenstrich niedergelassen haben, glaubten in einem Schwefelkrater mit Namen Averner-See einen Eingang zur Unterwelt entdeckt zu haben – auch bekannt als der Schlund des Hades oder Orcus, wie altmodische Römer ihn immer noch nennen. Soweit ich weiß, liegen die prächtigsten Villen Baiaes nur einen strammen Fußmarsch von diesem See entfernt.«

Mummius sah mich prüfend an. »Du bist wirklich schlau«, sagte er schließlich. »Vielleicht bist du dein Geld ja tatsächlich wert.« Ich konnte keinen sarkastischen Unterton heraushören, als er das sagte, vielmehr eine Art Traurigkeit, so als würde er ernsthaft wünschen, daß ich meinen Auftrag erfolgreich erledigte, während er gleichzeitig mit meinem Scheitern rechnete.

Einen Augenblick später marschierte er breitbeinig aus der Tür und rief mir im Gehen über die Schulter zu: »Nachdem du den ganzen Tag verschnarcht hast, bist du vermutlich jetzt hungrig. Mittschiffs ist die Messe. Dort bekommst du etwas zu essen – wahrscheinlich besser als das, was du von zu Hause gewohnt bist. Mir persönlich ist es zu üppig – ich ziehe einen

Schlauch gewässerten Wein und eine harte Brotkruste vor –, aber der Besitzer dieses Schiffes hat immer nur das Beste auf Lager oder das, was ihm die Händler als das Beste verkaufen, sprich das Teuerste. Nach dem Essen kannst du dann wieder ein langes Verdauungsschläfchen halten.« Er lachte. »Das solltest du auch, denn wenn du aufbleibst, stehst du ohnehin nur im Weg rum. Passagiere auf einem Schiff sind ziemlich nutzlos. Es gibt für sie nichts zu tun. Du kannst dir also ruhig vorstellen, du wärst ein Getreidesack, dir ein stilles Plätzchen suchen und Schimmel ansetzen. Jetzt komm.«

Indem er das Thema gewechselt hatte, hatte Marcus Mummius sich um das Eingeständnis herumgedrückt, daß das Ziel unserer Fahrt tatsächlich Baiae war, und ich sah keinen Sinn darin, ihn in diesem Punkt weiter zu bedrängen. Ich wußte es bereits, und mittlerweile beschäftigte mich eine weit wichtigere Frage. Ich begann nämlich einen Verdacht zu hegen, wer mein mysteriöser Auftraggeber war. Wer konnte sich derart aufwendige Transportmittel für einen kleinen Mietling überhaupt leisten, noch dazu einen so übel beleumundeten wie Gordianus den Sucher? Pompejus hätte die entsprechende Finanzkraft sicherlich aus einer bloßen Laune heraus aufbringen können, aber Pompejus war in Spanien. Wer sonst also, wenn nicht der Mann, der als der reichste lebende Römer galt oder sogar der reichste Römer aller Zeiten … Aber was konnte Marcus Licinius Crassus von mir wollen, wo er doch ganze Städte voll Sklaven besaß und sich die Dienste jedes Freien leisten konnte, den er sich nur wünschte?

Ich hätte Mummius mit weiteren Fragen bedrängen können, doch ich entschied, seine Geduld fürs erste genug auf die Probe gestellt zu haben. Ich folgte ihm nach oben an die Nachmittagssonne, und mit der kräftigen Seeluft stieg mir der Duft von geröstetem Lamm in die Nase. Mein Magen knurrte wie ein Löwe, und ich ließ meine Neugier Neugier sein, um einen weit drängenderen Hunger zu stillen.

Wenn Mummius glaubte, daß mich die untätige Reise auf der *Furie* langweilen würde, irrte er, zumindest solange es noch hell war. Die sich fortwährend verändernde Küste Italiens, die über uns kreisenden Möwen, die Arbeit der Matrosen, das Spiel des Sonnenlichts auf dem Wasser, die Fischschwärme direkt unter der Wasseroberfläche, die frische, strenge Seeluft, die nicht mehr nach Sommer, aber auch noch nicht nach Herbst schmeckte – all das war mehr als genug, um mich zu beschäftigen, bis die Sonne unterging.

Eco war regelrecht in Bann geschlagen. Alles faszinierte ihn. In der Dämmerung gesellte sich ein Delphinpaar zu uns und schwamm bis weit nach Einbruch der Dunkelheit neben unserem Schiff, immer wieder aus dem gischtigen Kielwasser herauf- und aufs neue hinabtauchend. Manchmal schienen sie zu lachen wie Menschen, und Eco imitierte das Geräusch, als spräche er ihre geheime Sprache. Als sie schließlich ein letztes Mal in der Gischt verschwanden, ging er lächelnd zu Bett und schlief sofort ein.

So viel Glück war mir nicht vergönnt. Nachdem ich fast den ganzen Tag über geruht hatte, stand mir eine schlaflose Nacht bevor. Eine Weile genoß ich den Blick auf die im Schatten liegenden Küstenstriche und das Glitzern der Sterne auf dem Wasser ebensosehr wie am hellen Nachmittag, aber dann wurde der Abend kühler, und ich legte mich in mein Bett. Marcus Mummius hatte recht: Es war zu weich, oder die Decke war zu kratzig, das blasse Sternenlicht, das durch das Bullauge fiel, zu hell, oder die Nachahmungen des Delphinlachens, die Eco im Schlaf von sich gab, quälten meine Ohren. Ich konnte jedenfalls nicht einschlafen.

Und dann hörte ich die Trommel. Das Geräusch kam von irgendwo unten, ein hohler, dröhnender Schlag, langsamer als mein Puls, aber genauso regelmäßig. In der Nacht zuvor war ich zu erschöpft gewesen, ihn zu bemerken, aber jetzt konnte ich ihn nicht mehr überhören. Es war der Trommelschlag, der die Rudersklaven unter Deck zur Arbeit antrieb und den Rhythmus vorgab, der das Schiff näher und näher nach Baiae brachte. Je mehr ich versuchte, das Geräusch zu ignorieren, desto lauter schien es durch die Planken zu dringen, dumpf pochend, wummernd und dröhnend. Je länger ich mich hin und her wälzte, desto weiter wich der ersehnte Schlaf.

Ich ertappte mich bei dem Versuch, mich an das Gesicht von Marcus Licinius Crassus zu erinnern, den reichsten Mann Roms. Ich hatte ihn hundertmal auf dem Forum gesehen, doch seine Züge waren mir entfallen. Ich zählte im Kopf mein Geld, stellte mir das leise Klimpern der Münzen in meiner Börse vor und gab mein Honorar ein dutzendmal aus. Ich dachte an Bethesda und wie sie alleine schlief, das Kätzchen an ihre Brüste gekuschelt. Im Geist durchschritt ich jedes Zimmer meines Hauses in Rom wie ein unsichtbares Phantom, das Wache hält. Und auf einmal flackerte ungebeten ein anderes Bild vor meinen Augen auf, Belbo, der besinnungslos betrunken vor meinem Portal lag, während die Tür weit offenstand für jeden Dieb oder Mörder, der eintreten wollte …

Ich schreckte aus meinem Dämmerzustand hoch. Eco drehte sich im Schlaf um und gab ein knatterndes Geräusch von sich. Ich schnallte meine Schuhe, warf meine Decke wie einen Umhang über meine Schultern und stieg wieder an Deck.

Hier und da stieß ich auf Gruppen von schlafenden Matrosen. Andere schlenderten an Deck auf und ab und hielten die Augen offen nach Gefahren von Land und See. Eine stetige Brise wehte von Norden und blähte die Segel. Wo die Decke mich nicht gegen die Kälte schützte, überzog eine Gänsehaut meine Arme und Beine. Ich schritt einmal die gesamte Länge des Decks ab, bis mich eine Tür in der Mitte des Schiffes anzog, die nach unten zu den Ruderbänken der Galeere führte.

Es ist schon eigenartig, daß man ein Leben lang auf etlichen Schiffen fahren kann, ohne sich je zu fragen, welche verborgene Kraft sie antreibt, und doch leben die meisten Menschen genau so – sie essen, kleiden sich und gehen ihren Geschäften nach, ohne einen Gedanken an die Mühsal all der Sklaven zu verschwenden, die im Schweiße ihres Angesichts gearbeitet haben, das Getreide zu mahlen, den Stoff zu weben und die

Straßen zu pflastern. Genausowenig wie sie einen Gedanken an das Blut verschwenden würden, das ihren Körper erwärmt, oder an den Schleim in ihrem Gehirn.

Ich ging durch die Tür und stieg die Treppe hinab. Sofort schlug mir eine Hitzewelle entgegen, erstickend wie aufsteigender Dampf. Ich hörte das dumpfe, dröhnende Schlagen der Trommel und das Fußscharren vieler Männer. Lange bevor ich sie sah, konnte ich sie riechen. Alle Ausdünstungen, die menschliche Körper hervorzubringen imstande sind, waren in diesem luftlosen Raum konzentriert und stiegen auf wie der Atem von Dämonen aus Schwefelhöhlen. Ich machte einen weiteren Schritt hinab in die Welt der lebenden Leichen und dachte, daß der Schlund des Hades kaum in eine schrecklichere Unterwelt führen konnte als diese.

Unter Deck sah es aus wie in einer langen, schmalen Höhle. Hier und da hingen Laternen von der Decke und tauchten die blassen, nackten Körper der Ruderer in ein fahles Licht. Im Halbdunkel nahm ich um mich herum zunächst nur eine wuselnde Bewegung wahr wie zahllose sich windende Maden. Als meine Augen sich an das Licht gewöhnt hatten, erkannte ich langsam auch Einzelheiten.

In der Mitte des Schiffsrumpfes verlief ein schmaler Gang wie eine Hängebrücke. Auf beiden Seiten waren Sklaven in drei übereinanderliegenden Rängen untergebracht. Die auf der untersten Ebene konnten auf ihrem Posten sitzen und mußten die geringste Kraft aufwenden, um ihre kurzen Ruder zu bedienen. Die auf der mittleren Ebene saßen leicht erhöht und stützten sich bei jedem Zug auf einer Fußstütze ab, bevor sie ihren Körper erhoben, um das Ruder wieder nach vorne zu stemmen. Am übelsten hatte es die auf dem obersten Rang erwischt: Sie mußten auf kleinen Stegen vor und zurück laufen, sich auf Zehenspitzen strecken, um ihr Ruder in einem großen Kreis zu bewegen, bevor sie es auf Knien vorwärts taumelnd wieder aus dem Wasser zogen. Jeder Sklave war mit einer rostigen Kette ums Handgelenk an sein Ruder gekettet.

Hunderte von ihnen saßen auf engstem Raum zusammengedrängt, rieben sich aneinander, während sie stemmten und zogen und sich abmühten. Ich dachte an in einen Pferch gesperrte Rinder oder Ziegen, aber Tiere bewegen sich wahllos. Hier hingegen war jeder Mann wie ein winziges Rädchen in einer riesigen, vom Trommelschlag unermüdlich vorwärts getriebenen Maschine.

Ich drehte mich um und sah den Schlagmann auf einer niedrigen Bank sitzen, die sich direkt unterhalb meines Lagers befinden mußte. Er hatte die Beine weit gespreizt und hielt eine niedrige, breite Trommel zwischen die Knie gepreßt. Seine Hände waren mit Lederriemen umwickelt, an deren Ende eine Lederkugel angebracht war. Nacheinander hob er die Kugeln in die Luft und ließ sie auf das Fell seiner Pauke sausen, die jedesmal einen tiefen, die dicke, warme Luft durchdringenden Ton von sich gab. Er hockte mit geschlossenen Augen da, und ein angedeutetes Lächeln umspielte seine Mundwinkel, als würde er träumen, aber der Rhythmus blieb immer derselbe.

Neben ihm stand ein weiterer Mann in Militärkluft, der in der rechten Hand eine lange Peitsche hielt. Als er mich sah, starrte er mich finster an und ließ seine Peitsche durch die Luft knallen, als wolle er mich damit beeindrucken. Die Sklaven in seiner Nähe zuckten zusammen, einige stöhnten auf, als wenn eine Welle von Schmerz über sie hinweggespült wäre.

Ich hielt mir die Decke vor Mund und Nase, um den Gestank abzumildern. Wo das Licht der Laternen durch das Gewirr von Bänken und angeketteten Gliedmaßen drang, erkannte ich eine trübe Brühe aus Kot, Urin, Erbrochenem und faulen Essensresten, die durch die Bilge schwappte. Wie konnten die Männer das nur ertragen? Gewöhnten sie sich mit der Zeit daran, wie sie sich an Hand- oder Fußfesseln gewöhnten? Oder ekelte es sie noch immer genauso an wie mich in diesem Moment?

Es gibt orientalische Sekten, die für die Schatten der Missetäter einen Ort ewiger Strafe postulieren. Ihre Götter geben sich nicht damit zufrieden, einen Menschen auf dieser Welt leiden zu sehen, sie verfolgen ihn auch in der nächsten noch mit Folter und Feuer. Davon weiß ich nichts, doch ich weiß, daß, wenn es auf dieser Welt einen Ort der Verdammnis gibt, dann den Rumpf einer römischen Galeere, wo Männer sich im Gestank ihres eigenen Schweißes, ihres Erbrochenen und ihrer Exkremente zu Krüppeln schuften und sich gegen den manischen, endlosen Pulsschlag der Trommel abquälen. Zum bloßen Treibstoff reduziert, ausgebrannt, leergesaugt und gedankenlos weggeworfen zu werden, muß mindestens so grausam sein wie eine Strafe, die sich ein Gott ausdenken konnte.

Man sagt, daß die meisten Männer nach drei bis vier Jahren auf der Galeere sterben, Glücklichere auch schon früher. Ein Gefangener oder ein des Diebstahls für schuldig befundener Sklave wird lieber in den Minen arbeiten oder als Gladiator im Circus kämpfen, als auf einer Galeere zu dienen. Von all den grausamen Todesurteilen, die einen Menschen treffen können, gilt der Sklavendienst auf einer Galeere als das brutalste. Der Tod kommt gewiß, aber erst nachdem das letzte bißchen Kraft aus dem Körper eines Menschen herausgepreßt, sein letzter Rest an Würde von Qual und Verzweiflung abgeschliffen ist.

Auf einer Galeere werden Menschen zu Monstern. Manche Kapitäne lassen die Positionen der einzelnen Sklaven nie rotieren. Ein Mensch, der Tag für Tag, Monat für Monat auf derselben Seite rudert, entwickelt, vor allem, wenn er an den großen Rudern eingesetzt wird, auf einer Seite des Körpers gewaltige Muskeln, die im Vergleich zu seiner anderen Körperhälfte völlig unverhältnismäßig wirken. Gleichzeitig wird er aus Mangel an Sonnenlicht blaß wie ein Fisch. Gelingt einem solchen Mann die Flucht, ist er an seiner Mißbildung jederzeit mühelos zu erkennen. Ich habe einmal beobachtet, wie ein Trupp privater Wachleute einen solchen Mann in der Subura nackt und schreiend aus einem Bordell zerrte. Eco, damals noch ein kleiner Junge, war entsetzt und brach, nachdem ich ihm die Sache erklärt hatte, in Tränen aus.

Auf Galeeren werden Menschen jedoch auch zu Göttern.

Crassus, falls er tatsächlich der Eigentümer dieses Schiffes war, achtete darauf, seine Rudersklaven rotieren zu lassen, oder er verbrauchte sie einfach schneller als die meisten anderen, denn ich konnte keine mißgebildeten Körper erkennen. Statt dessen sah ich junge Männer mit gewaltigen Brustkörben, Schultern und Armen und dazwischen auch einige ältere Überlebende mit noch massigeren Körpern – eine Mannschaft bärtiger Apollos mit dem einen oder anderen ergrauten Hercules, zumindest vom Hals an abwärts. Denn darüber waren ihre Gesichter nur allzu menschlich, verhärmt von Sorge und Leid.

Als ich meinen Blick von Gesicht zu Gesicht wandern ließ, wandten die meisten Männer die Augen ab, als würde mein Blick sie genauso verletzen wie ein Schlag des Einpeitschers. Einige wagten es jedoch, ihn zu erwidern. Ich sah Augen stumpf von endloser Arbeit und Monotonie, Augen voller Neid auf einen Mann, der die schlichte Freiheit besaß, nach Belieben umherzulaufen, sich den Schweiß aus dem Gesicht zu wischen oder sich nach Verrichtung der Notdurft zu säubern. In manchen Augen lag auch lauernde Angst oder Haß, in wieder anderen eine seltsame Faszination, fast eine Lust, ein nacktes Starren, mit dem ein Verhungernder vielleicht einen Vielfraß anblicken mag.

Ich wurde von einer Art Fieber gepackt, warm und eigenartig entrückend, als ich inmitten zahlloser nackter Sklaven den langen Mittelgang hinunterlief, in der Nase den Geruch ihres Fleisches, auf der Haut die feuchte Hitze ihrer geschundenen Körper, während mein Blick durch die Reihen dieser Versammlung der vergessen im Dunkel Leidenden wanderte. Ich kam mir vor wie ein Mann in einem Traum, der anderen Männern in einem Alptraum zusah.

Je weiter ich mich von dem Podest des Trommlers und der Treppe in der Mitte des Schiffes entfernte, desto weniger wurden die Lampen, auch wenn sich hier und dort ein wenig Mondschein in das finstere Verlies verirrte, einen silberblauen Glanz auf die verschwitzten Arme und Schultern der Ruderer legend und in den Ketten aufblitzend, mit denen ihre Hände an die Ruder gefesselt waren. Auch das dumpfe Schlagen der Trommel in meinem Rücken wurde leiser, langsam, gleichmäßig, ein gemäßigtes nächtliches Tempo vorgebend, ein stetiger Rhythmus, so hypnotisch wie das zischende Murmeln der Wellen, die gegen den Bug schwappten.

Ich erreichte das Ende des Ganges, drehte mich um und blickte auf die schuftende Menge zurück. Ich hatte auf einmal genug gesehen und hastete Richtung Ausgang. Ich bemerkte, wie der Einpeitscher vor mir, vom Licht der Laternen wie auf einer Bühne beleuchtet, mit einem wissenden Nicken zu mir herüberblickte. Selbst auf diese Entfernung konnte ich die Verachtung in seinem Gesicht erkennen. Dies war seine Domäne; ich war ein Eindringling, ein Schaulustiger, viel zu verweichlicht für einen Ort wie diesen. Extra für mich ließ er seine Peitsche durch die Luft knallen und quittierte das Stöhnen der Sklaven zu seinen Füßen mit einem Lächeln.

Ich setzte einen Fuß auf die Treppe und wäre bestimmt ohne Zögern weitergegangen, wenn mich nicht ein Gesicht im Schein der Laterne aufgehalten hätte. Der Junge muß mich an Eco erinnert haben, weshalb mir sein Gesicht unter all den anderen auffiel. Er arbeitete auf dem obersten Rang neben der Brücke. Als er den Kopf wandte, um mich anzusehen, fiel ein Mondstrahl auf seine Wange, so daß die eine Hälfte seines Gesichtes in blaßblauen Mondschein, die andere in das orangefarbene Licht der Laterne getaucht war. Trotz seiner massigen Schultern und des kräftigen Brustkorbs war er fast noch ein Kind. Bei allem Schmutz auf den Wangen und allem Leiden in seinen Augen hatte er etwas seltsam Unschuldiges. Seine dunklen Gesichtszüge waren auffällig attraktiv, seine markante Nase, der breite Mund und die großen dunklen Augen ließen auf orientalische Herkunft schließen. Als ich ihn so im Mondlicht betrachtete, wagte er es, meinen Blick zu erwidern, und dann lächelte er sogar – ein trauriges, mitleiderregendes Lächeln, zögernd und ängstlich.

Ich dachte daran, wie leicht Eco an einem solchen Ort hätte

enden können, wenn ich ihn nicht an jenem lange zurückliegenden Tag auf der Straße aufgelesen und mit nach Hause genommen hätte – ein Junge mit einem kräftigen Körper, aber ohne eine Zunge oder Familie, die ihn verteidigen konnte, hätte leicht gefangen und auf einer Auktion verkauft werden können. Ich sah wieder den Sklavenjungen an und versuchte sein Lächeln zu erwidern, doch es gelang mir nicht.

Plötzlich kam ein Mann die Treppe heruntergerannt, schubste mich unsanft aus dem Weg und rannte zum Heck. Er rief dem Trommler irgend etwas zu, worauf jener sein Schlagtempo abrupt verdoppelte. Es gab einen gewaltigen Ruck, als das Schiff plötzlich nach vorne schoß. Die Beschleunigung war erstaunlich.

Die Trommel dröhnte lauter und lauter, schneller und schneller. Der Bote drängte sich an mir vorbei und wollte wieder an Deck stürzen, doch ich hielt ihn am Ärmel seiner Tunika fest. »Piraten!« rief er theatralisch. »Zwei Schiffe sind aus einer versteckten Bucht aufgetaucht und jetzt hinter uns her.« Er machte ein ernstes Gesicht, aber als er sich losriß, war mir zu meiner Verwunderung, als hätte ich ihn lachen gesehen.

Ich wollte ihm folgen, blieb jedoch, fasziniert von dem plötzlichen Spektakel um mich herum, stehen. Die Trommel schlug schneller. Die Ruderer folgten stöhnend dem vorgegebenen Tempo. Der Einpeitscher kam über die Brücke und ließ seine Peitsche durch die Luft knallen. Die Ruderer zuckten zusammen.

Die Geschwindigkeit der Trommelschläge nahm weiter zu. Die Sklaven am äußersten Rand des Schiffsrumpfes konnten sitzen bleiben, aber die auf den Stegen wurden von dem gesteigerten Tempo der Ruder aus ihren Sitzen gerissen, versuchten verzweifelt, sich aufrecht zu halten und streckten die Arme hoch in die Luft, um die rotierenden Ruder unter Kontrolle zu halten. Ans Holz gekettet, blieb ihnen auch gar keine andere Wahl.

Der Trommelschlag wurde nun noch schneller. Die riesige Maschine lief auf vollen Touren. Die Ruder bewegten sich in großen Kreisen und einem wahnwitzigen Tempo. Die Sklaven schufteten mit all ihrer Kraft. Entsetzt, aber gleichzeitig unfähig, mich abzuwenden, betrachtete ich ihre verzerrten Gesichter – die aufeinandergebissenen Zähne, die vor Angst und Verwirrung brennenden Augen.

Es gab ein lautes Knallen und Krachen, als sei eines der riesigen Ruder geborsten, so nah, daß ich mein Gesicht bedeckte. Im selben Moment warf der Junge, der mir eben noch zugelächelt hatte, den Kopf zurück, den Mund zu einem stummen Schmerzensschrei aufgerissen.

Der Einpeitscher hob erneut den Arm. Die Peitsche schwirrte durch die Luft. Der Junge schrie auf, als habe er sich verbrüht. Ich sah, wie die Peitsche seine nackte Schulter traf. Er taumelte gegen das Ruder und stolperte auf seinem Steg. Dann wurde er von den Fesseln an seinem Handgelenk nach vorn, zurück und wieder nach vorn gerissen. Als er am höchsten Punkt baumelte und verzweifelt um Halt kämpfte, traf ihn die Peitsche in den Hüften.

Der Junge schrie, zuckte zusammen und fiel erneut. Das Ruder schleifte ihn eine weitere Drehung hinter sich her. Irgendwie gelang es ihm, wieder Halt zu finden, und er versuchte mit angespannten Muskeln, seinen Rhythmus wiederzufinden. Die Trommel dröhnte. Die Peitsche sauste auf und nieder. Wimmernd und keuchend vor Schmerz tanzte der Junge wie ein Spastiker. Seine breiten Schultern zuckten im Rhythmus der Schläge des Einpeitschers, wodurch er wieder aus dem Tritt der riesigen Maschinerie geriet. Sein Gesicht war schmerzverzerrt, und er weinte wie ein Kind, während der Einpeitscher wieder und wieder auf ihn einschlug.

Ich betrachtete das Gesicht des Mannes. Er erwiderte meinen Blick mit einem grimmigen Lächeln, das seine verfaulten Zähne preisgab, bevor er sich abwandte und auf den Rücken eines der Sklaven spuckte. Er sah mich direkt an und hob erneut die Peitsche, als wolle er mich zum Eingreifen provozieren. Die Ruderer stöhnten mit einer einzigen gemeinsamen Stimme wie ein tragischer Chor. Ich schaute zu dem Jungen, der die ganze Zeit über weiterruderte, und er blickte zu mir zurück, während er, unfähig zu sprechen, nur stumm seine Lippen bewegte.

Plötzlich hörte ich von oben Schritte. Der Bote erschien wieder und machte dem Trommler mit der offenen Hand ein Zeichen. »Alles klar! Alles klar!« brüllte er.

Der Trommelschlag brach abrupt ab. Die Ruder standen still. Nur das Klatschen der Wellen gegen den Rumpf, das Ächzen von Holz und das heisere, keuchende Atmen der Ruderer erfüllte die Stille. Zu meinen Füßen war der Junge über seinem Ruder zusammengebrochen und wurde von einem Heulkrampf geschüttelt. Ich betrachtete seine breiten, muskulösen, von blauen Schwielen übersäten Schultern. Die frischen Wunden waren über einer Unzahl älterer Narben aufgeplatzt; offenbar war es nicht das erste Mal, daß der Einpeitscher es auf ihn abgesehen hatte.

Plötzlich sah und hörte ich nichts mehr; der Gestank überwältigte mich, als ob der Schweiß so vieler dichtgedrängter Leiber die ranzige Luft vergiftet hätte. Ich stieß den Boten beiseite und stürmte die Treppe hoch ins Freie. Unter dem Sternenhimmel beugte ich mich über das Schanzwerk und entleerte meinen Magen.

Danach sah ich mich orientierungslos, geschwächt und angeekelt um. Die Männer an Deck waren damit beschäftigt, das Zusatzsegel einzuholen. Das Wasser war ruhig, die Küste lag still und dunkel da.

Marcus Mummius sah mich und kam zu mir herüber. Er war offenbar bester Laune.

»Ist dir dein Abendessen wieder hochgekommen? Kann einem mit vollem Magen schon passieren, wenn wir auf volles Tempo beschleunigen. Ich habe dem Besitzer des Schiffes geraten, nicht so schwere Speisen zu lagern. Ich würde es jedenfalls jederzeit vorziehen, Brot und Wasser zu kotzen anstatt halb verdauten Fisch und Galle.«

Ich wischte mir übers Kinn. »Haben wir sie abgehängt? Ist die Gefahr vorüber?«

Mummius zuckte die Schultern. »Gewissermaßen.«

»Was soll das heißen?« Ich blickte zum Heck. Das Meer lag verlassen da. »Wie viele waren es? Wo sind sie hin?«

»Oh, es waren mindestens tausend Schiffe, alle mit Piratenflagge. Und jetzt sind sie wieder im Hades verschwunden, wo sie hingehören.« Er sah den verdutzten Ausdruck auf meinem Gesicht und lachte. »Phantom-Piraten«, erklärte er. »Meeresgeister.«

»Was? Ich verstehe nicht.« Seeleute sind zwar abergläubisch, aber ich konnte mir nicht vorstellen, daß Mummius seine Galeerensklaven halb zu Tode hetzte, um ein paar unheimlichen Nebeln oder einem verirrten Wal zu entkommen.

Doch Mummius war nicht verrückt; es war noch schlimmer. »Eine Übung«, sagte er schließlich, kopfschüttelnd und mir auf die Schulter klopfend, als habe er einen Witz gemacht, den ich in meiner Beschränktheit nicht verstand.

»Eine Übung?«

»Ja! Eine Drillübung, ein Probealarm. Man muß sie hin und wieder abhalten, vor allem auf einem zivilen Schiff wie der *Furie*, um sicherzugehen, daß alle auf Zack sind. Zumindest halten wir die Dinge unter −« Er wollte einen Namen nennen, hielt sich jedoch im letzten Moment zurück. »Unter meinem Befehlshaber so«, beendete er den Satz. »Vor allem nachts erwischt man die Sklaven immer völlig unvorbereitet!«

»Eine Übung?« wiederholte ich begriffsstutzig. »Du meinst, es gab gar keine Piraten? Das Ganze war überflüssig? Aber die Sklaven unter Deck sind völlig fertig…«

»Gut!« sagte Mummius und reckte sein Kinn in die Luft. »Die Sklaven eines römischen Herrn müssen allzeit bereit sein, immer bei Kräften. Wozu sollten sie sonst nutze sein?« Es waren nicht seine eigenen Worte; er zitierte jemanden. Von was für einer Art Mann erhielt Marcus Mummius seine Befehle, wer konnte es sich leisten, so verschwenderisch mit seinen menschlichen Werkzeugen umzugehen?

Ich blickte auf die aus dem Rumpf der *Furie* ragenden Ruder, die bewegungslos über den Wellen schwebten. Wenig später rührten sie sich und tauchten wieder in die Fluten. Man hatte den Sklaven eine kurze Erholungspause gegönnt, und jetzt hatten sie ihre Arbeit wiederaufgenommen.

Ich ließ den Kopf hängen, atmete die salzige Luft tief ein und wünschte, ich wäre wieder in Rom, eingeschlafen in Bethesdas Armen.

VIER

Ein Stoß in die Rippen weckte mich. Neben meinem Lager stand Eco und bedeutete mir aufzustehen.

Sonnenlicht strömte durch das Bullauge. Ich erhob mich und sah kniend hinaus. An der nahen, felsigen Küste erkannte ich vereinzelte Behausungen. Die tiefer und näher am Wasser gelegenen Gebäude waren morsche, kleine Katen, bescheidene, aus Treibholz zusammengezimmerte und mit Netzen umgebene Hütten in der Nachbarschaft kleiner Werften. Die höher liegenden Bauwerke waren deutlich anders – riesige Villen mit weißen Säulen und weinbewachsenen Fassaden.

Ich erhob mich und versuchte, so gut es in dem beengten Quartier eben ging, mich zu strecken. Ich benetzte mein Gesicht mit Wasser und nahm einen Schluck, um meinen Mund auszuspülen, bevor ich es aus dem Bullauge spuckte. Eco hatte bereits meine bessere Tunika bereitgelegt. Während ich mich ankleidete, kämmte er mein Haar und spielte Barbier. Als das Schiff einen kleinen Ruck machte, hielt ich den Atem an, aber er schnitt mich kein einziges Mal.

Eco holte Brot und Äpfel, die wir, die Aussicht genießend, an Deck aßen, während Marcus Mummius das Schiff in die große Bucht steuerte, die die Römer schon immer »cuppa« genannt haben, weil sie an einen riesigen, von einer Reihe kleiner Dörfer umrandeten Kelch voll Wasser erinnert. Die alten Griechen, die die Gegend zuerst besiedelt hatten, hatten sie nach ihrer meines Wissens größten Siedlung die Bucht von Neapolis getauft. Cicero, ein gelegentlicher Klient von mir, bezeichnete sie oft spöttisch als die Bucht des Luxus; er selbst besaß übrigens keine Villa dort – noch nicht.

Wir fuhren von Norden durch die Meerenge zwischen dem Kap von Misenum und der Insel Procida in die Bucht ein. Direkt vor uns am anderen Ende der Bucht lag die Insel Capri wie ein felsiger, himmelwärts weisender Finger. Die Sonne stand hoch, und es war ein strahlender, klarer Tag ohne jeden Dunst über dem Wasser. Zwischen unserer Einfahrt und der gegenüberliegenden Meerenge, die Capri vom Vorgebirge der Minerva trennt, war das Wasser übersät mit den bunten Segeln der Fischerboote und den größeren Segeln der Handelsschiffe und Fährboote, die in der Bucht zirkulierten, indem sie Passagiere und Fracht von Surrentum und Pompeji auf der südlichen Seite nach Neapolis und Puteoli im Norden beförderten.

Als wir die Landspitze umrundet hatten, lag die gesamte Bucht in der Sonne glitzernd vor uns. Als zentraler Blickfang über dem kleinen Dörfchen Herculaneum bedrohlich auftauchend, erhob sich der Vesuv. Sein Anblick beeindruckt mich stets aufs neue. Der Berg ragte am Horizont auf wie eine riesige, an der Spitze abgeflachte Pyramide. Mit seinen fruchtbaren, von Wiesen und Weinstöcken bedeckten Hängen thronte er über der Bucht wie ein gütiger und großzügiger Gott, ein Monument unerschütterlicher Gelassenheit. In den ersten Tagen des Sklavenaufstands hatten Spartacus und seine Männer auf den höher gelegenen Hängen eine Zeitlang Zuflucht gesucht.

Die *Furie* hielt sich dicht an der Küste, umrundete das Kap von Misenum und wandte dem Vesuv dann den Rücken zu, um hoheitsvoll in den versteckten Hafen einzulaufen. Die Segel wurden eingeholt, Matrosen rannten über Deck und sicherten Taue und Luken. Ich zog Eco aus dem Weg, weil ich Angst hatte, daß er so ganz ohne Stimme zum eigenen Schutz vielleicht überrannt werden oder sich in einem der Taue verheddern könnte. Er schüttelte meine Hand sanft ab und verdrehte die Augen, als wolle er sagen, *ich bin kein kleiner Junge mehr.* Aber es war die Begeisterung eines kleinen Jungen, mit der er den

Kopf in diese und jene Richtung wandte, den Hals reckte und voller Ehrfurcht umherhuschte, um möglichst alles gleichzeitig zu beobachten. Seinen Augen entging nichts; in der allgemeinen Hektik packte er auf einmal meinen Arm und zeigte auf ein Ruderboot, das von den Docks abgelegt hatte und auf die *Furie* zukam.

Es legte längsschiffs an. Marcus Mummius beugte sich über die Reling und rief dem Neuankömmling eine Frage zu. Als er die Antwort hörte, warf er den Kopf zurück und seufzte – ob aus Erleichterung oder Bedauern, vermochte ich nicht zu sagen.

Er blickte auf und empfing mich mit unwilliger Miene. »In meiner Abwesenheit hat sich nichts geklärt«, meinte er seufzend. »Du wirst also doch noch gebraucht. Zumindest war die Reise nicht umsonst.«

»Dann kannst du mir jetzt auch offiziell sagen, daß Marcus Crassus mein Auftraggeber ist?«

Mummius sah mich traurig an. »Du hältst dich wohl für unheimlich schlau, was? Ich hoffe nur, daß du auch so schlau bist, wenn es drauf ankommt. Und jetzt ab mit dir – die Leiter runter!«

»Was ist mit dir?«

»Ich komme später nach, wenn ich mich um das Schiff gekümmert habe. Ich überlasse dich jetzt der Obhut von Faustus Fabius. Er wird dich zu der Villa in Baiae bringen und dort für alles Notwendige sorgen.«

Eco und ich kletterten in das Ruderboot, wo ein großer rothaariger Mann in einer dunkelblauen Tunika zu unserer Begrüßung bereitstand. Er hatte ein junges Gesicht, doch ich bemerkte die Altersfältchen um seine katzengrünen Augen. Ich schätzte ihn auf Mitte Dreißig, in etwa so alt wie Marcus Mummius. Er ergriff meine Hand, und ich sah den Patrizierring an seinem Finger aufblitzen, obwohl es kaum eines goldenen Ringes bedurft hätte, seine Herkunft aus einer traditionsreichen Familie zu bezeugen. Die Fabier sind so alt wie die Cornelier oder Aemilier, älter noch als die Claudier, und nur ein römischer Adeliger von ehrwürdigster Abstammung kann die Schulter so steif zurückziehen und das Kinn so stolz in die Höhe recken – selbst in einem kleinen, schwankenden Boot –, ohne dabei entweder pompös oder lächerlich auszusehen.

»Du bist der, den sie den Sucher nennen?« Er hatte eine angenehme, tiefe Stimme. Beim Sprechen wölbte er eine Augenbraue, eine derart typisch patrizische Geste, daß ich mich manchmal frage, ob der alte Adel allein zu diesem Zweck über einen zusätzlichen Muskel an der Stirn verfügt.

»Gordianus aus Rom«, erwiderte ich.

»Gut, gut. Wir sollten uns lieber setzen, es sei denn, du bist ein ausgezeichneter Schwimmer.«

»Ich kann eigentlich fast überhaupt nicht schwimmen«, gestand ich.

Faustus Fabius nickte. »Ist das dein Assistent?«

»Mein Sohn Eco.«

»Ich verstehe. Gut, daß du gekommen bist. Gelina wird erleichtert sein. Aus irgendeinem Grund ist sie auf die fixe Idee verfallen, Mummius könnte vielleicht schon gestern am späten Abend zurückkommen. Wir haben ihr alle erklärt, daß das völlig unmöglich sei und daß er selbst unter günstigsten Bedingungen nicht vor heute nachmittag hier eintreffen könne. Aber sie wollte nicht hören. Bevor sie zu Bett ging, hat sie veranlaßt, daß stündlich ein Bote zum Hafen hinunterlaufen sollte, um zu sehen, ob das Schiff endlich angekommen sei. Der Haushalt ist ein einziges Chaos, wie du dir sicherlich vorstellen kannst.«

Er sah meinen leeren Gesichtsausdruck. »Aber natürlich, Mummius hat dir vermutlich so gut wie gar nichts erzählt. Ja, so lautete sein Befehl. Keine Angst, man wird dir alles erklären.« Er wandte sein Gesicht in die Brise und ließ sein unmodisch langes Haar wie eine rote Mähne im Wind flattern.

Ich sah mich im Hafen um. Die *Furie* war bei weitem das größte Schiff. Der Rest waren kleine Fischerboote und Jachten. Misenum ist nie ein besonders geschäftiger Hafen gewesen; der Großteil des Handels an der Golfküste läuft über Puteoli, den wichtigsten Hafen Italiens. Doch es kam mir so vor, als wenn Misenum mit seiner Nähe zum Nobelviertel von Baiae und den berühmten Mineralbrunnen noch ruhiger war als gewohnt und beabsichtigt. Ich machte Fabius gegenüber eine diesbezügliche Bemerkung.

»Du warst schon mal in der Gegend?« fragte er.

»Ein paarmal.«

»Dann kennst du dich wohl gut mit Handelsschiffen und ihren Geschäften entlang der kampanischen Küste aus, was?«

Ich zuckte die Schultern. »Ich hatte hin und wieder beruflich am Golf zu tun. Ich bin beileibe kein Experte für Schiffsverkehr, aber liege ich völlig falsch, wenn ich sage, daß der Hafen auf mich ziemlich leer wirkt?«

Er verzog leicht das Gesicht. »Keineswegs. Mit den Piraten auf See und Spartacus im Binnenland ist der Handel in ganz Kampanien praktisch zum Erliegen gekommen. Auf den Land- und Wasserstraßen bewegt sich so gut wie nichts mehr – weswegen es um so erstaunlicher ist, daß Marcus bereit war, die *Furie* für dich nach Rom zu schicken.«

»Mit Marcus meinst du Marcus Mummius?«

»Natürlich nicht; Mummius besitzt doch keine Triere! Ich meine Marcus Crassus.« Fabius lächelte dünn. »Das solltest du allerdings noch gar nicht wissen, stimmt's, nicht vor unserer Landung jedenfalls. Aber das kann sich ja nur noch um Sekunden handeln. Halt dich gut fest – diese Tölpel von Ruderern, man könnte meinen, sie versuchen ein feindliches Schiff zu rammen. Ein Einsatz auf der *Furie* würde ihnen bestimmt nicht schaden.« Ich sah, wie die Sklaven an den Rudern sich ängstlich duckten oder wenigstens so taten als ob.

Als wir auf den Landungssteg geklettert waren, schaute ich mich ein weiteres Mal im Hafen um. »Du willst sagen, der Handel ist derzeit komplett zum Erliegen gekommen?«

Fabius zuckte mit den Schultern. Ich schrieb diese Geste der traditionellen patrizischen Verachtung gegenüber jeglicher Form von Handel zu. »Natürlich verkehren kleine Segel- und Ruderboote, die Passagiere und Waren von Dorf zu Dorf transportieren«, sagte er. »Aber es ist ein zunehmend selteneres Ereignis, ein großes Schiff aus Ägypten oder Afrika oder auch nur Spanien an den großen Docks von Puteoli festmachen zu sehen. In ein paar Wochen wird der Verkehr auf dem Meer über den Winter sowieso eingestellt. Was Waren aus dem Inland betrifft, hat Spartacus seinen Schatten mittlerweile auf ganz Süditalien geworfen. Er hat sein Winterlager in den Bergen um Thurii aufgeschlagen, nachdem er den ganzen Sommer über die Region östlich des Vesuvs terrorisiert hat. Ernten wurden vernichtet, Bauernhöfe und Villen bis auf die Grundmauern niedergebrannt. Die Märkte sind leer. Nur gut, daß die Einheimischen nicht von Brot leben müssen; solange es in der Bucht Fische und im Lucrinus-See Austern gibt, wird hier in der Gegend keiner verhungern.«

Er drehte sich um und führte uns über den Pier. »Trotz der Unruhen nehme ich nicht an, daß es in Rom schon zu irgendwelchen Knappheiten gekommen ist? Schließlich ist Mangel in Rom nicht erlaubt.«

»Die Menschen haben Angst, doch sie leiden nicht«, zitierte ich aus einer Rede, die ich unlängst auf dem Forum gehört hatte.

Fabius schnaubte verächtlich. »Typisch Senat. Setzen wer weiß was in Bewegung, damit es der Pöbel in Rom weiter bequem hat, und bringen es gleichzeitig nicht fertig, einen vernünftigen General gegen Spartacus oder die Piraten loszuschicken. Was für eine Versammlung von Inkompetenzlingen! Seit Sulla die Türen des Senats geöffnet hat, um all seine reichen Spezis mit einem Sitz zu belohnen, ist Rom nicht mehr das, was es einmal war. Heutzutage stehen die Schmuck- und Olivenölhändler Schlange, um Reden zu schwingen, während irgendwelche wild gewordenen Gladiatoren mordend und raubend über Land ziehen. Man kann nur von Glück sagen, daß es Spartacus bisher entweder an Verstand oder an Mut gefehlt hat, auf Rom selbst zuzumarschieren.«

»Diese Möglichkeit wird täglich diskutiert.«

»Das kann ich mir vorstellen. Worüber sollten sich die Römer zwischen Kaviar und gefüllten Wachteln auch sonst unterhalten?«

»Pompejus ist immer ein beliebtes Thema des Stadtklatsches«, schlug ich vor. »Man sagt, er habe die Aufständischen in Spanien fast besiegt. Die öffentliche Meinung blickt sehnsuchtsvoll auf Pompejus, auf daß er zurückkommen und dem Spartacus-Spuk ein Ende bereiten möge.«

»Pompejus!« Faustus Fabius sprach den Namen mit beinahe ebenso großer Verachtung aus wie Marcus Mummius. »Nicht, daß er nicht aus einer guten Familie stammen würde, und seine militärischen Verdienste sind unbestreitbar. Aber dieses eine Mal ist Pompejus nicht der richtige Mann am rechten Ort.«

»Wer ist es denn?«

Fabius lächelte und blähte seine breiten Nüstern. »Du wirst ihn in Kürze kennenlernen.«

Pferde warteten auf uns. Begleitet von Fabius' Leibwächter ritten wir durch das Dorf Misenum und wandten uns dann auf einer gepflasterten Straße entlang des breiten, schlammigen Strandes nach Norden. Nach einer Weile bog die Straße landeinwärts und stieg einen flachen, bewaldeten Hügel hinauf. Zwischen den Bäumen sah ich auf beiden Seiten große Häuser inmitten riesiger gepflegter Gärten, voneinander getrennt durch Abschnitte unkultivierter Wildnis. Eco riß die Augen auf. An meiner Seite hatte er schon wohlhabende Männer kennengelernt und gelegentlich auch ihre Häuser betreten dürfen, aber ein Pomp, wie er am Golf gepflegt wird, war neu für ihn. Die Stadthäuser der Reichen mit ihren schmucklosen Fassaden stehen dicht beieinander und sind weit weniger aufdringlich als ihre Landvillen. Abseits der neidischen Blicke des städtischen Pöbels jedoch, in einer Umgebung, in der höchstens Sklaven oder selbst wohlhabende Gäste an die Tür klopften, zeigten die großen Römer keine Scheu, ihren guten Geschmack zu demonstrieren sowie die Tatsache, daß sie ihn sich auch leisten konnten. Altmodische Redner auf dem Forum behaupteten zwar immer, daß man in der guten alten Zeit nicht mit Reichtum geprotzt habe, aber zu meinen Lebzeiten hat das Gold sein Gesicht stets ohne jede Scham offen gezeigt, vor allem in der Bucht des Luxus.

Faustus Fabius schlug ein gemächliches Tempo ein. Wenn sein Auftrag ein dringender war, ließ er es uns nicht merken. Offenbar liegt etwas in der Luft der kampanischen Küste, das selbst den gehetztesten Städter entspannen läßt. Auch ich spürte es – eine Frische in der von Kiefernduft und Meergeruch erfüllten Luft, eine besondere Klarheit des Sonnenlichts, das sich in der riesigen Bucht spiegelte, ein Gefühl von Harmonie mit den Göttern der Erde, des Himmels, des Feuers und des Wassers. Solches Wohlbehagen löst die Zunge, und es fiel mir nicht schwer, mich mit Faustus Fabius anzufreunden, indem ich begeistert die Schönheit der Landschaft kommentierte und ihm einige Fragen über die hiesige Topographie und Küche stellte. Er war zwar durch und durch Römer, besuchte die Region jedoch offensichtlich so häufig, daß er die kampanischen Küstenbewohner und ihre alten griechischen Bräuche recht gut kannte.

»Ich muß schon sagen, Faustus Fabius, mein Gastgeber an Land ist definitiv auskunftsfreudiger als der auf dem Wasser.« Er nahm das Kompliment mit einem dünnen Lächeln und einem wissenden Nicken entgegen; ich sah, daß er Marcus Mummius nicht besonders mochte. »Sag mir«, fuhr ich fort, »wer genau ist Marcus Mummius eigentlich?«

Fabius wölbte die Braue. »Ich dachte, das wüßtest du. Während des Bürgerkriegs war Mummius einer von Crassus' Protegés und ist seitdem Crassus' rechte Hand in allen militärischen Fragen. Die Mummier sind keine besonders vornehme Familie, aber wie alle römischen Familien, die lange genug überleben, haben sie zumindest einen berühmten Vorfahren. Leider geht der Ruhm in diesem speziellen Fall Hand in Hand mit dem Anruch eines Skandals. Marcus Mummius' Urgroßvater war Konsul in den Tagen der Brüder Gracchius; für seine Feldzüge in Spanien und Griechenland wurden ihm sogar Triumphe bereitet. Hast du noch nie von dem Verrückten Mummius gehört, auch bekannt als der Barbar?«

Ich zuckte die Schulter. Der Verstand des Adels funktioniert zweifelsohne anders als der gewöhnlicher Menschen; wie sonst können sie sich scheinbar mühelos so viele Ehrungen und Klatschgeschichten so vieler Vorfahren merken, und zwar nicht nur der eigenen, sondern auch der ihrer Mitmenschen? Auf jedes noch so geringfügige Stichwort sind sie in der Lage, in allen Einzelheiten Leben nach Leben zu erzählen bis zurück in die Tage von König Numa und weiter.

Fabius lächelte. »Es ist unwahrscheinlich, aber wenn das Thema in Mummius' Gegenwart zur Sprache kommt, sei vorsichtig, was du sagst; wenn es um den Ruf seines Vorfahren geht, ist er erstaunlich empfindlich. Vor etlichen Jahren also wurde der Verrückte Mummius vom Senat beauftragt, den Aufstand des Achäischen Bundes in Griechenland niederzuschlagen. Mummius hat den Griechen eine vernichtende Niederlage beigebracht, dann Korinth geplündert, dem Erdboden gleichgemacht und die Bewohner per Senatsdekret in die Sklaverei verkauft.«

»Ein weiteres Kapitel in der ruhmreichen Geschichte unseres großen Reiches. Doch bestimmt ein Vorfahre, auf den jeder Römer stolz sein sollte.«

»In der Tat«, antwortete Fabius gepreßt auf die Ironie in meiner Stimme.

»Und diese Schlächterei hat ihm den Namen der ›Verrückte Mummius‹ eingebracht?«

»Oh, beim Hercules, nein! Es war weder seine Blutrünstigkeit noch seine Grausamkeit. Es war die indifferente Behandlung, die er den Kunstwerken angedeihen ließ, die er mit zurück nach Rom brachte. Unbezahlbare Statuen trafen in zahllosen Einzelteilen ein, filigran gravierte Urnen wurden zerkratzt und beschädigt, Juwelen von Schatullen gebrochen, kostbare Glasarbeiten zerschlagen. Man sagt, der Mann konnte einen Polyclitus nicht von einem Polydorus unterscheiden!«

»Stell sich das einer vor!«

»Nein, wirklich! Man erzählt sich, daß eine Juno von Polyclitus und eine Venus von Polydorus auf dem Transport beide ihren Kopf verloren hatten, und als der Verrückte Mummius sie wieder zusammensetzen ließ, befahl er den Arbeitern, den falschen Kopf auf die falsche Statue zu setzen. Der Irrtum war für jeden, der Augen im Kopf hatte, klar erkennbar. Einer der Korinther, empört über diese Blasphemie, klärte den Verrückten Mummius über seinen Fehler auf, worauf der General den alten Mann gründlich auspeitschen ließ, bevor er ihn als Minenarbeiter verkaufte. Dann befahl er seinen Leuten, die Statuen genauso zu lassen, wie sie waren, weil sie seiner Ansicht nach so besser aussahen.« Fabius schüttelte angewidert den Kopf; für einen Patrizier ist ein hundert Jahre alter Skandal noch genauso empörend wie am ersten Tag. »Der alte Mummius wurde als der Verrückte Mummius, der Barbar, bekannt, da sein Kunstverstand den eines Galliers oder Thrakers nicht überragte. Von dieser Peinlichkeit hat sich die Familie nie ganz erholt. Bedauerlicherweise, da unser Marcus Mummius seinen Vorfahren wegen seiner militärischen Fertigkeiten überaus schätzt, und das durchaus zu Recht.«

»Und Crassus schätzt die Fertigkeiten von Marcus Mummius?«

»Er ist, wie gesagt, seine rechte Hand.«

Ich nickte. »Und wer bist du, Faustus Fabius?«

In dem Versuch, seine katzenartige Unbestimmtheit zu durchdringen, sah ich ihm unverwandt in die Augen, aber er belohnte meine Bemühungen lediglich mit einer nichtssagenden Miene, die auf der einen Seite ein Lächeln, auf der anderen ein Stirnrunzeln anzudeuten schien. »Dann bin ich wohl die *linke* Hand von Crassus«, meinte er.

Als wir den Kamm des Hügels erreicht hatten, wurde die Straße eben. Durch die Bäume zu unserer Rechten sah ich hin und wieder das Wasser der Bucht und am anderen Ufer die Lehmdächer von Puteoli aufblitzen, die in der Sonne glänzten wie rote Perlen. Ich hatte schon seit geraumer Zeit links und rechts der Straße keine Häuser mehr gesehen; offenbar durchquerten wir ein einzelnes, größeres Anwesen. Wir kamen an Weinhängen und bestellten Feldern vorbei, aber ich sah keinen einzigen Sklaven bei der Arbeit. Ich machte eine Bemerkung über das Fehlen jeglichen Anzeichens von Leben. Weil ich annahm, daß Fabius mich wegen des Hufgetrappels nicht gehört hatte, wiederholte ich das Gesagte noch einmal lauter, aber er blickte nur stur geradeaus und schwieg.

Schließlich kamen wir an einen Abzweig. Der Privatweg war nicht durch ein Tor versperrt, sondern lediglich durch zwei rote Säulen markiert, auf denen jeweils der Bronzekopf eines Bullen mit einem Nasenring thronte.

Auf beiden Seiten erstreckte sich unkultiviertes und bewaldetes Land. Der Weg wand sich leicht abschüssig zur Küste hinab. Durch die Bäume konnte ich das blaue Meer, bunte Segel und in der Ferne wieder die Dächer von Puteoli sehen. Dann machte der Weg eine scharfe Rechtsbiegung um einen großen Felsen. Dahinter hörten Baumbewuchs und Unterholz abrupt auf und gaben den Blick auf die gewaltige Fassade der Villa frei.

Das Dach bestand aus Lehmziegeln, die in der Sonne feuerrot leuchteten. Die Wände waren safrangelb gestrichen. Das zentrale Gebäude war zwei Stockwerke hoch, flankiert von einem Nord- und einem Südflügel. Auf einem kiesbedeckten Vorplatz hielten wir an, und zwei Sklaven waren uns beim Absitzen behilflich und führten die Pferde in die nahe gelegenen Ställe. Eco klopfte den Staub aus seiner Tunika und sah sich mit großen Augen um, als Faustus Fabius uns zum Eingang führte. Beerdigungskränze aus Zypressen und Tannen schmückten die hohen Eichenportale.

Fabius klopfte. Die Tür wurde einen Spalt geöffnet, und ein blitzendes Augenpaar spähte heraus, bevor die Tür von dem unsichtbaren Sklaven dahinter ganz aufgehalten wurde. Fabius hob die Hand, eine Geste, die uns gleichzeitig aufforderte, ihm zu folgen und leise zu sein. Meine Augen waren an das helle Sonnenlicht gewöhnt, so daß mir die Halle recht düster vorkam. Die Wachsmasken der Vorfahren in ihren Nischen nahm ich nur als vage Schatten zu beiden Seiten wahr, wie Seelen ohne Körper, die uns durch kleine Fenster anstarrten.

Aus der düsteren Halle kamen wir ins Atrium, einem quadratischen Innenhof, der im Erdgeschoß von einem vierteiligen Portikus, im ersten Stock von einem schmalen Gang eingefaßt war. Kieswege schlängelten sich durch einen Garten mit niedrigem Bewuchs. In der Mitte befand sich ein kleiner Brunnen, in dem ein bronzener Faun seinen Kopf entzückt zurückwarf, während aus den Pfeifen seiner Flöte Wasser sprudelte, ein exquisit gearbeitetes Stück. Das Wesen wirkte lebensecht, jederzeit bereit, aufzuspringen und zu tanzen; und das Geräusch des sprudelnden Wassers klang fast wie ein zartes Lachen. Als wir näher kamen, flatterten zwei gelbe Vögel, die in dem winzigen Teich gebadet hatten, erschreckt auf, flogen einen Kreis um die ausgestreckten Hufe des Fauns, landeten nervös auf der Balustrade des oberen Stockwerks und erhoben sich dann ganz in die blauen Lüfte.

Ich sah ihnen nach, bevor ich mich wieder dem Garten widmete. Erst jetzt bemerkte ich die große Totenbahre, die am anderen Ende des Atriums aufgestellt war, und die darauf liegende Leiche.

Fabius ging durch den Garten, blieb kurz am Becken zu Füßen des Fauns stehen, um sich die Finger zu benetzen und an die Stirn zu legen. Eco und ich taten dasselbe und folgten ihm zu der Leiche. »Lucius Licinius«, sagte Fabius leise.

Zu Lebzeiten mußte der Mann über große Reichtümer verfügt haben oder jemand mit einer beachtlichen Börse hatte sich um die Bestattungsvorkehrungen gekümmert. Selbst sehr wohlhabende Familien geben sich für gewöhnlich damit zufrieden, ihre Verstorbenen auf eine hölzerne Bahre mit Beinen und möglicherweise auch Intarsien aus Elfenbein zu legen. Dieses anmutig geschnitzte Totenbett hingegen war komplett aus Elfenbein. Ich hatte von derlei Extravaganzen gehört, sie jedoch noch nie mit eigenen Augen gesehen. Das kostbare Material glänzte mit einer wächsernen Blässe, die beinahe so glatt und farblos war wie die Haut des Toten selbst.

Auf der Bahre lagen golden bestickte, purpurne Decken und Gebinde aus Astern und Immergrün. Der Tote trug eine weiße Toga mit kunstvollen grünen und weißen Verzierungen. Seine Füße steckten in frisch geölten Sandalen und wiesen, wie es die Tradition vorschrieb, auf die Türe des Hauses.

Eco rümpfte die Nase. Kurz darauf tat ich dasselbe. Trotz der Duftöle und Salben, mit denen die Leiche eingerieben worden war, ungeachtet auch der Schale mit Weihrauch, die auf einem flachen Kohlerost in der Nähe stand, lag ein durchdringender Verwesungsgeruch in der Luft. Eco wollte sich die Nase mit dem Saum seines Ärmels zuhalten, doch ich gab ihm einen Klaps auf die Finger und runzelte ob seiner Unhöflichkeit tadelnd die Stirn.

»Heute ist der fünfte Tag«, sagte Fabius leise. Also bei Einhaltung der siebentägigen Trauerfrist noch zwei Tage bis zur Bestattung. Bis dahin würde die Leiche ziemlich penetrant riechen. Bei einer derartig demonstrativen Zurschaustellung von Reichtum hatte die Familie bestimmt auch die besten Einbalsamierer engagiert oder sie, was noch wahrscheinlicher war, aus dem größeren Puteoli kommen lassen, aber all ihre Künste hatten nicht gereicht. Die Art und Weise, wie der Verblichene aufgebahrt lag, hatte etwas zusätzlich Ironisches; ein paar Efeuranken waren über seinen Kopf gefallen und verdeckten nicht nur sein halbes Gesicht, sondern auch alle Lorbeerkränze, die der Verstorbene in Erinnerung irdischer Ehren möglicherweise trug.

»Es sieht fast so aus, als habe man das Efeu absichtlich über sein Gesicht gelegt«, bemerkte ich.

Fabius hinderte mich nicht daran, das so kunstfertig dekorierte Grün vorsichtig anzuheben. Die darunter verborgene Schädelwunde war von der Art, die Einbalsamierer schier verzweifeln läßt – praktisch unmöglich zu säubern und zu verschließen, zu groß, um sie subtil zu überdecken, zu tief und zu häßlich, um sie sich länger anzusehen. Eco stieß unwillkürlich ein angewidertes Grunzen aus und wandte sich ab, bevor er sich erneut über den Toten beugte, um einen genaueren Blick zu riskieren.

»Widerlich, nicht wahr?« flüsterte Fabius und wandte sich ebenfalls ab. »Dabei war Lucius Licinius ein so eitler Mann. Eine Schande, daß er im Tod nicht besser aussehen konnte.«

Ich wappnete mich für eine weitere Betrachtung des Toten. Ein oder mehrere Schläge mit einem schweren, spitzen Gegenstand hatten den oberen rechten Quadranten seines Gesichtes zerstört, Wangenknochen und Kiefer zertrümmert und das Auge ruiniert, das trotz aller möglichen Anstrengungen, es nach dem Tod noch zu schließen, blutverklebt einen Spalt geöffnet war. Ich betrachtete, was von dem Gesicht noch übrig war, und konnte mir einen gutaussehenden Mann mittleren Alters vorstellen, an den Schläfen leicht ergraut und mit markanter Nase und kräftigem Kinn. Die Lippen waren leicht geöffnet, so daß man die Goldmünze sehen konnte, die die Einbalsamierer auf seine Zunge gelegt hatten – die Gebühr für den Fährmann Charon, der ihn über den Styx bringen sollte.

»Sein Tod war vermutlich kein Unfall«, äußerte ich einen ersten Verdacht.

»Wohl kaum.«

»Das blutige Ende einer Auseinandersetzung?«

»Schon eher. Es geschah tief in der Nacht. Am nächsten Morgen fand man seine Leiche im Atrium. Die Umstände waren eindeutig.«

»Ach ja?«

»Ein entlaufener Sklave – irgendein Narr, der offenbar dem Beispiel des Spartacus folgen wollte. Irgend jemand wird dich noch genauer über die Details unterrichten.«

»Es war die Tat eines entlaufenen Sklaven? Ich bin kein Sklavenjäger, Faustus Fabius. Warum hat man mich hierhergebracht?«

Er sah erst den Toten, dann den sprudelnden Faun an. »Das wird dir jemand anders erklären.«

»Also gut. Das Opfer – wie hast du ihn genannt?«

»Lucius Licinius.«

»War er der Herr dieses Hauses?«

»Mehr oder weniger«, erwiderte Fabius.

»Bitte keine rätselhaften Andeutungen.«

Fabius schürzte die Lippen. »Das war eigentlich Mummius' Aufgabe. Ich habe mich nur bereit erklärt, dich zur Villa zu begleiten, aber es war nicht abgemacht, daß ich dir die Angelegenheit nach deiner Ankunft erläutern sollte.«

»Marcus Mummius ist nicht hier. Aber ich bin hier, genau wie die Leiche eines Ermordeten.«

Fabius verzog sein Gesicht. Patrizier oder nicht, er kam mir vor wie der Typ Mann, der es gewohnt ist, daß unangenehme Aufträge an ihm hängenblieben, und dem das gar nicht gefiel. Wie hatte er sich bezeichnet – Crassus' linke Hand? »Also gut«, sagte er schließlich. »Sei's drum. Lucius Licinius und Crassus waren Vettern, enge Blutsverwandte. Soweit ich weiß, haben sie sich in ihrer Kindheit und Jugend kaum gekannt, aber das änderte sich, als sie erwachsen waren. Etliche Licinier wurden in den Bürgerkriegen getötet; und als sich die Dinge unter Sullas Diktatur wieder normalisiert hatten, formten Crassus und Lucius eine enge Partnerschaft.«

»Keine Freundschaft?«

»Es war eher eine geschäftliche Beziehung«, sagte Fabius lächelnd. »Aber für Marcus Crassus ist im Grunde alles geschäftlich. Wie dem auch sei, in jeder Beziehung muß es einen stärkeren und einen schwächeren Partner geben. Ich nehme an, du weißt genug über Crassus, und sei es nur durch Hörensagen, um zu erraten, wer der Unterlegene war.«

»Lucius Licinius.«

»Genau. Lucius war ursprünglich ein armer Mann, was er ohne Crassus' Unterstützung auch geblieben wäre. Lucius hatte so wenig Fantasie; er war nicht der Typ, der eine Gelegenheit erkannte und beim Schopfe packte, wenn man ihn nicht drängte. Derweil machte Crassus im Immobiliengeschäft in Rom fleißig seine Millionen – du kennst die Legende bestimmt.«

Ich nickte. Als der Diktator Sulla in den Bürgerkriegen endlich triumphiert hatte, vernichtete er seine Feinde, indem er ihren Besitz beschlagnahmte und seine Anhänger, unter ihnen Pompejus und Crassus, mit Villen und Land belohnte. So begann Crassus' Aufstieg, beschleunigt von seinem offenbar grenzenlosen Hunger nach Besitztümern. Ich war in Rom einmal an einem brennenden Gebäude vorbeigekommen und hatte miterlebt, wie Crassus das angrenzende Mietshaus ersteigert hatte. Der Besitzer, verwirrt und verzweifelt und in dem Glauben, seinen Besitz jeden Moment an die Flammen zu verlieren, verkaufte es noch an Ort und Stelle – für ein Butterbrot, worauf der Millionär seine private Feuerwehr rief, um den Brand zu löschen. Derartige Geschichten über Crassus kursierten in Rom zu Hunderten.

»Alles, was Crassus berührte, schien sich in Gold zu verwandeln«, erläuterte Fabius, »während sich sein Vetter Lucius so durchlavierte und versuchte, von seinem Grund und Boden zu leben wie alle altmodischen Patrizier. Er verlor und verlor, bis er bankrott war. Schließlich flehte er Crassus an, ihn zu retten, was Crassus auch tat. Er machte Lucius zu einer Art Faktotum, einem Vertreter, der sich um einige seiner Unternehmen rund um die Bucht von Neapolis kümmerte. In guten Jahren werden hier am Golf eine ganze Menge Geschäfte gemacht. Es gibt nicht nur Luxusvillen und Austernzuchten. Crassus besitzt Minen in Spanien sowie eine Flotte von Schiffen, die das Erz nach Puteoli bringen. In Puteoli hat er Schmieden, die das Erz zu Werkzeugen, Waffen oder Kunstwerken weiterverarbeiten. Er besitzt Schiffe, die Sklaven von Alexandria nach Puteoli transportieren. Er besitzt Ländereien und Weingüter in ganz Kampanien, und er verfügt über die zur Bewirtschaftung nötigen Sklaven. Um all diese Kleinigkeiten kann Crassus sich nicht persönlich kümmern; seine Interessen reichen von Spanien bis Ägypten. Also hat er die Verantwortung für seine Unternehmen rund um den Golf an Lucius delegiert, der Crassus' hiesige Investitionen und Geschäfte zwar schwerfällig, aber alles in allem korrekt verwaltet hat.«

»Wie dieses Haus beispielsweise?«

»Genaugenommen gehören dieses Haus und die umliegenden Ländereien Crassus persönlich. Er braucht an sich keine Villen; er findet die Vorstellung, sich aufs Land oder ans Meer zurückzuziehen, um sich zu entspannen und Gedichte zu lesen, schlicht lächerlich. Trotzdem erwirbt er ständig neue Häuser, mittlerweile müssen es Dutzende sein. Und weil er schlecht in ganz Italien Villen leerstehen lassen kann, vermietet er sie an seine Familienmitglieder und Faktoten. So kann er auf Reisen nach Bedarf darin wohnen, als Gast und gleichzeitig mehr als ein Gast.«

»Und die Hausssklaven?«

»Gehören ebenfalls Crassus.«

»Und die *Furie*, die Triere im Hafen, die mich aus Ostia hergebracht hat?«

»Gehört natürlich auch Crassus, selbst wenn Lucius für die Fahrten und die Mannschaft verantwortlich war.«

»Die verlassenen Weinhänge und Felder, durch die wir auf dem Weg von Misenum hierhergeritten sind?«

»Besitz von Crassus. Genau wie zahlreiche andere Ländereien, Manufakturen, Gladiatoren-Schulen und Güter in der Gegend von hier bis nach Surrentum.«

»Lucius Licinius als Hausherren zu bezeichnen, wäre also –«

»Licinius hat die Befehle gegeben und in seinem Haus nach Gutdünken gehandelt, so viel ist sicher. Aber im Grunde war er nicht mehr als Crassus' Geschöpf. Ein Diener in Wirklichkeit, wenn auch ein sehr privilegierter und verwöhnter.«

»Ich verstehe. Gibt es eine Witwe?«

»Ihr Name ist Gelina.«

»Kinder?«

»Die Ehe war unfruchtbar.«

»Kein Erbe?«

»Crassus als sein Vetter und Patron wird Licinius' Schulden und Besitz erben.«

»Und Gelina?«

»Ist jetzt von Crassus abhängig.«

»Wenn man dir so zuhört, Faustus Fabius, könnte man meinen, daß Crassus die ganze Welt gehört.«

»Manchmal denke ich, so ist es auch. Oder so wird es irgendwann kommen«, sagte er und wölbte die Braue.

FÜNF

Lautes Klopfen am Portal unterbrach uns. Ein Sklave eilte, den Gast zu empfangen. Die schwere Tür flog auf, gedämpftes Sonnenlicht fiel in die dunkle Halle und beleuchtete eine untersetzte, breitschultrige Gestalt im wehenden roten Offiziersumhang. Marcus Mummius kam durch den kleinen Garten auf uns zumarschiert, zertrampelte ein Kräuterbeet und rammte mit dem Ellenbogen den zarten Faun.

Vor der Leiche blieb er stehen und registrierte verärgert, daß wir die Wunde bloßgelegt hatten. »Dann hast du es also schon gesehen«, sagte er und versuchte die Efeuranken wieder so zu arrangieren, daß sie die zertrümmerte Schädelhälfte bedeckten, was ihm jedoch gründlich mißlang.

»Der arme Lucius Licinius. Vermutlich hat Fabius dir bereits alles erklärt.«

»Kein bißchen«, sagte ich.

»Gut! Weil das nämlich auch gar nicht seine Aufgabe war. Hätte nicht gedacht, daß er den Mund vor einem Fremden halten könnte, aber vielleicht machen wir ja doch noch einen guten Soldaten aus ihm.« Mummius grinste.

Fabius warf ihm einen vernichtenden Blick zu. »Du scheinst ja allerbester Laune zu sein.«

»Ich habe meinen Männern von Misenum bis hierher ein Rennen geliefert. Ein schneller Ritt, um die müden Glieder nach ein paar Tagen auf See mal wieder so richtig durchzuschütteln – und dann die Luft hier am Golf, das sollte jeden Mann heiter stimmen.«

»Vielleicht könntest du trotzdem ein bißchen leiser sprechen, aus Achtung vor dem Toten.«

Mummius' Lächeln verschwand hinter seinem Bart. »Verzeihung«, murmelte er, ging zu dem Brunnen zurück, tauchte einen Finger ins Wasser und befeuchtete seine gesenkte Stirn. Er warf der Leiche einen nervösen Blick zu, bevor er nacheinander Fabius und mich ansah, als warte er darauf, bis jede mögliche Verstimmung ob seiner Pietätlosigkeit gegenüber dem Schatten des Licinius verklungen war.

»Vielleicht sollten wir Gelina rufen«, sagte er schließlich.

»Ohne mich«, sagte Fabius. »Ich habe in Puteoli zu tun und muß mich beeilen, wenn ich bis Sonnenuntergang zurück sein will.«

»Und wo ist Crassus?« rief Mummius ihm nach.

»Ebenfalls in Puteoli, in eigenen Geschäften unterwegs. Er hat das Haus heute morgen verlassen und ließ Gelina ausrichten, daß sie nicht vor dem Abendessen mit ihm rechnen solle.« Die Tür öffnete sich, gehalten von einem unsichtbaren Sklaven im Halbdunkel, so daß es aussah, als sei sie bei Fabius' Herannahen wie durch Zauberei aufgegangen. Er trat ins Licht und verschwand.

»Was für ein Schnösel«, knurrte Mummius leise. »Und trotz all seines hochtrabenden Getues munkelt man, daß sich seine Familie kaum einen anständigen Tutor leisten konnte. Gutes Blut, aber einer seiner Vorfahren hat die Familienkasse geplündert, und niemand hat sie je wieder aufgefüllt. Crassus hat ihn nur aus Gefälligkeit gegenüber Fabius' Vater als Leutnant aufgenommen; der Junge hat auch kein besonderes militärisches Talent an den Tag gelegt. Ich könnte dir die eine oder andere Plebejerfamilie nennen, die in den letzten gut hundert Jahren mehr zuwege gebracht hat.« Er grinste selbstzufrieden und rief dann den Sklavenjungen, der das Atrium durchquerte, zu sich: »He, du Meto, sag deiner Herrin, daß ich mit den Gästen aus Rom eingetroffen bin. Sobald wir uns in den Bädern erfrischt haben, werden wir ihr unsere Aufwartung machen.«

»Ist das notwendig?« fragte ich. »Meinst du wirklich, daß wir nach der ganzen wahnwitzigen Hast, mit der du mich hierhergebracht hast, Zeit in der Wanne vergeuden sollten?«

»Papperlapapp! Du kannst Gelina nicht wie ein Seepferd stinkend gegenübertreten.« Er lachte über seinen eigenen Witz und legte eine Hand auf meine Schulter, um mich von der Leiche wegzuführen. »Außerdem ist Baden das erste, was jeder Neuankömmling in Baiae macht. Es ist wie das Gebet zu Neptun, bevor man in See sticht. Die Wasser hier leben, verstehst du. Man muß ihnen seine Reverenz erweisen.«

Offenbar konnte die entspannende Luft am Golf auch die gesetzte und trockene Disziplin eines Marcus Mummius auflockern. Ich legte meinen Arm um Ecos Schulter und folgte kopfschüttelnd unserem Gastgeber.

Was Mummius beiläufig als Bäder bezeichnet hatte, war in Wahrheit eine beeindruckende Installation im Haus selbst, die auf einer natürlichen Felsterrasse an der dem Meer zugewandten Seite des Hügels errichtet worden war. Eine gewaltige, golden lackierte, kassettierte Kuppel wölbte sich über dem Raum. Durch ein kreisrundes Loch an ihrer Spitze fiel ein Strahl weißesten Sonnenlichts auf ein rundes Becken mit konzentrisch in die Tiefe führenden Stufen. Die Wasseroberfläche war von schwefligen Dämpfen bedeckt. Ein Torbogen in der Ostwand führte auf eine mit Tischen und Stühlen möblierte Terrasse mit Blick auf die Bucht. Um das Becken in einem halbkreisförmigen Säulengang befand sich eine Reihe von Türen aus rotgestrichenem Holz und mit goldenen Griffen in der Form von Fischen. Die erste Tür führte in eine geheizte Umkleidekabine, während die anderen Räume, wie Mummius uns erklärte, als wir unsere Tuniken ablegten, Becken verschiedener Größe und Wassertemperatur beherbergten.

»Erbaut von dem berühmten Sergius Orata persönlich«, prahlte Mummius. »Hast du von ihm gehört?«

»Nein.«

»Er ist der berühmteste Puteoliter überhaupt, der Mann, der Baiae zu dem gemacht hat, was es heute ist. Er hat die Austernzucht am Lucrinus-See begonnen und damit sein erstes Vermögen gemacht. Dann erwies er sich als meisterhafter Baumeister für die Errichtung von Bädern und Fischteichen, so daß ihn die Besitzer der Villen um den ganzen Golf mit Aufträgen überhäuften. Als Crassus das Anwesen erwarb, verfügte es nur über ein bescheidenes Bad. Mit Crassus' Erlaubnis, ganz zu schweigen von seinem Geld, stockte Lucius Licinius hier eine Etage auf und baute dort einen Flügel an. Das Bad ließ er komplett neu errichten, nach Plänen und unter der Aufsicht von Sergius Orata persönlich. Mir selbst ist eine kleine Grotte oder ein öffentliches Bad in der Stadt lieber – dieser Luxus ist im Grunde ziemlich lächerlich, findest du nicht? Imposant, aber exzessiv, wie die Philosophen sagen.«

Mummius hängte seine Schuhe auf einen der Haken in Form von zwei Zerberus-Köpfen, die an der Wand befestigt waren. Zwischen die geöffneten Kiefer eines dritten Kopfes hängte er seinen Gürtel, bevor er das schwere Panzerhemd über den Kopf streifte und begann, seine Lederriemen zu lösen. »Aber man kann nicht umhin, die Installation zu bewundern. Genau an dieser Stelle kommt heißes Wasser aus der Erde; deshalb hat der ehemalige Besitzer auch hier ein Bad errichten lassen – und wegen der Aussicht natürlich. Als Orata das Bad umgebaut hat, hat er die Rohre so konstruiert, daß einige der Becken siedend heiß sind, während andere zusätzlich mit Wasser von einer weiteren Quelle ein Stück den Hügel hinauf gespeist werden, so daß man sich vom heißesten in das kälteste Becken und wieder zurück bewegen kann. Im Winter werden einige Räume des Hauses mit Wasser aus der heißen Quelle in Rohren unter den Fußböden geheizt. Diese Umkleidekabine beispielsweise wird das ganze Jahr über warm gehalten.«

»Wirklich sehr beeindruckend«, stimmte ich ihm zu, bevor ich meine Untertunika über den Kopf zog. Ich wollte sie in eine der in die Wand eingelassenen Truhen legen, aber Mummius kam mir zuvor. Er rief einen alten, gebückten Sklaven, der sich diskret am anderen Ende des Raumes bereitgehalten hatte. »Hier, nimm das und laß es waschen«, sagte er auf meine und Ecos Sachen weisend, bevor er sich seine eigene Tunika über den Kopf zog. »Bring uns irgendwas Passendes für eine Audienz bei deiner Herrin.« Der Sklave hob die Kleidungsstücke auf, musterte uns sorgfältig und schlich davon.

Nackt sah Mummius ein wenig aus wie ein Bär, mit seinen breiten Schultern, den stämmigen Hüften und dem dichten, schwarzen Haar, das sich mit Ausnahme der vernarbten Stellen auf seinem ganzen Körper kräuselte. Ein langer Schnitt verlief über seine linke Brust wie eine Schneise durch einen Wald und faszinierte Eco besonders.

»Die Schlacht am Collinischen Tor«, erklärte Mummius und wies auf die Narbe. »Crassus' stolzester Augenblick, und meiner auch. Es war der Tag, an dem wir Rom für Sulla zurückerobert haben; und der Diktator hat uns das nie vergessen. Ich wurde an jenem Tag schon früh verwundet, aber zum Glück nur auf der linken Seite, so daß ich meinen Schwertarm weiter benutzen konnte.« Er führte uns, mit dem rechten Arm fuchtelnd und nach vorne stürzend, eine Pantomime der Kampfhandlungen vor, wobei auch das recht kräftige Schwert zwischen seinen Beinen hin und her baumelte. »In der Hitze des Gefechts habe ich meine Verwundung bis auf ein dumpfes Brennen kaum bemerkt. Erst spät am Abend, als ich Crassus eine Nachricht überbringen sollte, bin ich ohnmächtig zusammengebrochen. Angeblich war ich weiß wie Marmor und bin zwei Tage lang nicht aufgewacht. Aber das ist mehr als zehn Jahre her, damals war ich fast noch ein Junge – vermutlich kaum älter als du«, sagte er und knuffte Ecos Schulter.

Eco lächelte ihn schief an und musterte Mummius' Körper auf der Suche nach weiteren Narben, an denen kein Mangel herrschte. Winzige Kerben übersäten seine Gliedmaßen und seinen Leib wie Abzeichen und waren, wo sie sein dichtes Körperhaar unterbrachen, leicht zu erkennen.

Er wickelte sich ein Handtuch um die Hüften, machte uns ein Zeichen, dasselbe zu tun, und führte uns dann aus dem Umkleideraum zurück in die große überkuppelte Halle mit dem runden Becken. Der Tag kühlte langsam ab, und Dampfwolken stiegen über dem zischenden und streng nach Schwefel riechenden Wasser auf.

»Apollonius!« rief Mummius breit lächelnd und schritt auf die andere Seite des Raumes, wo, von Dampf umhüllt, ein junger Sklave in einer grünen Tunika am Beckenrand stand.

Als ich näher kam, bemerkte ich die außergewöhnliche Schönheit des Jungen. Er hatte dichtes, fast blauschwarzes Haar wie die Farbe des Himmels in mondlosen Nächten. Seine Augen waren von einem leuchtenden Blau. Stirn, Nase, Wangen und Kinn waren glatt und in der Art proportioniert, die die Griechen als natürliche Perfektion definierten. Der Hauch eines Lächelns umspielte seine vollen, geschwungenen Lippen. Er war nicht groß, aber unter den weiten Falten seiner Tunika zeichnete sich deutlich ein athletischer Körper ab.

»Apollonius!« sagte Mummius erneut und sah sich zu mir um. »Ich fange mit dem heißesten Becken an«, verkündete er und wies auf die gegenüberliegende Tür, »gefolgt von einer ordentlichen Massage von Apollonius. Und du?«

»Ich glaube, ich probiere zunächst dieses hier aus«, sagte ich, stippte einen Zeh in das Hauptbecken und zog ihn rasch wieder zurück. »Oder vielleicht doch lieber ein nicht ganz so heißes.«

»Versuch es mal mit dem da, es ist das kälteste«, sagte Mummius und wies auf eine Tür neben der Umkleidekabine, bevor er, eine Hand auf die Schulter des Sklaven gelegt und ein ausgelassenes Marschlied summend, von dannen schritt.

Wir schwitzten, schrubbten uns mit Elfenbeinstriegeln und tauchten abwechselnd in heiße und kalte Becken; als wir unsere Absolutionen verrichtet hatten, gesellte sich Marcus Mummius in der geheizten Umkleidekabine wieder zu uns, wo frische Unterwäsche und Tuniken für uns bereitlagen. Meine Tunika war aus dunkelblauer Wolle mit einem schlichten schwarzen Saum, passend für einen Gast in einem trauernden Haus. Der alte Sklave schien ein gutes Auge zu haben; die Tunika paßte perfekt und war nicht einmal an den Schultern zu eng, wie es mir sonst häufiger passiert. Mummius legte die schlichte, aber edel verarbeitete schwarze Tunika an, die er an dem Abend getragen hatte, als er mich in Rom abgeholt hatte.

Eco war von seinem Gewand weniger begeistert. Der Sklave hatte ihn offenbar für jünger gehalten, als er war, oder auch für zu gutaussehend, um mit unverhüllten Gliedmaßen im Haus gesehen zu werden, und ihm eine langärmelige blaue Tunika gebracht, die Eco bis zu den Knien reichte. Sie war so sittsam, daß sie passender für ein dreizehnjähriges Kind gewesen wäre. Ich erklärte Eco, er solle sich geschmeichelt fühlen, daß ihn der alte Sklave so anziehend gefunden hätte, daß er seine Schönheit lieber verhüllt wissen wollte. Mummius lachte; Eco wurde rot und wollte nichts davon wissen. Er weigerte sich, sich anzuziehen, bis ihm ein Sklave eine Tunika wie meine brachte. Sie saß nicht ganz so gut, aber Eco behalf sich mit einem schwarzen Wollgürtel um die Hüfte und schien glücklich, nun arm- und beinfrei und damit männlicher bekleidet zu sein.

Mummius führte uns durch lange Flure mit Sklaven, die sich verbeugten und ehrerbietig zur Seite traten, eine Treppe hinab, eine andere hinauf, durch einige mit kostbaren Statuen und aufwendigen Wandgemälden verzierte Räume, vorbei an Gärten, die vom letzten warmen Atem des Sommers erfüllt waren. Zuletzt erreichten wir einen halbkreisförmigen Raum an der Nordseite des Hauses, oberhalb eines Felsens gelegen und mit einem herrlichen Blick auf die Bucht.

Der Raum hatte die Form eines Amphitheaters. Anstatt auf die Bühne führte eine flache Treppe auf einen kolonnadenartigen Balkon mit einer fantastischen Aussicht auf das unterhalb glitzernde Wasser, den Hafen von Puteoli und den am Horizont thronenden Vesuv mit den Städten Herculaneum und Pompeji zu seinen Füßen.

Drinnen war es so dunkel und das von draußen hereinfallende Licht so hell, daß ich die Frau, die mit ausgestreckten Beinen aufrecht auf einem flachen Diwan neben einem kleinen Tisch mit einem Krug und Trinkgefäßen saß, nur als

Silhouette erkennen konnte. Sie starrte auf die Bucht und reagierte auch nicht, als wir eintraten; wenn sich die herabhängenden Falten ihres Gewands nicht leicht in der sanften Brise bewegt hätten, die durch den Säulengang wehte, hätte man sie ebensogut für eine weitere Statue halten können.

Sie drehte sich zu uns um. Ihre Gesichtszüge konnte ich nicht erkennen, doch ihre Stimme strahlte eine freundliche Wärme aus. »Marcus«, sagte sie und hob ihren rechten Arm in einer Geste des Willkommens.

Mummius trat auf die Terrasse, nahm ihre Hand und verbeugte sich. »Dein Gast ist eingetroffen.«

»Das sehe ich. Genaugenommen sind es sogar zwei. Du mußt Gordianus sein, den sie den Sucher nennen?«

»Ja.«

»Und er dort?«

»Mein Sohn, er heißt Eco. Er kann nicht sprechen, aber er hört sehr gut.«

Sie nickte kurz und bedeutete uns, Platz zu nehmen. Nachdem sich meine Augen an das Licht gewöhnt hatten, erkannte ich ihre asketischen, beinahe harten Gesichtszüge – ein kräftiges Kinn, hohe Wangenknochen und eine hohe Stirn –, die durch tiefschwarze Augenbrauen und Wimpern sowie den Blick ihrer weichen grauen Augen abgemildert wurden. Mit Rücksicht auf ihre Witwenschaft war ihr schwarzes, an den Schläfen leicht ergrautes Haar nicht aufwendig frisiert, sondern nur schlicht aus dem Gesicht gebürstet. Sie war vom Hals bis zu den Füßen in eine schwarze Stola gehüllt, die unterhalb ihrer Brüste und in der Hüfte lose gegurtet war. Ihr Gesicht war wie die Aussicht hinter ihr, eher stolz als liebenswert, lebhaft und doch von gelassener Weltabgewandtheit. Sie sprach in ruhigen, gemessenen Sätzen und schien jeden Gedanken sorgfältig abzuwägen, bevor sie ihn aussprach.

»Mein Name ist Gelina, Tochter des Gaius Gelinus. Meine Mutter war eine Cornelierin und entfernt verwandt mit dem Diktator Sulla. Die Gelinier sind vor langer Zeit aus dem kampanischen Binnenland nach Rom gekommen. In den letzten

Jahren starben etliche von ihnen im Kampf für Sulla und gegen Marius und Cinna. Wir sind eine stolze Familie, wenngleich weder wohlhabend noch besonders fruchtbar. Es sind nicht mehr viele von uns übrig.«

Sie hielt inne, um an einem silbernen Pokal zu nippen, der auf dem Tisch neben ihr stand. Der Wein war fast schwarz und legte einen dunkelroten Glanz auf ihre Lippen. Sie wies auf die Becher, die bereits für uns gefüllt worden waren.

»Ohne nennenswerte Mitgift«, fuhr sie fort, »durfte ich mich glücklich schätzen, einen Mann wie Lucius Licinius heiraten zu können. Es war unsere freie Entscheidung, keine von unseren Familien arrangierte Ehe. Das war noch vor Sullas Diktatur, mußt du wissen, während der Kriege; die Zeiten waren grausam und die Zukunft sehr ungewiß. Unsere Familien waren gleichermaßen verarmt und daher von der Partie wenig begeistert, aber sie erteilten trotzdem ihre Zustimmung. Es tut mir leid, sagen zu müssen, daß unsere zwanzigjährige Ehe kinderlos geblieben ist, außerdem war mein Mann keineswegs so wohlhabend, wie du beim Anblick dieses Hauses möglicherweise vermuten würdest. Aber auf unsere eigene Art waren wir durchaus von Erfolg und Wohlstand gesegnet.«

Sie begann gedankenverloren und wie zur Ankündigung eines Themenwechsels die Falten ihres Gewandes zu ordnen. »Du fragst dich bestimmt, woher ich von dir weiß, Gordianus. Ich habe durch einen gemeinsamen Freund von dir erfahren, Marcus Tullius Cicero. Er spricht in den höchsten Tönen von dir.«

»Tut er das?«

»Ja. Ich habe ihn erst im vergangenen Winter kennengelernt, als Lucius und ich bei einem Abendessen in Rom zufällig neben ihm saßen. Ein überaus charmanter Mann.«

»Eine Eigenschaft, die ihm immer wieder zugeschrieben wird«, stimmte ich ihr zu.

»Ich habe ihn nach seiner juristischen Karriere gefragt – Männer reden immer gerne über ihre Karrieren«, sagte Gelina. »Normalerweise höre ich nur mit halbem Ohr hin, aber irgend etwas an seiner Art hat mich veranlaßt, ihm aufmerksam zu lauschen.«

»Man sagt, er sei ein packender Redner.«

»Oh, das ist er gewiß. Du hast ihn doch sicher auch schon von der Rostra auf dem Forum sprechen hören?«

»Oft genug.«

In der Erinnerung versunken, hatte Gelina die Augen halb geschlossen und sah so erhaben aus wie der Vesuv direkt über ihrem Kopf. »Ich fand seine Geschichte über Sextus Roscius wirklich fesselnd; ein wohlhabender Bauer, der angeklagt war, seinen eigenen Vater ermordet zu haben, bat Cicero um rechtlichen Beistand, als ihm sonst niemand mehr helfen wollte. Es war sein erster Mordfall, und wie ich höre, hat er seinen Ruf begründet.[1] Cicero hat mir erzählt, daß ihm ein Mann namens Gordianus, genannt der Sucher, geholfen hat. Du warst ihm von unschätzbarem Wert – mutig wie ein Adler und störrisch wie ein Maulesel, hat er gesagt.«

»Hat er das? Nun ja, das ist acht Jahre her. Ich war damals noch ein junger Mann und Cicero sogar noch jünger.«

»Seitdem ist sein Stern aufgestiegen wie ein Komet. Der prominenteste Anwalt Roms – eine ziemliche Leistung für einen Mann aus einer derart obskuren Familie. Wie ich höre, hat er deine Dienste seither noch des öfteren in Anspruch genommen.«

Ich nickte. »Da war der Fall der Frau aus Arrentium kurz nach dem Prozeß gegen Sextus Roscius, als Sulla noch lebte. Und im Laufe der Jahre diverse Mordprozesse, Fälle von Wucher und Eigentumsstreitigkeiten, ganz zu schweigen von einigen privaten Affären, zu denen ich keine Namen nennen kann.«

»Es muß sehr befriedigend sein, für einen so berühmten Mann arbeiten zu dürfen.«

Manchmal wünsche ich mir, ich wäre stumm wie Eco, damit ich mir nicht ständig auf die Zunge beißen muß. Ich habe

---

[1] *Das Lächeln des Cicero* (Blanvalet 1993)

mich schon so oft mit Cicero zerstritten und wieder versöhnt, daß ich es leid bin. Ist er ein ehrlicher Mensch oder ein hemmungsloser Opportunist? Ist er ein Mann des Volkes, der an Prinzipien glaubt, oder ein Apologet des reichen Adels? Wenn er wie die meisten Menschen deutlich erkennbar entweder das eine oder das andere wäre, wüßte ich, was ich von ihm zu halten habe. Aber von allen Männern Roms ist er derjenige, der mich am häufigsten zur Verzweiflung getrieben hat. Seine Arroganz und sein überhebliches Gehabe machen ihn mir, egal wie angemessen sie sein mögen, auch nicht sympathischer, genausowenig wie seine Neigung, immer nur die halbe Wahrheit zu sagen, auch wenn seine Intentionen durchaus ehrenhaft sein mögen. Wenn ich an Cicero denke, kriege ich Kopfschmerzen.

Gelina nippte an ihrem Wein. »Als ich mich vor dieses Problem gestellt sah und mich fragte, wen ich um Hilfe bitten könnte – jemand Vertrauenswürdiges und Diskretes, jemand von außerhalb, einen Mann, zäh und furchtlos, wenn es um die Verfolgung der Wahrheit geht – mutig wie ein Adler, wie Cicero gesagt hat…«

»Und stur wie ein Esel.«

»Und schlau. Vor allem schlau…« Gelina seufzte und blickte aufs Meer. Sie schien ihre Kräfte zu sammeln. »Hast du die Leiche meines Mannes gesehen?«

»Ja.«

»Er wurde ermordet.«

»Ja.«

»Brutal ermordet. Es geschah vor fünf Tagen, an den Nonen des September – obwohl die Leiche erst am nächsten Morgen entdeckt wurde…« Ihre weltferne Ruhe war auf einmal verschwunden; ihre Stimme zitterte, und sie wandte sich ab.

Mummius rückte an ihre Seite und faßte ihre Hand. »Du mußt stark sein«, flüsterte er ihr zu. Gelina nickte, hielt den Atem an und drückte seine Hand, bevor sie sie losließ.

»Wenn ich dir helfen soll«, sagte ich ruhig, »muß ich alles wissen.«

Gelina studierte lange die Aussicht. Als sie mich wieder ansah, hatte sie sich gefaßt, so als könne sie die weltabgewandte Friedlichkeit des Panoramas durch langes Betrachten in sich aufnehmen. Als sie fortfuhr, war ihre Stimme wieder fest und ruhig.

»Er wurde, wie gesagt, am nächsten Morgen entdeckt.«

»Wo genau? Von wem?«

»Im vorderen Atrium, unweit der Stelle, wo sein Körper jetzt aufgebahrt liegt. Einer der Sklaven hat ihn gefunden – Meto, der kleine Junge, der Nachrichten überbringt und die anderen Sklaven morgens früh weckt. Es war noch dunkel, kein Hahn hatte gekräht, sagt der Junge, und die Welt schien so still wie der Tod selbst.«

»Wie war die genaue Lage des Körpers? Vielleicht sollten wir diesen Meto rufen lassen –«

»Nein, das kann auch ich dir sagen. Meto hat mich sofort gerufen, und in der Zwischenzeit ist nichts angerührt worden. Lucius lag auf dem Rücken, die Augen geöffnet.«

»Flach auf dem Rücken?«

»Ja.«

»Und seine Arme und Beine, waren sie zusammengekrümmt? Umklammerte er seinen Kopf?«

»Nein. Seine Beine waren gerade ausgestreckt, und die Arme hielt er über den Kopf.«

»Wie Atlas, der die Welt trägt?«

»Ja, in etwa.«

»Und die Mordwaffe lag in der Nähe?«

»Sie wurde nie gefunden.«

»Nicht? Es muß doch ein blutverschmierter Stein oder ein Stück Metall herumgelegen haben. Wenn nicht im Haus, dann vielleicht auf dem Hof.«

»Nein. Aber man hat ein Stück Stoff gefunden.« Sie schauderte. Mummius richtete sich in seinem Stuhl auf; offenbar war dieses Detail auch ihm bisher unbekannt.

»Ein Stück Stoff?« fragte ich.

»Der blutgetränkte Umhang eines Mannes. Er wurde erst

gestern gefunden, nicht im Hof, sondern eine halbe Meile die Straße hinunter nach Norden, Richtung Cumae und Puteoli. Einer der Sklaven hat ihn auf dem Weg zum Markt zufällig im Gebüsch liegen sehen und mir gebracht.«

»War es der Umhang deines Mannes?«

Gelina runzelte die Stirn. »Ich weiß es nicht. Schwer zu sagen, wie er ursprünglich einmal ausgesehen hat; ohne genaues Hinsehen hätte man nicht mal sagen können, daß es ein Umhang ist – völlig zerknittert und steif von getrocknetem Blut, verstehst du?« Sie atmete tief ein. »Es ist schlichte Wolle, dunkelbraun gefärbt, fast schwarz. Kann schon sein, daß er Lucius gehört hat; er hatte viele Umhänge. Er könnte jedem gehören.«

»Mit Sicherheit nicht. War es der Umhang eines reichen Mannes oder eines Sklaven? War er alt oder neu, edel verarbeitet oder billig?«

Gelina zuckte die Schultern. »Das kann ich nicht sagen.«

»Ich muß diesen Umhang sehen.«

»Natürlich. Du kannst Meto später danach fragen. Ich könnte den Anblick jetzt nicht ertragen.«

»Das verstehe ich. Nur noch eins: War auf dem Boden um die Wunde viel Blut oder wenig Blut?«

»Ich glaube – nur ein wenig. Ja, ich kann mich erinnern, daß ich mich gefragt habe, wie eine so schreckliche Wunde so wenig bluten konnte.«

»Dann können wir vielleicht schlußfolgern, daß das Blut an diesem Stück Stoff von Lucius Licinius stammt. Was kannst du mir sonst noch sagen?«

Gelina schwieg lange. Ich sah, daß ihr eine unangenehme, aber unvermeidbare Erklärung bevorstand. »An dem Morgen, als man Lucius tot aufgefunden hat, fehlten zwei Haussklaven. Sie sind seither auch nicht wieder aufgetaucht. Aber ich kann einfach nicht glauben, daß einer von beiden etwas mit Lucius' Ermordung zu tun hat.«

»Wer sind diese Sklaven?«

»Sie heißen Zeno und Alexandros. Zeno ist – oder war – der

Buchhalter und Sekretär meines Mannes. Er erledigte die Korrespondenz, führte die Bücher, verwaltete dies und das. Er war seit mehr als sechs Jahren bei Lucius, seit Crassus uns unterstützt und unser Glück sich gewendet hat. Ein gebildeter griechischer Sklave, ruhig und bedachtsam, sehr sanft, mit einem weißen Bart und einem zerbrechlichen Körper. Ich hatte immer gehofft, daß Zeno, sollten wir je einen Sohn haben, sein erster Tutor sein würde. Es ist schlicht unvorstellbar, daß er Lucius ermordet haben soll. Der Gedanke, daß er irgend jemanden töten könnte, ist geradezu grotesk.«

»Und der andere Sklave?«

»Ein junger Thraker namens Alexandros. Wir haben ihn vor vier Monaten als Stallknecht auf dem Markt in Puteoli gekauft. Er konnte fantastisch mit Pferden umgehen. Außerdem konnte er lesen und einfache Summen bilden. Zeno rief ihn hin und wieder in die Bibliothek meines Mannes, damit er für ihn etwas addierte oder Briefe kopierte. Alexandros hat schnell gelernt, er ist sehr intelligent. Er hat nie irgendwelchen Unmut geäußert. Ich hatte im Gegenteil den Eindruck, daß er einer der glücklichsten Sklaven in unserem Haus war. Ich kann nicht glauben, daß er Lucius ermordet hat.«

»Und trotzdem sind beide Sklaven seit der Mordnacht verschwunden?«

»Ja, ich kann es mir auch nicht erklären.«

Mummius, der bisher geschwiegen hatte, räusperte sich. »Da ist noch etwas. Das verräterischste Indiz von allen.« Gelina wandte den Kopf ab und nickte resigniert. Sie machte ihm ein Zeichen weiterzusprechen. »Jemand hat in den Boden zu Lucius' Füßen mit einem Messer sechs Buchstaben eingraviert. Reichlich unbeholfen und flüchtig, aber man kann sie deutlich lesen.«

»Und was steht dort?« fragte ich.

»Der Name eines berühmten griechischen Dorfes«, sagte Mummius finster. »Obwohl ein Neunmalkluger wie du auch annehmen könnte, daß, wer immer für die Kritzelei verantwortlich ist, keine Zeit mehr hatte, das Wort fertigzuschreiben.«

»Was für ein Dorf? Ich verstehe nicht.«

Mummius tunkte einen Finger in seinen Pokal und schrieb die Buchstaben in geraden und zackigen Linien blutrot auf die Marmortischplatte:

SPARTA

»Ich verstehe«, sagte ich. »Ein griechisches Dorf.« Entweder das oder eine hastige, unterbrochene Huldigung für den König aller entlaufenen Sklaven und Mörder ihrer Besitzer, ein stummer Gruß für den entflohenen thrakischen Gladiator Spartacus.

SECHS

»Und in jener Nacht hat niemand etwas gehört oder gesehen?«

»Nein«, erwiderte Gelina.

»Aber wenn der Name Spartacus unvollendet geblieben ist, scheint das doch darauf hinzudeuten, daß der oder die Täter gestört wurden und geflohen sind; sehr seltsam.«

»Vielleicht sind sie grundlos in Panik geraten«, meinte Mummius.

»Vielleicht. Fehlte am nächsten Morgen außer den beiden Sklaven sonst noch etwas im Haus?«

Gelina dachte einen Moment nach und schüttelte dann den Kopf. »Nein, nichts.«

»Gar nichts? Keine Münzen? Keine Waffen? Messer aus der Küche? Man sollte doch annehmen, daß flüchtende Sklaven das im Haus befindliche Silber und Waffen mitgehen lassen würden.«

»Wenn sie nicht, wie du sagst, gestört wurden«, wandte Mummius ein.

»Was ist mit Pferden?«

»Ja«, sagte Gelina, »zwei Pferde haben am nächsten Morgen tatsächlich gefehlt, aber das ist in der allgemeinen Verwirrung keinem aufgefallen, bis die Tiere am selben Nachmittag reiterlos zurückkamen.«

»Ohne Pferde können sie nicht weit gekommen sein«, murmelte ich.

Gelina schüttelte den Kopf. »Du vermutest bereits, was auch alle anderen vermuten – daß nämlich Zeno und Alexandros Lucius ermordet haben und dann geflohen sind, um sich Spartacus anzuschließen.«

»Was sollte ich sonst vermuten? Der Hausherr liegt ermordet im Atrium seines Hauses; zwei Sklaven sind offensichtlich per Pferd geflohen. Und einer von ihnen ist ein junger Thraker wie Spartacus – so stolz auf seinen berüchtigten Landsmann, daß er unverschämterweise dessen Namen vor die Füße seines toten Herrn gekratzt hat. Es bedarf kaum meiner Talente, sich das zusammenzureimen. Es ist eine Geschichte, die sich in Variationen jeden Tag irgendwo in Italien ereignet. Wozu brauchst du da mich? Ich habe Faustus Fabius vorhin schon erklärt, daß ich keine entlaufenen Sklaven jage. Wegen der Vergeudung der geradezu absurden Mittel, mich hierherzubringen, tut es mir leid, aber ich kann mir beim besten Willen nicht vorstellen, was du von mir willst.«

»Die Wahrheit!« sagte Gelina verzweifelt. »Cicero sagt, du hättest dafür eine Nase wie Wildschweine für Trüffel.«

»Ah, jetzt weiß ich, warum mich Cicero über die Jahre so schäbig behandelt hat. Für ihn bin ich Teil des Haustierbestands, kein Mensch!«

Gelinas Augen blitzten wütend, Mummius sah mich finster an, und aus dem Augenwinkel sah ich Eco zusammenzucken. Ich stieß unter dem Tisch mit meinem Fuß gegen sein Bein, um ihm zu signalisieren, daß alles unter Kontrolle war; er warf mir einen kurzen Blick zu und tat einen verschwörerischen Seufzer der Erleichterung. Ich habe in meinem Leben schon etliche Gespräche mit Klienten geführt, unter den unterschiedlichsten Bedingungen. Selbst diejenigen, die meine Hilfe unbedingt wollen und brauchen, nehmen sich oft enervierend viel Zeit, zum Punkt zu kommen. Da sind mir Verhandlungen mit einfachen Händlern oder Ladenbesitzern unendlich viel lieber, mit Männern, die geradeheraus sagen, was sie von einem wollen. Die Reichen scheinen zu glauben, ich könne ihre Bedürfnisse erraten, ohne daß sie sie aussprechen müssen. Manchmal kann Schroffheit oder eine vorgetäuschte Unhöflichkeit ihrer Mitteilungsfreude merklich nachhelfen.

»Du verstehst nicht«, sagte Gelina resigniert.

»Nein, das tue ich nicht. Was willst du von mir? Warum hast du mich unter so geheimnisvollen und extravaganten Umständen herbringen lassen? Was für ein seltsames Spiel ist das, Gelina?«

Jede Lebhaftigkeit wich aus ihren Zügen. Wie eine formbare Maske verwandelte sich ihre erhabene Gelassenheit in schlichte Resignation, abgestumpft von zuviel Rotwein. »Ich habe gesagt, was ich sagen kann. Mir fehlt die Kraft, dir alles zu erklären. Aber wenn nicht irgend jemand die Wahrheit herausfindet –« Sie brach ab und biß sich auf die Unterlippe. »Sie werden alle sterben, jeder einzelne von ihnen«, flüsterte sie heiser. »Dieses Leiden, diese Verschwendung – ich kann es nicht ertragen …«

»Was soll das heißen? Wer wird sterben?«

»Die Sklaven«, sagte Mummius. »Jeder Sklave in diesem Haus.«

Ich spürte eine plötzliche Kälte. Eco schauderte, und ich sah, daß auch er sie gespürt hatte, obwohl die Luft mild und ruhig war.

»Erkläre, Marcus Mummius.«

Er richtete sich steif auf wie ein General, der einen Leutnant über die Lage in Kenntnis setzt. »Du weißt, daß Marcus Crassus der eigentliche Besitzer dieses Hauses ist?«

»Ich habe es mir gedacht.«

»Sehr gut. Der Zufall wollte, daß Crassus und sein Gefolge, einschließlich Fabius und meiner Person, in der Mordnacht gerade aus Rom eingetroffen waren. Wir hatten mit unseren Rekruten am Lucrinus-See ein Lager aufgeschlagen.«

»Rekruten?«

»Soldaten, unter ihnen zahlreiche Veteranen, die in den Bürgerkriegen unter Crassus gedient haben.«

»Wie viele Soldaten?«

»Sechshundert.«

»Eine ganze Kohorte?«

Mummius beäugte mich mißtrauisch. »Du kannst es genausogut jetzt erfahren. In Rom braut sich etwas zusammen; Marcus Crassus will vom Senat eine Sondervollmacht, eine eigene Armee aufzustellen und gegen Spartacus zu marschieren.«

»Aber das ist doch Aufgabe der Prätoren und Konsuln, der gewählten Beamten –«

»Die gewählten Beamten haben schändlich versagt, Crassus verfügt über die militärischen Fertigkeiten und finanziellen Mittel, den Aufständischen ein für allemal den Garaus zu machen. Er kam aus Rom, um hier am Golf das politische und finanzielle Fundament für dieses Projekt zu legen. Wenn er soweit ist, wird er den Senat schon dazu bewegen, ihm diesen Sonderauftrag zu erteilen.«

»Genau das, was die Republik jetzt braucht«, sagte ich, »noch ein Kriegsherr mit seiner Privatarmee.«

»In der Tat genau das, was Rom braucht!« erwiderte Mummius. »Oder ist es dir lieber, wenn marodierende Sklaven ungestört durch die Lande ziehen?«

»Und was hat das alles mit der Ermordung von Crassus' Vetter zu tun oder mit meiner Anwesenheit?«

»Das werde ich dir sagen. In der Nacht, als Lucius Licinius ermordet wurde, lagerten wir am Lucrinus-See. Am nächsten Morgen versammelte Crassus seinen Stab, und wir machten uns auf den Weg nach Baiae. Nur wenige Stunden nachdem man Lucius tot aufgefunden hatte, trafen wir hier ein. Crassus war natürlich außer sich. Ich habe Suchtrupps zusammengestellt, um die vermißten Sklaven aufzuspüren, und die Jagd nach ihnen ist auch während meiner Abwesenheit fortgesetzt worden, aber die Sklaven werden noch immer vermißt.« Er seufzte. »Und jetzt kommt die Crux der Sache. Lucius wird am siebten Tag der offiziellen Trauer bestattet – das ist übermorgen. Für den darauffolgenden Tag hat Crassus befohlen, Beerdigungsspiele mit Gladiatoren abzuhalten, wie es uralte Tradition ist. Diese Spiele werden an den Iden des Septembers, also zu Vollmond, stattfinden; ein günstiger Termin für geheiligte Spiele.«

»Und nachdem die Gladiatoren ihre Wettkämpfe ausgetragen haben?« fragte ich, die Antwort längst ahnend.

»Soll jeder Sklave dieses Hauses öffentlich hingerichtet werden.«

»Kannst du dir das vorstellen?« murmelte Gelina. »Selbst die Alten und die Unschuldigen; alle sollen sie getötet werden. Hast du je von einem solchen Gesetz gehört?«

»O ja«, sagte ich, »es ist ein sehr altes und ehrwürdiges Gesetz unserer Vorfahren. Wenn ein Sklave einen Herrn tötet, müssen alle Sklaven des Hauses sterben. Solche drastischen Maßnahmen sorgen dafür, daß die Sklaven wissen, wo sie hingehören, und es gibt Menschen, die meinen, daß, wenn Sklaven Zeugen geworden sind, wie ein anderer Sklave ihren Herrn getötet hat, selbst die sanftmütigsten unter ihnen durch dieses Wissen angesteckt werden können, so daß man ihnen nie wieder trauen kann. Heutzutage ist den Erben die Anwendung dieses Gesetzes freigestellt. Die Ermordung eines Herrn durch seinen eigenen Sklaven ist eine seltene Bluttat, oder sie war es vor Spartacus. Vor die Wahl gestellt, alle Sklaven des Hauses zu töten oder nur die Missetäter zu bestrafen, würden sich wohl die meisten Erben dafür entscheiden, ihren Besitz zu wahren. Gerade Crassus ist doch für seinen Geiz bekannt; warum sollte er jeden Sklaven auf dem Anwesen opfern?«

»Er will ein Exempel statuieren«, sagte Mummius.

»Selbst wenn es den Tod von Kindern und alten Frauen bedeutet!« empörte sich Gelina.

»Ich will versuchen, dir die Sache begreiflich zu machen, Gordianus.« Mummius sah aus wie ein niedergeschlagener General, der vor einer Schlacht mit unsicherem Ausgang zu seinen Truppen spricht. »Crassus ist nach Kampanien und an den Golf von Neapolis gekommen, um Unterstützung für sein Ansinnen zu mobilisieren, mit einem militärischen Oberbefehl gegen Spartacus ausgestattet zu werden. Bisher war der Feldzug des Senats eine einzige Katastrophe – römische Armeen wurden besiegt, Generäle erniedrigt und schandvoll nach Hause geschickt, Konsuln vom öffentlichen Unmut aus dem Amt gejagt. Der Staat ist führungslos. Und diese ganze Verheerung ist das Werk einer zusammengewürfelten Truppe von entlaufenen Kriminellen und Sklaven! Ganz Italien bebt vor Angst und Wut.

Crassus ist ein hervorragender General, das hat er unter Sulla bewiesen. Mit seinem Reichtum – und dem Ruhm, Spartacus besiegt zu haben – ist sein Weg ins Konsulat kaum noch aufzuhalten. Während weniger große Männer sich dieser Aufgabe durch Flucht entziehen, sieht Crassus in dem Oberbefehl eine Chance. Der Römer, der Spartacus aufhält, wird ein Held. Und Crassus hat vor, dieser Mann zu sein.«

»Weil es ansonsten Pompejus wird.«

Mummius verzog das Gesicht. »Wahrscheinlich. Die Hälfte aller römischen Senatoren sind in ihre Villen geflüchtet, um ihren Besitz zu retten, während die anderen nägelkauend auf Pompejus' Rückkehr aus Spanien warten und hoffen, daß der Staat so lange überlebt. Als ob Pompejus ein neuer Alexander wäre! Es braucht nichts weiter als einen erfahrenen General, um Spartacus den Garaus zu machen. Für Crassus wäre das lediglich eine Frage von Monaten, wenn der Senat mit dem Kopf nickt. Er kann die Überreste der Legionen hier in Italien sammeln, sie seiner hauptsächlich aus seinen süditalienischen Klienten bestehenden Privatarmee angliedern und sich über Nacht zum Retter der Republik aufschwingen.«

Ich blickte über die Bucht und auf den Vesuv in der Ferne. »Ich verstehe. Deshalb ist die Ermordung von Lucius Licinius mehr als nur eine Tragödie.«

»Es ist eine unglaubliche Peinlichkeit, das ist es!« rief Mummius. »Zum selben Zeitpunkt, zu dem er den Senat bittet, ihm ein Schwert in die Hand zu geben, um Spartacus zu bestrafen, begehen zwei Sklaven auf einem seiner eigenen Güter einen Mord und entkommen – auf dem Forum wird man Tränen lachen. Deswegen fühlt er sich verpflichtet, das strengste aller möglichen Urteile zu verhängen und sich auf die Tradition und das uralte Gesetz zurückzubesinnen, je drakonischer, desto besser.«

»Um aus einer Peinlichkeit politisches Kapital zu schlagen, meinst du.«

»Genau. Was leicht zu einer Katastrophe hätte werden können, wird so möglicherweise zu dem Propaganda-Erfolg, den er braucht. ›Crassus weichherzig gegenüber entlaufenen Sklaven? Wohl kaum. Der Mann hat unten in Baiae ein ganzes Anwesen von Sklaven niedergemetzelt, Männer, Frauen und Kinder, ohne jede Gnade, hat sogar noch ein öffentliches Spektakel daraus gemacht, jeden Tag ein Fest – genau die Art Mann, dem wir im Kampf gegen Spartacus und seinen Mörderhaufen vertrauen können.‹ Das werden die Leute sagen.«

»Ja, ich verstehe.«

»Aber Zeno und Alexandros sind unschuldig«, sagte Gelina besorgt. »Ich weiß es. Irgend jemand anders muß Lucius ermordet haben. Keiner der Sklaven dürfte bestraft werden, aber Crassus will nicht auf mich hören. Den Göttern sei Dank, daß wenigstens Marcus Mummius mich versteht. Gemeinsam haben wir Crassus überreden können, zumindest dich aus Rom rufen zu lassen, und außer der *Furie* gab es keine Möglichkeit, dich rechtzeitig hierherzubringen. Crassus hat ein großes Gewese darum gemacht, wie großzügig es von ihm sei, mir ihre Benutzung zu erlauben. Er hat sogar angeboten, deine Dienste zu bezahlen, nur um mich bei Laune zu halten. Aber ich kann ihn um keinen weiteren Gefallen oder Aufschub mehr bitten. Uns bleibt nur noch sehr wenig Zeit. Nur noch drei Tage bis zu den Beerdigungsspielen, und dann –«

»Um wie viele Sklaven handelt es sich insgesamt, Zeno und Alexandros nicht mitgerechnet?« fragte ich.

»Ich habe gestern nacht wach gelegen und sie gezählt:

Neunundneunzig! Mit Zeno und Alexandros waren es ein-hundertundeiner.«

»So viele für eine Villa?«

»Im Süden und Norden des Hauses gibt es Weinhänge«, sagte sie vage, »und natürlich die Olivenhaine, Stallungen, das Bootshaus ...«

»Wissen es die Sklaven?« fragte ich.

Mummius sah Gelina an, die mich mit streng hochgezoge-ner Braue musterte. »Die meisten der Sklaven sind in einem Anbau auf der Rückseite der Ställe eingesperrt, unter Bewa-chung«, sagte sie leise. »Crassus hat verboten, daß die Feld-sklaven ihrer gewohnten Arbeit nachgehen, und auch im Haus hat er mir nur die absolut notwendigsten gelassen. Sie wissen, daß sie sich in Gewahrsam befinden, aber bisher hat ihnen nie-mand die ganze Wahrheit erzählt. Auch du darfst es ihnen auf keinen Fall sagen. Wer weiß, was geschehen würde, wenn die Sklaven vermuten würden ...«

Ich nickte, obwohl ich diese Heimlichtuerei für unnötig hielt. Mit Ausnahme des jungen Apollonius in den Bädern hatte ich im ganzen Haus kaum ein einziges Sklavengesicht ge-sehen, nur eine Prozession gesenkter Köpfe und abgewandter Blicke. Selbst wenn man es ihnen nicht gesagt hatte, sie wuß-ten es.

Wir verabschiedeten uns von Gelina. Die Befragung hatte sie erschöpft. Als wir den halbkreisförmigen Raum verließen, blickte ich mich noch einmal kurz um und sah ihre Silhouette, die nach dem Krug griff, um sich Wein nachzugießen.

Mummius führte uns zurück ins Atrium und zeigte uns die Stelle, wo die Buchstaben SPARTA in die Steinplatten geritzt worden waren. Jeder Buchstabe war etwa fingergroß. Wie Mummius gesagt hatte, schienen sie eilig geschrieben, eher hastig hingekratzt als gemeißelt. Ich war direkt darüber hin-weggelaufen, als Faustus Fabius uns vorhin ins Haus geführt hatte. Im düsteren Licht der Halle waren sie leicht zu überse-hen. Auf einmal kamen mir Halle und Atrium seltsam vor, mit den Totenmasken der Vorfahren, die mich aus ihren Nischen anstarrten, dem Flöte spielenden Faun in seinem Brunnen, dem Toten auf seiner elfenbeinernen Bahre und dem in den Boden gekratzten, halb fertiggeschriebenen Namen des meistgehaßten und -gefürchteten Mannes in ganz Italien.

Das Licht im Atrium war weich und dunstig geworden; fast war es Zeit, die Lampen zu entzünden, aber das Tageslicht würde reichen, um vor dem Abendessen kurz auszureiten und die Stelle zu besichtigen, an der der blutige Umhang gefunden worden war. Mummius rief nach dem Jungen Meto, der den Umhang und den Sklaven brachte, der ihn entdeckt hatte, und gemeinsam ritten wir an den Säulen vorbei auf die Straße nach Norden.

Der Umhang war genauso unscheinbar, wie Gelina ihn beschrieben hatte, ein dunkler, schlammfarbener Mantel, weder abgetragen noch neu und ohne jede Stickerei oder sonstige Verzierung, aus der man hätte schließen können, ob er in der Umgebung oder auswärts hergestellt worden war und ob er einem reichen oder einem armen Mann gehört hatte. Er war praktisch von oben bis unten mit Blut besudelt, und eine Ecke war offenbar herausgeschnitten worden – um verräterische Initialen oder ein Wappen zu tilgen?

Der Sklave hatte den Umhang an einem abgelegenen, schmalen Abschnitt gefunden, wo sich die Straße an eine steile Klippe oberhalb der Bucht schmiegte. Jemand mußte das Gewand von der Klippe geworfen haben, um es im Wasser zu versenken; doch der zerknüllte Umhang hatte sich in einem verkümmerten Baum verfangen, der einige Meter unterhalb der Straße aus dem Fels ragte. Ein Mann zu Fuß oder Pferd hätte ihn nur entdecken können, wenn er sich bis dicht an die Kante der Klippe vorgewagt und hinuntergeblickt hätte; der Sklave jedoch hatte auf einem hohen Wagen gesessen, dem Umhang, auf dem Weg zum Markt, zunächst kaum Beachtung geschenkt und ihn erst auf dem Rückweg von Puteoli näher betrachtet, weil ihm der Gedanke gekommen war, daß das Kleidungsstück vielleicht wichtig sein könnte.

»Der Idiot sagt, er wollte den Umhang erst gar nicht mitnehmen, weil er offensichtlich blutverschmiert war«, sagte Mummius leise. »Er dachte, das gute Stück wäre ruiniert und daher nutzlos für ihn. Erst dann ist ihm aufgegangen, daß es das Blut seines Herrn sein könnte.«

»Oder das von Zeno oder Alexandros«, sagte ich. »Wer weiß sonst noch vom Fund dieses Umhangs?«

»Nur der Sklave, der ihn entdeckt hat, Gelina und Meto, der Junge. Und natürlich jetzt du, Eco und ich.«

»Gut. Ich glaube, Marcus Mummius, daß es möglicherweise Grund zur Hoffnung gibt.«

»Ja?« Seine Augen leuchteten auf. Für einen abgehärteten Militär, der seine Galeerensklaven so brutal schinden konnte, wirkte er seltsam bemüht, die Sklaven aus Gelinas Haushalt zu retten.

»Das sage ich nicht, weil ich bereits irgendeine Lösung hätte, sondern weil die Dinge, so wie sie liegen, verwickelter sind, als sie sein sollten. Beispielsweise hat der Mörder von Lucius Licinius offenbar eine Art Knüppel benutzt, auch wenn man nichts dergleichen gefunden hat. Warum, wenn er ein Messer zur Hand hatte?«

»Ein Messer?«

»Der Täter muß mit irgendeiner Klinge hantiert haben, um die Buchstaben in die Steinplatte zu ritzen. Und warum hat er die Leiche dorthin geschleppt, wo man sie gefunden hat, anstatt sie am Tatort liegenzulassen?«

»Wie kommst du darauf, daß sie dorthin geschleift wurde?«

»Wegen der Körperhaltung, die Gelina beschrieben hat. Denk nach: die Beine ausgestreckt, die Arme über dem Kopf – kaum die Haltung eines Mannes, dem man den Schädel eingeschlagen hat, aber genau die Position einer Leiche, die mit den Füßen voran über den Fußboden geschleift wurde. Von woher und warum? Dann ist da die Sache mit dem Umhang.«

»Ja?«

»Es läßt sich nicht feststellen, wessen Blut daran klebt, aber nehmen wir einmal an, auch weil so wenig Blut am Fundort der Leiche entdeckt wurde, daß es das Blut des Toten ist. Gelina hat uns erzählt, daß sie bei der Leiche ihres Mannes kaum Blut gesehen hat, und doch muß Lucius heftig geblutet haben; wie es scheint, hat man den Umhang benutzt, um das Blut aufzufangen. Andererseits kann dieses Kleidungsstück kaum Lucius selbst gehört haben; nachdem ich die luxuriöse Villa gesehen habe, in der er lebte, kann ich mir nicht vorstellen, daß er ein so tristes Gewand getragen hätte. Nein, dies ist entweder der beste Umhang eines gemeinen Bürgers oder die Art Alltagsgarderobe, die mit Vorliebe von reichen Männern getragen wird, die sich etwas auf ihre altmodische römische Tugendhaftigkeit einbilden, oder einfach die Art dunkler gewöhnlicher Mantel, die man anzieht, um sich bei Nacht ungesehen bewegen zu können – der Umhang eines gedungenen Mörders.

Irgend etwas an diesem Mantel muß belastend sein. Warum hätte man ihn sonst vom Tatort entfernen und sogar versuchen sollen, ihn ins Meer zu werfen? Und warum ein Stück herausschneiden? Wenn die entflohenen Sklaven Lucius wirklich getötet haben, waren sie offenbar dreist genug, mit der Tat zu prahlen, indem sie den Namen von Spartacus in den Boden ritzten; warum sollten sie sich dann die Mühe machen, den Umhang zu verstecken, nachdem sie sich vorher so offen bekannt hatten? Warum ließen sie ihn nicht einfach am Tatort zurück, damit jeder ihn voller Entsetzen begaffen konnte? Ich glaube, wir müssen äußerst vorsichtig sein, daß niemand außer uns von der Existenz dieses Mantels erfährt. Der Mörder muß weiter glauben, daß er ihn erfolgreich im Meer versenkt hat. Ich werde ihn an mich nehmen und bei meinen Sachen verstecken.«

Eco, der aufmerksam zugehört hatte, zupfte an meiner Tunika. Auf sein Drängen gab ich ihm den blutgetränkten Umhang, auf dem er mir verschiedene Blutflecke zeigte, während er mit der offenen Hand eine Reihe von Bewegungen mimte.

Mummius sah ihm verblüfft zu. »Was sagt er?«

»Eco hat gerade eine sehr scharfsinnige Beobachtung gemacht! Sieh hier, wo das Blut am dichtesten ist, diese fast kreisförmigen Flecken – als ob man den Mantel unter die Wunde gelegt hätte, um das Blut aufzufangen. Während es überall sonst in etwa handbreiten Streifen verschmiert ist – als ob man den Umhang zum Aufwischen benutzt hätte.«

Eco führte eine weitere Pantomime vor. Er legte sich auf den Rücken und die Hände hinter den Kopf, bevor er die Arme ausstreckte, als ob er einen schweren Gegenstand hinter sich herziehen würde, das Ganze so lebhaft und begeistert, daß ich Angst hatte, er könne vom Pferd fallen.

»Und was hat das nun wieder zu bedeuten?« fragte Mummius.

»Eco weist auf die Möglichkeit hin, daß man den Umhang zunächst unter den Kopf des Sterbenden gelegt hat, um das Blut aufzufangen, während man ihn über den Boden schleifte. Dann hat der Mörder den Mantel benutzt, um die Blutspritzer in dem Raum aufzuwischen, in dem die Tat in Wirklichkeit geschah, vielleicht auch Blutspuren, die beim Transport der Leiche entstanden sind.«

Mummius verschränkte die Arme. »Ist er tatsächlich so eloquent?«

»Selbst ich werde ihm nur selten wirklich gerecht. So viel also zu dem Umhang. Am irritierendsten jedoch ist die Tatsache, daß die beiden Pferde am nächsten Tag zu ihrem Stall zurückgekehrt sind. Alexandros und Zeno hätten bestimmt nicht freiwillig darauf verzichtet – es sei denn, sie haben sich anderswo neue Pferde besorgt.«

Mummius schüttelte den Kopf. »Meine Leute haben sich umgehört. In der Gegend sind keine Pferde gestohlen worden.«

»Dann wären Zeno und Alexandros gezwungen gewesen, zu Fuß weiterzukommen. In einer derart dichtbesiedelten Gegend mit soviel Verkehr auf den Straßen, bei soviel Angst und Mißtrauen vor entflohenen Sklaven unter der Bevölkerung und der gleichzeitig stattfindenden Suchaktion deiner Männer scheint es praktisch unmöglich, daß sie entkommen sind.«

Eco faltete die Hände und ahmte die Bewegung eines Segelbootes nach. Zunächst sah Mummius ihn nur wieder verblüfft an, aber dann hellte sich seine Miene auf. »Natürlich haben wir auch die Schiffseigner befragt. Keine der Fähren nach Pompeji oder Herculaneum hätte zwei entlaufene Sklaven mitgenommen, und es ist auch nirgendwo ein Boot gestohlen worden. Außerdem hatte keiner von beiden die leiseste Ahnung, wie man ein Boot segelt.«

»Welche Möglichkeiten bleiben dann noch?« fragte ich.

Mummius zuckte die Schultern. »Sie müssen sich noch immer irgendwo in der Nähe versteckt halten.«

»Oder – und das ist wahrscheinlicher – sie sind beide tot.« Es war rasch dunkler geworden, und die Klippen warfen lange Schatten auf das Wasser. Ich drehte mich zur Villa um und konnte nur ein paar der obersten Dachziegel und Rauchwolken erkennen; die Feuer für den Abend wurden geschürt. Ich wendete mein Pferd.

»Sag, Mummius, wer wohnt zur Zeit in der Villa?«

»Außer Gelina nur noch eine Handvoll Menschen. Die Urlaubssaison in Baiae geht zu Ende. Dieses Jahr hatten wir im Frühjahr nur wenige Besucher. Ich selbst war im Mai hier, zusammen mit Crassus, Fabius und einigen anderen. Baiae war ein Schatten seiner selbst. Mit den Piraten auf der einen und Spartacus auf der anderen Seite haben alle Angst, Rom zu verlassen.«

»Ja, aber wer wohnt *jetzt* noch hier?«

»Laß mich überlegen. Gelina, natürlich. Und Dionysius, ihr Hausphilosoph – schimpft sich Universalgelehrter, schreibt Dramen und Chroniken und tut so, als würde er witzige Konversation machen, obwohl er mich immer zu Tode langweilt. Dann noch Iaia, die Malerin.«

»Iaia, eine Frau?«

Er nickte. »Stammt ursprünglich aus Cyprus. Crassus sagt, daß sie in seiner Jugend eine Berühmtheit war mit Gemälden in den vornehmsten Häusern Roms und um den Golf von Neapolis. Sie hat sich auf Porträts spezialisiert, vor allem Frauen.

Hat nie geheiratet, scheint aber allein recht erfolgreich zu sein. Jetzt ist sie im Ruhestand und malt nur noch zum Vergnügen zusammen mit ihrer jungen Assistentin und Schülerin. Sie arbeiten hier an irgendeinem Projekt, ein Geschenk für Gelina, dekorieren den Vorraum zu den Bädern für die Frauen oder so.«

»Und wer ist Iaias Assistentin?«

»Olympias, sie stammt aus Neapolis an der gegenüberliegenden Seite der Bucht.«

»Ein Mädchen?« fragte ich.

»Ein sehr hübsches Mädchen«, versicherte Mummius mir, worauf Ecos Augen aufleuchteten. »Iaia behandelt sie wie eine Tochter. Sie haben eine eigene kleine Villa an der Küste in Cumae, aber sie bleiben oft tagelang, arbeiten tagsüber und leisten Gelina abends Gesellschaft.«

»Waren sie in der Nacht, als Lucius ermordet wurde, auch im Haus?«

»Nein. Sie waren oben in Cumae.«

»Ist das weit?«

»Nicht sehr, zu Fuß etwa eine Stunde von hier, mit dem Pferd ist man natürlich schneller.«

»Halten sich außer dem Philosophen und den Malerinnen zur Zeit noch andere Gäste im Haus auf?«

Mummius überlegte. »Ja, zwei.«

»Und waren sie auch in der Mordnacht schon hier?«

»Ja«, sagte Mummius langsam, »aber keiner von beiden kommt als Mordverdächtiger in Betracht.«

»Egal…«

»Also gut, der eine ist Sergius Orata. Ich habe ihn schon heute nachmittag erwähnt, der Erbauer der Bäder im Südflügel. Er stammt aus Puteoli und hat Villen um den ganzen Golf, obwohl er mindestens ebenso häufig als Gast in den Häusern reicher Leute weilt; so macht man das hier, die Reichen ziehen umher und spielen in anderen Villen Gast. Gelina sagt, er wollte mit Lucius etwas Geschäftliches besprechen, als die Nachricht eintraf, daß Crassus von Rom hierher unterwegs war und beide zu sprechen wünschte. Orata entschied sich zu bleiben, damit die drei ihr Geschäft an Ort und Stelle gemeinsam abschließen konnten. Er war in der Mordnacht hier, und das ist er noch, er wohnt in einer Zimmerflucht im Nordflügel.«

»Und der andere Gast?«

»Metrobius, der aus seiner Villa in Pompeji auf der anderen Seite der Bucht herübergekommen ist.«

»Metrobius? Der Name kommt mit bekannt vor.«

»Ein berühmter Schauspieler, früher der beliebteste Frauendarsteller in Rom. Ein Liebling Sullas. So ist er auch an seine Villa gekommen, damals als Sulla Diktator war und den beschlagnahmten Besitz seiner Feinde wie kleine Aufmerksamkeiten an seine Clique verteilt hat.«

»Ah, ja, ich habe ihn einmal auftreten sehen.«

»Das Vergnügen ist mir nie vergönnt gewesen«, sagte Mummius mit sarkastischem Unterton. »Hat er Plautus rezitiert oder ein eigenes Werk?«

»Weder- noch. Er hat vor zwei Jahren auf einer privaten Gesellschaft im Hause von Chrysogonus eine ziemlich zotige Huldigung an Sulla vorgetragen.«

»Und du warst auch dort?« Mummius schien zu bezweifeln, daß ich mich in so exklusiven und ausschweifenden Kreisen bewegte.

»Ich war ein unerwünschter Gast. Sehr unerwünscht sogar. Aber was macht Metrobius hier?«

»Er ist ein enger Freund von Gelina. Die beiden können Stunden damit verbringen, den hiesigen Klatsch auszutauschen. Hat man mir jedenfalls erzählt. Unter uns, ich halte es nicht länger als zwei Minuten mit ihm im selben Zimmer aus.«

»Du kannst Metrobius nicht leiden?«

»Ich habe meine Gründe.«

»Aber du verdächtigst ihn nicht des Mordes?«

Mummius schnaubte verächtlich. »Ich will dir etwas sagen, Gordianus. Ich habe in meinem Leben schon viele Männer getötet, immer im ehrenhaften Kampf, versteht sich, aber Töten ist Töten. Ich habe mit dem Schwert getötet, mit dem

Knüppel und mit bloßen Händen. Ich weiß ein wenig darüber, was es braucht, das Leben eines anderen auszulöschen. Glaub mir, Metrobius ist nicht Manns genug, Lucius den Schädel einzuschlagen, selbst wenn er einen Grund gehabt hätte.«

»Was ist mit Zeno oder Alexandros, den beiden Sklaven?«

»Es scheint mir extrem unwahrscheinlich.«

»Aber nicht unmöglich?«

Er zuckte die Schultern.

»Wir wissen also«, sagte ich, »daß sich in der Mordnacht folgende Personen im Haus aufgehalten haben: Dionysius, der amtierende Universalgelehrte, dann der Geschäftsmann aus Puteoli, Sergius Orata, sowie der im Ruhestand lebende Schauspieler Metrobius. Iaia, die Malerin, und ihre Assistentin Olympias sind zwar oft hier gewesen, nicht jedoch in jener Nacht.«

»Soweit ich weiß. Die Gäste haben alle allein in ihrem eigenen Bett geschlafen oder behaupten es zumindest. Niemand hat etwas gehört, was durchaus möglich ist, wenn man die Entfernung zwischen den einzelnen Gemächern betrachtet. Auch keiner der Sklaven will etwas gehört haben, was ebenfalls plausibel erscheint, weil sie in ihren eigenen Quartieren bei den Ställen übernachten.«

»Aber ein Sklave hatte doch bestimmt Nachtdienst«, sagte ich.

»Ja, aber auf dem Anwesen, nicht im Haus. Er soll regelmäßig einen Kontrollgang machen und ein Auge auf die Straße vor dem Haus haben sowie auf eine andere, die hinter dem Haus an der Küste entlang verläuft. Es ist schon vorgekommen, daß Piraten private Villen an der Küste überfallen haben, allerdings noch nie hier in Baiae, soweit ich weiß. Als die Sklaven geflohen sind, muß der Nachtwächter gerade auf der Rückseite des Hauses gewesen sein. Er hat nichts gesehen.«

»Hast du irgend jemanden in Verdacht? Einen der Bewohner oder Gäste von Gelinas Haus, der Lucius eher umgebracht haben könnte als die beiden Sklaven?«

Als Antwort zuckte er nur mit den Schultern und sah mich finster an.

»Ich frage mich überhaupt, Mummius, warum du soviel von deiner persönlichen Zeit und Energie geopfert hast, um Gelina zu helfen, die Unschuld der Sklaven zu beweisen.«

»Ich habe meine Gründe«, sagte er knapp, reckte sein Kinn und starrte stur geradeaus. Dann gab er seinem Pferd die Sporen und galoppierte allein zur Villa zurück.

ZWEITER TEIL

Der Schlund des Hades

SIEBEN

Das Abendessen begann zur zwölften Stunde des Tages, direkt nach Sonnenuntergang, in einem bescheiden ausgestatteten Südwestzimmer des oberen Stockwerks. Durch die Fenster sah man im Osten Puteoli, weiter südlich den Vesuv liegen. Ein paar Sklaven eilten unauffällig durch den Raum und die angrenzenden Flure, entzündeten die Kohle auf bereitgestellten Rosten, um die Gäste gegen die leichte Kühle in der Luft zu schützen, sowie eine ganze Batterie von Lampen, die die vielfarbig gestalteten Wände hell erleuchteten. Die Luft war still und frei von jeglichem Vogelgesang oder sonstigen Geräuschen, die auf irgendeine Form von Leben hätten schließen lassen können; draußen hörte man wie ein fernes Seufzen nur das undeutliche Murmeln des Meeres. Durch das Südfenster sah ich über dem Vesuv einen einzelnen Stern am tiefblauen Nachthimmel leuchten. Eine Aura verhaltenen Luxus senkte sich über die Villa, jenes besondere Gefühl von Behaglichkeit und dem Privileg der Verschwendung, das den Häusern der Reichen bei Dämmerung eigen ist.

Gelina hatte bereits auf einem Diwan Platz genommen und begrüßte ihre Gäste, die einzeln oder zu zweit eintrafen, alle in dunkles Blau oder Schwarz gekleidet. Insgesamt war für elf Personen gedeckt, eine ungerade Zahl für ein Gastmahl, aber Gelina löste das Problem, indem sie die Tische im Karree anordnete mit jeweils drei Sofas an drei Seiten sowie zweien an der vierten, eines für sich und eines, das für Crassus reserviert blieb. Auf den niedrigen Tischen standen bereits Becher mit honiggesüßtem Wein, helle und dunkle Oliven und eine pikante Vorspeise aus Seeigeln in Kreuzkümmelsauce.

Die Malerin Iaia mit ihrer Assistentin und Schülerin Olympias saßen zusammen mit dem Universalgelehrten Dionysius gegenüber von Gelina; Marcus Mummius, Faustus Fabius und

Sergius Orata hatten zu ihrer Rechten Platz genommen, während Eco und ich zusammen mit dem Schauspieler Metrobius links von ihr saßen. Gelina stellte uns ohne weitere Erklärung als Gordianus aus Rom mit seinem Sohn Eco vor. An den Mienen der anderen Gäste erkannte ich, daß sie bereits eine vage Vorstellung vom Zweck meiner Anwesenheit hatten. In ihren Blicken las ich Skepsis, Argwohn und Desinteresse in unterschiedlich starken Ausprägungen.

Iaia trug eine augenfällige pechschwarze Stola, silbernen Schmuck und hatte ihr volles, tiefrotes, garantiert gefärbtes Haar aufwendig hochfrisiert. Man sah, daß sie in ihrer Blüte eine große Schönheit gewesen sein mußte. Jetzt strahlte sie die sanfte und selbstbewußte Aura einer Frau aus, die wußte, daß sie zwar ihre Schönheit verloren, sich jedoch ihren Charme bewahrt hatte. Auf ihre hohen Wangenknochen hatte sie großzügig Rouge aufgetragen, und ihre Augenbrauen waren gezupft und mit einem Stift nachgezogen.

Während mich Iaia mit kühlen Blicken musterte, starrte mich ihre junge Assistentin, eine strahlend schöne Blondine, offen an, als wäre meine bloße Anwesenheit eine Art Affront. Olympias konnte es sich leisten, achtlos mit ihrer Schönheit umzugehen; im Licht der Lampen glänzte ihre wallende Mähne silbern und gold, ihre Augen waren von einem dunklen, fast violetten Blau, welches auch die geringste Spur von Schminke, hätte sie sich die Mühe gemacht, welche aufzulegen, auf ihrem Gesicht blaß und billig hätte wirken lassen. Ihre ärmellose dunkelblaue Toga war absolut schlicht, noch schlichter sogar als die Tuniken, die Eco und ich trugen, ohne jede Verzierung oder Borte. Sie trug keinen Schmuck. Ich bemerkte das Pigment an ihren Fingern und ein paar winzige Farbkleckse am Saum ihres Gewands.

Dionysius, ein hagerer Mann mit grauem Bart und hochnäsiger Miene, warf mir verstohlene Blicke zu, während er mit der linken Hand nach den Oliven griff. Er sagte den ersten Teil des Abends fast gar nichts, als wolle er sich seine Worte für spätere Gelegenheiten aufsparen. Auf mich machte er den Eindruck eines Mannes mit einem Geheimnis, doch das lag möglicherweise an dem Ausdruck selbstgefälliger Klugheit, den er wie so viele andere Philosophen kultivierte.

Dionysius' reservierte und leicht säuerliche Miene stand im krassen Gegensatz zu der des lokalen Geschäftsmannes und Baumeisters Orata, der über Eck mit dem Universalgelehrten saß. Orata war fast kahl, nur ein schmaler Siegeskranz aus rotblondem Haar krönte sein Haupt. Er hatte die füllige Statur eines Mannes, der über seinen Erfolgen fett geworden war. Sein plumpes, leicht zerstreutes Gesicht wirkte inmitten der allgemeinen Niedergeschlagenheit irgendwie fehl am Platze. Als er zu mir herübersah, wußte ich nicht, ob er mich auf den ersten Blick mochte oder nur formvollendet lächelte, um andere Reaktionen zu verbergen. Die meiste Zeit schien er kaum Notiz von mir zu nehmen, weil er damit beschäftigt war, seinen Tischsklaven anzuhalten, ihm die Oliven zu entkernen und Kümmelsauce nachzuschenken.

Der in die Jahre gekommene Schauspieler Metrobius, der zu meiner Rechten Platz genommen hatte, nickte mir, als ich vorgestellt wurde, kurz zu und wandte sich dann sofort Gelina zu. Er hatte sich auf die rechte Seite gelegt, sie sich auf ihre linke, so daß sie fortwährend die Köpfe zusammenstecken konnten. Sie flüsterten miteinander, wobei Metrobius hin und wieder seine Hand ausstreckte und die ihre tröstend tätschelte. Sein langes, wallendes Gewand bedeckte ihn von Kopf bis Fuß; das feingesponnene Leinen wirkte auf den ersten Blick beerdigungsschwarz, aber bei genauerem Hinsehen erkannte ich, daß es in Wahrheit dunkelviolett war. Um Hals und Handgelenke trug er Gold, am Ringfinger der linken Hand einen dicken, juwelenbesetzten Ring, der jedesmal aufblitzte, wenn er den Becher hob. Metrobius war, so hieß es, die große Liebe von Sulla gewesen, lebenslanger Gefährte und Freund des Diktators, der sämtliche der zahlreichen Ehen und Affären Sullas unbeschadet überstanden hatte. Über welche körperlichen Reize er als junger Mann auch immer verfügt haben mochte, sie waren lange verblüht, aber in der Art, wie er sein volles, weißes Haar trug, lag eine selbstbewußte Würde, und sein faltiges Gesicht strahlte eine unverwüstliche Schönheit aus. Ich dachte an jenen Abend vor zehn Jahren, als ich ihn vor Sulla hatte auftreten sehen, und erinnerte mich an den ungeheuren Zauber seiner Präsenz. Obwohl er sich Gelina zugewandt hatte, konnte ich die charismatische Macht spüren, die von ihm ausging, so deutlich wie den Duft von Myrrhe und Rosen, der in seinen Kleidern hing. Jede seiner Bewegungen war von einer ungekünstelten Eleganz, und das tiefe, gedämpfte Murmeln seiner Stimme war so beruhigend wie das Trommeln von Regentropfen in einer Sommernacht oder das Rauschen des Windes in den Bäumen.

Von mir und Eco einmal abgesehen, sahen sie aus wie die typische Gesellschaft, die sich zum Abendessen in einer Villa in Baiae versammelt – ein Soldat und ein Patrizier, eine Malerin und ihre Assistentin, ein Gelehrter und ein Baumeister, ein Schauspieler und die Gastgeberin. Der Gastgeber fehlte – oder er lag, um präzise zu sein, auf einer elfenbeinernen Bahre im Atrium –, aber an seiner Statt erwarteten wir den reichsten Mann Roms. Bisher jedoch hatte Marcus Crassus noch nicht geruht zu erscheinen.

In Anbetracht der illustren Runde war die Konversation überraschend zwanglos und nichtssagend. Mummius und Faustus besprachen leise die Tagesgeschäfte und den Stand der Vorbereitungen für Crassus' Lager am See Lucrinus; Iaia und Olympias tuschelten miteinander; der Philosoph brütete über seinem Mahl, während der Geschäftsmann offensichtlich jeden Bissen genoß; Gelina und Metrobius schienen alles um sich herum vergessen zu haben. Schließlich trat der Sklavenjunge Meto hinzu und flüsterte Gelina etwas ins Ohr. Sie nickte und schickte ihn hinaus. »Ich fürchte, Marcus Crassus kann leider doch nicht an diesem Essen teilnehmen«, verkündete sie. Ich hatte gedacht, daß meine Anwesenheit der Grund der spürbaren Spannung gewesen sei oder auch die Aura des Todes, die über dem Haus lag, aber in diesem Moment schien der versammelte Haushalt einen Seufzer der Erleichterung zu tun.

»Verhindert wegen seiner Geschäfte in Puteoli, was?« fragte Mummius, den Mund voller Seeigel.

»Ja. Er läßt wissen, daß er sich selbst um Verpflegung kümmern und anschließend zurückreiten wird. Wir brauchen also nicht länger zu warten.« Sie machte den Sklaven ein Zeichen, worauf diese die Vorspeisen abtrugen und das Hauptgericht servierten – ein süß-saures Ragout aus Schinken, Zitronen und Äpfeln, mit Liebstöckel und Pfeffer gewürzte Klöße aus Meeresfrüchten sowie Fischfilets mit Lauch und Koriander, alles angerichtet auf silbernen Tellern und begleitet von einer Gerstensuppe mit Linsen und Kohl, die wir aus kleinen Tonschalen löffelten.

Mit dem Fortgang des Mahls wurde auch die Konversation angeregter. Hauptgesprächsthema war Essen. Tod und drohendes Ungemach, politische Ambitionen und die Bedrohung durch Spartacus wurden ignoriert zugunsten der jeweiligen Vorzüge von Hase und Schwein. Auch Rindfleisch fand Erwähnung, wurde jedoch allgemein für ungenießbar erklärt. Faustus Fabius meinte, daß Rinder mit Ausnahme ihres Fells nutzlos seien, während der Philosoph in belehrendem Ton ausführte, daß die Barbaren im Norden tatsächlich lieber Kuh- als Ziegenmilch tranken.

Sergius Orata schien so etwas wie ein Fachmann im Handel mit Gewürzen und anderen Delikatessen aus dem Orient zu sein. Einmal war er bis nach Parthia gereist, um die dortige Marktlage zu sondieren, und am Euphrat mußte er sich mit Rücksicht auf die Regeln der Höflichkeit sogar ein Getränk aus gegärtem Gerstensaft einflößen lassen, das die Parther dem Wein vorziehen. »Es hatte exakt die Farbe von Urin«, erzählte er lachend, »und genauso hat es geschmeckt!«

»Woher willst du das wissen? Trinkst du etwa regelmäßig Urin?« fragte Olympias und senkte schüchtern den Kopf, so daß eine Strähne ihres blonden Haares in ihr Gesicht fiel. Iaia warf ihr einen Blick zu und unterdrückte ein Lächeln. Oratas Glatze verfärbte sich rosa, während Mummius dröhnend lachte.

»Besser Urin als Bohnen!« rief Dionysius. »Ihr kennt doch Platos Rat: Man muß das Reich der Träume jede Nacht mit reiner Seele betreten.«

»Und was hat das mit Bohnen zu tun?« wollte Fabius wissen.

»Die Ansicht des Pythagoras ist dir doch sicher vertraut? Bohnen verursachen heftige Blähungen, ein Zustand, der auf Kriegsfuß steht mit einer reinen Seele auf der Suche nach Wahrheit.«

»Also wirklich, als ob es die Seele wäre und nicht der Bauch, der sich bläht!« rief Metrobius, bevor er sich zu mir beugte und seine Stimme senkte. »Diese Philosophen – keine Idee ist ihnen zu absurd. Der da ist jedenfalls ein echter Windbeutel, wobei bei ihm die Luft aus dem Mund entweicht und nicht aus dem anderen Ende!«

Gelina schien gegen jede Form von Witz wie auch Vulgarität immun zu sein und aß schweigend weiter, zupfte ruhelos an ihrem Essen herum und ließ sich öfter als alle anderen Gäste Wein nachschenken.

Derweil klärte Metrobius mich über die Unterschiede zwischen der römischen und der hiesigen Küche auf. »Auf den Märkten hier gibt es natürlich eine größere Vielfalt von Meeresfrüchten und viele maritime Spezialitäten, die in Rom völlig unbekannt sind. Beispielsweise wird dir jeder Koch erklären, daß die besten Kochtöpfe aus einem ganz besonderen Ton gemacht werden, den es nur in der Umgebung von Cumae gibt. In Rom sind diese Töpfe sehr wertvoll und schwer zu ersetzen, aber hier besitzt selbst der ärmste Fischer einen. So gibt es hier jede Menge Gerichte, die so delikat wie schlicht sind – zum Beispiel diese Gerstensuppe. Dann gibt es natürlich die berühmten grünen Bohnen von Baiae, zarter und süßer als sämtliche anderswo angebauten. Gelinas Köchin bereitet ein Gericht aus grünen Bohnen, Koriander und gehacktem Schnittlauch, das eines Bacchanals würdig wäre. Ah, ich sehe, die Sklaven haben unsere Teller abgetragen, der zweite Gang muß unterwegs sein.«

Auf silbernen, im Licht der Lampen glitzernden Tabletts

trugen Sklaven nun in Zimt gebackene Birnen, geröstete Kastanien und in gegärten Beerensaft eingelegten Käse herein. Die Tönung des Himmels draußen war von einem tiefen Dunkelblau in ein von leuchtenden Sternen überzogenes Schwarz übergegangen. Gelina schauderte vor Kälte und befahl, die Kohleroste näher heranzubringen. Die züngelnden Flammen spiegelten sich in den silbernen Tellern wider, so daß sämtliche Köstlichkeiten auf kleinen Feuerseen zu schweben schienen.

»Eine Schande, daß Marcus Crassus dieses Festmahl nicht miterleben kann«, sagte Metrobius, während er sich eine Bratbirne nahm und ihren Duft einsog. »Andererseits hätten wir, wenn Crassus hier gewesen wäre, über nichts anderes geredet als Politik, Politik, Politik.«

Mummius sah ihn finster an. »Worüber einige Menschen noch weniger als gar nichts wissen. Zumindest könnte eine angeregte politische Diskussion gewisse Leute eine Zeitlang zum Schweigen bringen.« Er warf sich genüßlich schmatzend eine Kastanie in den Mund.

»Tischsitten wie ein Barbar«, murmelte Metrobius mir leise zu.

»Was hast du gesagt?« Mummius' Oberkörper schnellte vor.

»Unbestritten, ein Prachtexemplar. Von einem Landmenschen, meine ich. Deine Familie betreibt doch nach wie vor Ackerbau, oder nicht?«

Mummius lehnte sich mit skeptischem Blick langsam wieder zurück.

»Vielleicht sollten wir über ein Thema sprechen, das wir alle gemeinsam haben«, schlug Metrobius vor. »Wie wäre es mit Kunst? Iaia und Olympias schaffen sie, Dionysius denkt darüber nach, Orata kauft sie. Ist es wahr, Sergius, daß du einen Vertrag abgeschlossen hast, für einen der Cornelier in Misenum einen neuen Fischteich anzulegen und zu dekorieren?«

»Das ist richtig«, sagte Sergius Orata.

»Ah, diese Villenbesitzer am Golf und ihre Liebe zu dekorativen Fischteichen! Wie entzückt sie sind über jede bärtige

Meeräsche! Ich habe von Senatoren gehört, die jedem ihrer Fische einen Namen geben und sie von klein an persönlich von Hand füttern, so daß sie es, wenn die Meeräschen ausgewachsen sind, nicht übers Herz bringen, sie zu essen.«

Endlich ließ sich auch Gelina zu einem Lächeln hinreißen. »Oh, hör schon auf, Metrobius! Niemand benimmt sich so albern.«

»O doch, und wie! Wie ich höre, bestehen die Cornelier darauf, ihren Teich mit allerlei hübschen Statuen zu umgeben – aber nicht zur Freude der menschlichen Gäste, sondern zur Erbauung der Fische.«

»Unsinn«, sagte Gelina kichernd, leerte ihren Becher und hielt ihn einem Sklaven zum Nachfüllen hin.

Metrobius sah sie völlig ernst an. »Das Problem ist nur – also, ich gebe solch schändlichen Klatsch wirklich höchst ungern weiter – aber man sagt, daß die Meeräschen der Cornelier so dumm sind, daß sie nicht einmal den Unterschied zwischen einem Polyclitus und einem Polydorus erkennen. Man könnte den Kopf von Juno und Venus vertauschen, und sie würden es nicht bemerken. Man stelle sich das vor!« Im allgemeinen Gelächter drohte Metrobius Orata mit dem Finger. »Also sei vorsichtig, Sergius, was für Plastiken du für den neuen Teich der Cornelier erwirbst! Es lohnt sich ja nicht, für eine verrückte Meeräsche, die den Unterschied doch nicht merkt, ein Vermögen auszugeben.«

Orata errötete liebenswürdig, während Mummius vor Wut zu platzen schien. Ich bemerkte, daß Faustus Fabius beschwichtigend eine Hand auf seinen Oberschenkel gelegt hatte, während er mit der Linken seinen Becher zum Mund führte, um ein Grinsen zu verbergen.

Gelina wurde plötzlich redselig. »Wenn ihr über Kunst reden wollt, warum nicht über Iaias in Arbeit befindliches Werk im Erdgeschoß, im Vorzimmer zu den Frauenbädern. Es ist hinreißend! Vom Boden bis zu der Decke an allen vier Wänden Tintenfische, Kraken und Delphine, die unter dem Oberlicht herumtollen. Es vermittelt mir ein Gefühl der Erhabenheit und Geborgenheit, als ob ich am Grund des Meeres wäre. Diese fantastischen Blauschattierungen – von Dunkelblau über Blaugrün bis zu einem blassen Azur. Ich liebe Blau, du nicht auch?« sagte sie beschwipst zu Olympias. »Auch du trägst heute abend ein so wunderbares Blau, das sich aufs vorzüglichste mit deinem blonden Haar ergänzt. Wie talentiert ihr beide doch seid!«

Iaia schürzte die Lippen. »Vielen Dank, Gelina, aber ich glaube, alle Anwesenden haben das Werk bereits bewundert.«

»Nein!« widersprach Gelina. »Gordianus noch nicht, genausowenig wie sein entzückender Sohn Eco. Sie sollen alles sehen. Wir dürfen nichts vor ihnen verbergen, gar nichts. Deshalb sind sie hier. Um alles zu sehen, zu beobachten. Man sagt, er habe ein scharfes Auge. Nicht das Auge eines Genießers, meine ich, sondern das Auge eines Jägers. Oder eines Suchers, so nennst du dich doch, nicht wahr? Vielleicht kannst du ihm morgen deine Arbeit zeigen, Iaia, und ihn über den Zauber deiner fliegenden Fische und schrecklichen Kraken meditieren lassen. Ja, ich wüßte nicht, warum nicht, solange keine Frauen im Bad sind, keine badenden Frauen, meine ich. Warum nicht? Ich bin sicher, Gordianus weiß ein Kunstwerk genauso zu schätzen wie wir anderen auch.«

Olympias runzelte eine Braue und musterte kühl erst mich und dann Eco, der unter ihrem Blick nervös herumzuhampeln begann. Iaia, die durch nichts zu erschüttern schien, nickte und lächelte. »Aber sicher, Gelina, ich werde Gordianus unsere Arbeit mit Vergnügen zeigen. Vielleicht am Morgen, wenn das Licht am besten ist. Aber wo wir von Kunst sprechen, ich weiß, daß Dionysius an einem neuen Schauspiel arbeitet, von dem wir noch so gut wie nichts gehört haben.«

»Das liegt daran, daß Crassus ihm immer das Wort abschneidet«, flüsterte Metrobius mir ins Ohr.

»Genaugenommen habe ich meine jüngste Komödie fürs erste beiseite gelegt.« Dionysius' schmale Lippen verzogen sich zu einem gepreßten Lächeln. »Die Ereignisse der letzten Monate und vor allem der letzten Tage haben meine Gedanken auf ernstere Fragen gelenkt. Zur Zeit arbeite ich an einem neuen Werk, eine Abhandlung mit einem durchaus aktuellen Thema – eine Untersuchung früherer Sklavenaufstände versehen mit einigen Anmerkungen, wie derartige Erschütterungen in Zukunft zu vermeiden sind.«

»Frühere Sklavenaufstände?« fragte Gelina. »Willst du damit sagen, daß es so etwas auch vor Spartacus schon gegeben hat?«

»O ja! Der erste bekannte Sklavenaufstand ereignete sich vor ungefähr einhundertzwanzig Jahren, nach dem Krieg gegen Hannibal. Nachdem Rom gesiegt hatte, wurden auch zahlreiche Karthager gefangengenommen, als Geiseln oder Kriegsgefangene. Die Sklaven dieser Karthager wurden ebenfalls verschleppt und als Kriegsbeute verkauft. Der Zufall wollte, daß eine große Zahl dieser Geiseln und Sklaven in der Stadt Setia unweit Roms konzentriert wurden. Die karthagischen Geiseln heckten einen Fluchtplan aus, an deren Umsetzung auch die Sklaven beteiligt sein sollten, denen man die Freiheit versprach, wenn sie sich gegen ihre neuen römischen Herren erheben und ihren alten Besitzern helfen würden, nach Karthago zurückzukehren. Wenige Tage später sollten in Setia Gladiatorenspiele abgehalten werden; dann wollten die Gefangenen losschlagen und die ahnungslose Bevölkerung niedermetzeln. Zum Glück haben zwei der Sklaven die Verschwörung dem Prätor in Rom gemeldet, der eine Streitmacht von zweitausend Mann um sich scharte und nach Setia eilte. Die Anführer der Verschwörung wurden gefaßt, aber zahlreiche Sklaven konnten aus der Stadt entkommen. Im Laufe der Zeit wurden alle wieder eingefangen oder niedergestreckt, aber zunächst versetzten sie die ganze Gegend in Angst und Schrecken. Die beiden Sklaven, die ihre Mitverschwörer klugerweise verraten hatten, wurden mit fünfundzwanzigtausend Bronzetalern belohnt und in die Freiheit entlassen.«

»Ah!« sagte Gelina, die mit aufgerissenen Augen zugehört hatte, und nickte zustimmend. »Ich mag Geschichten mit einem glücklichen Ende.«

»Das einzige, was noch langweiliger ist als Politik, ist Geschichte«, sagte Metrobius gähnend. »Mir scheint, daß Dionysius der Welt in Zeiten schwerer Krisen, wie wir sie im Augenblick durchleben, einen weit größeren Dienst erweisen würde, wenn er anständige Komödien schreiben würde, anstatt die tote Vergangenheit wiederzukäuen.«

»Worüber, um alles in der Welt, hat sich ein Mann wie Sulla bloß mit jemandem wie dir unterhalten?« murmelte Mummius.

Metrobius bedachte ihn mit einem bösen Blick. »Dasselbe könnte ich mich auch über dich und deinen –«

»Bitte keine Unhöflichkeiten nach dem Essen«, tadelte Gelina. »Es beeinträchtigt die Verdauung. Sprich weiter, Dionysius. Wie bist du nur auf diese faszinierende Begebenheit gestoßen?«

»Ich habe der Minerva und dem Schatten des Herodotus schon oft für die Bibliothek gedankt, die dein verstorbener Gatte so gewissenhaft zusammengetragen hat«, sagte Dionysius feinfühlig. »Für einen Mann wie mich ist der Aufenthalt in einem Haus voller Wissen beinahe genauso inspirierend wie der Aufenthalt in einem Haus voller Schönheit. Glücklicherweise mußte ich mich in dieser Villa nie für eines von beiden entscheiden.«

Gelina strahlte, und das hübsche Kompliment wurde mit allgemeinem zustimmendem Gemurmel bedacht.

»Aber um mit der Geschichte fortzufahren: Der unterbundene Aufstand von Setia war meines Wissens die erste allgemeine Revolte oder versuchte Flucht einer großen, organisierten Gruppe von Sklaven. Im Laufe der Jahre gab es noch einige ähnliche Vorkommnisse, in Italien und im Ausland, aber sie sind nur höchst dürftig dokumentiert und bedeutungslos im Vergleich zu den beiden großen sizilianischen Sklavenkriegen, deren erster vor etwa sechzig Jahren ausbrach – im Jahr meiner Geburt, um genau zu sein. Als Kind habe ich oft davon erzählen hören.

Offenbar hatten die Großgrundbesitzer Siziliens jener Zeit

zunächst große Reichtümer angehäuft und dann riesige Massen von Sklaven auf der Insel versammelt. Der Reichtum machte die Sizilianer arrogant; der Strom von Sklaven aus den eroberten Gebieten in Afrika und im Orient führte dazu, daß sie ihre Sklaven achtlos behandelten, weil sich ein durch Überarbeitung oder Unterernährung verkrüppelter Sklave leicht ersetzen ließ. Einige Landbesitzer schickten Sklaven als Hirten los, ohne ihnen vernünftige Kleidung oder sogar Nahrung zu stellen. Als sich die Sklaven deswegen beklagten, erklärten ihre Herren, sie sollten Kleidung und Nahrung von den Reisenden rauben! Trotz seines Reichtums degenerierte Sizilien zu einem gesetzlosen und verzweifelten Ort.

Es gab einen Landbesitzer namens Antigenes, der für seine übermäßige Grausamkeit bekannt war. Er war der erste auf der Insel, der seinen Sklaven zur Identifikation ein Brandmal verpaßte, eine Praxis, die sich bald auf der ganzen Insel verbreitete. Sklaven, die, um Kleidung und Nahrung bettelnd, zu ihm kamen, wurden geschlagen, angekettet und an den Pranger gestellt, bevor man sie wieder an ihre Arbeit schickte, genauso nackt und hungrig wie zuvor.

Dieser Antigenes hatte einen Lieblingssklaven, den er mit Vergnügen entweder verhätschelte oder demütigte, einen Syrer namens Eunus, der sich selbst für einen Zauberer und Wunderheiler hielt. Dieser Eunus berichtete von Träumen, in denen die Götter zu ihm gesprochen hatten. Die Leute liebten solche Geschichten, selbst wenn sie von einem Sklaven stammen. Bald begann Eunus die Götter auch am hellichten Tag zu sehen und zum Erstaunen der Betrachter mit ihnen in fremden Zungen zu sprechen, oder er tat zumindest so als ob. Außerdem konnte er Feuer spucken.«

»Feuer?« Gelina war fassungslos.

»Ein alter Theatertrick«, erklärte Metrobius. »Man bohrt zwei Löcher in eine Walnuß oder etwas Ähnliches, füllt sie mit Brennstoff, zündet sie an, steckt sie in den Mund und spuckt dann Flammen und Funken. Jeder Gaukler in der Subura kann das.«

»Tja, aber es war Eunus, der den Trick aus Syrien mitbrachte«, sagte Dionysius. »Sein Herr Antigenes ließ ihn vor Gästen auftreten, wobei Eunus jedesmal in seine Trance verfiel, Feuer spuckte und anschließend die Zukunft weissagte. Je ausgefallener seine Vision, desto begeisterter sein Publikum. Er erklärte Antigenes und seinen Gästen zum Beispiel, daß ihm eine syrische Göttin erschienen sei und versprochen habe, daß er, ein Sklave, der König von ganz Sizilien werden würde, den man jedoch nicht fürchten müsse, weil er sich gegenüber den Sklavenbesitzern als sehr tolerant erweisen würde. Das fanden Antigenes' Gäste überaus amüsant, sie belohnten Eunus mit Köstlichkeiten von ihrer Tafel und erklärten ihm, daß er sich ihrer Freundlichkeit erinnern solle, wenn er erst König sei. Niemand ahnte die düstere Wendung, die der Lauf der Ereignisse schon bald nehmen sollte.

Wenig später ergab es sich, daß die Sklaven des Antigenes beschlossen, gegen ihren Herrn aufzubegehren, doch zunächst konsultierten sie Eunus und fragten ihn, ob die Götter ihrer Unternehmung günstig gesonnen seien. Eunus erklärte ihnen, daß ihr Aufstand nur erfolgreich verlaufen könne, wenn sie brutal und ohne Zögern zuschlagen würden. In jener Nacht hielten die etwa vierhundert Sklaven auf freiem Feld eine Zeremonie ab, sprachen einen Eid und vollführten nach Eunus' Anweisungen Rituale und Opferungen. Sie steigerten sich in eine mörderische Ekstase und fielen dann in der Stadt ein, wo sie jeden Freien töteten, Frauen vergewaltigten und selbst Säuglinge niedermetzelten. Antigenes wurde gefangengenommen, ausgezogen, geschlagen und enthauptet. Die Sklaven kleideten Eunus in kostbare Gewänder, setzten ihm eine Krone aus goldenen Blättern auf und riefen ihn zu ihrem König aus.

Die Nachricht von ihrer Rebellion verbreitete sich wie ein Lauffeuer über die ganze Insel und ermutigte auch andere Sklaven zum Aufstand. Rivalisierende Gruppen revoltierender Sklaven erhoben sich, und man hoffte schon, daß sie einander bekämpfen würden. Statt dessen schlossen sie sich zusammen und nahmen noch alle möglichen Banditen und Gesetzlose in ihrer Armee auf. Die Kunde von ihrem Erfolg breitete sich über Sizilien hinaus aus und löste überall Unruhen aus – in Rom schlossen sich einhundertfünfzig Sklaven zu einer Verschwörung zusammen, in Athen erhoben sich mehr als tausend, und es gab vergleichbare Aufstände in ganz Italien und Griechenland, die jedoch rasch niedergeschlagen wurden. In Sizilien jedoch regierte das totale Chaos.

Die Insel wurde überrannt von rebellierenden Sklaven. Und das gemeine Volk machte aus Haß gegen die Reichen gemeinsame Sache mit ihnen. Bei aller Verrücktheit wurde die Revolte doch mit einer gewissen Intelligenz durchgeführt, denn obwohl zahlreiche Landbesitzer gefoltert und ermordet wurden, verzichteten die Sklaven vorausschauend darauf, deren Ernte und Besitz ebenfalls zu vernichten, weil diese ihnen noch nützlich sein konnten.«

»Und wie ist die Sache ausgegangen?« fragte Gelina.

»Aus Rom wurden Armeen entsandt. Es gab eine Reihe von Schlachten überall in Sizilien, und eine Zeitlang hatte es den Anschein, als seien die Sklaven unbesiegbar, zumindest bis es dem römischen Statthalter Publius Rupilius gelang, sie in der Stadt Tauromenium festzusetzen und so lange zu belagern, bis die Aufständischen durch eine unsagbare Hungersnot dezimiert und schließlich zum Kannibalismus getrieben wurden. Sie begannen, ihre Kinder zu essen, dann ihre Frauen und zuletzt sich gegenseitig.«

»Oh! Und der Zauberer?« flüsterte Gelina.

»Ihm gelang die Flucht aus Tauromenium, und er verbarg sich in einer Höhle, bis Rupilius ihn aufstöberte. Genau wie die Sklaven sich gegenseitig verspeist hatten, so entdeckte man den König der Sklaven halb von Würmern zerfressen – ja, genau die Würmer, die den großen Sulla in den letzten Jahren vor seinem tödlichen Schlaganfall hier am Golf gequält haben sollen, was beweist, daß diese alles verschlingenden Viecher genau wie niedere menschliche Wesen sich von jedem Führer nähren, egal ob hoch oder gering. Eunus wurde, schreiend und in sein eigenes Fleisch verkrallt, aus seiner Höhle geschleift und in Morgantina in ein Verlies gesperrt. Der Zauberer hatte auch weiterhin Visionen, die zunehmend schrecklicher wurden; am Ende redete er nur noch wirr. Schließlich haben ihn die Würmer verzehrt, und so fand der erste große Sklavenaufstand ein erbärmliches Ende.«

Es entstand ein tiefes Schweigen. Die Gesichter von Gelinas Gästen blieben regungslos, nur Eco saß mit aufgerissenen Augen da, und Olympias schien Tränen in den Augen zu haben. Mummius rutschte auf seinem Diwan hin und her. Die Stille wurde unterbrochen vom leisen Schlurfen eines Sklaven, der sich mit einem leeren Tablett Richtung Küche zurückzog. Ich sah mich im Zimmer um und betrachtete die Gesichter der Sklaven, die steif auf ihren Posten hinter den Gästen standen. Keiner von ihnen erwiderte meinen Blick, sie sahen sich auch nicht gegenseitig an, sondern starrten nur stur zu Boden.

»Siehst du«, sagte Metrobius, dessen Stimme nach der Stille unnatürlich laut klang, »da hast du doch alle Zutaten einer göttlichen Komödie zur Hand, Dionysius! Nenn sie ›Eunus von Sizilien‹ und laß sie mich inszenieren!«

»Also wirklich, Metrobius!« empörte sich Gelina.

»Das ist mein Ernst. Man muß die Geschichte nur mit den klassischen Rollen besetzen. Laß mich überlegen: ein tolpatschiger sizilianischer Landbesitzer und sein Sohn, der sich natürlich unsterblich in die Nachbarstochter verliebt; dann braucht man noch einen guten Sklaven, sagen wir den Tutor des Jungen, der in Versuchung gerät, sich dem Sklavenaufstand anzuschließen, sich aber dann doch für die Tugend entscheidet und seinen jungen Herrn vor dem Mob rettet. Dieser Eunus ist auf der Bühne für ein paar grotesk-komische Einlagen gut, er kann Feuer spucken, Unsinn brabbeln. General Rupilius muß man als grandiosen Angeber einführen; er verwechselt den guten Sklaven, den Tutor, mit Eunus und will ihn kreuzigen, aber im letzten Moment rettet der junge Herr seinem Lehrer das Leben und vergilt jenem damit, daß dieser zuvor ihn gerettet hat. Derweil wird – auf der Bühne nicht sicht-

113

bar – die Revolte niedergeschlagen, und das Ganze endet mit einem fröhlichen Lied! Wirklich, selbst der große Plautus persönlich hat nie eine bessere Handlung erdacht.«

»Vermutlich meinst du das sogar halb ernst«, sagte Iaia verschmitzt.

»Ich finde, es klingt ein wenig geschmacklos«, wandte Orata ein, »vor allem in Anbetracht der aktuellen Lage.«

»Oje, da könntest du recht haben«, gab Metrobius zu. »Vielleicht liegt mein Abschied von der Bühne schon zu lange zurück. Also dann, Dionysius, fahre fort. Ich hoffe nur, daß dein nächster Bericht über die Grausamkeiten der Geschichte genauso unterhaltsam wird wie der vorherige.«

Der Philosoph räusperte sich. »Ich fürchte, ich muß dich enttäuschen, Metrobius. Seit Eunus hat es auf Sizilien noch eine Reihe von Sklavenrevolten gegeben; irgend etwas an dieser Insel scheint die Degeneration der Reichen und das Rebellische unter den Sklaven zu ermutigen. Der letzte und größte dieser Aufstände spielte sich vor fünfunddreißig Jahren in und um Syracus ab, in den Tagen, als Marius Konsul war. Von der Größenordnung her war er so bedeutend wie der erste Aufstand unter Eunus, aber die Geschichte ist leider nicht annähernd so bunt und schillernd.«

»Keine feuerspuckenden Zauberer?« fragte Metrobius.

»Nur Tausende von gemeingefährlichen Sklaven, die marodierend und vergewaltigend durch die Lande zogen, falsche Könige krönten und sich von der Macht Roms lossagten, bis schließlich ein General kam, die Anführer kreuzigen und den Rest in Ketten legen ließ, auf daß wieder Ruhe und Ordnung herrschte.«

»So wird es immer gehen«, sagte Faustus Fabius düster, »solange Sklaven so töricht sind, sich der natürlichen Ordnung zu widersetzen.« Seine Nachbarn zu beiden Seiten, Orata und Mummius, nickten weise.

»Schluß mit dem Trübsinn«, erklärte Gelina auf einmal unvermittelt. »Wir sollten das Thema wechseln. Ich denke, es wird Zeit für ein wenig Unterhaltung. Metrobius, wie wär's mit

einer Rezitation?« Der Schauspieler schüttelte sein schloh-
weißes Haupt, und Gelina bedrängte ihn nicht weiter. »Dann
vielleicht ein Lied. Ja, ein Lied wird die allgemeine Laune heben. Meto... Meto! Meto, hol den Jungen, der so göttlich
singt, du weißt schon, wen ich meine. Ja, den gutaussehenden Griechen mit dem süßen Lächeln und den schwarzen
Locken.«

Ich bemerkte, wie für einen Moment ein seltsamer Ausdruck über Mummius' Gesicht huschte. Während wir auf den
Sklaven warteten, trank Gelina noch einen Becher Wein und
bestand darauf, daß wir ihrem Beispiel folgten. Nur Dionysius
lehnte ab; statt dessen brachte ihm ein Sklave ein schaumiges
grünes Gebräu in einem silbernen Becher.

»Was in Hercules' Namen ist das?« fragte ich.

Olympias lachte. »Dionysius trinkt es zweimal am Tag, vor
dem Mittagessen und nach dem Abendessen, und hat schon
versucht, uns auch davon zu überzeugen. Eine gräßlich ausse-
hende Mixtur, nicht wahr? Aber wenn Orata Urin trinken
kann...«

»Es war kein Urin, es war gegorener Gerstensaft. Ich sagte
nur, daß es *aussah* wie Urin.«

Dionysius schmunzelte. »Dieses Getränk enthält nichts so
Exotisches – oder sollte ich sagen Gewöhnliches – wie Urin.«
Er trank einen Schluck und senkte den Becher; seine Lippen
waren mit grünem Schaum überzogen. »Es ist auch kein Gebräu und kein bißchen magisch. Es ist nur ein Püree aus Brunnenkresse und Weinblättern mit meiner eigenen Mischung
aus Heilkräutern – Gartenraute für gute Augen, Silphium für
kräftige Lungen und Knoblauch für die Ausdauer...«

»Was auch erklärt«, bemerkte Faustus Fabius freundlich,
»warum Dionysius stundenlang lesen und tagelang reden
kann, ohne zu ermatten – während sein Publikum schon lange
ermüdet ist!«

Allgemeines Gelächter erhob sich, und dann kam der junge
Grieche mit einer Lyra. Es war Apollonius, der Sklave, der Marcus Mummius in den Bädern begleitet hatte. Ich warf Mum-

mius einen Blick zu. Er gähnte und zeigte sich ziemlich desinteressiert, aber sein Gähnen schien mir gekünstelt, und sein leerer Blick strahlte Unbehagen aus. Die Lampen wurden kleiner gestellt und tauchten den Raum in Schatten. Gelina fragte nach einem Lied mit einem griechischen Namen – »ein fröhliches Lied«, wie sie uns versicherte –, und der Junge begann zu spielen.

Apollonius sang in einem griechischen Dialekt, von dem ich nur einzelne Wörter und Redewendungen verstand. Möglicherweise war es ein Hirtenlied, denn ich hörte ihn von grünen Feldern und großen, flauschigen Wolkenbergen singen, vielleicht aber auch eine Legende, denn seine goldene Stimme formte den Namen Apollo und kündete vom Sonnenlicht auf den glitzernden Wassern der Kykladen – »wie Kiesel aus Lapislazuli in einem Meer von Gold«, sang er, »wie die Augen der Göttin im Angesicht des Mondes«. Oder es war ein Liebeslied, denn ich verstand etwas von pechschwarzem Haar und einem Blick stechender als tausend Pfeile. Vielleicht war es aber auch ein Lied vom Verlust, denn in jedem Refrain sang er: »Nie wieder, nie wieder, nie wieder.«

Was immer es sein mochte, ein fröhliches Lied hätte ich es nicht genannt. Vielleicht war es auch nicht das Lied, das Gelina gemeint hatte. Sie lauschte mit nüchterner Intensität, und ihre Miene strahlte wieder dieselbe Mutlosigkeit aus wie am Nachmittag, als wir sie auf ihrem Balkon getroffen hatten. Keiner der Gäste lächelte; selbst Metrobius hörte, die Augen halb geschlossen, auf seine Art ehrerbietig zu. Doch trotz der unendlich traurigen und so seelenvoll vorgetragenen Melodie sah ich seltsamerweise nur eine einzige Träne im Raum. Ich beobachtete, wie sie über die graue Wange von Marcus Mummius hinunterkullerte, eine glitzernde Kristallspur im Lampenlicht, die sich in seinem Bart verlor, rasch gefolgt von einer weiteren.

Ich sah Apollonius an, dessen Lippen sich zitternd für eine perfekt intonierte Note öffneten, in der alles Herzeleid und die ganze Hoffnungslosigkeit der Welt mitzuschwingen schien. Ein Schauer lief über meine Haut, nicht wegen des Pathos des Liedes, sondern weil auf einmal von draußen der kühle Atem des Meeres herüberwehte. Mir wurde klar, daß Apollonius wie alle anderen Sklaven in drei Tagen tot sein und nie wieder einen Ton singen würde.

Mir gegenüber, im Schatten verborgen, bedeckte Marcus Mummius sein Gesicht mit den Händen und weinte leise.

ACHT

Wir waren großzügig untergebracht in einem kleinen Raum im Südflügel mit zwei üppig gepolsterten Sofas und einem dicken Teppich auf dem Boden. Eine nach Osten gerichtete Tür führte auf eine kleine Terrasse mit Blick auf die Kuppel über den Bädern. Eco beschwerte sich, daß wir keine Sicht auf die Bucht hatten, aber ich erklärte ihm, daß wir uns glücklich schätzen durften, daß Gelina uns nicht in den Ställen einquartiert hatte.

Er streifte seine Untertunika ab und hüpfte probeweise auf dem Bett herum, bis ich ihm einen Klaps auf die Stirn gab. »Nun, was meinst du, Eco? Wie stehen unsere Chancen?«

Er starrte einen Moment an die Decke, bevor er seine Nase gegen die Handfläche preßte.

»Ja, ich bin geneigt, dir zuzustimmen. Diesmal stehen wir direkt vor einer hohen Mauer. Man wird mich vermutlich so oder so bezahlen, aber wie kann diese Frau von mir erwarten, den Fall in drei Tagen aufzuklären? Eigentlich sind es nur zwei Tage, morgen und der Tag der Beerdigung; dann kommt der Tag der Spiele und, wenn es nach Crassus geht, die Hinrichtung der Sklaven. Im Grunde genommen nur ein Tag, wenn man darüber nachdenkt, denn was wollen wir am Beerdigungstag selbst schon groß ausrichten? Also, Eco, hast du bei Tisch irgendwelche Mörder gesehen?«

Eco deutete mit den Händen das wallende Haar Olympias' an. »Die Assistentin der Malerin? Das kann nicht dein Ernst sein.« Er lächelte und formte mit den Fingern einen Pfeil, der sein Herz durchbohrte.

Ich lachte leise und streifte die dunkle Tunika über meine Schultern. »Dann wird heute nacht zumindest einer von uns beiden angenehme Träume haben.«

Ich löschte unsere Lampen und saß lange auf meinem Bett, die nackten Füße auf dem Teppich. Durchs Fenster betrachtete ich die kalten Sterne und den zunehmenden Mond. Neben dem Fenster stand eine kleine Truhe, in der ich die blutgetränkte Tunika versteckt und unsere Sachen verstaut hatte, einschließlich der Dolche, die wir aus Rom mitgebracht hatten. Über der Truhe hing ein Spiegel an der Wand. Ich stand auf und trat auf mein mondbeschienenes Abbild zu.

Ich sah einen Mann von achtunddreißig Jahren, der eingedenk seiner zahlreichen Reisen und seines gefährlichen Berufes einen überraschend gesunden Eindruck machte, mit breiten Schultern, fülligem Leib und grauen Strähnen in den schwarzen Locken – kein junger Mann, aber auch noch nicht alt. Kein besonders schönes Gesicht, aber auch kein häßliches, mit einer flachen, leicht gebogenen Nase, einem breiten Kinn und dunkelbraunen Augen. Ein Mann, der in seinem Leben viel Glück gehabt hat, dachte ich, nicht von Fortuna umschmeichelt, aber auch nicht von ihr verachtet. Ein Mann mit einem Haus in Rom, regelmäßiger Arbeit, einer wunderschönen Frau, die das Bett mit ihm teilte und seinen Haushalt führte, und einem Sohn, der seinen Namen trug. Es war egal, daß das Haus ein reichlich baufälliges Exemplar war, das er von seinem Vater geerbt hatte. Es machte nichts, daß seine Arbeit oft anrüchig und gefährlich, die Frau nicht seine Ehefrau, sondern eine Sklavin und der Sohn nicht von seinem Blut und auch noch mit Stummheit geschlagen war – trotzdem konnte er sich alles in allem noch immer glücklich schätzen.

Ich dachte an die Sklaven auf der *Furie* – den widerlichen Gestank ihrer Körper, den Ausdruck gehetzter Qual in ihren Blicken, die völlige Hoffnungslosigkeit ihrer Verzweiflung –, Besitz eines Mannes, der ihre Gesichter nie sehen, ihre Namen nie kennen würde, der nicht einmal wußte, ob sie noch lebten oder gestorben waren, bis ihm ein Sekretär eine schriftliche Anforderung für neue Sklaven vorlegte, um die toten zu ersetzen. Ich dachte an den Jungen, der mich an Eco erinnert hatte und den der Einpeitscher zum Opfer seiner Bestrafung und Demütigung erwählt hatte, und daran, wie er mich mit seinem traurigen Lächeln angesehen hatte, als ob es in meiner Macht stünde, ihm zu helfen; nur weil ich ein freier Mann war, war ich für ihn fast gottgleich.

Ich war müde, doch der Schlaf wollte nicht kommen. Ich zog einen Stuhl heran und betrachtete sitzend mein eigenes Antlitz. Dabei dachte ich an den jungen Sklaven Apollonius, und Fetzen seines Liedes gingen mir im Kopf herum. Die Geschichte des Philosophen über den Sklaven-Zauberer Eunus fiel mir wieder ein, der Feuer gespuckt und seine Mitsklaven in eine wahnwitzige Revolte geführt hatte. Irgendwann muß ich angefangen haben zu träumen, denn ich glaubte, neben mir Eunus im Spiegel zu sehen. Er trug eine Feuerkrone, und kleine Flammen züngelten aus seinen Nasenlöchern und zwischen den Zähnen hervor. Dabei zischte er. Hinter meiner anderen Schulter tauchte das Gesicht von Lucius Licinius auf, ein Auge halb geschlossen und mit Blut verkrustet, eine Leiche, die vor sich hin murmelte, zu leise, um etwas zu verstehen. Er tippte mit dem Fuß auf den Boden, als verwende er einen Code. Ich schüttelte nur verwirrt den Kopf und bat ihn, lauter zu sprechen, doch statt dessen begann Blut aus seinem Mund zu sickern. Einiges tropfte über meine Schulter in meinen Schoß. Ich blickte nach unten und sah einen blutigen, zuckenden und zischenden Umhang. Er wand sich unter Tausenden von Würmern, denselben Würmern, die schon einen Diktator und einen Sklavenkönig zerfressen hatten. Ich wollte den Umhang wegwerfen, doch ich konnte mich nicht bewegen.

Dann spürte ich eine schwere kräftige Hand auf meiner Schulter – nicht im Traum, sondern in Wirklichkeit. Erschreckt schlug ich die Augen auf. Im Spiegel sah ich das Gesicht eines aus einem Traum hochgeschreckten Mannes, den

Unterkiefer schlaff und die Lider schwer vom Schlaf. Ich blinzelte in die Lichtreflexe einer Lampe, die hinter mir hochgehalten wurde, und erkannte im Spiegel einen bedrohlichen Riesen im Gewand eines Soldaten. Sein Gesicht war dreckverschmiert, häßlich und blöde wie die Maske aus einer Komödie. Ein Leibwächter – ein ausgebildeter Mörder, dachte ich, den Typus auf Anhieb erkennend. Ich fand es grausam ungerecht, daß jemand einen gedungenen Mörder geschickt hatte, mich zu töten, bevor ich überhaupt Gelegenheit hatte, irgendwelchen Ärger zu machen.

»Habe ich dich geweckt?« Seine Stimme war heiser, aber überraschend sanft. »Ich habe geklopft und hätte schwören können, daß ich dich antworten gehört habe, also bin ich reingekommen. Und weil du so auf dem Stuhl gesessen hast, dachte ich, du müßtest wach sein.«

Er zog eine Braue hoch. Ich erwiderte seinen Blick mit einem dumpfen Starren und war mir nicht länger sicher, ob ich wirklich wach war. Dabei fragte ich mich, wie er in meinen Traum geraten sein mochte. »Was willst du hier?« fragte ich schließlich.

Das Gesicht des Soldaten verzog sich zu einem schmeichlerischen Lächeln. »Marcus Crassus verlangt deine Anwesenheit in der Bibliothek unten. Das heißt, wenn du nicht zu beschäftigt bist.«

Ich schlüpfte in meine Sandalen und begann im Licht der Lampe nach einer passenden Tunika zu suchen, doch der Leibwächter erklärte mir, ich solle ihm folgen, so wie ich war. Der ganze Wortwechsel wurde begleitet von Ecos leisem Schnarchen. Der Tag hatte ihn erschöpft, und er schlief außergewöhnlich tief.

Wir kamen durch einen langen geraden Flur ins Atrium, von wo aus eine Wendeltreppe in den offenen Garten führte. Das Licht der winzigen Lampen auf dem Boden warf bizarre Schatten um die Leiche von Lucius Licinius. Die Bibliothek lag an dem Flur, der zum Nordflügel führte. Der Wächter wies auf eine Tür zu unserer Rechten und legte einen Finger auf seine Lippen. »Die Dame Gelina schläft schon«, erklärte er. Ein paar Schritte weiter stieß er eine Tür zu unserer Linken auf und machte mir ein Zeichen, einzutreten.

»Gordianus aus Rom«, verkündete er.

An einem Tisch am anderen Ende des Raumes saß mit dem Rücken zu uns eine in einen Umhang gehüllte Gestalt. Daneben stand ein weiterer Leibwächter. Die Gestalt drehte sich ein wenig auf ihrem Hocker um, gerade genug, daß ich einen kurzen Blick in ihr Auge tun konnte, bevor sie sich wieder ihrer Arbeit zuwandte und den beiden Wächtern ein Zeichen machte, den Raum zu verlassen.

Nach einer Weile stand der Mann auf, warf seinen schlichten Umhang beiseite – einen griechischen Chlamys, wie ihn die Römer häufig tragen, wenn sie am Golf weilen – und drehte sich um, um mich zu begrüßen. Er war mit einer schmucklosen, einfach geschnittenen Tunika aus strapazierfähigem Material bekleidet und sah leicht derangiert aus wie nach einem langen Ritt. Sein Lächeln wirkte müde, aber nicht unaufrichtig.

»Du bist also Gordianus«, sagte er und lehnte sich gegen den mit Schriftstücken bedeckten Tisch. »Ich nehme an, du weißt, wer ich bin.«

»Ja, Marcus Crassus.« Er war nur unwesentlich älter als ich, doch merklich grauer, was eingedenk der Entbehrungen und Tragödien seiner Jugend nicht überraschend war. Er war nach Spanien geflohen, hatte den Selbstmord seines Vaters und die Ermordung seines Bruders durch sullafeindliche Einheiten erlebt. Ich hatte ihn oft auf dem Forum reden gehört und ihn bei der Beaufsichtigung seiner Geschäfte auf den Märkten gesehen, stets begleitet von einem Gefolge aus Sekretären und Lakaien. Es war ein wenig irritierend, ihm so vergleichsweise intim zu begegnen – das Haar zerzaust, die Augen müde, die Hände ungewaschen und fleckig vom Halten der Zügel. Trotz seines legendären Reichtums wirkte er recht menschlich. »Crassus, Crassus, reich wie Krösus«, hieß es in einem Spottlied, und die populäre Fantasie Roms stellte sich ihn als einen Mann von ausschweifenden Gewohnheiten vor. Aber diejenigen, die mächtig genug waren, sich in seinen Kreisen zu bewegen, malten ein anderes Bild, das durch seine unprätentiöse Erscheinung bestätigt wurde; Crassus' Gier nach Reichtum galt nicht dem Luxus, den man sich mit Gold kaufen konnte, sondern der Macht, die sich daraus ergab.

»Ein Wunder, daß wir uns nie zuvor begegnet sind«, sagte er mit der glatten Stimme eines geschulten Redners. »Sicher, ich habe von dir gehört. Da war beispielsweise die Affäre um die Vestalischen Jungfrauen im vergangenen Jahr; soweit ich weiß, hast du eine entscheidende Rolle gespielt, als es darum ging, Catilinas Haut zu retten. Auch Cicero habe ich deine Arbeit preisen hören, wenn auch irgendwie zweideutig. Hortensius ebenfalls. Auch dein Gesicht kommt mir bekannt vor, vermutlich habe ich dich auf dem Forum gesehen. Im allgemeinen verpflichte ich keine freischaffenden Agenten. Ich ziehe es vor, Männer einzusetzen, die ich besitze.«

»Oder Männer zu besitzen, die du benutzt?«

»Du hast mich absolut verstanden. Wenn ich, sagen wir, eine neue Villa bauen lassen will, ist es weit effektiver, einen gebildeten Sklaven zu kaufen, als für ein exorbitantes Honorar einen Architekten zu engagieren, der gerade in Mode ist. Ich kaufe mir lieber einen Architekten als die Dienste eines Architekten. Auf diese Weise kann ich ihn ohne zusätzliche Kosten immer wieder verwenden.«

»Einige der Fähigkeiten, die ich anzubieten habe, liegen außerhalb der Möglichkeiten eines Sklaven«, sagte ich.

»Ja, da hast du vermutlich recht. Man hätte beispielsweise wohl kaum einen Sklaven einladen können, sich zu Gelinas Gästen zu gesellen und sie nach Belieben auszufragen. Hast du seit deiner Ankunft schon irgend etwas Entscheidendes herausfinden können?«

»Ja, das habe ich in der Tat.«

»Tatsächlich? Laß hören. Schließlich bin ich der Mann, der dich engagiert hat.«

»Ich dachte, es wäre Gelina gewesen, die nach mir geschickt hat.«

»Aber mein Schiff hat dich hergebracht, und aus meiner Börse wird schlußendlich dein Honorar bezahlt. Das macht mich zu deinem Auftraggeber.«

»Trotzdem würde ich meine Entdeckungen mit deiner Erlaubnis lieber noch ein wenig für mich behalten. Mit Informationen ist es manchmal wie mit dem gepreßten Saft der Trauben; sie müssen an einem dunklen und stillen Ort, fernab von neugierigen Blicken gären.«

»Ich verstehe. Ich will dich nicht bedrängen. Offen gestanden halte ich deine Anwesenheit hier ohnehin für eine Verschwendung meines Geldes und deiner Zeit. Aber Gelina hat darauf bestanden, und da es ihr Mann war, der ermordet wurde, habe ich beschlossen, ihr ihren Willen zu lassen.«

»Bist du selbst nicht neugierig, was den Mord an Lucius Licinius angeht? Soweit ich weiß, war er dein Vetter und seit vielen Jahren Verwalter deines Gutes.«

Crassus zuckte die Schultern. »Gibt es wirklich noch irgendeinen Zweifel, wer ihn getötet hat? Gelina hat dir doch sicherlich von den vermißten Sklaven erzählt und den Buchstaben, die man vor Lucius' Füße in den Boden geritzt hat? Daß so etwas einem meiner Verwandten in einer meiner eigenen Villen passieren konnte, ist empörend. Darüber darf man nicht hinwegsehen.«

»Und doch gibt es möglicherweise Grund zu der Vermutung, daß die Sklaven unschuldig sind.«

»Was für Gründe? Ah, ich vergaß, dein Kopf ist eine Art dunkles Faß, in dem die Wahrheit langsam gärt.« Er warf mir ein grimmiges Lächeln zu. »Metrobius hätte vermutlich ein paar weitere witzige Anspielungen zu dem Thema auf Lager, aber ich bin dafür zu müde. Ach, diese Buchführung ist ein Skandal.« Er drehte sich um und vertiefte sich wieder in die Schriftrollen auf dem Tisch, offenbar nicht weiter an den Gründen für meine Anwesenheit interessiert. »Ich hatte ja keine Ahnung, daß Lucius so schludrig geworden war. Und seit auch noch dieser Sklave Zeno verschwunden ist, kann man sich in diesen Unterlagen überhaupt nicht mehr zurechtfinden...«

»Bist du soweit fertig mit mir, Marcus Crassus?«

Er war offenbar so mit seiner Buchhaltung beschäftigt, daß er mich gar nicht mehr hörte. Ich sah mich im Raum um. Er war mit einem dicken Teppich mit einem rot-schwarzen geometrischen Muster ausgelegt. Die Wände zur Rechten und Linken bedeckten Regale, in denen Schriftrollen lagerten, manche zu Haufen übereinandergestapelt, andere ordentlich in Fächern abgelegt. Die Wand gegenüber der Tür war von zwei schmalen Fenstern zum Hof vor dem Haus durchbrochen, die beide gegen die Kälte verbarrikadiert und mit roten Vorhängen verhängt waren.

Zwischen den Fenstern über dem Tisch, an dem Crassus arbeitete, hing ein Gemälde von Gelina. Es war ein Porträt von rarer Qualität, mit dem Funken echter Lebendigkeit, wie der Grieche sagt. Den Hintergrund beherrschte der Vesuv, mit einem blauen Himmel über sich und der grünen See zu seinen Füßen; das Bildnis von Gelina im Vordergrund strahlte tiefe Gelassenheit und Würde aus. Die Malerin war offenbar recht stolz auf ihr Werk, denn am rechten unteren Bildrand hatte sie mit IAIA CYZICENA signiert. Den Buchstaben »A« schrieb sie mit einem exzentrischen Schnörkel, den Querbalken stark nach rechts unten geneigt.

Auf beiden Seiten des Tisches standen kleine Bronzestatuen auf Sockeln, beide etwa von der Höhe einer Elle. Die Statue zur Linken konnte ich nicht sehen, weil sie von Crassus' achtlos beiseite geworfenem Chlamys verdeckt wurde. Diejenige rechts neben dem Tisch stellte einen Hercules dar, der über seinen Schultern eine Keule trug und bis auf einen Löwenfellumhang völlig nackt war. Der Kopf des Löwen diente Hercules als Kapuze, während die Vordertatzen um seinen Hals verschränkt lagen. Für eine Bibliothek war dies eine eigenartige Wahl, auch wenn sich die kunsthandwerkliche Qualität des Objekts nicht bestreiten ließ: Das Fell des Löwen war sorgfältigst gearbeitet und zeichnete sich deutlich gegen den muskulösen Körper des Halbgottes ab. Offenbar war Lucius Licinius mit seinen Kunstwerken ebenso achtlos umgegangen wie mit seinen Büchern, denn es sah so aus, als ob das Fell auf dem Löwenkopf an den Rändern zu rosten begonnen hatte.

»Marcus Crassus«, setzte ich erneut an.

Er seufzte und winkte ab, ohne aufzublicken. »Ja, du kannst jetzt gehen. Ich denke, ich habe hinreichend deutlich gemacht, daß ich deinem Vorhaben ohne jede Begeisterung gegenüberstehe, doch ich werde dich unterstützen, mit was auch immer du brauchst. Halte dich zuerst an Fabius oder Mummius. Wenn du in irgendeinem Punkt keine befriedigende Antwort erhältst, komme direkt zu mir, obwohl ich dir nicht garantieren kann, daß du mich finden wirst. Ich habe sehr viele geschäftliche Angelegenheiten zu regeln, bevor ich nach Rom zurückkehre, und nur wenig Zeit. Wichtig ist, daß hinterher niemand behaupten kann, daß nicht nach der Wahrheit geforscht oder der Gerechtigkeit nicht Genüge getan worden wäre.« Endlich wandte er den Kopf, allerdings nur, um mir ein müdes und unaufrichtiges Lächeln der Entlassung zuzuwerfen.

Ich trat auf den Flur und schloß die Tür hinter mir. Der Leibwächter bot mir an, mir den Weg in meine Kammer zu weisen, doch ich erklärte ihm, daß ich durchaus wach war. Im Hauptatrium blieb ich einen Moment stehen, um noch einmal die Leiche von Lucius Licinius zu betrachten. Man hatte noch mehr Weihrauch herbeigeschafft, doch wie der Duft von Rosen scheint auch der Gestank der Verwesung nachts intensiver zu werden. Ich war schon auf halbem Weg zurück in mein Zimmer, als ich abrupt kehrtmachte.

Der Wächter war überrascht und ein wenig argwöhnisch. Er bestand darauf, die Bibliothek zunächst allein zu betreten, und beriet sich mit Crassus, bevor er mir Einlaß gewährte. Dann trat er wieder in den Flur, schloß die Tür hinter sich und ließ uns beide allein.

Crassus schwitzte noch immer über den Büchern. Er saß

jetzt in seiner Untertunika da, nachdem er seine Reittunika abgelegt und über den Hercules geworfen hatte. In der kurzen Zeit, die ich weg gewesen war, hatten die Sklaven ein Tablett mit einem Becher voll dampfender Flüssigkeit gebracht, an der Crassus nippte. Der Aufguß aus heißem Wasser und Minze erfüllte den Raum mit seinem Aroma.

»Ja?« Er runzelte ungeduldig eine Braue. »Gibt es irgend etwas, das anzusprechen ich versäumt habe?«

»Nur eine Kleinigkeit, Marcus Crassus. Vielleicht irre ich mich auch«, sagte ich und nahm seine noch körperwarme Tunika von dem Hercules. Crassus sah mich finster an. Er war es ganz offensichtlich nicht gewöhnt, daß seine persönlichen Sachen von Menschen berührt wurden, die er nicht besaß.

»Eine sehr interessante Statue«, bemerkte ich, den Hercules von oben betrachtend.

»Mag sein. Es ist die Kopie eines Originals, das in meiner Villa bei Falerii steht. Lucius hat es bei einem seiner Besuche bewundert, so daß ich eine Kopie für ihn anfertigen ließ.«

»Welch eine Ironie des Schicksals, wenn man ihn ausgerechnet damit ermordet haben sollte.«

»Was?«

»Ich denke, wir sind beide hinreichend vertraut mit dem Anblick von Blut, um es zu erkennen, Marcus Crassus. Oder wofür hältst du die rostartige Substanz in den Falten des Löwenfells?«

Er erhob sich von seinem Stuhl, blickte nach unten, nahm die Statue dann in beide Hände und hielt sie unter eine Hängelampe. Schließlich stellte er sie wieder auf den Tisch und sah mich nüchtern an. »Du hast sehr scharfe Augen, Gordianus. Doch es scheint mir höchst unwahrscheinlich, daß man einen derartig unhandlichen Knüppel den langen Flur hinunter bis ins Atrium und den ganzen Weg wieder zurück schleppen sollte, nur um meinen Vetter Lucius damit zu ermorden.«

»Nicht die Statue wurde bewegt«, sagte ich, »sondern die Leiche.«

Crassus sah mich skeptisch an.

»Bedenke, in welcher Position man die Leiche gefunden hat, als ob sie zum Fundort geschleift worden wäre. Ein starker Mann hätte keine Probleme, eine Leiche von hier bis ins Atrium zu schleppen.«

»Und für zwei Männer wäre es noch leichter gewesen«, sagte er in offensichtlicher Anspielung auf die beiden verschwundenen Sklaven. »Aber wo ist das restliche Blut? Es muß sich doch mehr Blut an der Statue befunden haben, und die Leiche müßte eine Schleifspur hinterlassen haben.«

»Nicht, wenn man ein Stück Stoff unter den Kopf gelegt und hinterher damit alles Blut aufgewischt hätte.«

»Und hat man ein derartiges Stück Stoff gefunden?«

Ich zögerte. »Marcus Crassus, verzeihe mir die Anmaßung, dich zu bitten, dieses Wissen für dich zu behalten. Gelina, Mummius und zwei der Sklaven wissen es bereits. Ja, ein derartiges Stück Stoff wurde gefunden, blutdurchtränkt, am Straßenrand. Offenbar hat jemand versucht, es ins Meer zu werfen.«

Er sah mich listig an. »Dieses blutdurchtränkte Stück Stoff war eine der Entdeckungen, die du vorhin erwähntest, eines der Geheimnisse, die du mir vorenthalten wolltest, bis die Wahrheit in deinem Kopf ausgegoren ist?«

»Ja.« Ich ging in die Hocke und untersuchte den Boden nach Blutspuren. Ein Umhang hätte wohl kaum gereicht, das Blut aus dem dunklen Teppich zu wischen, doch in dem trüben Licht war es unmöglich, weitere Flecken zu erkennen.

»Doch warum sollten die Mörder die Leiche bewegt haben?« Er nahm die Statue in die linke Hand und knibbelte mit der rechten an dem verkrusteten Blut, bevor er sie mit einer Grimasse wieder auf den Tisch stellte.

»Du sprichst von mehreren Mördern, nicht von einem, Marcus Crassus.«

»Die Sklaven –«

»Vielleicht wurde die Leiche genau deshalb bewegt und der Name Spartacus' in den Boden geritzt, um den Sklaven die Tat anzuhängen und uns von der Wahrheit abzulenken.«

»Vielleicht haben die Sklaven die Leiche aber auch gerade deswegen an den öffentlichsten Ort des Hauses geschleift, wo sie jeder mit Sicherheit sehen und die eingeritzte Inschrift entdecken würde, um mit Nachdruck auf ihre Sache aufmerksam zu machen.«

Darauf wußte ich keine Antwort, und ein Zweifel zog den nächsten nach sich. »Es ist in der Tat unwahrscheinlich, daß der Mord in diesem Raum hätte geschehen können, ohne daß jemand etwas gehört hat, vor allem wenn der Tat ein heftiger Streit vorausging. Gelina schläft direkt auf der anderen Seite des Flures; der Lärm hätte sie bestimmt geweckt.«

Crassus schenkte mir ein spöttisches Grinsen. »Gelina muß in deinen Erwägungen keine Rolle spielen.«

»Nein?«

»Gelina schläft wie eine Tote. Vielleicht ist dir ihr freizügiger Weingenuß aufgefallen, eine keineswegs neue Angewohnheit. Wenn sie erst einmal schläft, könnte eine Prozession tanzender Mädchen mit Zimbeln den Flur entlangziehen, ohne daß sie sich rührt.«

»Dann muß die Frage lauten: Warum wurde Lucius hier in dieser Bibliothek ermordet?«

»Nein, Gordianus, die Frage lautet nach wie vor: Wo sind die beiden entflohenen Sklaven? Daß Zeno, sein Sekretär, Lucius in diesem Raum getötet haben soll, wo sie häufig gemeinsam gearbeitet haben, ist kaum überraschend. Vielleicht war der junge Stallknecht Alexandros bei ihm; soweit ich weiß, konnte er lesen und addieren, so daß Zeno ihn gelegentlich als Hilfe eingesetzt hat. Vielleicht hat auch dieser Alexandros das Verbrechen begangen; ein Stallknecht wäre kräftig genug gewesen, Lucius den Flur hinunterzuschleifen, und ein Thraker hätte bestimmt auch die Unverfrorenheit besessen, den Namen seines Landsmanns in den Boden zu ritzen. Dabei wurde er von irgend etwas gestört und floh, bevor er den Namen ganz ausschreiben konnte.«

»Doch er wurde von niemandem gestört. Die Leiche wurde erst am Morgen entdeckt.«

Crassus zuckte die Schultern. »Vielleicht hat eine Eule geschrien oder eine Katze einen Kieselstein aufgewirbelt. Vielleicht hatte dieser thrakische Sklave auch einfach den Buchstaben C noch nicht gelernt und war mit seinem Latein am Ende«, meinte er spöttisch und rieb sich die Augen. »Vergib mir, Gordianus, aber ich glaube, ich habe für heute nacht genug. Sogar Marcus Mummius ist schon schlafen gegangen, und wir sollten dasselbe tun.« Er nahm den Hercules vom Tisch und stellte ihn wieder auf seinen Sockel. »Ich nehme an, dies ist ein weiteres deiner kleinen Geheimnisse, die noch vor sich hin gären müssen? Ich werde es nur Morpheus in meinen Träumen anvertrauen.«

Die Lampe, die den Flur beleuchtete, brannte nur noch schwach. Ich schlich an Gelinas Tür vorbei, obwohl Crassus behauptet hatte, daß nichts sie aufwecken könne. In der Dunkelheit überkam mich ein unheimliches Gefühl; dies war genau der Weg, den man auch den toten oder sterbenden Lucius entlanggeschleift hatte. Ich blickte über meine Schulter und wünschte beinahe, ich hätte das Angebot des Wächters angenommen, mich zurück zu meinem Zimmer zu begleiten.

Im mondbeschienenen Atrium blieb ich lange Zeit stehen. Der Ort war ruhig, aber nicht völlig still. Der Brunnen plätscherte weiter und hallte in dem brunnenartigen Raum laut genug wider, um alle Geräusche zu übertönen, die ein um Heimlichkeit bemühter Täter möglicherweise unbeabsichtigt verursacht haben könnte. Doch hätte es auch das Quietschen des Messers überdeckt, mit dem man die Buchstaben in die Steinplatte geritzt hatte? Allein der Gedanke an das Geräusch verursachte mir eine Gänsehaut.

Aus dem Augenwinkel sah ich neben der Bahre eine gespenstische weiße Gestalt schweben. Ich wich klopfenden Herzens zurück, bis ich erkannte, daß es nur eine Weihrauchfahne war, die für einen Moment vom bläulichen Mondlicht erfaßt worden war. Ich zitterte am ganzen Leibe, wofür ich die feuchtkalte Nachtluft verantwortlich machte.

Ich stieg die Treppe ins obere Stockwerk hinauf und muß dann den falschen Flur genommen haben, jedenfalls verirrte ich mich. In Abständen aufgestellte kleine Lampen und schmale Bahnen des Mondlichts, die durch die Fenster fielen, beleuchteten meinen Weg, doch ich hatte die Orientierung verloren. Ich lauschte konzentriert, um festzustellen, in welcher Richtung die Bucht lag, doch statt dessen vernahm ich nur das leise Gurgeln von heißem Wasser, das durch Oratas viel gepriesene Rohre dahinfloß, die unsichtbar unter den Böden und hinter den Wänden verlegt waren. Ich kam an einer geschlossenen Tür vorbei, hinter der ich leises Lachen hörte – die tiefe Stimme von Marcus Mummius, da war ich mir fast sicher, sowie eine leisere Stimme, die ihm antwortete. Ich ging weiter und erreichte eine offene Tür. Aus dem Raum drang ein rauhes, gleichmäßiges Schnarchen. Ich trat ein und sah auf einem breiten Sofa mit einem hauchdünnen Baldachin eine voluminöse Gestalt ruhen, offenbar Sergius Orata. Ich kehrte wieder zurück auf den Flur und folgte ihm weiter, bis ich den halbkreisförmigen Raum erreichte, in dem Gelina uns am frühen Abend empfangen hatte.

»*Gordianus der Sucher*« *nennst du dich,* dachte ich verärgert und dankte den Göttern, daß niemand zugegen war, der mich auslachen konnte. Ich war im nördlichen Teil des Hauses gelandet, nachdem ich an der Treppe vom Atrium genau die verkehrte Richtung eingeschlagen hatte. Ich wollte schon umkehren, trat jedoch statt dessen auf die Terrasse, um ein wenig frische Luft zu schnappen und einen klaren Kopf zu bekommen.

Unter dem zunehmenden Mond lag die Bucht da wie eine riesige Ebene aus reinem Silber mit zahllosen winzigen schwarzen Wellenkämmen, umrahmt von dunklen Bergen, aus denen hier und da ein gelber Lichtpunkt aufleuchtete, wo in einem entfernten Haus noch ein einsames Licht brannte. Einige wenige mondbeschienene, zerklüftete Wolken zogen am Himmel dahin, doch ansonsten war es eine sternklare Nacht. Von der Aussicht in Bann geschlagen, hätte ich den schwachen Lichtschein einer Lampe am Ufer, wo die Küste steil zum Meer abfiel, fast nicht bemerkt.

Gelina hatte ein Bootshaus erwähnt. Ein vorstehender Fels und die Wipfel der hohen Bäume verdeckten die Sicht, doch fast direkt unter mir konnte ich, auf diese Entfernung nur winzig klein, den Teil eines Daches und einen ins Wasser ragenden Steg ausmachen. Außerdem sah ich eine winzige Flamme kurz aufflackern, wieder verlöschen und aufs neue aufblitzen. Ich lauschte angespannt, und mir war, als sei jedes Aufscheinen der Lampe mit einem leisen Platschen verbunden, so als würde jemand leise etwas ins Wasser werfen.

Ich sah mich auf der Suche nach einer Treppe um und entdeckte einen breiten Pfad, der von einer Ecke der Terrasse, auf der ich stand, zur Küste hin abfiel. Vorsichtig schritt ich voran.

Der Weg begann als gepflasterte Rampe, die nach einem kurzen Stück eine Kehrtwendung beschrieb und sich zu einer steilen Treppe verengte, die sich mit einer anderen Treppe, die aus einem anderen Teil der Villa hinabführte, vereinigte. Die Stufen mündeten in einem engen, mit Kieselsteinen gepflasterten Pfad, der sich unter einem Baldachin aus hohen Sträuchern und Bäumen den Hügel hinabwand. Rasch war die Villa aus dem Blickfeld verschwunden, und eine Zeitlang konnte man auch das unten liegende Haus nicht mehr sehen.

Schließlich kam ich um eine Biegung und erblickte direkt unter mir das Dach und dahinter das im Wasser liegende Ende des Steges. Auf dem Pier blitzte eine Lampe auf, man hörte ein Platschen, dann war das Licht blitzschnell wieder verschwunden. Im selben Moment spürte ich, wie ich den Halt verlor und den Pfad hinabschlitterte, wobei ich einen Hagel von Kieselsteinen lostrat, der auf das unter mir liegende Dach prasselte.

In der nachfolgenden Stille saß ich wie erstarrt da, versuchte zu Atem zu kommen, lauschte und wünschte, ich hätte einen Dolch mitgenommen. Das Licht tauchte nicht wieder auf, doch als nächstes hörte ich ein unvermitteltes lautes Platschen, gefolgt von längerer Stille, dann ein Rascheln im Unterholz wie von verängstigt fliehendem Wild. Ich rappelte mich auf die

Füße und folgte dem Pfad bis zu seinem Ende. Zwischen dem Fuß des Pfades und dem Bootshaus lag im Schatten der Bäume und Weinreben ein Stück fast undurchdringlichen Dunkels. Ich schritt langsam voran und lauschte meinen unnatürlich lauten Schritten auf dem Gras und dem Plätschern des Wassers gegen den Pier.

Das Bootshaus und der Steg lagen jenseits des Schattens im hellen Mondlicht. Der Pier ragte knapp zwanzig Meter ins Wasser; er hatte kein Geländer, war jedoch an beiden Seiten von Pfosten zum Festmachen der Boote gesäumt. Zur Zeit lagen keine Boote vor Anker, und der Steg war menschenleer. Das Bootshaus selbst war ein schlichtes, viereckiges Gebäude mit einer einzelnen Tür, die auf den Pier führte. Die Tür stand offen.

Ich trat ins Mondlicht und auf die offene Tür zu. Ich blickte hinein und lauschte angespannt, ohne etwas zu hören. Durch ein hohes Fenster fiel genug Licht, um die Taurollen auf dem Boden, ein paar neben der Tür gestapelte Ruder und die an der gegenüberliegenden Wand aufgehängten obskuren Geräte zu erkennen. Die Ecken des Raumes lagen in tiefem Schatten. Es war so still, daß ich meinen eigenen Atem hörte, doch sonst nichts. Ich wandte mich um, betrat den Steg und folgte ihm bis zum Ende, wo die Scheibe des Mondes direkt über dem Wasser zu schweben schien. Die geschwungene Küstenlinie zu beiden Seiten war mit den Lichtern entfernter Villen gesprenkelt, und in der Ferne leuchteten die Lampen Puetolis über das glatte Wasser wie Sterne. Ich beugte mich über den Rand, konnte im schwarzen Wasser jedoch nur mein finsteres Spiegelbild erkennen. Ich machte kehrt.

Der Schlag schien aus dem Nichts zu kommen wie ein unsichtbarer Hammer aus einem schwarzen Abgrund. Er traf meine Stirn und ließ mich nach hinten taumeln. Ich spürte keinen Schmerz, nur einen plötzlichen überwältigenden Schwindel. Der unsichtbare Hammer holte im Dunkel von neuem aus, doch diesmal sah ich ihn kommen – ein kurzes breites Ruder. Dem zweiten Schlag konnte ich zum Teil mit Absicht, zum Teil aus Zufall ausweichen – ein schwankender Mann gibt ein schlechtes Ziel ab. Farbblitze tanzten vor meinen Augen, doch ich erhaschte einen kurzen Blick auf die dunkle maskierte Gestalt, die das Ruder führte.

Dann war ich im Wasser. Meine Auftraggeber fragen mich manchmal, ob ich schwimmen kann, was ich normalerweise bejahe, obwohl es nicht stimmt. Ich schrie und strampelte. Irgendwie gelang es mir, mich über Wasser zu halten, und ich griff mit den Händen verzweifelt nach dem Pier, obwohl dort die maskierte Gestalt mit erhobenem Ruder wartete.

Ich wollte einen der Anlegepfosten packen, doch meine Hände glitten an dem grünen Moosbewuchs ab. Das Ruder sauste hinab, um meine Hand zu treffen, aber bei meinem Versuch, Halt zu finden, bekam ich es zu fassen. Ich zerrte heftig daran, mehr um mich aus dem Wasser zu ziehen als meinen Angreifer hinein, doch er verlor trotzdem das Gleichgewicht und landete mit einem großen Platscher in den schwarzen Fluten.

Er tauchte neben mir auf, rammte seinen rudernden Ellenbogen in meine Brust und griff nach dem Pier. Ich packte seinen Umhang und versuchte verzweifelt, über ihn auf den Steg zu klettern. Wir kämpften beide strampelnd. Salz biß in meine Augen, und als ich den Mund öffnete, saugte ich einen brennenden Schluck Salzwasser ein. Blindlings schlug ich nach meinem Angreifer.

Vermutlich ahnte er, daß ich uns, wenn er den Kampf mit mir aufnahm, nur beide in den Tod zerren würde, also riß er sich los und schwamm von dem Steg weg auf das dichtbewachsene Ufer jenseits des Bootshauses zu. Ich klammerte mich an den glitschigen Anlegepfosten und beobachtete, wie er davonglitt wie ein schwerfälliges Seeungeheuer, in die Tiefe gezogen von seiner durchnäßten Kleidung. Die Kapuze auf seinem Kopf tauchte auf und ab, auf und ab. Als er in sicherer Entfernung war, hangelte ich mich auf den Steg und blieb keuchend liegen. Mein Angreifer verschwand im Schatten hinter dem Bootshaus. Ich hörte ihn, ausgleitend und um sich spritzend, ans Ufer klettern und sich einen Weg durch das Unterholz bahnen.

Dann war die Welt bis auf das Geräusch meines schwer gehenden Atems wieder still. Ich stand auf, berührte meine Stirn und zischte ob des stechenden Schmerzes, konnte jedoch kein Blut fühlen. Mit zitternden Beinen, aber mit klarem Kopf stolperte ich vorwärts.

Ich hätte mitten in der Nacht nie allein und unbewaffnet zum Bootshaus kommen dürfen; ich hätte Eco mitbringen sollen sowie eine Lampe und ein gutes, scharfes Messer, doch dafür war es jetzt zu spät. Ich fischte das Ruder aus dem Wasser, um es im Notfall als Waffe zu benutzen, und eilte zurück zum Pfad. Der Aufstieg war beschwerlich und steil, doch ich rannte den ganzen Weg bis nach oben, wobei ich in jede schattige Ecke starrte und das Ruder gegen unsichtbare Mörder schwenkte, die mir dort möglicherweise auflauerten. Schließlich erreichte ich die Treppe, dann die gepflasterte Rampe und zuletzt die Terrasse, auf der ich mich endlich sicher fühlte. Ich blieb lange dort stehen, um zu Atem zu kommen, bis ich die Kälte durch meine nasse Tunika zu spüren begann. Ich eilte, noch immer zitternd und das Ruder tragend, durch das dunkle Haus, bis ich mein Zimmer erreicht hatte.

Ich trat ein und schloß die Tür hinter mir. Eco schnarchte friedlich. Ich streckte die Hand aus und berührte die Strähne seines weichen Haars, die ihm in die Stirn gefallen war. Plötzlich empfand ich eine große Zärtlichkeit für ihn, eine Sehnsucht, ihn zu beschützen – doch vor wem oder was? Mir war jedoch vor allem kalt und klamm, und ich war so müde, daß ich kaum noch einen Schritt tun oder einen weiteren Gedanken fassen konnte. Ich streifte meine durchweichte Tunika ab und trocknete mich, so gut es ging, mit einem Laken ab, bevor ich die Decke auf meinem Lager zurückschlug und völlig ermattet in mein Bett sank.

Etwas Hartes und Spitzes bohrte sich in meinen Rücken, so daß ich sofort wieder aufsprang. Die Überraschungen der Nacht waren noch nicht vorüber.

Ich starrte auf mein Kissen und konnte nur dunkle Umrisse ausmachen. Nackt, wie ich war, stürzte ich aus dem Zimmer, um vom Flur eine Lampe zu holen. In ihrem grellen Schein betrachtete ich das Objekt, das irgend jemand in meinem Bett deponiert hatte. Es war eine aus einem porösen schwarzen Stein gehauene, groteske kleine Figur mit einem scheußlichen Gesicht. Die Augen waren winzige Scherben aus rotem Glas, die im Licht aufblitzten. Es war ihre scharfe hakenförmige Nase gewesen, die sich in meinen Rücken gebohrt hatte.

»Hat man je etwas Häßlicheres gesehen?« murmelte ich. Eco gab einen kehligen Laut von sich und drehte sich, fest schlafend, zur Wand. Wie Gelina hätte er eine Prozession tanzender Mädchen mit Zimbeln verschlafen. Ich stellte das kleine Ungeheuer auf die Fensterbank, weil ich nicht wußte, was ich sonst damit tun sollte, und auch zu müde war, weiter darüber nachzudenken.

Die Lampe setzte ich auf dem Tisch ab und ließ sie brennen, nicht weil ich mich im Hellen sicherer gefühlt hätte, sondern weil ich schlicht zu erschöpft war, sie noch zu löschen. Ich fiel auf mein Bett und schlief auf der Stelle ein. Kurz bevor ich in Morpheus' Arme sank, wurde mir schaudernd klar, was das Objekt zu bedeuten hatte, das man in mein Bett gelegt hatte. Ob in freundlicher oder unfreundlicher Absicht, ob als Geschenk, Warnung oder Fluch – es handelte sich um einen Akt der Zauberei. Wir waren am Golf, wo die Erde schweflige Dämpfe ausatmete, die Ureinwohner Erdmagie praktiziert und die kolonisierenden Griechen neue Götter und Orakel gebracht hatten. Dieses Wissen beunruhigte mich bis in meine Träume und verdunkelte meinen Schlaf, doch nichts, nicht einmal tanzende Mädchen auf dem Flur, hätten mich auch nur eine Sekunde länger wach halten können.

NEUN

Ein stechender Schmerz in meinem Kopf ließ mich zusammenzucken, als würde jemand mit Brennesseln über meine Stirn streichen. Ich öffnete die Augen und sah Eco mit nachdenklich geschürzten Lippen auf mich herabblicken. Er streckte die Hand aus und betastete behutsam eine Stelle auf meiner Stirn direkt unterhalb meines Haaransatzes. Ich grunzte und stieß seine Hand weg. Er verzog mitfühlend das Gesicht und trat kopfschüttelnd zurück.

»Ist es so schlimm?« fragte ich und schwang meine Füße aus dem Bett, um mich im Spiegel zu betrachten. Selbst im Grau der Morgendämmerung war die Beule deutlich zu erkennen, ein vorstehender roter Knubbel, der noch schmerzhafter aussah, als er sich anfühlte. Eco hielt mit der einen Hand meine noch immer feuchte Tunika hoch, mit der anderen das Ruder. Er sah mich mißbilligend an und verlangte eine Erklärung.

Ich begann mit meinem Gespräch mit Crassus – den Blutflecken auf der Hercules-Statue, dem Beweis, daß Lucius Licinius in seiner Bibliothek ermordet worden war, sowie dem ausgeprägten Desinteresse unseres Auftraggebers. Ich berichtete ihm von dem Licht am Bootshaus, dem regelmäßigen Platschen, als ob jemand etwas ins Wasser geworfen hätte, dem steilen Abstieg, dem verlassenen Pier und Bootshaus, dem Ruder, mit dem man gegen meinen Kopf geschlagen hatte, und dem Kampf im Wasser.

Eco schüttelte wütend den Kopf und stampfte mit dem Fuß auf.

»Ja, Eco, ich war ein Idiot und hatte großes Glück. Ich hätte dich aus dem Bett holen und mitnehmen sollen, anstatt mich unüberlegt in die Ermittlung zu stürzen. Oder noch besser, ich hätte Belbo als Leibwächter mitnehmen und dich in Rom zurücklassen sollen, damit du auf Bethesda aufpaßt.« Dieser Vorschlag ärgerte ihn noch mehr.

»Ich habe keine Ahnung, wer mich geschlagen hat. Beim Bootshaus und am Pier habe ich nichts entdecken können, jedenfalls nicht bei Nacht. Wie ich das Wasser hasse!« Ich erinnerte mich an das Brennen des Salzwassers in meiner Kehle, das Strampeln und Kämpfen; meine Hände wurden auf einmal zittrig, und ich mußte um Atem ringen. Ecos Ärger verflog, und er legte einen Arm um mich und drückte mich fest. Ich holte tief Luft und tätschelte seine Hand.

»Und als ob mein Abenteuer beim Bootshaus noch nicht genug gewesen wäre, habe ich bei meiner Rückkehr das hier gefunden.« Ich trat ans Fenster und nahm die kleine Figur zur Hand. Der schwarze poröse Stein fühlte sich feucht an. Ich war in der Nacht immer wieder hochgeschreckt, um die Gestalt von der Fensterbank auf mich herabstarren zu sehen, ihr häßliches Gesicht vom Licht der Lampe beschienen, ihre roten Augen böse funkelnd. Einmal war ich fast sicher gewesen, daß sie sich in einer Art wogendem Tanz bewegt hatte – doch das war natürlich nur ein Traum gewesen.

»Woran erinnert dich das?«

Eco zuckte die Schultern.

»Etwas Ähnliches habe ich schon einmal gesehen; die Figur erinnert mich an einen ägyptischen Hausgott der Lust. Sie nennen ihn Bes, einen häßlichen kleinen Kerl, der ein Haus mit Glückseligkeit und Frivolität segnet. Er ist so scheußlich, daß man sich vor ihm fürchten könnte, wenn man nicht wüßte, daß er ein freundlicher Gott ist – ein riesiger klaffender Mund, starrende Augen, eine spitze Nase. Doch dies ist nicht Bes; aber es handelt sich in jedem Fall um einen Hermaphroditen – siehst du die winzigen runden Brüste und den kleinen Penis? Außerdem ist es keine ägyptische Handwerksarbeit. Die Figur ist aus einem Stein, wie er in dieser Gegend vorkommt, dieses weiche poröse Zeug, das man an den Hängen des Vesuvs findet. Kein leicht zu bearbeitendes Material, stelle ich mir vor, zu bröselig, so daß man nicht weiß, ob es sich hierbei um eine primitive Arbeit handelt oder um ein Objekt, das in großer Eile hergestellt wurde. Wer könnte so etwas gestaltet haben, und warum wurde es in mein Bett gelegt?

Hier am Golf ist die Praxis der Zauberei noch viel verbreiteter als in Rom. Unter den Familien, die schon immer und viel früher als die Römer in diesen Breiten gelebt haben, gab es von jeher allerlei einheimische Magie. Dann haben die Griechen die Gegend besiedelt und ihre Orakel mitgebracht. Trotzdem scheint mir dieses Objekt eher die Arbeit eines Orientalen und wahrscheinlich von weiblicher Hand gestaltet. Was meinst du, Eco – versucht einer der Haussklaven mich mit einem Fluch zu belegen? Oder könnte es sein –«

Eco klatschte in die Hände und wies auf die Tür hinter mir, wo der kleine Sklavenjunge Meto erwartungsvoll mit einem Tablett mit Brot und Früchten stand. Ich sah, daß seine Blicke nervös durch den Raum schossen. Als ich mich umdrehte, verbarg ich die Figur und hielt sie, als ich ihn direkt ansah, hinter meinem Rücken. Ich lächelte ihn an. Er lächelte zurück. Dann zog ich die Figur hervor und stellte sie auf sein Tablett.

Er stöhnte kurz auf.

»Hast du dieses Ding schon einmal gesehen?« fragte ich ihn vorwurfsvoll.

»Nein!« flüsterte er, was, so wie er die Augen jetzt hektisch abwandte, durchaus der Wahrheit entsprechen konnte.

»Doch du weißt, was es ist und woher es stammt?«

Er schwieg und biß sich auf die Lippe. Das Tablett zitterte. Ein Apfel geriet ins Rollen und landete in einem Bündel Feigen. Ich nahm ihm das Tablett aus der Hand, setzte es auf dem Bett ab, griff die Statue und hielt sie ihm unter die Nase. Er musterte sie schielenden Blickes und kniff dann die Augen fest zu. »Nun?« drängte ich.

»Bitte, wenn ich es dir verrate, funktioniert es vielleicht nicht...«

»Was? Drücke dich deutlich aus.«

»Wenn ich es dir erkläre, bleibt die Prüfung vielleicht ergebnislos.«

»Hörst du das, Eco? Jemand will mich prüfen. Ich frage mich, wer und warum.«

Meto zitterte unter meinem wütenden Blick. »Bitte, ich verstehe das alles selbst auch nicht so richtig, es ist nur, daß ich zufällig etwas mit angehört habe.«

»Mit angehört? Wann?«

»Gestern abend.«

»Hier im Haus?«

»Ja.«

»Vermutlich bekommst du so einiges mit, so wie du dich im ganzen Haus bewegst.«

»Manchmal schon, aber nie mit Absicht.«

»Und wen hast du gestern nacht belauscht?«

»Bitte!«

Ich sah ihn lange an, trat dann einen Schritt zurück und nahm alle Strenge aus meinem Gesicht. »Du verstehst doch, warum ich hier bin, Meto, oder nicht?«

Er nickte. »Ich glaube schon.«

»Ich bin hier, weil du und viele andere in großer Gefahr sind. Ich möchte euch helfen, wenn ich kann.«

Er sah mich skeptisch an. »Wenn ich mir da sicher sein könnte…«, flüsterte er kaum hörbar.

»Sei dessen sicher, Meto. Ich glaube, du weißt, wie groß diese Gefahr ist.« Er war nur ein kleiner Junge, viel zu jung, um zu begreifen, welches Schicksal Crassus für ihn vorgesehen hatte. Hatte er je gesehen, wie ein Mensch getötet worden war? War er alt genug, es wirklich zu verstehen? »Vertrau mir, Meto. Sage mir, woher diese Statue kommt.«

Er starrte mich lange an, bevor er, ohne mit der Wimper zu zucken, die groteske Figur in meinen Händen ansah. »Das kann ich dir nicht sagen«, meinte er schließlich. Eco machte ärgerlich einen Schritt auf ihn zu, doch ich hielt ihn am Arm zurück. »Doch ich *kann* dir sagen…«

»Ja, Meto?«

»Daß du die Figur niemandem zeigen darfst. Und du darfst keinem davon erzählen. Und…«

»Ja?«

Er biß sich auf die Unterlippe. »Wenn du dieses Zimmer verläßt, nimm sie nicht mit. Laß sie hier. Aber nicht auf dem Tisch oder der Fensterbank…«

»Wo sonst? Dort, wo ich sie gefunden habe?«

Er sah erleichtert aus, als wäre seine Ehre weniger kompromittiert, wenn ich die Worte statt seiner aussprach. »Ja, nur …«

»Sprich lauter, Meto!«

»Nur, daß du sie genau andersherum legen mußt, als wie du sie gefunden hast!«

»Mit dem Gesicht nach unten, meinst du?«

»Ja, und …«

»Mit den Füßen zur Wand?«

Er nickte und warf einen raschen Blick auf die Statue. Er schlug sich mit der Hand vor den Mund und fuhr zusammen. »Sieh nur, wie sie mich anstarrt! Oh, was habe ich nur getan?«

»Du hast das Richtige getan«, versicherte ich ihm und entfernte die Statue aus seinem Blickfeld. »Ich habe übrigens noch einen Auftrag für dich: Bring dieses Ruder zurück ins Bootshaus. Und jetzt geh und erzähle niemandem, daß du mit mir gesprochen hast. Keinem Menschen! Und hör auf zu zittern, sonst bemerken die Leute noch etwas. Du hast das Richtige getan«, wiederholte ich, die Tür hinter ihm schließend, bevor ich hinzufügte: »Hoffe ich jedenfalls!«

Nach einem eiligen Frühstück begaben wir uns in die Bibliothek. Die Sklaven waren bereits auf den Beinen, fegten die Räume, waren auf Botengängen durchs Haus unterwegs und verbreiteten den Duft frischer Backwaren aus der Küche, doch ansonsten schien noch niemand wach zu sein. In den Fluren brannten nach wie vor einige Lampen, in den Ecken lauerten vereinzelt letzte Schatten, doch der größte Teil des Hauses war von einem weichen blauen Licht erfüllt. Wir kamen an einem langen, nach Osten liegenden Fenster vorbei; die Sonne war noch nicht hinter dem Vesuv aufgegangen, tauchte die Kuppe des Berges jedoch in einen blaßgoldenen Glanz. Es war die erste Stunde des Tages, zu der die meisten Römer schon auf den Beinen waren, während die Bewohner des Golfs einem entspannteren Tagesrhythmus zu frönen schienen.

Wir fanden die Bibliothek unbewacht und leer vor. Ich öffnete die Läden, um soviel Licht wie möglich hereinzulassen. Eco trat rechts neben den Tisch und betrachtete die vertrockneten Blutreste an der Hercules-Statue, um bestätigt zu finden, was ich ihm erzählt hatte. Er schauderte, als die Kälte des Morgens vom kiesbedeckten Hof durch die offenen Fenster kroch. Er nahm den Chlamys, den Crassus über die andere Statue geworfen hatte – einen Zentaur, wie sich herausstellte –, und hängte ihn sich über die Schultern.

»An deiner Stelle würde ich mir diesen speziellen Umhang lieber nicht ausleihen, Eco. Ich bin nicht sicher, wie ein Mann wie Crassus darauf reagieren würde, wenn Menschen unseres Schlages seine persönlichen Sachen benutzen.«

Eco zuckte nur die Schultern und ging dann langsam durch den Raum, um die Vielzahl der Schriftrollen zu betrachten. Die meisten waren ordentlich in langen Stoff- oder Lederhüllen zusammengerollt und mit einem kleinen Anhänger mit einer Signatur versehen. Offenbar hatte man die eher literarischen Werke zur Erbauung und Bildung – philosophische Abhandlungen, griechische Hirtenromane, Dramen und Chroniken – mit roten oder grünen Anhängern gekennzeichnet und einigermaßen willkürlich katalogisiert. Sie lagen übereinandergestapelt in hohen schmalen Regalen. Dokumente über geschäftliche Transaktionen waren sorgfältiger in einzelne Fächer geordnet und an den blauen oder gelben Anhängern erkennbar. Alles in allem lagerten Hunderte von Rollen in Regalen, die zwei Wände des großen Raumes von der Decke bis zum Boden bedeckten.

Eco pfiff leise vor sich hin. »Ja, recht beeindruckend«, stimmte ich ihm zu. »Ich glaube nicht, daß ich je in meinem Leben so viele Schriftrollen an einem Ort gesehen habe, nicht einmal in Ciceros Haus. Doch jetzt solltest du deine Blicke lieber auf den Boden konzentrieren. Wenn je ein Teppich entworfen wurde, Blutflecken zu kaschieren, dann muß es dieser hier sein, alles dunkelrot und schwarz. Trotzdem sollten wir, wenn Lucius hier geblutet hat und der Mörder nur den Umhang benutzte, um das Blut aufzuwischen, einige Spuren finden.«

Gemeinsam studierten Eco und ich das geometrische Muster. Das Morgenlicht wurde von Minute zu Minute heller, doch je länger wir es betrachteten, desto verwirrender mutete das Muster an. Wir schritten die gesamte Fläche des Teppichs ab, und Eco krabbelte schließlich sogar wie ein Hund auf allen vieren. Ohne Erfolg. Wenn es auf diesem Teppich je einen Tropfen Blut gegeben hatte, mußte ein Gott ihn in Staub verwandelt und weggeweht haben.

Auch die Fliesen, die am Teppichrand zu sehen waren, brachten uns nicht weiter. Ich schlug den Teppich an einer Ecke zurück, weil ich vermutete, jemand könne ihn ein wenig verschoben haben, um einen Blutfleck zu verdecken, fand jedoch nichts.

»Vielleicht ist Lucius doch nicht in diesem Raum getötet worden.« Ich seufzte. »Er muß geblutet haben, und worauf hätte das Blut tropfen sollen, wenn nicht auf den Boden. Es sei denn…« Ich machte einen Schritt auf den Tisch zu. »Es sei denn, er stand hier, wo er in seiner Bibliothek natürlich auch stehen würde, direkt vor dem Tisch. Der Schlag traf seine Stirn, nicht seinen Hinterkopf, also muß er seinem Angreifer ins Gesicht geblickt haben. Der Schlag traf ihn nicht links, sondern rechts, also muß er nach Norden geblickt haben, die linke Körperhälfte dem Tisch zugewandt, die rechte ungeschützt. Um die rechte Schläfe direkt von vorne zu treffen, muß der Mörder seinen Schlag mit der linken Hand ausgeführt haben; das könnte sich als sehr wichtig erweisen, Eco – jeder, der eine schwere Statue ergreift, um damit zuzuschlagen, nimmt instinktiv seinen starken Arm. Wir nehmen also an, daß der Mörder Linkshänder ist. Dann wäre Lucius also der Länge nach seitlich auf den Tisch gestürzt…«

Eco warf sich pflichtschuldig auf den Tisch inmitten des Durcheinanders von Dokumenten, die Crassus am Vorabend studiert hatte.

»In diesem Fall hätte das Blut durchaus über den Tisch und die Wand spritzen können – wo man es leicht hätte abwaschen können. Und jetzt kann ich dort kein Blut mehr entdecken.

Wenn es nicht noch höher gespritzt…« Ich kniete mich auf den Tisch, und auch Eco richtete sich auf, um gemeinsam mit mir das Gemälde Gelinas zu betrachten. »Enkaustik auf Leinwand in einem Rahmen aus schwarzem Holz mit Perlmutt-Intarsien – leicht abzuwischen – und in die Wand eingelassen. Wenn Blut auf das Bild gespritzt wäre, hätte der Mörder es wohl kaum gewagt, das Wachs zu heftig abzuschrubben, aus Angst, das Gemälde zu beschädigen, wenn er das Blut unter all den Pigmenten überhaupt entdeckt hätte. Erstaunlich, aus wie vielen Farben ein Bild besteht, wenn man es von nahem betrachtet, nicht wahr? Auf diese Entfernung ist Iaias Signatur auf jeden Fall groß genug, ganz in Rot, wenn auch eher Zinnober als Blut. Die Falten von Gelinas Stola sind rot und schwarz gepunktet; zweifelsohne hat sie den Teppich passend zu ihrem Gewand auf dem Bild ausgewählt. Hier rot, da schwarz, und – Eco, siehst du es?«

Eco nickte eifrig. Auf einem Stück grünen Hintergrund, wo kein Maler sie achtlos verkleckst hätte, konnte man einen Spritzer aus dunklen Tropfen erkennen, schwarz-rot wie die Farbe getrockneten Blutes. Eco sah noch genauer hin und begann dann, mich auf weitere Tropfen aufmerksam zu machen – auf dem Hintergrund, auf der Stola, überall im unteren Teil des Gemäldes, sogar eine Schmierspur über dem ersten Buchstaben von Iaias Signatur. Je länger wir das Bild betrachteten, desto mehr Blut sahen wir. Im zunehmenden Licht des Morgens schienen die Tropfen vor unseren Augen zu erblühen, als ob das Gemälde selbst blutige Tränen weinen würde. Eco verzog das Gesicht, und ich nickte zustimmend: Wie grausam mußte der Mörder auf Lucius Licinius' Kopf eingeschlagen haben, um so viel Blut zu verspritzen? Angewidert wich ich vor dem Bildnis zurück.

»Welche Ironie«, flüsterte ich, »daß Lucius mit seinem eigenen Blut das Porträt der Frau verunzieren sollte, die er aus Liebe geheiratet hat, um schließlich als Leiche ausgestreckt vor ihrem Bildnis zu enden. Vielleicht ein eifersüchtiger Liebhaber, Eco? Hat ihn jemand mit Absicht vor diesem Gemälde ermordet? Es muß ein ziemlich beeindruckendes Tableau abgegeben haben, der tote Ehemann, leblos zusammengesunken vor dem erhabenen Bildnis seiner Frau. Doch wenn jemand es so gewollt hat, warum ist die Leiche dann doch noch bewegt worden und warum hat man das Schreckgespenst des Spartacus beschworen?«

Gefolgt von Eco stieg ich wieder vom Tisch. »Auf dem Tisch müssen auch Blutspuren gewesen sein, die man allerdings leicht wieder entfernen konnte. Was bedeutet, daß keine Dokumente auf dem Tisch gelegen haben dürften wie jetzt, sonst wären auch sie mit Blut befleckt und unmöglich zu säubern gewesen; von lackiertem Holz läßt sich Blut vielleicht abwaschen, aber bestimmt nicht von Pergament oder Papyrus. Obwohl ich mich frage … warte, hilf mir den Tisch von der Wand abzurücken.«

Das war leichter gesagt als getan. Der Tisch war schwer, möglicherweise zu schwer für einen einzelnen Mann. Selbst zu zweit stellten wir uns reichlich unbeholfen an; wir stießen einen Stuhl um, bauschten den Teppich und verursachten ein lautes Quietschen, als eines der Tischbeine über die Fliesen schrammte. Wir wurden mit Blut belohnt; sowohl an der Wand als auch an der Rückseite des Tisches, wo kein Lappen der Welt es hätte wegwischen können, fanden sich Rückstände einer klebrigen, rotbraunen Masse. Lucius' Blut war über den Tisch geflossen und hatte sich in dem Spalt zwischen Tisch und Wand gesammelt und auf beiden seine Spuren hinterlassen.

»Ein weiterer Beweis, daß Lucius hier ermordet wurde, falls wir noch einen gebraucht hätten«, sagte ich. »Doch was sagt uns das? Es ergibt keinen Sinn, daß die vermißten Sklaven das Blut hätten aufwischen sollen, vor allem, wenn sie sich ihrer Tat noch gebrüstet haben sollen; trotzdem werden wir stärkere Beweise als diese finden müssen, um Crassus von seinem Plan abzubringen. Los, Eco, hilf mir, den Tisch wieder an seinen Platz zu rücken. Ich höre Schritte im Flur.«

Als ich gerade den Stuhl aufhob, während Eco den Teppich glattzog, spähte ein fragendes Gesicht um die Ecke.

»Meto! Genau der Mensch, den ich jetzt sehen wollte. Komm herein und schließ die Tür hinter dir.«

Er tat, wie ihm geheißen, doch nicht ohne zu zögern. »Bist du sicher, daß wir uns in diesem Raum aufhalten sollten?« flüsterte er.

»Meto, deine Herrin hat doch ausdrücklich gesagt, daß ich Zugang zu jedem Teil des Hauses habe, oder nicht?«

»Ich glaube schon. Doch diesen Raum durfte nie jemand ohne Erlaubnis des Herrn betreten.«

»Niemand? Nicht mal die Putzmägde?«

»Nur wenn der Herr sie persönlich hereingebeten hat, und selbst dann hat er normalerweise darauf bestanden, daß entweder er selbst oder Zeno anwesend war.«

»Aber hier gibt es doch nichts, was ein Sklave stehlen könnte – keine kleinen Münzen, keine Juwelen oder Schmuck.«

»Trotzdem – ich habe mich einmal hier hereingeschlichen, weil ich mir das Pferd genauer ansehen wollte –«

»Das Pferd? Ach, die Statue des Zentauren.«

»Ja, und der Herr persönlich hat mich erwischt. Er war sehr wütend, dabei war er normalerweise kein jähzorniger Mensch. Doch dieses eine Mal wurde sein Gesicht ganz rot, und er schrie mich an, daß ich dachte, ich müsse an dem Pochen in meiner Brust sterben.« Bei der Erinnerung an den Zwischenfall riß Meto die Augen weit auf. Er blähte die Wangen und schüttelte den Kopf wie jemand, der aus einem schrecklichen Alptraum erwacht ist. »Er rief Alexandros herein und befahl ihm, mich direkt hier an Ort und Stelle zu schlagen. Normalerweise wäre das Clitos Aufgabe gewesen, der ebenfalls in den Ställen arbeitet und gern Menschen schlägt. Doch ich hatte Glück, weil Clito an jenem Tag in Puteoli gearbeitet hat. Ich mußte mich bis zum Boden bücken, während Alex mir zehn Schläge mit einem Stock gab. Er hat das nur getan, weil der Herr es ihm befohlen hat. Er hätte mich auch viel härter schlagen können, da bin ich mir sicher, aber ich mußte trotzdem weinen.«

»Ich verstehe. Magst du Alexandros?«

Die Augen des Jungen strahlten. »Natürlich. Jeder mag Alex.«

»Und was ist mit Zeno, mochtest du ihn auch?«

Er zuckte die Schultern. »Niemand mochte Zeno. Aber nicht, weil er ein brutaler Schläger war wie Clito. Er ist hochnäsig und spricht fremde Sprachen und hält sich für etwas Besseres als die anderen Sklaven. Außerdem furzt er viel.«

»Das klingt in der Tat durch und durch unsympathisch. Sag mir, war in der Nacht, als dein Herr getötet wurde, noch irgend jemand wach und auf den Beinen? Du vielleicht oder ein anderer Sklave?«

Er schüttelte den Kopf.

»Bist du sicher? Niemand hat etwas gehört oder gesehen?«

»Natürlich haben alle darüber gesprochen. Aber keiner weiß, was geschehen ist. Die Herrin hat uns am nächsten Tag gesagt, wenn jemand etwas wüßte, solle er direkt zu Marcus Crassus, Mummius oder Fabius gehen. Wenn irgend jemand gesehen oder gehört hätte, was geschehen ist, hätten sie es ihnen bestimmt erzählt.«

»Und unter den Sklaven gab es keine Gerüchte oder irgendwelches Getuschel?«

»Nichts. Und wenn jemand etwas gesagt hätte, sogar im geheimen, wäre ich derjenige, der es am wahrscheinlichsten mitbekommen hätte. Nicht, daß ich lauschen würde –«

»Ich verstehe. Deine Pflichten führen dich durchs ganze Haus, von Zimmer zu Zimmer, von Morgengrauen bis Abenddämmerung, während die Köche, Stallknechte und Putzmägde den ganzen Tag an einem Ort verweilen und miteinander klatschen. Sachen zu hören oder zu sehen, ist nichts, wofür man sich schämen müßte, Meto. Ich verdiene meinen Lebensunterhalt damit. Als ich dich zum ersten Mal gesehen habe, wußte ich gleich, daß du Auge und Ohr dieses Hauses bist.«

Er sah mich verwundert an und lächelte dann vorsichtig, als ob nie zuvor jemand seinen wahren Wert erkannt hätte.

»Sage mir, Meto, ist es möglich, daß Zeno in jener Nacht mit deinem Herrn in diesem Raum war?«

»Das kann schon sein. Sie sind oft hierhergekommen und haben noch nach Einbruch der Dunkelheit zusammen gearbeitet, manchmal auch sehr spät, vor allem, wenn gerade ein Schiff gelandet war oder nach Puteoli aufbrechen sollte oder wenn unser Herr Crassus hierher unterwegs war.«

»Und war Alexandros vielleicht ebenfalls hier?«

»Schon möglich.«

»Aber in jener Nacht hast du niemanden diesen Raum betreten oder verlassen sehen? Und du hast keine Geräusche aus den Ställen oder dem Atrium gehört?«

»Ich schlafe mit einigen anderen in einem kleinen Raum im Ostflügel des Hauses«, sagte er langsam, »hinter den Ställen. Normalerweise bin ich der letzte, der ins Bett geht. Alex lacht immer und sagt, er hätte noch nie einen Jungen gesehen, der weniger Schlaf braucht als ich. In jeder anderen Nacht wäre ich wahrscheinlich noch auf den Beinen gewesen. Vielleicht hätte ich gesehen, was immer du zu wissen wünschst. Aber in jener Nacht war ich so müde von den vielen Botengängen des Tages…« Seine Stimme begann zu zittern. »Es tut mir leid.«

Ich legte meine Hand auf seine schmalen Schultern. »Du mußt dich nicht entschuldigen, Meto. Beantworte mir nur noch eine Frage. Bist du gestern abend noch spät durchs Haus gelaufen?«

Er verzog nachdenklich das Gesicht. »Gestern war ein geschäftiger Tag wegen deiner und Mummius' Ankunft mit der *Furie* und der zusätzlichen Arbeit für das Abendessen…«

»Und da hast du dich früh schlafen gelegt?«

»Ja.«

»Und du hast nichts Ungewöhnliches bemerkt, niemanden, der durch die Flure oder den Hügel hinab zum Bootshaus gewandert ist?«

Er zuckte hilflos die Schultern und biß sich auf die Lippe, traurig, mich enttäuschen zu müssen. Ich sah ihn ernst an und nickte. »Ist schon gut, ich dachte nur, daß du vielleicht etwas weißt, was ich nicht weiß. Aber bevor du gehst, möchte ich dir etwas zeigen.«

Ich führte ihn mit der Hand auf seiner Schulter zu der Statue des Zentauren. »Schau sie dir in aller Ruhe an. Faß sie an, wenn du willst.« Er sah mich unsicher an und streckte dann mit leuchtenden Augen seine zitternden Finger aus, bevor er sie abrupt zurückzog und sich auf die Lippe biß.

»Nein, nein, das ist schon in Ordnung«, sagte ich. »Ich werde nicht zulassen, daß dich irgend jemand dafür bestraft.«

Und ich werde nicht zulassen, daß Marcus Crassus dich vernichtet, dachte ich, ohne ein so vorschnelles Gelübde laut auszusprechen. Vielleicht hörte Fortuna höchstpersönlich zu und vernichtete mich, weil ich ein Versprechen gegeben hatte, dessen Einhaltung nicht einmal ein Gott garantieren konnte.

ZEHN

»Als junges Mädchen hätte ich mich nie zu Freskenmalereien herabgelassen. Man malte Enkaustik auf Leinwand oder Holz mit einer Staffelei, aber nie und nimmer Fresken an Wände, so hat es mir mein Mentor beigebracht. ›Wandmaler sind bloße Handwerker‹, sagte er immer, ›während ein Künstler an einer Staffelei, ah, ein Künstler an einer Staffelei wird behandelt wie die Hand Apollos persönlich! Staffeleimaler ernten sämtlichen Ruhm und alles Gold. Begründe dir einen Ruf an der Staffelei, und sie werden zu dir geströmt kommen wie die Tauben aufs Forum.‹ Meine Güte, das ist aber eine häßliche Beule an deiner Stirn.«

Iaia sah ganz anders aus als am Vorabend bei dem Essen. Der Schmuck und die elegante Robe waren verschwunden, statt dessen trug sie einen formlosen, bodenlangen, langärmeligen Umhang aus grobem Leinen, der von oben bis unten mit Farbklecksen beschmiert war. Ihre junge Assistentin war ähnlich gekleidet und im Tageslicht von noch bemerkenswerterer Schönheit. Zusammen sahen sie aus wie Priesterinnen eines seltsamen Frauenkultes, bei dem die Farbe nicht im Gesicht, sondern auf der Kleidung getragen wurde.

Durch ein Oberlicht fiel ein Lichtkegel in den kleinen runden Vorraum mit seinem Strudel aus Unterwasserschattierungen in Blau und Grün, in dem sich silberne Wölkchen von Fischen und eigenartige Seeungeheuer tummelten. Die Figuren waren erstaunlich fließend, ihre Schatten perfekt erfaßt, und die Darstellung des Wassers erzeugte die Illusion unergründlicher Tiefe. Eco und ich hätten den Raum nebeneinanderstehend mit ausgestreckten Armen leicht durchmessen können, doch die trüben Weiten schienen sich an manchen Stellen im Unendlichen zu verlieren. Ohne die Gerüste und Schmierlappen hätte die Szenerie beängstigend echt gewirkt, wie ein Alptraum vom Ertrinken.

»Heutzutage muß ich mich natürlich längst nicht mehr um Aufträge bemühen«, fuhr Iaia fort. »Ich habe in den guten alten Tagen ein Vermögen verdient. Wußtest du, daß ich zu meiner Glanzzeit besser bezahlt wurde als Sopolis? Jede reiche Matrone Roms wollte sich von der seltsamen jungen Dame aus Cyzicus porträtieren lassen. Jetzt male ich nur noch, was ich will und wann ich will. Dieses Projekt ist eine Gefälligkeitsarbeit für Gelina. Eines Tages kamen wir gerade erfrischt und entspannt aus den Bädern, als sie sich darüber beklagte, wie karg dieser Raum sei. Plötzlich hatte ich eine Vision von Fischen, überall Fische! Fliegende Fische über unseren Köpfen und Kraken, die sich zu unseren Füßen ringeln. Delphine, die durch das Seegras gleiten. Wie findest du es?«

»Erstaunlich«, sagte ich. Eco sah sich in dem Raum um und schüttelte seine Hände aus, als wären sie tropfnaß.

Iaia lachte. »Es ist fast fertig. Es sind kaum noch wirkliche Malarbeiten übrig. Wir sind jetzt dabei, die Wasserfarben mit Wachs zu versiegeln, deswegen helfen uns auch diese Sklaven. Für diese Aufgabe bedarf es keinerlei echter Kunstfertigkeit, man muß die Politur nur mit einem Pinsel auftragen, aber ich muß sie beaufsichtigen, um sicherzugehen, daß nichts beschädigt wird. Olympias, gib dem da oben auf dem obersten Gerüst einen kleinen Stubs. Er trägt das Wachs zu dick auf – so werden die Farben nie durchscheinen.«

Olympias sah von oben auf uns herab und lächelte. Verstohlen zwickte ich Eco, der mit offenem Mund starrte, was nicht unbedingt eine Reaktion auf das Kunstwerk war.

»Ach ja, in den guten alten Tagen hätte ich ein derartiges Projekt nie in Angriff nehmen können«, plapperte Iaia weiter. »Mein Mentor hätte es nicht erlaubt. Ich kann mir seine Reaktion lebhaft vorstellen. ›Zu vulgär‹, hätte er gesagt, ›zu rein dekorativ. Historiengemälde oder Fabeln mit einer Moral sind eine Sache, aber Fische? Deine Stärke sind Porträts, Iaia, vor allem Frauenporträts; kein Mann kann eine Frau auch nur halb so gut porträtieren wie du. Doch ein Blick auf diese stierenden Fischköpfe, und keine römische Matrone wird dir je wieder erlauben, sie zu malen! Sie würde bei jedem Pinselstrich nach versteckter Ironie Ausschau halten!‹ Nun, das hätte mein alter Mentor gesagt. Aber wenn ich jetzt Fische malen will, dann male ich, beim Neptun, eben Fische. Ich finde sie wunderschön.«

Sie schien von ihren eigenen Fähigkeiten äußerst angetan, eine Unbescheidenheit, die man einem Künstler im letzten Stadium eines fast vollendeten Werks vielleicht nachsehen kann. »Warum du für deine Porträts berühmt geworden bist, leuchtet mir unmittelbar ein«, sagte ich. »Ich habe dein Bild von Gelina in der Bibliothek gesehen.«

Ihr Lächeln erstarb. »Ja, das Bild ist erst ein Jahr alt. Gelina wollte es als Geburtstagsgeschenk für Lucius. Wir haben Wochen daran gearbeitet, draußen auf ihrer privaten Terrasse im Nordflügel des Hauses, in ihrem Zimmer, das Lucius nie betreten hat. Es sollte eine Überraschung sein.«

»Hat es ihm nicht gefallen?«

»Offen gesagt, nein. Dabei habe ich es extra so gestaltet, daß es über seinen Tisch in der Bibliothek paßt. Nun, er hat ziemlich deutlich zu verstehen gegeben, daß er es dort nicht haben wollte. Wenn du den Raum gesehen hast, kennst du ja seinen Geschmack – diese abscheulichen Hercules- und Chiron-Statuen. Das Bild über seinem Tisch war sogar noch schlimmer, ein gräßliches Machwerk, das vorgeblich den Angriff der Harpyien auf die Argonauten darstellen sollte, eine derartig geschmacklose Peinlichkeit, daß ich mir nicht vorstellen kann, wie er es wagen konnte, Besucher in diesen Raum zu lassen. Ein wirklich schreckliches Gemälde von irgendeinem unbekannten Schmierfinken aus Neapolis, ein Gemenge aus nackten Brüsten, um sich schlagenden Krallen und hölzern wirkenden Kriegern mit erhobenen Schwertern. Es läßt sich mit Worten kaum ausdrücken, wie furchtbar es war. Habe ich nicht recht, Olympias?«

Die junge Frau blickte von ihrer Arbeit herab und lachte. »Es war ein wirklich schlechtes Bild, Iaia.«

»Am Ende hat Lucius nachgegeben und das Ding entfernen lassen, damit wir das Porträt von Gelina in die Wand einlassen konnten, aber er hat sich völlig undankbar gezeigt. Gelina hatte einen passenden Teppich bestellt, und er nörgelte ohne Ende über die Kosten. Sie war wegen dieser Episode mehr als einmal in Tränen aufgelöst. Natürlich war Leid und Streit über Geld in diesem Haus eine alte Geschichte. Was für ein Versager Lucius doch war! Was für ein Hochstapler! Welchen Sinn hat es, in einer solchen Villa zu leben, wenn man dafür jede Sesterze dreimal umdrehen muß, bevor man sie ausgibt?«

Auf einmal war der Raum von einer merkwürdigen Spannung erfüllt. Olympias lächelte nicht mehr. Ein Sklave stieß ein Gefäß mit Politur um und fluchte. Selbst die Fische schienen unbehaglich zu zittern. Iaia senkte ihre Stimme. »Laß uns in den Bädern weiterreden. Die Räume sind alle leer, und um diese Tageszeit haben sie ein besonders schönes Licht. Laß den Jungen hier. Er kann Olympias bei der Arbeit zusehen.«

Die Anlage der Frauenbäder entsprach dem Äquivalent der Männer, war jedoch um einiges kleiner. Auch der Blick über die offene Terrasse war mehr oder weniger der gleiche; unter der aufgehenden Sonne erstrahlte die Bucht in Tausenden von winzigen, glitzernden Lichtpunkten. Wir gingen um das runde Becken, das in der frischen Morgenluft vor sich hin dampfte. Unsere zurückhaltend leisen Stimmen hallten unter der hohen Kuppel eigenartig wider.

»Ich dachte, Lucius und Gelina seien ein glückliches Paar gewesen«, sagte ich.

»Macht sie auf dich einen glücklichen Eindruck?«

»Ihr Mann ist vor wenigen Tagen eines grausamen Todes gestorben. Ich hatte kaum erwartet, sie lächelnd anzutreffen.«

»Ihre Stimmung hat sich seit seinem Tod nicht wesentlich verändert. Vorher war sie unglücklich wegen ihm, und jetzt ist sie wieder unglücklich wegen ihm und seinem unschönen Tod.«

»Auf dem Gemälde sieht sie nicht unglücklich aus. Täuscht das Bild?«

»Das Bild erfaßt sie so, wie sie war. Und warum macht sie auf diesem Porträt einen so glücklichen und in sich ruhenden Eindruck? Bedenke, daß sie mir in dem einen Raum des Hauses Modell gestanden hat, den Lucius nie betreten hat.«

»Ich habe gehört, sie hätten aus Liebe geheiratet.«

»So war es auch, und man sieht ja, was dabei herauskommt. Ich kannte Gelina schon vor ihrer Heirat als junges Mädchen. Ihre Mutter und ich waren etwa gleich alt und eng befreundet. Als Gelina Lucius heiratete, stand es mir kaum an, Kritik zu äußern, doch ich wußte schon damals, daß aus dieser Verbindung nur Kummer und Leid erwachsen würden.«

»Wie konntest du dir dessen so sicher sein? War er ein so übler Charakter?«

Sie sagte lange Zeit nichts. Dann meinte sie: »Ich behaupte nicht, ein großer Menschenkenner zu sein, Gordianus, zumindest nicht, was Männer betrifft. Weißt du, wie man mich in den guten alten Tagen genannt hat? Iaia Cyzicena, die Ewige Jungfrau, und das nicht ohne Grund. Was Männer angeht, habe ich wenig Erfahrung und verfüge über keinerlei besondere Einsicht. Ich bin sicher, daß mein Urteil über den Charakter eines Mannes weniger verläßlich ist als das der meisten Frauen. Doch selbst ein Urteil, das sich auf Erfahrung gründet, trägt nur so weit. Es gibt andere, sicherere Methoden, die Zukunft vorherzusehen.« Sie starrte in die sich über dem Wasser kräuselnden Dämpfe.

»Ach ja? Und was hält die Zukunft für dieses Haus und seine Bewohner bereit?«

»Etwas Düsteres und Schreckliches, ganz egal, was.« Sie schauderte. »Doch um deine Frage zu beantworten: Nein, Lucius war kein böser Mensch, er war nur schwach. Ein Mann ohne Vision, ohne Energie und ohne Ehrgeiz. Wäre Crassus nicht gewesen, wären er und Gelina schon vor langer Zeit verhungert.«

»Von einer Villa mit hundert Sklaven ist es ein weiter Weg bis zum Hungertod.«

»Doch Lucius selbst hat nicht ein Stückchen davon besessen! Nach allem, was ich weiß, wurde sein Einkommen durch den Erhalt dieses Palastes und der Fassade großen Reichtums völlig aufgezehrt. Bei seinen Beziehungen zu Crassus wäre jeder andere mittlerweile längst finanziell unabhängig und wohlhabend. Nicht so Lucius; er war zufrieden, gemütlich vor sich hin zu leben und sich mit dem zu begnügen, was man ihm freiwillig gab, wie ein verwöhnter Hund, der um Krumen vom Tisch seines Herrn bettelt. Und die Hand, die ihn gefüttert hat, hat ihn ganz bestimmt auch am Boden gehalten. Crassus war offenbar entschlossen, Lucius auf immer kriechen zu lassen, stets der ewig dankbare Verwandte, nie ein Gleicher oder Rivale. Und Crassus hat seine Methoden, dafür zu sorgen, daß Leute auf den ihnen zugedachten Plätzen bleiben. Nun, Gelina hätte etwas Besseres verdient gehabt. Jetzt ist sie völlig auf die Gnade Crassus' angewiesen und kann nicht einmal mehr selbst bestimmen, ob ihre Haussklaven leben oder sterben sollen.«

»Und wenn letzteres geschehen sollte?«

Iaia starrte tief in den Dunst und antwortete nicht. Schweigend umrundeten wir das Becken.

»Ungeachtet möglicher Meinungsverschiedenheiten leidet Gelina meines Erachtens sehr am Tod ihres Mannes«, sagte ich leise. »Und sie wird noch mehr leiden, wenn Crassus seinen schrecklichen Plan in die Tat umsetzt.«

»Ja«, sagte Iaia mit matter Stimme wie von sehr weit weg. »Und sie wird nicht alleine leiden.«

»Wenn irgend jemand aus dem Haus Lucius ermordet hat, kann diese Person doch bestimmt nicht schweigend dabeistehen und zusehen, wie so viele Menschen an ihrer Statt hingemetzelt werden.«

»Nicht Menschen«, verbesserte sie mich, »Sklaven.«

»Trotzdem –«

»Und daß Sklaven, sogar neunundneunzig Sklaven, zum Wohle eines bedeutenden und wohlhabenden Mannes sterben – ist das nicht die römische Art?«

Darauf wußte ich keine Antwort. Ich ließ sie am Beckenrand stehen, wo sie einsam in die schwefligen Tiefen starrte.

Im Vorraum stand Eco auf dem Gerüst, einen Pferdehaarpinsel in der Hand, während sich Olympias hinter ihm herumdrückte, ihre Hand zärtlich auf seine gelegt, um sie zu führen. »Eine flüssige streichende Bewegung«, sagte sie gerade. »Für eine feine gleichmäßige Glasur.«

»Also wirklich, Eco«, rief ich zu ihm hoch, »ich hatte ja keine Ahnung, daß du künstlerisches Talent hast.«

Er fuhr zusammen. Olympias drehte sich lächelnd zu mir um. »Er hat eine sehr ruhige Hand«, sagte sie.

»Dessen bin ich sicher. Doch ich fürchte, wir müssen uns jetzt verabschieden. Komm, Eco.« Leichtfüßig kletterte er herab, wobei er einen erhitzten und leicht desorientierten Eindruck machte und sich unbeholfen über die Schulter umsah, als wir den Raum verließen.

»Hast du dich ihr aufgedrängt, Eco, oder hat Olympias vorgeschlagen, daß du zu ihr aufs Gerüst steigst?« Eco deutete an, daß letzteres der Fall gewesen war. »Aha, und sie war es auch, die so dicht an dich herangetreten ist und ihren Arm um dich gelegt hat?« Er nickte verträumt und runzelte dann die Stirn, als er sah, wie ich die Lippen schürzte. »Ich würde der Freundlichkeit dieser jungen Dame nicht vorbehaltlos trauen, Eco. Nein, sei nicht albern, ich bin nicht eifersüchtig. Aber irgend etwas an der Art, wie sie lächelt, bereitet mir Unbehagen.«

Eine Stimme hinter uns rief uns einen Gruß zu, und ich

drehte mich um. Es waren Metrobius und Sergius Orata, jeweils in Begleitung eines Sklaven. »Seid ihr auch auf dem Weg zu den Bädern?« fragte der Geschäftsmann mit einem Gähnen, das andeutete, daß er eben erst aufgestanden war.

»Ja«, sagte ich. Warum auch nicht?

Während Orata und Eco sich im heißen Becken entspannten, nahm ich Metrobius' Angebot an, seinen Masseur mit ihm zu teilen. Wir entkleideten uns und legten uns nebeneinander auf zwei Bänke im Umkleideraum. Der Sklave ging vom einen zum anderen, knetete unsere Schultern und die Muskeln entlang unserer Wirbelsäule. Er war ein großer, runzeliger Mann mit außergewöhnlich kräftigen Händen.

»Wenn ich reich wäre«, stöhnte ich, »würde ich mich wahrscheinlich jeden Tag massieren lassen.«

»Ich bin reich«, sagte Metrobius, »und ich lasse mich täglich massieren. Wie bist du nur an diese gräßliche Beule an deiner Stirn geraten?«

»Oh, das ist nichts. Eine Tür war niedriger, als ich dachte. O ja! Das ist gut! Ja, da, der Punkt unter meiner Schulter... Diese Bäder sind wirklich wunderbar, nicht wahr? Eco und ich waren schon gestern gleich nach unserer Ankunft hier. Mummius wollte mit der Installation angeben. Er hat sich von dem Jungen massieren lassen, der gestern abend gesungen hat, Apollonius heißt er, glaube ich. Doch ich wage zu bezweifeln, daß Apollonius nur halb so geschickte Hände hat wie dein Mann.«

»Woher sollte ich das wissen«, erwiderte Metrobius vorsichtig. Er lag auf der Seite, den Kopf auf eine Hand gestützt und betrachtete mich mit unvermitteltem Argwohn.

»Nicht? Du bist doch häufig Gast in diesem Haus; ich dachte, du hättest vielleicht die Gelegenheit genutzt, diesen Apollonius selbst einmal auszuprobieren.«

Metrobius summte und wölbte eine Braue. »Nur Mollio hier darf mich massieren. Sulla hat ihn mir vor Jahren geschenkt. Er kennt jeden schmerzenden Muskel und jeden brüchigen Knochen in diesem müden alten Körper. Bei einem unerfahrenen Jungspund wie Apollonius würde ich mir vermutlich eine Zerrung zuziehen.«

»Ja, das Risiko kann Mummius vermutlich eingehen. Er wirkt nicht gerade zerbrechlich. Kräftig wie ein Ochse, dem Aussehen nach.«

»Und beinahe so klug.«

»Oh! Könntest du das noch einmal machen, Mollio? Ich habe den Eindruck, daß du Marcus Mummius aus irgendeinem Grund nicht magst, Metrobius.«

»Er ist mir gleichgültig.«

»Du verachtest ihn.«

»Ich gestehe. Los, Mollio, jetzt bin ich dran, Gordianus hat fürs erste genug.«

Ich lag schlaff wie ein durchgekneteter Teig in einem Zustand mittlerer Glückseligkeit auf meiner Bank, schloß die Augen und sah Bilder von Seesternen und Tintenfischen, untermalt von seltsam keuchenden Lauten. Jetzt war Metrobius mit Stöhnen und Ächzen dran.

»Warum geht diese Abneigung so tief?« fragte ich.

»Ich konnte Mummius nie ausstehen.«

»Aber es muß doch etwas vorgefallen sein, irgendeine anstößige oder beleidigende Begebenheit.«

»Oh, also gut.« Er seufzte. »Das Ganze ereignete sich vor zehn Jahren, kurz nachdem Sulla zum Diktator ernannt worden war. Du erinnerst dich vielleicht an die Proskriptionslisten, die er am Forum anschlagen ließ, und die Belohnung, die er jedem versprach, der ihm den Kopf eines Feindes brachte.«

»Ich erinnere mich nur zu gut.«

»Es war eine häßliche Phase, aber unvermeidbar. Die Republik mußte gereinigt werden. Damit Sulla die alte Ordnung wiederherstellen und dem seit Jahren wütenden Bürgerkrieg ein Ende bereiten konnte, mußte die Opposition ausgeschaltet werden. Sonst wären die Streitereien und Racheakte endlos weitergegangen.«

»Und was hat all das mit deiner Fehde mit Mummius zu tun?«

»Die Güter von Sullas Feinden wurden zu Staatseigentum erklärt und öffentlich versteigert. Ich muß dir wohl kaum erklären, daß die ersten Interessenten bei diesen sogenannten öffentlichen Auktionen normalerweise Sullas enge Freunde und Partner waren. Wie hätte ein bloßer Schauspieler wie ich sonst an eine Villa am Golf kommen sollen? Doch vor mir standen noch andere an.«

»Einschließlich Mummius?«

»Ja. Crassus genoß damals große Gunst, er war fast so wichtig wie Pompejus. Irgendwann ist er einen Schritt zu weit gegangen und hat Sulla blamiert; vielleicht erinnerst du dich an einen Skandal, bei dem es darum ging, daß der Name eines Unschuldigen auf Sullas Liste auftauchte, nur damit Crassus den Besitz des armen Mannes übernehmen konnte.«

»Es gab mehr als einen derartigen Skandal.«

»Ja, aber Crassus war ein Römer von vornehmer Abstammung, ein General, der Held der Schlacht vom Collinischen Tor, von dem man annahm, daß er über solche Dinge erhaben war. Trotzdem hat Sulla ihn dafür mit kaum mehr als einem Klaps auf die Hand bestraft. Doch vor dem Skandal war Crassus bei allem der erste, direkt hinter Pompejus. Und auch Crassus' Männer waren zu umschmeicheln, zu begünstigen und selbst vielen von Sullas ältesten Freunden und Anhängern vorzuziehen.«

»Wie du einer warst.«

»Genau.«

»Ich vermute, daß Mummius dich bei irgend etwas übervorteilt hat, und Sulla hat für ihn Partei ergriffen.«

»Es gab einen bestimmten Besitz, auf den wir beide ein Auge geworfen hatten.«

»Immobilien oder Menschen?«

»Ein Sklave.«

»Ich verstehe.«

»Nein, das tust du nicht. Der Junge war Eigentum eines Senators in Rom gewesen. Ich hatte ihn einmal bei einem Gastmahl singen gehört. Er stammte aus meiner Heimatstadt in

Etrurien. Er sang in dem Dialekt, den ich als Kind gelernt hatte. Sein Gesang rührte mich zu Tränen. Als ich erfuhr, daß er zusammen mit dem restlichen Hausstand verkauft werden sollte, eilte ich zum Forum hinunter. Der Auktionator war zufälligerweise ein Freund von Crassus. Wie sich herausstellte, begehrte auch Mummius den Jungen, und das nicht wegen seines Gesangs. Der Auktionator ignorierte meine Gebote, und Marcus Mummius erhielt sämtliche Sklaven zum Preis einer gebrauchten Tunika. Wie selbstgefällig er an mir vorbeistolzierte, um seine Quittung in Empfang zu nehmen. Wir stießen Drohungen aus. Ich zog ein Messer. Die Menge wimmelte von Crassus' Männern, und ich mußte um mein Leben rennen. Ich ging zu Sulla und verlangte Gerechtigkeit, doch er weigerte sich zu intervenieren. Mummius stünde Crassus zu nahe, meinte er, und im Moment könne er es sich nicht leisten, Crassus vor den Kopf zu stoßen.«

»Also hat dich Mummius im Rennen um einen Jungen geschlagen.«

»Das war noch nicht das Ende der Geschichte. Mummius brauchte nur zwei Jahre, um des Sklaven überdrüssig zu sein. Also beschloß er, ihn loszuwerden, doch aus purem Trotz weigerte er sich, ihn mir zu verkaufen. Sulla war mittlerweile tot, und ich hatte keinen Einfluß mehr in Rom. Ich schrieb Mummius einen Brief und bat ihn so unterwürfig wie möglich darum, mir den Jungen zu verkaufen. Weißt du, was er getan hat? Er hat den Brief zur allgemeinen Belustigung bei einem Abendessen herumgereicht. Und dann hat er den Jungen herumgereicht und dafür gesorgt, daß ich alles darüber erfuhr.«

»Und der Junge?«

»Mummius hat ihn an einen Sklavenhändler verkauft, der auf dem Weg nach Alexandria war. Der Junge ist für immer verschwunden. Mollio!« fauchte er. »Deine Hände taugen heute morgen zu gar nichts!«

»Geduld, Herr«, beruhigte ihn der runzelige Sklave. »Deine Wirbelsäule ist steif wie ein Brett, und deine Schultern sind wie rostige Scharniere.«

Die Tür ging auf. Mit einem Schwall kühler Luft drang die hohe flötende Stimme Sergius Oratas an mein Ohr. »Und weitere Rohre verlaufen unter dem Fußboden und hinter diesen Wänden«, sagte er. »Du kannst in regelmäßigen Abständen die Lüftungsklappen erkennen, durch die die heiße Luft strömt.« Hinter ihm folgte Eco, der wenig begeistert wirkte. Orata war bis auf ein großes um die Hüfte geschlungenes Handtuch nackt. Dampfwolken stiegen von seinem schwabbeligen rosigen Körper auf.

»Gordianus, dein Sohn ist ein begabter Schüler. Ich habe nie einen besseren Zuhörer getroffen. Ich glaube, der Junge hat möglicherweise das Talent zum Baumeister.«

»Tatsächlich?« Ich warf einen Blick über die Schulter des fetten Mannes auf Eco, der ziemlich gelangweilt aussah. Seine Gedanken bewegten sich zweifelsohne in salzhaltigeren Gefilden und trieben mit Olympias durch die Seelandschaft im Vorraum der Frauenbäder. »Das habe ich auch immer vermutet, Sergius Orata. Er findet es wahrscheinlich schwierig, komplizierte Fragen zu stellen, doch ich meine mich zu erinnern, daß er gestern neugierig war, wie das Wasser entsorgt wird, nachdem es durch die Becken geflossen ist. Ich habe ihm erklärt, daß vermutlich ein Rohrsystem in die Bucht führt, doch meine Erklärung hat ihn nicht befriedigen können.«

»Oh, ja?« Orata sah hocherfreut aus. Eco starrte mich verblüfft an, bis ich ihm zuzwinkerte, als Orata uns einen Moment lang den Rücken zuwandte. »Dann werde ich es ihm wohl in allen Einzelheiten erklären müssen, ohne etwas auszulassen. Komm mit, junger Mann.« Orata verschwand durch die Tür, und Eco trottete hinterher.

Metrobius lachte und grunzte dann, als der Sklave Mollio seine Massage wiederaufnahm. »Sergius Orata ist keineswegs das schlichte Gemüt, das er vorgibt zu sein«, sagte er mit einem trockenen Lächeln. »Auf diesen Schultern sitzt ein bemerkenswerter Kopf, immer berechnend und seine Profite kalkulierend. Er ist jedenfalls reich genug, und es gibt Gerüchte, die ihm eine gewisse Schwäche für Spiel und Tanzmädchen nachsagen. In diesem Haus wäre er damit noch immer ein Ausbund an Tugendhaftigkeit – denn er ist weder so gierig wie Crassus noch so bösartig wie Mummius, bei weitem nicht.«

»Über Crassus weiß ich nur sehr wenig«, gestand ich, »nur das, was man hinter seinem Rücken auf dem Forum tratscht.«

»Glaube jedes einzelne Wort. Wirklich, ich bin überrascht, daß er noch nicht die Münze aus dem Mund des Toten gestohlen hat.«

»Was Mummius angeht –«

»Das Schwein.«

»Er scheint mir ein merkwürdig zwiespältiger Charakter. Ich will gerne zugeben, daß es eine schroffe Seite an ihm gibt. Ich habe sie auf der Reise hierher kennengelernt. Für eine Übung hat er die Galeerensklaven bis an den Rand ihrer Kräfte treiben lassen – eines der beängstigendsten Schauspiele, das ich je erlebt habe.«

»Das klingt ganz nach Mummius mit seiner stumpfsinnigen militärischen Disziplin. Disziplin ist sein Gott, mit der er jede Bösartigkeit rechtfertigt, genau wie Crassus jedes Verbrechen mit dem Erwerb neuer Besitztümer. Sie sind wie zwei Seiten einer Münze, in vielerlei Hinsicht absolut gegensätzlich, doch im Grunde wesensgleich.« Eine derartige Kritik aus dem Mund eines engen Vertrauten von Sulla kam mir seltsam vor. Doch wie sagen die Etrusker, die Liebe macht blind für jede Verderbtheit, während die Eifersucht jedes Laster sieht.

»Und trotzdem«, sagte ich, »meine ich bei beiden eine gewisse Schwäche zu erkennen, eine Weichheit, die durch ihren Panzer durchschimmert. Mummius' Panzer ist aus Eisen, der von Crassus aus Silber, doch warum sollte sich ein Mann hinter einer Rüstung verstecken, wenn nicht, um seine Verwundbarkeit zu verbergen?«

Metrobius zog die Brauen hoch und sah mich gerissen an. »Nun, Gordianus aus Rom, vielleicht bist du doch aufmerksamer, als ich dachte. Und was sind das für Schwächen, die Crassus und sein Leutnant an den Tag legen?«

160

Ich zuckte die Schultern. »Bisher weiß ich über keinen von beiden genug, um das sagen zu können.«

Metrobius nickte. »Suche, so wirst du möglicherweise finden, Sucher. Aber genug von den beiden.« Er rollte sich auf den Rücken und ließ sich von dem Sklaven die Arme über dem Kopf dehnen. »Laß uns das Thema wechseln.«

»Vielleicht kannst du mir etwas über Lucius und Gelina erzählen. Soweit ich weiß, bist du ein enger Freund Gelinas.«

»So ist es.«

»Und Lucius?«

»Hast du nicht eben den von Iaia gestalteten Raum besichtigt?«

»Ja.«

»Dann mußt du doch sein Porträt gesehen haben.«

»Ach?«

»Die Qualle direkt über der Tür.«

»Was? Oh, ich verstehe, du scherzt.«

»Keineswegs. Sieh sie dir bei der nächsten Gelegenheit einmal ganz genau an. Der Körper ist der einer Qualle, doch das Gesicht ist ganz unverkennbar Lucius. Eine brillante Karrikatur und um so befriedigender, weil Lucius selbst den Witz nie mitbekommen hätte. Es erhebt das gesamte Wandgemälde zur hohen Kunst. Iaia galt einst als die beste Porträtmalerin Roms, und das aus gutem Grunde.«

»Dann war Lucius eine Qualle?«

Er schnaubte verächtlich. »Der nutzloseste Mensch, den ich je getroffen habe. Ein bloßer Fußabstreifer für Crassus, obwohl ein Fußabstreifer möglicherweise mehr Charakter gezeigt hätte. Ihm geht es tot bestimmt besser als lebendig.«

»Und trotzdem hat Gelina ihn geliebt.«

»Hat sie das? Ja, ich nehme an, das hat sie wirklich. ›Liebe macht blind‹, wie die Etrusker sagen.«

»Dasselbe Sprichwort kam mir eben auch in den Sinn. Aber Gelina ist wahrscheinlich eine von Natur aus sehr emotionale Frau. Sie macht jedenfalls einen ganz verzweifelten Eindruck wegen des Schicksals, das ihren Sklaven droht.«

Er zuckte die Schultern. »Wenn Crassus darauf besteht, sie zu töten, wäre das eine dumme Verschwendung, doch ich bin sicher, er wird ihr andere geben. Crassus besitzt mehr Sklaven, als Fische im Meer schwimmen.«

»Wirklich beeindruckend, daß Gelina Crassus überzeugen konnte, mich mit einem Schiff abholen zu lassen.«

»Gelina?« Metrobius lächelte eigenartig. »Ja, Gelina hat wohl als erste deinen Namen erwähnt, doch ich wage es zu bezweifeln, daß sie Crassus hätte überreden können, soviel Mühe und Kosten für ein paar Sklaven aufzuwenden.«

»Was soll das heißen?«

»Ich dachte, das wüßtest du. Es gibt noch jemanden, der diese Sklaven den Fängen des Todes entreißen will.«

»Wen meinst du damit?«

»Wer hat die lange Reise nach Rom gemacht, um dich abzuholen?«

»Marcus Mummius? Ein Mann, der aus einer Laune heraus ein ganzes Schiff voller Sklaven an den Rand des Todes treibt? Warum sollte er einen Finger rühren, um Gelinas Sklaven zu retten, vor allem gegen Crassus' ausdrücklichen Willen?«

Metrobius musterte mich geringschätzig. »Ich dachte, daß du das bestimmt wüßtest. Als du eben davon sprachst, daß Mummius eine Schwäche hat…« Er runzelte die Stirn. »Du enttäuschst mich, Sucher. Vielleicht bist du am Ende tatsächlich so beschränkt, wie ich ursprünglich angenommen habe. Du hast doch gestern abend beim Essen neben mir gesessen. Dann hast du ebenso deutlich wie ich gesehen, daß Mummius bittere Tränen vergossen hat, als der Junge sang. Glaubst du vielleicht, er hätte aus billiger Rührung geweint? Ein Mann wie Mummius weint nur, weil ihm das Herz bricht.«

»Du meinst –«

»Als Crassus vor ein paar Tagen beschlossen hat, daß alle Sklaven sterben sollen, haben sie gestritten und gestritten. Mummius hat Crassus praktisch auf Knien angefleht, eine Ausnahme zu machen. Doch Crassus besteht darauf, daß alle bestraft werden einschließlich des wunderschönen Apollonius, egal wie harmlos und unschuldig der Junge auch sein mag und egal wie sehr Mummius ihn begehrt. Und so wird Marcus Mummius am Tag nach der Beerdigung zusehen müssen, wie seine eigenen Männer den Jungen in die Arena treiben und ihn zusammen mit den anderen Haussklaven töten. Ich frage mich, ob man sie nacheinander enthaupten wird? Sicherlich nicht, denn das würde ja den ganzen Nachmittag dauern, und selbst ein bläßliches Provinzpublikum wie das von Baiae würde nach einer Weile ungeduldig werden. Vielleicht lassen sie die Drecksarbeit von Gladiatoren erledigen, die die Sklaven mit Netzen einfangen und dann mit ihren Speeren auf sie losgehen...«

»Dann will Mummius alle Sklaven nur wegen Apollonius retten?«

»Natürlich. Er ist durchaus bereit, sich wegen des Jungen zum Narren zu machen. Das Ganze hat im Frühling angefangen, bei seinem letzten Besuch hier mit Crassus. Mummius war sofort ganz hin und weg, wie ein Hirsch, der von einem Pfeil zwischen die Augen getroffen wurde. Im Sommer hat er dem Jungen tatsächlich einen Brief aus Rom geschrieben. Lucius hat ihn abgefangen und war ziemlich angewidert.«

»Wegen seines pornographischen Inhalts?«

»Pornographie von Mummius? Ich bitte dich, er hat garantiert weder die Fantasie noch die literarischen Fähigkeiten. Im Gegenteil, die Botschaft war ziemlich keusch und vorsichtig, eher wie eine Epistel von Platon an einen seiner Schüler, voll des frommen Lobes für Apollonius' spirituelle Weisheit, seine transzendente Schönheit und dergleichen.«

»Aber Lucius hat doch selbst aus Liebe geheiratet. Man sollte meinen, er hätte Verständnis für Mummius gehabt.«

»Es war die Ungehörigkeit des Vorgangs an sich, die Lucius empört hat. Ein Mann, der mit seinem eigenen Sklaven verkehrt, ist eine Sache; so etwas muß nicht bekannt werden. Aber ein Bürger, der dem Sklaven eines anderen Mannes einen Brief schreibt, ist eine öffentliche Peinlichkeit. Lucius hat sich deswegen bei Crassus beschwert, der Mummius gegenüber etwas Entsprechendes gesagt haben muß, weil jener keinen zweiten Brief mehr geschrieben hat. Doch Mummius blieb in den Jungen vernarrt. Er wollte Apollonius kaufen, doch dafür mußte er sich sowohl an Lucius als auch an Crassus wenden. Einer der beiden hat sich geweigert – vielleicht Lucius, um Mummius zu ärgern, vielleicht auch Crassus, der verhindern wollte, daß sich sein Leutnant weiter lächerlich machte.«

»Und jetzt kann Mummius nichts anderes tun, als die Hinrichtung des Sklaven zu erwarten.«

»Ja, er hat versucht, seine Verzweiflung vor Faustus Fabius und dem Rest von Crassus' Gefolgschaft, vor allem jedoch vor den Männern unter seinem Kommando zu verbergen, aber jeder weiß es. In einer kleinen Privatarmee verbreiten sich Gerüchte nun mal sehr schnell. Wie Mummius sich neulich in der Bibliothek vor Crassus flehend auf den Boden geworfen und verzweifelt nach den absurdesten Argumenten gesucht hat, seinen Apollonius zu retten, war ein wahrhaft eindrückliches Schauspiel –«

»Ich nehme an, die Auseinandersetzung fand hinter geschlossenen Türen statt?«

»Kann ich etwas dafür, daß man durch die Fenster zum Hof jedes einzelne Wort verstehen konnte? Mummius hat um das Leben des Jungen gefleht, während Crassus sich auf die strenge Majestät des römischen Rechts berufen hat. Mummius hat Argumente für eine Ausnahme vorgebracht, und Crassus hat ihm gesagt, er solle aufhören, sich zum Narren zu machen. Ich glaube, er hat Mummius irgendwann im Laufe des Gesprächs sogar einmal ›unrömisch‹ genannt, was aus dem Munde seines Kommandanten für einen sturen Soldaten wie Mummius die gröbste Beleidigung sein muß. Wenn du meinst, Gelina wäre verzweifelt, dann hättest du Mummius an jenem Tag hören sollen. Ich wage kaum, mir vorzustellen, wie er reagieren wird, wenn eine römische Klinge in das zarte junge Fleisch schneidet und der hübsche Sklave zu bluten beginnt …« Metrobius schloß langsam die Augen, und ein seltsamer Ausdruck legte sich über sein Gesicht.

»Du lächelst«, flüsterte ich.

»Und warum auch nicht? Mollio ist der beste Masseur am ganzen Golf. Ich fühle mich geradezu prächtig und bereit für mein Bad.«

Metrobius stand auf und hielt seine Arme hoch, während der Sklave das Handtuch um seinen Körper wickelte. Ich erhob mich und wischte die Schweißperlen von meiner Stirn. »Bilde ich mir das nur ein«, sagte ich leise, »oder gibt es in diesem Haus jemanden, der sich auf die Hinrichtung der Sklaven regelrecht freut? Ein Römer strebt nach Gerechtigkeit, nicht nach Rache.«

Metrobius antwortete nicht, sondern wandte sich langsam ab und verließ den Raum.

»Eine Schande, daß du kein besserer Schwimmer bist als ich«, sagte ich zu Eco, als wir die Bäder verließen. Er sah mich verletzt an, bestritt die Tatsache jedoch nicht. »Unsere nächste Aufgabe wird es sein, die Gewässer rund um das Bootshaus zu untersuchen. Was wurde letzte Nacht vom Pier ins Wasser geworfen und warum?« Von der Terrasse vor den Bädern blickte ich nach unten und konnte das Bootshaus sowie den größten Teil des Piers erkennen. Es war niemand dort. Zerklüftete Felsen säumten das Ufer, und das Wasser sah tief genug aus, um mich vor unüberlegten Aktionen zurückschrecken zu lassen. »Ich frage mich, ob der junge Meto schwimmen kann? Er ist wahrscheinlich hier am Golf aufgewachsen; und angeblich sind doch alle einheimischen Jungen gute Taucher und Schwimmer, sogar die Sklaven. Wenn wir ihn schnell finden, können wir vielleicht noch vor dem Mittagessen das Bootshaus und seine Umgebung erkunden.« Wir fanden Meto im oberen Stockwerk. Als er uns sah, kam er lächelnd auf uns zugelaufen.

Ich setzte an, etwas zu sagen, doch er ergriff meine Hand und zerrte daran. »Du mußt zurück auf dein Zimmer gehen«, flüsterte er. Ich verlangte eine Erklärung, doch er schüttelte nur den Kopf und wiederholte seine Aufforderung. Also folgten Eco und ich, während er vorauslief.

Der Raum war von Sonnenlicht erfüllt. Noch hatte niemand unsere Betten gemacht, doch ich spürte, daß jemand im Zimmer gewesen war. Ich warf einen Seitenblick auf Meto, der durch den Spalt der geöffneten Tür hereinspähte. Dann zog ich die Tagesdecke von meinem Bett.

Die kleine häßliche Figur war verschwunden. Statt dessen lag dort ein Stück Pergament mit einer Botschaft in roten Lettern:

BEFRAGE DIE SIBYLLE BEI CUMAE
BEEILE DICH

»Nun, Eco, das ändert unsere Pläne. Doch kein Schwimmen heute morgen. Jemand hat dafür gesorgt, daß wir eine Botschaft direkt von den Göttern erhalten.«

Eco betrachtete den Fetzen Pergament und gab ihn mir dann zurück. Im Gegensatz zu mir schien er den exzentrischen Schnörkel mit dem steil nach rechts unten neigenden Querbalken des Buchstabens »A« nicht bemerkt zu haben.

ELF

Als ich Meto fragte, ob er uns den Weg zur Sibyllinischen Grotte oder zumindest bis nach Cumae zeigen könnte, wich er mit abwehrend erhobenen Händen zurück. Als ich ihn bedrängte, wurde er blaß. »Nicht ich«, flüsterte er. »Ich habe Angst vor der Sibylle. Doch ich weiß, wer euch den Weg zeigen könnte.«

»Ja?«

»Olympias begibt sich jeden Tag um diese Zeit nach Cumae, um Sachen aus Iaias Haus zu holen und nach dem Rechten zu sehen.«

»Wie günstig für uns«, sagte ich. »Fährt sie mit einem Wagen oder zieht sie den Luxus einer Sänfte vor?«

»O nein, sie reitet selbst – wie ein Mann. Wahrscheinlich ist sie gerade in den Ställen. Wenn du dich beeilst –«

»Komm, Eco«, wollte ich sagen, doch er war schon vor mir aus der Tür geschlüpft.

Ich hatte insgeheim vermutet, daß Olympias auf uns warten würde, doch sie schien ehrlich überrascht, als ich sie quer über den Hof anrief. Sie kam, bereits auf einem kleinen weißen Pferd sitzend, aus dem Stall. Sie hatte ihren langen formlosen Malerumhang gegen eine kurze Tunika eingetauscht, die es ihr ermöglichte, rittlings auf dem Pferd zu sitzen. Das Kleidungsstück ließ ihre Beine vom Knie an abwärts völlig nackt. Eco tat so, als würde er bewundernd das Pferd betrachten, während er verstohlene Seitenblicke auf die gegen die Flanken des Pferdes gepreßten, perfekt geformten, goldbraunen Unterschenkel des Mädchens riskierte.

Olympias erklärte sich erst nach einigem Zögern bereit, uns nach Cumae mitzunehmen. Als ich ihr erzählte, daß wir die Sibylle konsultieren wollten, wirkte sie zunächst alarmiert, dann skeptisch. Ihre Verwirrung überraschte mich. Ich hatte geglaubt, daß sie an dem dunklen Plan, mich nach Cumae zu locken, beteiligt sein müßte, doch sie schien unsere Begleitung eher als Zumutung zu empfinden. Schließlich wartete sie aber, bis Eco und ich uns beim Stallmeister Pferde ausgeliehen hatten, um mit uns zusammen aufzubrechen.

»Der kleine Meto sagt, daß du diesen Weg jeden Tag machst. Ist es hin und zurück nicht ein weiter Ritt?«

»Ich kenne eine Abkürzung«, sagte sie.

Wir ritten zwischen den bullenhäuptigen Säulen hindurch, erreichten die öffentliche Straße und bogen dann rechts ab, wie am Vortag mit Mummius, als der Sklave uns gezeigt hatte, wo er die blutige Tunika gefunden hatte. Bald hatten wir die Stelle erreicht und ritten in nördlicher Richtung weiter. Die Hügel zu unserer Linken waren von Olivenhainen bedeckt, die Äste der Bäume waren schwer von frühen Früchten, doch weit und breit war kein Sklave zu sehen. Auf die Ölhaine folgten Weinberge, dann verstreute Flächen bebauten Landes, gefolgt von waldigen Abschnitten. »Die Gegend um den gesamten Golf ist bekannt für ihre erstaunliche Fruchtbarkeit«, sagte ich.

»Und für seltsamere Dinge«, erwiderte Olympias.

Die Straße begann sich talwärts zu winden. Durch die Bäume sah ich ein Gewässer schimmern, das nur der Lucrinus-See sein konnte, eine langgezogene Lagune, von der Bucht durch einen schmalen Strand getrennt. »Hier hat Sergius Orata sein Vermögen gemacht«, sagte ich zu Eco. »Er hat Austern gezüchtet und sie an die Reichen verkauft. Wenn er uns hätte begleiten können, hätte er dir sicher gerne eine ausgiebige Führung samt Vortrag geboten.« Eco verdrehte die Augen und schüttelte sich theatralisch.

Die Aussicht weitete sich, und ich konnte vor uns die Straße überblicken, die zunächst dem Strand zwischen Bucht und Lagune folgte, bevor sie sich nach Osten wandte, wo sie sich durch eine Kette flacher Hügel schlängelte und dann zur Stadt Puetoli hin abfiel. Dort erkannte ich zahlreiche Docks, doch wie Faustus Fabius gesagt hatte, hatten kaum große Schiffe festgemacht.

Olympias sah sich um. »Wenn wir den ganzen Weg der Straße folgen, müssen wir am Lucrinus-See vorbei und halb bis nach Puteoli reiten, bevor wir uns Richtung Cumae halten können. Aber dieser Weg ist für Wagen und Sänften und alles, was sonst eine gepflasterte Straße braucht. Ich reite hier entlang.« Sie bog von der Straße in einen engen Weg ein, der sich durch das Unterholz wand. Wir kamen durch einen kleinen Wald auf einen kahlen Hügelrücken und folgten von dort aus einem schmalen Pfad, der aussah, als würde er sonst nur von Ziegen benutzt. Zu unserer Linken erstreckten sich sanft geschwungene Hügel, doch rechts von uns fiel das Land zum Lucrinus-See hin steil ab. Tief unter uns auf der flachen Ebene um den See lagerte Crassus' Privatarmee.

Entlang des gesamten Ufers waren Zelte aufgeschlagen worden. Kleine Rauchwölkchen stiegen von den Kochstellen auf. Reiter galoppierten, Staubwolken aufwirbelnd, über die Ebene. Soldaten drillten die Marschformation oder übten paarweise den Schwertkampf. Das Geschepper von Schwertern, die gegen Schilde schlugen, hallte zu uns herauf, zusammen mit einer tiefen dröhnenden Stimme, die absolut unverkennbar war, obwohl wir zu weit entfernt waren, um einzelne Worte verstehen zu können: Marcus Mummius brüllte einer Gruppe von Soldaten in starrer Formation Befehle zu. Ganz in der Nähe vor dem größten der Zelte stand Faustus Fabius, erkennbar an seinem roten Haar; er beugte sich vor und sprach mit Crassus, der auf einem Klappschemel saß. Er hatte seinen vollen militärischen Ornat angelegt, die Rüstung glitzerte in der Sonne, und sein wallender roter Umhang leuchtete wie ein Tropfen Blut in der staubigen Landschaft.

»Man sagt, er trifft Vorbereitungen, den Senat zu drängen, ein Kommando gegen Spartacus anführen zu dürfen«, sagte Olympias, die das Schauspiel mit mürrischer Miene betrachtete. »Der Senat hat natürlich seine eigenen Armeen, doch die Ränge sind durch die Niederlagen des Frühlings und Sommers arg dezimiert. Also hebt Crassus seine eigene Armee aus. Fabius hat mir erzählt, daß dort unten am See sechshundert Männer lagern, und Crassus hat schon fünfmal so viele in einem Lager bei Rom zusammengezogen, und er kann weitere Truppen ausheben, sobald der Senat seine Zustimmung erteilt. Crassus sagt, nur wer sich seine eigene Armee leisten kann, dürfe sich wirklich reich nennen.«

Wir beobachteten, wie eine Zimbel geschlagen wurde und die Soldaten sich zum Mittagessen versammelten. Sklaven huschten zwischen dampfenden Töpfen hin und her. »Erkennst du die Tuniken? Diese Küchensklaven sind aus Gelinas Haus«, sagte Olympias. »Sie beeilen sich, dieselben Männer zu bedienen, die ihnen in zwei Tagen die Kehle durchschneiden werden.«

Eco berührte meinen Arm und wies auf das entfernte Ende der kargen Ebene, wo sie in Wald überging. Dort hatte man eine breite Schneise in den Wald geschlagen, und ein Trupp von Soldaten baute aus den gefällten Stämmen eine provisorische Arena. Eine tiefe Grube war in die Erde gegraben und der Boden festgetreten worden. Rundherum errichteten die Soldaten einen hohen Wall umgeben von Sitzrängen. Blin-

169

zelnd konnte ich gerade noch die Gruppen behelmter Männer erkennen, die in der Arena mit Schwert, Dreizack und Netz einen Kampf simulierten. »Für die Beerdigungsspiele«, murmelte ich. »Die Gladiatoren müssen schon eingetroffen sein. Dort werden sie übermorgen zu Ehren von Lucius Licinius kämpfen. Und dort werden wohl auch...«

»Ja«, sagte Olympias. »Dort werden auch die Sklaven getötet.« Ihr Gesicht wurde hart. »Crassus' Männer hätten nicht diese Bäume benutzen sollen. Sie gehören zum Wald des Averner Sees weiter nördlich. Er gehört niemandem. Der Averner Wald ist ein heiliger Wald. Auch nur einige wenige Bäume zu fällen, für welchen Zweck auch immer, ist ein Frevel. So viele abzuholzen, nur um seine eigenen ehrgeizigen Pläne zu befriedigen, ist ein Akt der Hybris seitens Marcus Crassus. Nichts Gutes wird daraus erwachsen. Ihr werdet es sehen. Wenn ihr mir nicht glaubt, fragt die Sibylle, wenn ihr sie trefft.«

Wir folgten schweigend dem Hügelkamm, bevor wir wieder in den Wald kamen und unseren allmählichen Abstieg begannen. Der Wald wurde dichter. Auch die Bäume veränderten ihren Charakter. Ihre Blätter waren nicht länger grün, sondern fast schwarz; überall ragten hohe Stämme in den Himmel, verzweigte Äste schluckten das Licht, das Unterholz wurde dichter, dorniges Gestrüpp und herabhängende moosige Flechten versperrten den Weg. Am Boden sprießten Pilze. Der Ziegenpfad löste sich in nichts auf, und es kam mir so vor, als würde sich Olympias nun von ihrem Instinkt geleitet weiterbewegen. Eine schwere Stille legte sich über uns, unterbrochen nur vom Getrappel der Pferde und dem entfernten Kreischen eines fremden Vogels.

»Reitest du diesen Weg immer alleine?« fragte ich. »Ich hätte vermutet, daß du dich an einem solch einsamen Ort nicht sicher fühlen könntest.«

»Wer sollte mir in diesen Wäldern schon etwas tun? Banditen, Räuber, entlaufene Sklaven?« Olympias blickte stur geradeaus, so daß ich ihr Gesicht nicht sehen konnte. »Diese Wälder sind der Göttin Diana geweiht; sie gehören ihr schon seit

Tausenden von Jahren, lange bevor die Griechen kamen. Diana trägt einen großen Bogen, mit dem sie ihre Ländereien bewacht. Wenn sie anlegt, kann kein schlagendes Herz ihrem Pfeil entgehen. Ich habe nicht mehr Angst, als ich haben müßte, wäre ich eine Hirschkuh oder ein Habicht. Nur wer diesen Wald mit bösen Absichten betritt, muß Gefahr fürchten. Gesetzlose wissen das tief in ihrem Herzen und meiden ihn. Empfindest du Furcht, Gordianus?«

Eine Wolke verdunkelte die Sonne, und eine graue Kühle legte sich über den Wald. Eine seltsame Vision packte mich: Es herrschte Nacht, die verdunkelte Sonne war dem Mond gewichen, Dunkelheit breitete sich aus den hohlen Stämmen der absterbenden Bäume und den tiefen Schatten unter den herabgefallenen Zweigen aus. Man hörte nichts außer dem Trappeln der Pferde, und selbst das klang gedämpft, als ob die feuchte Erde das Geräusch jeden Schrittes aufsaugen würde. Eine seltsame Benommenheit übermannte mich, nicht als ob ich einschlafen würde, sondern wie beim Betreten einer Welt, in der ich meiner Wahrnehmung nicht wie gewohnt trauen konnte.

»Empfindest du Furcht, Gordianus?«

Ich starrte auf ihren Kopf, ihr weiches wallendes goldenes Haar, und hatte eine eigenartige Fantasie – ich dachte, daß ich, wenn sie sich jetzt zu mir umdrehen würde, nicht ihr eigenes anmutiges Gesicht erblicken würde, sondern eine Fratze, die zu grausam war, sie anzusehen, eine grimmige, grinsende Maske mit grausamen Augen, das Antlitz einer wütenden Göttin. »Nein, ich empfinde keine Furcht«, flüsterte ich heiser.

»Gut. Dann hast du auch das Recht, hier zu sein, und du bist sicher.« Sie drehte sich um, und es war nur das harmlose, lächelnde Gesicht Olympias', das mich ansah. Ich seufzte erleichtert.

Der Wald wurde noch dunkler. Ein dichter Nebel legte sich schwer über die Natur. Der Geruch des Meeres vermischte sich mit dem Modergestank verrottender Blätter und verfaulender

Rinde. Dann schlug uns ein weiterer Geruch entgegen, der Gestank dampfenden Schwefels.

Olympias wies auf eine Lichtung zu unserer Rechten. Wir kamen auf einen kahlen Felsvorsprung. Über uns hingen die zerklüfteten Ränder einer Nebelbank, die vom Meer her landeinwärts wallte. Unter uns klaffte ein tiefer Abgrund. Dämpfe kräuselten sich wie in einem riesigen, von dunklen, brütenden Bäumen gesäumten Kessel, so daß ich den Grund des aufgewühlten, brodelnden und spuckenden Sumpfes nicht erkennen konnte.

»Der Schlund des Hades«, flüsterte ich.

Olympias nickte. »Es gibt Menschen, die glauben, daß Pluto Proserpina an dieser Stelle in die Unterwelt gezogen hat. Unter diesem Becken aus brodelndem schwefligen Schlamm, tief in den ruhelosen Gedärmen der Erde sollen angeblich eine Reihe unterirdischer Flüsse fließen, die das Reich der Lebenden von dem der Toten trennen. Es gibt Acheron, den Fluß des Jammers, und Cocytus, den Fluß der Klagen. Es gibt Phlegethon, den Fluß des Feuers, und Lethe, den Fluß des Vergessens. Gemeinsam münden sie in den breiten Strom des Styx, über den der Fährmann Charon die Seelen der Toten ins trostlose Ödland des Tartarus bringt. Man sagt, daß Plutos Wachhund Cerberus seine Fesseln hin und wieder abstreift und in die Oberwelt flieht. Ich habe einmal mit einem Bauern in Cumae gesprochen, der das Untier im Averner Wald gehört hat, alle drei Köpfe haben gemeinsam den Mond angeheult. In anderen Nächten fliehen die gefürchteten Lemuren aus dem Averner See, bösartige Geister, die durch die Wälder spuken und in wilde Wölfe fahren. Aber Pluto ruft sie jeden Morgen zurück. Niemand entkommt seinem Reich für längere Zeit.« Sie wandte sich von der grausigen Aussicht ab und sah Eco an, der sie mit aufgerissenen Augen anstarrte.

»Merkwürdig«, sagte sie, »daran zu denken, daß all das in so unmittelbarer Nachbarschaft der Zivilisation, unweit von Baiae und dem Luxus seiner Villen liegt, nicht wahr? In Gelinas Haus erscheint einem die Welt wie ein Ort, der aus auf dem

Wasser tanzendem Sonnenlicht und frischer Salzluft gemacht ist. Dort ist es leicht, die Götter und Lemuren zu vergessen, die unter feuchten Felsen und Schwefelgruben hausen. Den Averner See gab es schon vor den Römern, ja sogar vor den Griechen. Diese Wälder waren auch schon immer hier, genau wie all die dampfenden Fumarolen und blubbernden, stinkenden Gruben um den Golf. Dies ist der Ort, wo die Unterwelt der Welt der Lebenden am nächsten kommt. All die prachtvollen Villen, die den Golf säumen, sind wie eine Maske, eine Scharade, so nichtig wie eine Luftblase; darunter blubbert und brodelt der Schwefel, wie er es schon immer getan hat. Und lange nachdem die hübschen Häuser verfallen und ihre Lichter erloschen sind, wird sich der rülpsende Schlund des Hades noch immer klaffend auftun, um die Schatten der Toten in Empfang zu nehmen.«

Ich sah sie verwundert an, verwirrt, daß ein so junges und lebenslustiges Wesen solche Worte über die Lippen brachte. Für den Bruchteil einer Sekunde begegneten sich unsere Blicke, und sie lächelte ihr rätselhaftes Lächeln, bevor sie ihr Pferd wendete. »Es ist nicht gut, zu lange auf das Antlitz des Avernus hinabzublicken oder seine Dämpfe einzuatmen.«

Langsam fiel unser Weg zum Tal hin ab. Schließlich ließen wir den Wald hinter uns und kamen in eine hügelige, von zerklüfteten weißen Felsen zerrissene Graslandschaft. Die Hügel wurden zunehmend windgegerbter und karger, als wir uns dem Meer näherten. Der Nebel lichtete sich und hing in Fetzen über unseren Köpfen. Die Felsen wurden haushoch und waren in die Landschaft gestreut wie die gebrochenen und verwitterten Knochen eines Riesen, bisweilen fantastische Formationen mit zahllosen scharfen Kanten und von gewundenen Gängen und tiefen Löchern zerfressenen Konturen.

Eine Zeitlang ritten wir durch ein Labyrinth aus Felsen, bis wir zu einer versteckten Niederung kamen, die sich wie die Beuge eines Ellenbogens in den steilen Hügel grub. Der schmale Hohlweg war von Felsbrocken und vom Wind bizarr verbogenen Bäumen gesäumt.

»Hier verlasse ich euch«, sagte Olympias. »Sucht euch eine Stelle, wo ihr die Pferde anbinden könnt, und wartet. Die Priesterin wird euch abholen.«

»Aber wo ist der Tempel?«

»Die Priesterin wird euch zum Tempel führen.«

»Aber ich dachte, es gäbe einen großen Tempel, der das Heiligtum der Sibylle markiert.«

Olympias nickte. »Du meinst den Tempel, den Dädalus erbaut hat, als er nach seinem langen Flug an dieser Stelle landete. Dädalus hat ihn zu Ehren Apollos errichtet, ihn mit Tafeln aus gehämmertem Gold verziert und mit einem goldenen Dach gedeckt. So erzählt man es sich im Dorf Cumae. Doch der goldene Tempel ist nur eine Legende, oder die Erde hat ihn schon vor langer Zeit verschluckt. Das geschieht hier von Zeit zu Zeit – die Erde tut sich auf und verschlingt ganze Häuser. Heutzutage befindet sich der Tempel an einer versteckten, felsigen Stelle unweit des Eingangs zur Sibyllinischen Grotte. Keine Sorge, die Priesterin kommt bestimmt. Habt ihr ein symbolisches Geschenk aus Gold oder Silber mitgebracht?«

»Ich habe ein paar Münzen bei mir, die ich noch in meinem Zimmer hatte.«

»Das wird reichen. Ich lasse euch jetzt allein.« Sie zerrte ungeduldig an den Zügeln ihres Pferdes.

»Aber warte! Wie sollen wir dich wiederfinden?«

»Warum müßt ihr mich überhaupt finden?«

Ihre Stimme hatte einen unangenehm scharfen Beiklang bekommen. »Ich habe euch, wie gebeten, hierhergebracht. Könnt ihr den Weg zurück nicht alleine finden?«

Ich blickte auf das Felslabyrinth. Der fallende Nebel kräuselte sich über unseren Köpfen, und ein schwacher Wind ächzte und stöhnte zwischen den Steinen. Ich zuckte unsicher die Schultern.

»Also gut«, sagte sie, »wenn die Sibylle mit euch fertig ist, reitet weiter, bis ihr ans Meer kommt. Es ist nicht weit. Wenn ihr dann den Kamm eines grasbewachsenen Hügels überquert, stoßt ihr auf das Dorf Cumae. Iaias Haus liegt am anderen Ende des Dorfes. Einer der Sklaven wird euch hereinlassen, wenn« – sie zögerte unsicher –, »wenn ich nicht da sein sollte. Wartet auf mich.«

»Und wo solltest du sonst sein?«

Sie ritt ohne Antwort davon und war bald zwischen den Felsblöcken verschwunden.

»Was für eine wichtige Angelegenheit ruft sie jeden Tag nach Cumae?« fragte ich mich murmelnd. »Und warum ist sie so erpicht darauf, uns loszuwerden? Nun, Eco, wie gefällt dir dieser Ort?«

Eco schlang die Arme um seinen Körper und zitterte, allerdings nicht vor Kälte.

»Ganz meine Meinung. Irgend etwas an diesem Ort läßt einem die Zähne klappern.« Ich betrachtete das Felsenlabyrinth um uns herum. Der Wind pfiff und seufzte durch die Löcher. »Wegen dieser zackigen Felsen kann man in keine Richtung mehr als ein paar Schritte weit sehen. Hier könnte sich eine ganze Armee verstecken, hinter jedem Felsen könnte ein Mörder lauern.«

Wir stiegen ab und führten die Pferde tiefer in die Höhlung des Hügels. An einer Stelle, wo offenbar schon viele andere vor uns ihr Pferd angebunden hatten, war ein schlichtes Band um einen verzweigten Ast gewunden worden. Ich war gerade dabei, die Tiere festzubinden, als ich spürte, wie Eco drängend an meinem Ärmel zupfte.

»Ja, was willst –«

Ich erstarrte. Wie aus dem Nichts kam eine Gestalt zwischen den Felsen hindurch und folgte dem Weg, den Olympias eingeschlagen hatte. Der fallende Nebel schluckte jedes Hufgetrappel ihres Pferdes, so daß die Gestalt lautlos vorüberglitt wie ein Phantom. Sie war nur eine Sekunde zu sehen gewesen, verhüllt in einen dunklen Umhang mit hochgeschlagener Kapuze. »Was hältst du davon?« flüsterte ich.

Eco lief zum höchsten Felsen in der Nähe und kletterte hinauf, wobei er mit seinen Fingern in den Löchern Halt fand. Er spähte hinab, und sein Gesicht leuchtete kurz auf, bevor es sich wieder verfinsterte. Er winkte mir zu, hielt jedoch gleichzeitig das Felslabyrinth im Auge. In seiner Zeichensprache kniff er sich zunächst ans Kinn und führte seine Finger dann an einer imaginären Bartspitze zusammen.

»Ein langer Bart?« sagte ich. Eco nickte. »Du meinst, der Reiter ist Dionysius, der Philosoph?« Er nickte erneut. »Das ist seltsam. Kannst du ihn noch sehen?« Eco runzelte die Stirn und schüttelte den Kopf. Dann leuchtete sein Gesicht wieder auf. Mit dem Finger beschrieb er einen Bogen wie den Flug eines Pfeiles, um auf etwas weiter Entferntes aufmerksam zu machen. Dann deutete er mit den Händen Olympias' Locken an. »Du kannst das Mädchen sehen?« Er nickte und schüttelte dann den Kopf, als sie wieder aus seinem Blickfeld verschwand. »Und es macht den Eindruck, als ob der Philosoph ihr folgen würde?« Eco ließ seinen Blick ein letztes Mal schweifen, sah mich dann mit einem Ausdruck ernster Besorgnis an und nickte.

»Wie überaus seltsam. Wenn du sie nicht mehr sehen kannst, komm wieder herunter.« Eco blickte sich kurz um, stieß sich dann von dem Felsen ab und landete mit einem Grunzen. Er eilte zu den Pferden und wies auf die Zügel.

»Ihnen nachreiten? Sei nicht albern. Es besteht kein Grund zu der Annahme, daß Dionysius ihr Böses will.« Eco stützte seine Hand in die Hüfte und musterte mich, ganz wie Bethesda immer, als sei ich ein dummes Kind. »Also gut, ich gebe ja zu, daß es merkwürdig ist, daß er so kurz nach uns auf einem so entlegenen Pfad entlangkommt, es sei denn, er hat seine geheimen Gründe. Vielleicht ist er gar nicht Olympias gefolgt, sondern uns, und wir haben ihn abgehängt.«

Eco war nicht zufrieden. Er verschränkte die Arme und blinzelte besorgt. »Nein«, sagte ich entschieden. »Wir werden ihnen nicht folgen. Und du wirst ihnen auch nicht allein nachreiten. Olympias ist inzwischen wahrscheinlich längst in Cumae. Außerdem bezweifle ich, daß eine so kräftige und fähige Frau wie Olympias Schutz vor einem alten Graubart wie Dionysius braucht.«

Eco runzelte die Stirn und trat einen Stein aus dem Weg. Mit noch immer verschränkten Armen begann er, auf den hohen Felsen zuzugehen, als ob er ihn erneut erklettern wollte. Statt dessen erstarrte er und fuhr herum, genau wie ich.

Die Stimme klang eigenartig und irritierend – schroff und keuchend, kaum als die einer Frau erkennbar. Ihre Besitzerin trug einen blutroten Kapuzenumhang und hatte die Arme unter den breiten Ärmeln verschränkt, so daß kein Teil ihres Körpers sichtbar war. Aus dem tiefen Schatten, in dem ihr Gesicht lag, klang die Stimme wie das Stöhnen eines Phantoms aus den Abgründen des Hades.

»Komm zurück, junger Mann! Das Mädchen ist sicher. Ihr hingegen seid Eindringlinge hier und in permanenter Gefahr, bis der Gott euer bares Antlitz gesehen und entschieden hat, ob er euch mit einem Blitzschlag niederstrecken oder eure Ohren für die Stimme der Sibylle öffnen soll. Nehmt euren Mut zusammen, alle beide, und folgt mir. Sofort!«

ZWÖLF

Vor sehr langer Zeit gab es einen römischen König namens Tarquinius der Stolze. Eines Tages kam eine Zauberin aus ihrer Grotte bei Cumae nach Rom und bot Tarquinius neun Bücher okkulten Wissens an. Die Bücher waren aus Palmenblättern gemacht und nicht in Schriftrollen gebunden, so daß man die Seiten in beliebiger Reihenfolge ordnen konnte. Das fand Tarquinius äußerst befremdlich. Außerdem waren sie in griechischer und nicht in lateinischer Sprache abgefaßt, obwohl die Zauberin behauptete, daß diese Bücher die gesamte Zukunft Roms vorhersagen würden. Diejenigen, die sie studierten, sagte sie, würden all die seltsamen Phänomene verstehen lernen, mittels derer die Götter ihren Willen auf Erden kundtun, wie etwa, wenn man im Winter Gänse nach Norden fliegen oder Wasser in Flammen aufgehen sieht oder die Hähne zu Mittag krähen hört.

Tarquinius erwog ihr Angebot, doch die Summe in Gold, die sie verlangte, erschien ihm zu hoch. Er schickte sie fort und entgegnete ihr, daß König Numa vor einhundert Jahren die Priesterschaften, Kulte und Rituale der Römer festgelegt habe und daß diese Institutionen bisher völlig ausgereicht hätten, den Willen der Götter zu erkennen.

In derselben Nacht sah man drei Feuerbälle am Horizont glühen. Die Menschen waren beunruhigt. Tarquinius wandte sich wegen einer Deutung an die Priester, doch zu ihrem großen Kummer konnten sie keine Erklärung für das Phänomen finden.

Am nächsten Tag suchte die Zauberin Tarquinius erneut auf und bot sechs Bücher des Wissens zum Kauf an. Sie verlangte denselben Preis, den sie am Vortag für neun Bücher gefordert hatte. Tarquinius wollte wissen, was aus den anderen drei Bänden geworden war, und die Hexe erklärte, sie hätte sie in der Nacht verbrannt. Beleidigt, daß die Zauberin für sechs Bücher begehrte, was er für neun Bücher nicht zu zahlen bereit gewesen war, schickte Tarquinius sie wieder fort.

In jener Nacht stiegen drei verschlungene Rauchsäulen am Horizont auf, vom Wind verweht und vom Mond beleuchtet, so daß sie bizarre und bedrohliche Formen annahmen. Wieder war das Volk alarmiert und glaubte, daß es sich um das Omen eines zornigen Gottes handeln müsse. Tarquinius rief seine Priester zu sich, doch sie waren erneut ratlos.

Am nächsten Tag kam die Zauberin abermals zum König. Sie sagte, sie hätte in der vergangenen Nacht weitere drei Bücher verbrannt, und bot ihm die verbliebenen drei zu dem Preis an, der ursprünglich für alle neun gegolten hatte.

So kam es, daß die Sibyllinischen Bücher nur als Fragment erhalten blieben, aus welchem sich die Zukunft nur unvollkommen vorhersagen ließ, und auch die Deutung der Auspizien und Augurien war nicht immer exakt. Tarquinius wurde für den Erwerb dieser heiligen Texte verehrt, obwohl man ihn gleichzeitig tadelte, sie nicht komplett gesichert zu haben. Die Sibylle von Cumae indes erlangte ob ihrer Weisheit legendären Ruf. Man respektierte sie sowohl als große Zauberin als auch als gerissene Händlerin, die für drei Bücher den Preis von neun bekommen hatte.

Die Sibyllinischen Bücher wurden Objekte ehrfürchtigster Bewunderung. Sie überdauerten die Könige Roms und wurden das heiligste Gut des römischen Volkes. Der Senat entschied, daß sie in einer Steintruhe unter dem Tempel des Jupiter auf dem Kapitol oberhalb des Forums verwahrt werden sollten. Nur in Zeiten großer Not oder bei Auftauchen unerklärlicher Omen wurden die Bücher konsultiert. Die Priester, deren besondere Aufgabe es war, sie zu studieren, wurden unter Androhung der Todesstrafe verpflichtet, über ihren Inhalt Stillschweigen zu wahren, selbst gegenüber dem Senat. Eine Eigentümlichkeit der Verse wurde jedoch trotzdem allgemein bekannt. Sie waren als Akrosticha abgefaßt: Zusammengenommen ergaben die ersten Buchstaben jeder Zeile das Thema des jeweiligen Verses. Derartige Kunstfertigkeit im Umgang mit Worten hätte jeden normal Sterblichen zur Verzweiflung getrieben, doch für den göttlichen Willen muß es ein Kinderspiel gewesen sein.

Weil die Bücher so geheimnisvoll blieben, wußten nur sehr wenige Menschen, was verlorenging, als in den letzten Wirren des Bürgerkrieges vor zehn Jahren ein großes Feuer auf dem Kapitolinischen Hügel wütete, den Jupitertempel verschlang, in die steinerne Truhe eindrang und die Bücher der Sibylle in Asche verwandelte. Sulla machte seine Feinde für den Brand verantwortlich, seine Feinde umgekehrt ihn; jedenfalls war es kein gutes Omen für den Beginn seiner dreijährigen Diktatur. Hatte Rom ohne die Prophezeiung der Sibyllinischen Bücher überhaupt eine Zukunft? Der Senat schickte Gesandte nach Griechenland und in den Orient, um nach heiligen Texten zu fahnden, die die verlorenen Sibyllinischen Bücher ersetzen konnten. Offiziell geschah dies mit dem Einverständnis und zur vollen Zufriedenheit der Priesterschaft und des Senats. Für Zeitgenossen, die zwar den göttlichen Willen respektieren, menschlichen Institutionen gegenüber jedoch skeptisch bleiben, sind die Möglichkeiten des Betrugs und der Täuschung, zu denen eine solche Schatzsuche einlädt, zu atemberaubend, um sie auch nur zu erwägen.

Die Tiefen, in die die Sibylle von Cumae in der allgemeinen Wertschätzung zumindest in Rom abgesunken war, lassen sich daran erahnen, daß kein Gesandter zu ihr geschickt wurde, als die Originalbücher für immer verloren waren. Es wäre doch gewiß naheliegend und sinnvoll gewesen, zur Quelle zurückzukehren, um das obskure Schrifttum zu ersetzen – oder war es die Aussicht, ein zweites Mal übervorteilt zu werden, die den Senat zurückschrecken ließ?

Rund um den Golf wird die Sibylle nach wie vor verehrt, vor allem von den Bewohnern der alten griechischen Siedlungen, in denen man anstelle einer Toga einen Chlamys trägt und häufiger Griechisch als Latein spricht. Die Sibylle ist ein Orakel im orientalischen Sinne; sie, oder genauer gesagt *es*, ist ein Medium zwischen dem Menschlichen und dem Göttlichen, befähigt, beide Welten zu berühren. Wenn die Sibylle in eine ihrer Priesterinnen fährt, kann jene mit der Stimme Apollos selbst sprechen. Derartige Orakel hat es seit dem Anbeginn der Zeit gegeben, von Persien bis Griechenland und in den weit verstreuten alten griechischen Kolonien wie Cumae, doch die Römer haben sie nie ganz überzeugen können. Wir ziehen es vor, den Willen der Götter von beseelten Individuen deuten zu lassen, die Rauchwölkchen beobachten oder mit Bohnen in einer Kürbisflasche rasseln, anstatt der göttlichen Botschaft direkt zu lauschen. Von den einheimischen Dorfbewohnern, die ihr Vieh und Münzen als Opfer bringen, wird die Sibylle von Cumae jedoch noch immer hoch geachtet. Bei der schicken Elite Roms, die die großen Villen am Meer bewohnt, genießt sie weniger Gunst. Die Reichen ziehen es vor, sich ihre Weisheit bei zu Gast weilenden Philosophen zu suchen und ihr Mäzenatentum den allseits respektierten Tempeln des Jupiters und der Fortuna in Puteoli, Neapolis oder Pompeji angedeihen zu lassen.

Es überraschte mich nicht, den Apollo-Tempel beim Heiligtum der Sibylle in einem Zustand fortschreitenden Verfalls vorzufinden. Er war nie ein imposantes Bauwerk gewesen, ungeachtet der Legenden von Dädalus und seinen goldenen Verzierungen. Der Tempel war nicht einmal aus Stein, sondern aus Holz, mit einer bronzenen Apollo-Statue auf einem Marmorsockel in der Mitte. Über rot, grün und safranfarben bemalten Säulen spannte sich eine kreisrunde Decke, deren Unterseite in Dreiecke unterteilt und mit Abbildungen von Apollo verziert war, der über diverse Stationen der Theseus–Sage wachte: die Leidenschaft der Pasiphaë für einen Stier und die Geburt des Minotaurus von Kreta; das Los, das jährlich geworfen wurde, um die sieben Söhne Athens zu bestimmen, die dem Untier geopfert werden sollten; die Errichtung des riesigen Labyrinths durch Dädalus; die Trauer der Ariadne; Theseus' Sieg über das Ungeheuer; der Flug des Dädalus und seines todgeweihten Sohns Ikarus. Einige der Gemälde sahen sehr alt aus und waren so verblichen, daß man sie kaum noch erkennen konnte; andere waren erst kürzlich ausgebessert worden und erstrahlten in lebendigen Farben. Offenbar war eine Restaurierung im Gange, und ich hatte auch eine Ahnung, wer dafür verantwortlich zeichnete.

Der Tempel lag in einer auf drei Seiten von zerklüftetem Fels umgebenen Nische, die das einzige Stück ebenen Bodens in dem steilen, mit Felsen übersäten Abhang darstellte; die Brocken wirkten wie eine erstarrte, talwärts donnernde Gerölllawine und waren von knorrigen Bäumen bewachsen, die aussahen, als würden sie ihre rudernden Gliedmaßen ausstrecken, um nicht zu stürzen. Die Priesterin schritt mit erhabener und unfehlbarer Balance voran, ohne je einen Fuß falsch zu setzen, während Eco und ich ihr rutschend und stolpernd folgten und immer wieder Steinschläge auslösten, wenn wir uns Halt suchend an einen Ast klammerten.

Der Ort war sicht- und windgeschützt, es herrschte tiefe Stille. Über uns kämpften sich Nebelfetzen über die Kuppe des Hügels und tauchten den Ort in ein bizarres Zwielicht aus Sonne und Schatten.

Als wir den Tempel betreten hatten, drehte sich die Priesterin zu uns um. Ihre Gesichtszüge blieben weiter im Schatten ihrer Kapuze versteckt. Ihre Stimme klang seltsam wie zuvor, so wie laut Äsop die Tiere sprechen würden, wenn sie aus ihren animalischen Kehlen menschliche Laute pressen könnten. »Offensichtlich«, sagte sie, »habt ihr keine Kuh mitgebracht.«

»Nein.«

»Auch keine Ziege.«

»Nein.«

»Nur eure Pferde, die als Opfer für den Gott ungeeignet sind. Habt ihr wenigstens Geld dabei, um ein Opfertier zu kaufen?«

»Ja.«

Sie nannte eine Summe, die mir nicht exorbitant vorkam; offenbar war die Sibylle von Cumae auch nicht mehr die gerissene Händlerin, die sie einst gewesen war. Ich zog das Geld aus meiner Börse und fragte mich, ob Crassus diese Ausgabe zusätzlich zu meinem Honorar als Spesen erstatten würde.

In dem Moment, in dem sie das Geld annahm, sah ich kurz ihre rechte Hand. Es war, wie ich erwartet hatte, die Hand einer alten Frau mit ausgeprägten Knochen und Altersflecken. Keine Ringe zierten ihre Finger, kein Armband ihr Handgelenk. Ich sah jedoch einen Klecks blaugrüner Farbe, genau der Ton, mit dem Iaia heute morgen letzte Tupfer auf ihr Wandgemälde gesetzt haben könnte.

Vielleicht sah auch sie den Farbklecks, oder sie war begierig auf das Geld. Jedenfalls schnappte sie die Münzen und ließ ihre Hand blitzschnell wieder im Ärmel ihres Gewandes verschwinden. Mir fiel auch auf, daß der Saum ihrer Ärmel von einem dunkleren Rot war als das übrige Kleidungsstück, offenbar blutbefleckt.

»Damon!« rief sie. »Bring ein Lamm!«

Wie aus dem Nichts tauchte auf einmal ein Kind auf, ein Junge, der seinen Kopf zwischen zwei Säulen hindurchsteckte und genauso schnell wieder verschwunden war. Kurz darauf kam er mit einem blökenden Lamm über der Schulter zurück.

Es war kein normales Weidetier, sondern ein verwöhntes Tempellamm, das man für die rituelle Opferung gemästet, gesäubert und sorgfältig geschoren hatte. Der Junge schwang das Tier von seinen Schultern auf einen kurzen Altar vor der Apollo-Statue. Bei der Berührung des kalten Marmors quiekte das Tier, doch es gelang dem Jungen, es mit Streicheln und flüsternden Worten zu beruhigen, während er es geschickt fesselte.

Dann lief er behende davon und kam mit einem langen Dolch mit silberner Klinge und einem mit Lapislazuli und Granat besetzten Griff zurück, den er in seinen ausgebreiteten Händen trug. Die Priesterin nahm den Dolch, trat mit dem Rücken zu uns über das Lamm, hob die Waffe und murmelte Beschwörungsformeln. Ich erwartete eine längere Zeremonie, möglicherweise sogar eine Reihe von Fragen, deren Beantwortung viele Orakel von ihren Ratsuchenden erwarten, so daß ich ein wenig überrascht war, als plötzlich die Klinge aufblitzte und niedersauste.

Die Priesterin war geschickt und kräftiger, als ich gedacht hätte. Mit dem ersten Stich traf sie das Herz des Tieres und tötete es auf der Stelle. Ein wenig Blut spritzte, das Lamm zuckte mehrmals kurz, doch man hörte keinen Laut, nicht einmal ein Wimmern, als es sein Leben für den Gott hingab. Würden die Sklaven unten in Baiae genauso leicht sterben? In diesem Moment senkte sich eine plötzliche Kühle über den Ort, obwohl kein Lüftchen ging. Auch Eco spürte es. Ich sah, wie er neben mir zitterte.

Die Priesterin schlitzte den Leib des Tieres von der Brust zum Bauch auf und griff hinein, was die dunklen Blutflecken am Saum ihrer Ärmel erklärte. Sie wühlte einen Moment in den Gedärmen des Tieres herum, bis sie gefunden hatte, wonach sie suchte. Dann drehte sie sich zu uns um, in der Hand das zuckende Herz und einen Teil der Eingeweide des Lammes. Wir folgten ihr in kurzem Abstand zu einer Seite des Tempels, wo ein primitiver Rost in die Steinmauer gehauen war. Der Junge hatte bereits ein Feuer geschürt.

Die Priesterin warf die Organe auf den heißen Stein. Es gab ein lautes Zischen und eine kleine Explosion von Dampf. Der Rauch stieg auf und wurde dann wieder zur Mauer und in die Spalten des Steins gesaugt wie in einen Rauchfang. Die Priesterin stocherte mit einem Stock in den zischenden Eingeweiden herum. Der Geruch angesengten Fleisches erinnerte mich daran, daß wir es versäumt hatten, zu Mittag zu essen. Mein Magen knurrte. Die Priesterin warf eine Handvoll einer mir unbekannten Substanz auf den erhitzten Stein und löste eine weitere Rauchwolke aus. Ein seltsam aromatischer Duft wie von verbranntem Hanf erfüllte die Luft und ließ mich schwindeln. Neben mir schwankte Eco so heftig, daß ich den Arm ausstreckte, um ihn aufrecht zu halten. Doch als ich seine Schulter packte, sah er mich merkwürdig an, so als wäre ich derjenige gewesen, der getaumelt war. Aus dem Augenwinkel nahm ich eine Bewegung wahr und suchte die große Steinmauer über und vor uns ab, wo seltsame Gesichter in den Fugen und Schatten aufgetaucht waren.

Derartige Erscheinungen sind in der Nachbarschaft von heiligen Stätten nicht unbekannt. Ich hatte sie schon früher erlebt. Trotzdem wird man jedesmal unvermittelt von einem besorgten und skeptischen Kribbeln gepackt, wenn sich die Welt verändert und die Mächte des Unsichtbaren sich zu manifestieren beginnen.

Obwohl ich ihr im Schatten liegendes Gesicht nicht sehen konnte, wußte ich, daß die Priesterin mich beobachtete. Sie sah, daß ich bereit war. Wieder folgten wir ihr über einen steilen und steinigen Pfad den Hügel hinauf, bevor wir in eine dunkle, immer tiefer werdende Schlucht hinabstiegen. Der Weg kam mir unendlich weit vor und war so beschwerlich, daß ich gebeugt und mich immer wieder mit den Händen abstützend voranschritt. Als ich mich umdrehte, sah ich, daß Eco dasselbe tat. Seltsamerweise war die Priesterin in der Lage, völlig gemessenen Schrittes und aufrecht zu gehen.

Wir erreichten den Eingang der Grotte. Als wir eintraten, streifte ein feuchtkalter Wind mein Gesicht, der einen seltsamen Duft wie von vielen vermodernden Blumen mit sich trug. Ich blickte nach oben und sah, daß die Grotte kein Tunnel, sondern eine hohe und luftige Kammer war, deren Wände überall von winzigen Löchern und zerklüfteten Spalten durchbrochen waren. Durch diese Öffnungen fiel ein dämmriges Licht in die Kammer, und der Wind, der seufzend hindurchwehte, blies zu einer sich ständig wandelnden Kakophonie, die bald wie Musik, bald wie ein vielstimmiges Stöhnen klang. Manchmal erhob sich eine einzelne Stimme über die anderen und verebbte – ein Triller wie von der Flöte eines Satyrs oder das schrille Kreischen eines berühmten Schauspielers, den ich als kleiner Junge einmal sprechen gehört hatte, oder der Seufzer, den Bethesda morgens vor dem Aufwachen tut.

Wir stiegen tiefer und tiefer in die Grotte hinab bis zu einer Stelle, wo der Gang enger wurde. Die Dunkelheit wurde undurchdringlicher, und der seltsame Chor wurde leiser und leiser. Die Priesterin hob ihren Arm und gebot uns Halt. Im trüben Licht wirkte ihr blutroter Umhang pechschwarz, so dunkel, daß sie aussah wie ein wandelndes klaffendes Loch, das sich im trüben Grau bewegte. Sie stieg auf eine niedrige Plattform aus Stein, fast wie eine Bühne, und einen Moment lang dachte ich, sie würde tanzen. Der schwarze Umhang wirbelte und drehte sich, bis er sich in sich selbst zu verheddern schien. Dann ertönte ein langes, jammervolles Kreischen, das mir die Haare zu Berge stehen ließ. Die Zuckungen waren kein Tanz gewesen, sondern die Windungen der Priesterin, als die Sibylle in ihren Körper eingefahren war.

Die schwarze Robe flatterte zu Boden und war jetzt nichts weiter als ein bauschiger Haufen Stoff. Eco machte einen Schritt nach vorn, um ihn zu berühren, doch ich hielt ihn zurück. Im nächsten Moment schien sich der Umhang erneut mit Leben zu füllen und sich zu erheben. Vor unseren Augen nahm die Sibylle von Cumae Gestalt an. Sie wirkte größer als die Priesterin, überlebensgroß. Sie hob ihre Hände und schlug die Kapuze zurück.

In der Dunkelheit war ihr Gesicht kaum zu sehen, und doch war mir, als könne ich ihre Züge mit einer übernatürlichen Klarheit erkennen. Ich tadelte mich für die Vorstellung, die Priesterin könne Iaia sein. Dies war zugegeben das Gesicht einer alten Frau, das Iaias in einigen oberflächlichen Aspekten ähnelte; der Mund hätte derselbe sein können, genau wie die hohen, vorstehenden Wangenknochen und die stolze Stirn – doch keine menschliche Stimme konnte derartige Laute hervorbringen, und keine Sterbliche hat je solche Augen besessen, funkelnd und hell wie das Licht, das durch die Spalten der Grotte drang.

Sie erhob ihre Stimme und schlang dann die Arme um ihren Körper. Ihre Brust bebte, und ein rasselndes Geräusch drang aus ihrer Kehle, als der Gott durch sie zu atmen begann. Hinter uns kam plötzlich ein Wind auf und ließ ihre Haare wehen wie rudernde Fangarme. Sie wehrte sich noch gegen die Unterwerfung unter den göttlichen Willen, versuchte ihn abzuschütteln wie ein Pferd einen Reiter. Vor ihrem Mund stand Schaum. Aus ihrer Kehle drangen Laute wie das Heulen des Windes in einer Höhle, dann wie Wasser, das durch ein Rohr gurgelt. Stück für Stück zwang der Gott sie in seine Gewalt und beruhigte sie. Sie verbarg ihr Gesicht in den Händen und richtete sich dann langsam auf.

»Der Gott ist in mir«, sagte sie mit einer Stimme, die weder männlich noch weiblich war. Die Sibylle schien lediglich Worte auszusprechen, die ihr von einer anderen Macht eingeflüstert wurden. Ich sah kurz zu Eco. Schweißperlen standen auf seiner Stirn, seine Augen waren weit aufgerissen, die Nüstern gebläht. Ich ergriff seine Hand, um ihm in der Dunkelheit Mut zu machen.

»Warum kommst du?« fragte die Sibylle.

Ich wollte antworten, doch meine Kehle war wie zugeschnürt. Ich schluckte und versuchte es erneut. »Man hat uns aufgetragen … zu kommen.« Selbst meine eigene Stimme klang unnatürlich in meinen Ohren.

»Was suchst du?«

»Wir kommen... auf der Suche nach Erkenntnis... über gewisse Ereignisse... in Baiae.«

Sie nickte. »Du kommst aus dem Haus des Toten. Lucius Licinius.«

»Ja.«

»Du suchst die Antwort auf ein Rätsel.«

»Wir möchten wissen, wie er gestorben ist... und durch wessen Hand.«

»Nicht durch die Hand derer, die man der Tat bezichtigt«, erklärte die Sibylle emphatisch.

»Und doch fehlt mir dafür jeder Beweis. Wenn ich nicht darlegen kann, wer Licinius ermordet hat... wird jeder Sklave im Haus getötet werden. Der Mann, der dies zu tun gedenkt, hat dabei nur seinen persönlichen Vorteil im Sinn... nicht Gerechtigkeit. Kannst du mir den Namen des Mannes sagen, der Licinius getötet hat?«

Die Sibylle schwieg.

»Kannst du mir sein Gesicht in einem Traum zeigen?«

Die Sibylle fixierte mich mit ihrem durchdringenden Blick. Ein eiskalter Schauer lief durch meine Knochen. Sie schüttelte den Kopf.

»Aber das ist es, was ich wissen muß«, protestierte ich. »Das ist das Wissen, das ich suche.«

Erneut schüttelte die Sibylle den Kopf. »Wenn ein General zu mir kommen und mich bitten würde, seine Feinde niederzustrecken, würde ich mich nicht auch weigern? Wenn ein Arzt zu mir kommen und mich bitten würde, seinen Patienten zu heilen, würde ich ihn nicht fortschicken? Das Orakel ist nicht dazu da, die Arbeit der Menschen für sie zu erledigen. Doch wenn diese Männer zu mir kommen und nichts als Erkenntnis suchen würden, würde ich sie ihnen zuteil werden lassen. Wenn es der Wille des Gottes wäre, würde ich dem General sagen, wo der verborgene Feind lauert, und ich würde dem Arzt sagen, wo er ein Kraut findet, das seinen Patienten retten könnte. Der Rest wäre dann an ihnen.

Was soll ich nur mit dir machen, Gordianus von Rom? Erkenntnisse zu sammeln ist deine Arbeit, und deine Arbeit werde ich nicht für dich tun. Wenn ich dir die gesuchte Antwort gebe, würde ich dich genau der Mittel berauben, mit deren Hilfe du dein Ziel erlangst. Wenn du mit nichts als einem Namen zu Crassus gehst, wird er dich nur auslachen oder dich wegen deiner falschen Anschuldigungen bestrafen. Wenn du es nicht unter Anwendung deiner Talente aus eigener Kraft erwirbst, wird das Wissen, welches du suchst, bedeutungslos sein. Denn du mußt, was du behauptest, auch beweisen können. Es ist der Wille des Gottes, daß ich dir dabei helfe, doch ich werde nicht deine Arbeit für dich tun.«

Ich schüttelte den Kopf. Was nutzte eine Sibylle, die sich weigerte, einen einfachen Namen zu nennen? Konnte es sein, daß sie es nicht wußte? Das Bewußtsein, derart unfrommen Gedanken Raum zu geben, ließ mich zusammenzucken, gleichzeitig war mir, als würde ein Schleier vor meinen Augen gelüftet, und die Sibylle begann wieder, Iaia verdächtig zu ähneln.

Eco zupfte an meinem Ärmel und verlangte meine Aufmerksamkeit. Er hielt zwei Finger der einen Hand hoch, zwei Finger der anderen Hand nach unten, sein Zeichen für Mann: *zwei Männer.* Er legte eine Hand um das Handgelenk der anderen, eine symbolische Fessel, sein Zeichen für einen Sklaven: *zwei Sklaven.*

Ich wandte mich wieder an die Sibylle. »Die beiden vermißten Sklaven, Zeno und Alexandros – leben sie noch, oder sind sie tot? Wo kann ich sie finden?«

Die Sibylle nickte in strenger Zustimmung. »Du fragst weise. Ich werde dir sagen, daß einer von ihnen versteckt ist und der andere offen zu sehen.«

»Ach?«

»Ich werde dir sagen, daß sie nach ihrer Flucht aus Baiae als erstes hierhergekommen sind.«

»Hierher? Sie sind in deine Grotte gekommen?«

»Sie sind gekommen, um den Rat der Sibylle einzuholen. Sie kamen als Unschuldige zu mir, nicht als Schuldige.«

»Wo kann ich sie jetzt finden?«

»Denjenigen, der sich versteckt hält, magst du im Laufe der Zeit selbst finden. Was den anderen angeht, der offen zu sehen ist, wirst du ihm auf dem Rückweg nach Baiae begegnen.«

»Im Wald?«

»Nicht im Wald.«

»Wo dann?«

»Es gibt einen Fels mit Blick über den Averner See ...«

»Olympias hat uns die Stelle gezeigt.«

»Auf der linken Seite des Vorsprungs führt ein schmaler Pfad zum See hinunter. Bedecke Augen und Nase mit deinen Ärmeln und steige zum Eingang der Grotte hinab. Er wird dich dort erwarten.«

»Was, der Schatten eines Toten auf der Flucht vor Tartarus?«

»Du wirst ihn erkennen, wenn du ihn siehst. Er wird dich mit offenen Augen empfangen.«

Zugegeben, es wäre ein schlaues Versteck gewesen, doch was für ein Mann konnte sein Lager direkt am Ufer des Averner Sees aufschlagen, inmitten von Schwefeldampf und den stinkenden Dämonen der Toten? Näher als bis zu dem Felsvorsprung hatte ich mich nicht an diesen Ort heranwagen wollen; der Gedanke an einen Abstieg bis direkt an sein Ufer ließ mich erschaudern. So wie Eco meinen Ärmel umklammerte, wußte ich, daß ihm die Idee genauso mißfiel wie mir.

»Der Junge«, sagte die Sibylle knapp, »warum spricht er nicht für sich selbst?«

»Er kann nicht sprechen.«

»Du lügst!«

»Nein, er kann nicht sprechen.«

»Ist er stumm geboren worden?«

»Nein. Als er sehr klein war, wurde er von einem Fieber befallen, demselben Fieber, das seinen Vater getötet hat; von jenem Tag an hat Eco nie wieder gesprochen. Das hat mir jedenfalls seine Mutter erzählt, bevor sie ihn verlassen hat.«

»Wenn er es versuchen würde, könnte er jetzt sprechen.«

Wie konnte sie so etwas sagen? Ich wollte etwas einwenden, doch sie unterbrach mich.

»Laß es ihn versuchen. Sag deinen Namen, Junge!«

Eco sah sie erst angsterfüllt, dann mit einem hoffnungsvollen Schimmern in den Augen an. Es war ein weiterer merkwürdiger Moment, an einem Tag voller Merkwürdigkeiten, und ich glaubte fest, daß das Unmögliche hier in der Sibyllinischen Grotte geschehen könnte. Eco muß es auch geglaubt haben. Er öffnete seinen Mund. Seine Kehle zitterte, und seine Backen spannten sich.

»Sag deinen Namen!« verlangte die Sibylle.

Eco strengte sich an. Sein Gesicht lief dunkel an. Seine Lippen zitterten.

»Sag ihn!«

Eco versuchte es. Doch der Laut, der aus seiner Kehle drang, war von keiner menschlichen Sprache. Es war ein ersticktes, verzerrtes Geräusch, häßlich und schrill. Aus Scham für ihn schloß ich die Augen, dann spürte ich ihn an meiner Brust, zitternd und weinend. Ich hielt ihn fest und fragte mich, warum die Sibylle einen derart grausamen Preis – die Erniedrigung eines unschuldigen Jungen – für so wenig verlangen sollte. Ich atmete tief ein und füllte meine Lungen mit dem Duft verfaulter Blumen. Ich nahm all meinen Mut zusammen und öffnete meine Augen, entschlossen, sie zu tadeln, Gefäß des Gottes oder nicht, doch die Sibylle war nirgends zu sehen.

DREIZEHN

Wir verließen die Sibyllinische Grotte. Die Höhle mit den Echos und Stimmen kam mir jetzt nicht mehr ganz so geheimnisvoll vor – gewiß, eine merkwürdige Kammer, doch längst nicht mehr der ehrfurchtgebietende Ort, der sie beim Betreten gewesen war. Der Weg zurück zum Tempel war mühsam und steinig, doch wir mußten uns kaum auf allen vieren fortbewegen. Außerdem kam mir die Strecke längst nicht so weit vor wie auf dem Heimweg. Die ganze Welt schien aus einem seltsamen Traum erwacht. Selbst der launenhafte Nebel war verschwunden, und der Hügel erstrahlte in hellem Sonnenlicht.

Das Feuer unter dem Rost war verloschen. Auf dem heißen Stein knackten und zischten noch gelegentlich die verkohlten Eingeweide und scheuchten jedesmal einen Schwarm Fliegen auf, der über ihnen kreiste. Der Anblick war unangenehm, doch der Geruch des verkohlten Fleisches erinnerte mich wieder daran, daß wir seit Stunden nichts gegessen hatten. In einer kleinen Nische hinter dem Tempel hatte Damon, der Junge, den Kadaver des Lamms aufgespannt und gehäutet und zerlegte ihn jetzt mit erstaunlich routiniertem Geschick.

Wir wanderten durch die Schlucht und banden unsere Pferde los. Das helle Sonnenlicht spiegelte sich in dem Felsenlabyrinth wider und machte es zu einem nach wie vor imposanten Ort, wenn auch nicht mehr so bedrohlich. Wir ritten aufs Meer zu, bis wir die Kuppe eines kleinen Anstiegs erreichten. Vor uns lag eine glitzernde Fläche, nicht die eingegrenzte Bucht des Golfs, sondern das wahre Meer, ein Gewässer, das sich bis nach Sardinien und weiter bis zu den Säulen des Hercules erstreckte. Zu unseren Füßen lag das uralte Dorf Cumae.

Wir ritten schweigend. Sonst plapperte ich auf meinen Reisen meist unaufhörlich vor mich hin, selbst wenn Eco mir nicht mit seiner Stimme antworten konnte. Jetzt wußte ich nicht, was ich sagen sollte. Die Stille war schwer von unausgesprochener Melancholie.

Ein Mann auf einem Wagen wies uns den Weg zu Iaias Haus, das auf einem Felsen mit Blick auf das Meer am anderen Ende des Dorfes lag. Als Villa war es nicht besonders imposant, doch es war wahrscheinlich das größte Haus im Dorf – mit einem bescheidenen Nord- und Südflügel sowie einer weiteren Ebene, die allem Anschein nach zur Küste hin abgestuft war. Die Mauern waren in einer Farbpalette von subtiler Originalität getüncht, einer Mischung aus Safran und Ocker mit Glanzlichtern aus Blau und Grün. Das Haus stach kühn vor dem Hintergrund des Meeres ab und war gleichzeitig aus dem Panorama nicht wegzudenken. Hand und Auge Iaias verwandelten eben alles in Kunst.

Der Sklave an der Tür informierte uns, daß Olympias ausgegangen sei, jedoch Anweisungen getroffen habe, daß man sich um uns kümmerte. Er führte uns auf eine kleine Terrasse mit Blick aufs Meer und brachte uns Speisen und etwas zu trinken. Angesichts der dampfenden Schale Haferbrei erwachten Ecos Lebensgeister wieder. Er aß mit Genuß, und es freute mich zu sehen, daß er seine Traurigkeit abgeschüttelt hatte. Nach dem Essen machten wir es uns auf den Sofas bequem und blickten dösend aufs Meer hinaus, doch ich wurde bald unruhig und stand auf, um die Sklaven zu fragen, wo Olympias hingegangen war. Wenn sie es wußten, wollten sie es mir nicht sagen. Ich ließ Eco dösend auf dem Sofa zurück und wanderte durch das Haus.

Iaia hatte im Laufe ihres Lebens viele schöne Dinge gesammelt – prachtvoll gearbeitete Tische und Stühle, kleine Skulpturen, die so kunstvoll gestaltet und bemalt waren, daß sie beinahe zu atmen schienen, kostbare Glasobjekte, kleine Figuren aus Elfenbein und Gemälde sowohl von anderen Künstlern als auch eigene. Die Dinge waren mit einem großen Sinn für Harmonie und einem unfehlbaren Blick für Anmut und Schönheit im ganzen Haus arrangiert. Kein Wunder, daß sie sich so geringschätzig über Licinius' Geschmack in Gemälden und Statuen geäußert hatte.

Es war meine Nase, die mich in das Zimmer führte, in dem Iaia und Olympias ihre Pigmente mischten. Ich folgte einer eigenartigen Mischung aus Gerüchen den Flur hinunter, bis ich in eine Kammer kam, die mit Töpfen, Rosten, Mörsern und Stößeln vollgestellt war. Überall stapelten sich größere und kleinere Tongefäße, alle beschriftet von derselben Hand, die das Porträt Gelinas signiert hatte. Ich öffnete die Gefäße und untersuchte die diversen getrockneten Pflanzen und pulverisierten Minerale. Einige erkannte ich – braunrote Sinopia-Farbe aus eisenhaltigem Lehm aus Sinope, Spanisch-Zinnober, die Farbe des Blutes, dunkelvioletter Sand aus Puteoli, blaues Indigo aus einem Pulver, das man von ägyptischem Schilfrohr abschabte.

Andere Gefäße schienen keine Pigmente, sondern medizinische Kräuter zu enthalten – schwarzweiße, zu einem Pulver gestoßene Nieswurz, giftig, aber vielseitig verwendbar; die Holosteon-Pflanze (von den Griechen so benannt, obwohl sie, wie der Name andeutet, keineswegs aus Knochen besteht, sondern im Gegenteil völlig weich ist, eine ähnlich perverse Logik wie die griechische Bezeichnung für Galle, die wörtlich übersetzt »süß« genannt wird), eine Pflanze mit feinen, haarartigen Wurzeln, die die Wundheilung fördert und sich zur Behandlung von Verstauchungen eignet; weiße Lathyris-Samen zur Heilung von Wassersucht und Gallenleiden. Ich war gerade im Begriff, ein kleines Gefäß mit Eisenhut, auch Panthers Tod genannt, wieder zu verschließen, als sich hinter mir jemand räusperte. Im Flur stand der Sklave, der mich an der Tür empfangen hatte, und beobachtete mich mit mißbilligender Miene.

»Du solltest vorsichtig sein, bevor du deine Nase in diese Gefäße steckst«, sagte er. »Einige von ihnen enthalten überaus giftige Substanzen.«

»Ja«, stimmte ich ihm zu, »wie dieses Zeug hier. Eisenhut – man sagt, es sei aus dem Maul des Cerberus gesprossen, als Hercules ihn aus der Unterwelt hinaufgezerrt hat. Gut, um Panther zu töten, habe ich gehört – oder Menschen. Ich frage mich, warum deine Herrin es aufbewahrt.«

»Gegen Skorpionbisse«, antwortete der Sklave knapp. »Man mischt es mit Wein und macht kalte Umschläge damit.«

»Ah, deine Herrin kennt sich mit diesen Dingen vermutlich sehr gut aus.«

Der Sklave verschränkte die Arme und starrte mich an wie ein Basilisk. Langsam stellte ich das Gefäß wieder ins Regal und verließ das Zimmer.

Ich beschloß, einen Spaziergang entlang der Klippen jenseits des Dorfes zu machen. Die Nachmittagssonne schien warm, der Himmel war kristallklar. Ein Band aus kleinen Wölkchen zog am Horizont vorüber, und über mir kreisten und kreischten die Möwen. Der Nebel, der die Küste noch vor einer Stunde wie eine Decke umhüllt hatte, war verschwunden. Die Sibylle von Cumae kam mir so unwirklich vor wie die Dünste, die vom Averner See aufstiegen, als ob alles, was wir seit unserem Aufbruch in Baiae heute morgen erlebt hatten, ein langer Wachtraum gewesen wäre. Ich atmete die Meeresluft tief ein und war der Villa in Baiae und ihrer Geheimnisse auf einmal überdrüssig. Ich sehnte mich danach, wieder in Rom zu sein, durch die bevölkerten Straßen der Subura zu laufen und den Jugendbanden beim Trigonspiel zuzusehen. Ich sehnte mich nach der abgeschiedenen Stille meines eigenen Gartens, der Bequemlichkeit meines eigenen Bettes und dem Duft von Bethesdas Kochkünsten.

Dann sah ich Olympias vom Strand her über einen schmalen Pfad kommen. In einer Hand trug sie einen kleinen Korb. Sie war noch immer weit entfernt, doch ich sah, daß sie lächelte – nicht jenes zweideutige Lächeln, das sie in Gelinas Villa zur Schau trug, sondern ein echtes –, strahlend und zufrieden. Außerdem sah ich, daß der Saum ihrer Reitstola dunkel war, als ob sie bis zu den Knien im Wasser gewatet wäre.

Ich suchte die Gegend ab und fragte mich, woher sie gekommen sein konnte. Der Pfad, den sie beschritt, verschwand hinter einer Anhäufung kleinerer Felsen, und entlang des Ufers gab es kein Stückchen Strand. Wenn sie Muscheln oder Meerestiere sammeln wollte, mußte es in der Gegend um Cumae gewiß sicherere Stellen geben.

Als sie näher kam, versteckte ich mich hinter einem Felsen. Als ich ihn umrundete, um sie ungesehen beobachten zu können, nahm ich aus dem Augenwinkel eine Bewegung wahr. Etwa hundert Schritte entfernt erblickte ich eine Gestalt, die mein Spiegelbild hätte sein können, wenn ich einen dunklen Kapuzenumhang und einen langen spitzen Bart getragen hätte. Dionysius, der Philosoph, stand genau wie ich hinter einem Felsen am Rande der Klippe und beobachtete verstohlen, wie Olympias den Hügel heraufkam.

Er sah mich nicht. Langsam schlich ich um den Felsen herum, bemüht, weder von Olympias noch von Dionysius entdeckt zu werden, und eilte davon, bis ich außer Sichtweite war. Ich lief zurück zu Iaias Haus und gesellte mich zu Eco auf der Terrasse.

Kurz darauf traf Olympias ein. Der Türsklave sprach leise mit ihr. Olympias verschwand in einem der Zimmer. Als sie wenig später wiederkam, trug sie eine trockene Stola und hatte auch keinen Korb mehr in der Hand.

»War euer Besuch bei der Sibylle ergiebig?« fragte sie freundlich lächelnd.

Eco runzelte die Stirn und wandte die Augen ab. »Schon möglich«, sagte ich. »Wir werden es auf dem Rückweg nach Baiae erfahren.«

Olympias sah verwirrt aus, doch nichts konnte ihre überschwengliche Laune dämpfen. Sie ging auf der Terrasse umher und strich mit den Fingern über die Blumen, die in ihren Töpfen blühten. »Sollen wir bald zurückreiten?« fragte sie.

»Von mir aus gerne. Eco und ich haben noch einiges zu erledigen, und Gelinas Haus wird sich zweifelsohne in einem Zustand fortgeschrittenen Durcheinanders befinden, wie es an einem Tag vor einer großen Beerdigung stets der Fall ist.«

»Ach ja, die Beerdigung«, flüsterte Olympias schwermütig. Sie nickte nachdenklich, und das Lächeln auf ihren anmutigen Lippen verblaßte, als sie den Kopf senkte, um an einer Blume zu riechen.

»Die Seeluft tut dir gut«, sagte ich. Sie sah schöner aus denn je, ihre Augen leuchteten, und ihr goldenes Haar flatterte im Wind. »Hast du einen Spaziergang am Strand gemacht?«

»Einen kurzen Spaziergang, ja«, sagte sie, die Augen abwendend.

»Als du eben zur Tür hereingekommen bist, meinte ich, in deiner Hand einen Korb gesehen zu haben. Hast du Seeigel gesammelt?«

»Nein.«

»Muscheln?«

Sie wirkte unsicher. »Ich war eigentlich gar nicht direkt am Strand.« Das Funkeln in ihren Augen wurde trübe. »Ich bin oben an der Steilküste entlanggelaufen. Ich habe ein paar hübsche Steine gesammelt, wenn du es unbedingt wissen mußt. Iaia verwendet sie als Dekoration für ihren Garten.«

Kurz darauf brachen wir auf. Als wir durch die Halle zur Tür gingen, bemerkte ich, daß Olympias sich nicht die Mühe gemacht hatte, den Korb zu verstecken, sondern ihn weithin sichtbar in einer Ecke gegenüber dem Schemel, auf dem sonst der Türsklave saß, abgestellt hatte. Während Olympias durch die Haustür in die Sonne trat, blieb ich zurück. Ich machte einen Schritt auf den Korb zu und hob mit dem Fuß das ihn bedeckende Tuch an. Steine sah ich keine. Der Korb war bis auf ein kleines Messer und ein paar Brotkrumen leer.

Der Weg durch das steinerne Labyrinth und über die kahlen, windigen Hügel wirkte im strahlenden Sonnenlicht völlig anders, doch als wir in die Wälder um den Averner See kamen, spürte ich wieder die gleiche Atmosphäre unheimlicher Stille und Einsamkeit wie auf dem Herweg. Ich sah mich ein paarmal um, doch wenn Dionysius uns folgte, tat er es unauffällig.

Erst als wir den Felsvorsprung erreicht hatten, sagte ich Olympias, daß ich anhalten wollte. »Ich habe dir die Aussicht doch schon gezeigt«, wandte sie ein. »Du kannst sie doch nicht noch einmal bewundern wollen. Unten in Baiae ist es bestimmt ein wundervoller Tag.«

»Aber ich will es trotzdem sehen«, beharrte ich. Während Eco eine Stelle zum Anbinden der Pferde suchte, fand ich auf der linken Seite des Plateaus den Anfang des Pfades, genau wie die Sibylle es beschrieben hatte. Die Öffnung war durch einen Busch und ein paar alte Äste verdeckt, und der Pfad selbst war kaum noch zu erkennen und offensichtlich seit langer Zeit nicht benutzt worden. In der vom Nebel feuchten Erde fanden sich keine frischen Fußabdrücke, nicht einmal die Spur eines Tieres. Ich zwängte mich, gefolgt von Eco, durch das Gebüsch. Olympias protestierte, folgte dann aber auch.

Der Pfad wand sich in Serpentinen über kargen, felsigen Boden. Der Gestank des Schwefels wurde immer durchdringender, getragen von einer aufsteigenden Welle heißer Luft, bis wir die Gesichter mit unseren Ärmeln bedecken mußten. Schließlich erreichten wir einen breiten, seichten Strand aus gelbem Schlamm. Der See war anders, als man von oben vermutete, kein durchgängiges Gewässer, sondern eine Reihe miteinander verbundener Schwefeltümpel, über denen Dampfwolken standen und die nur durch schmale Felsbrücken voneinander getrennt waren. Über diese Brücken hätte man den See überqueren können, wenn man das Wagnis auf sich nehmen wollte und die Hitze und den Gestank ertragen konnte. Der Geruch der blubbernden Tümpel war beinahe überwältigend, doch mir war, als würde ich daneben einen noch unangenehmeren Gestank wahrnehmen.

Ich blickte auf. Wir standen beinahe direkt unterhalb der Felsplatte, von der wir abgestiegen waren. In der Felswand konnte ich keine Höhle oder einen anderen Unterstand entdecken. Ich schüttelte den Kopf, skeptischer denn je, was die Worte der Sibylle betraf.

»Wie sollte er uns hier treffen?« murmelte ich zu Eco. »An diesem Strand würde ich eher den Minotaurus erwarten als einen von Gelinas Sklaven.« Eco ließ seinen Blick über den Strand wandern, so weit es die trüben Dämpfe erlaubten. Dann zog er die Brauen hoch und wies auf etwas, das nur ein paar Schritte entfernt aus dem Wasser ragte.

Ich hatte es bereits gesehen und in der Annahme, es würde sich um ein Stück Treibholz oder irgendwelchen vom See aufgewühlten natürlichen Schutt handeln, nicht weiter beachtet. Jetzt betrachtete ich es eingehender, und mir wurde mit Entsetzen klar, worum es sich handeln mußte.

Eco und ich traten näher, Olympias folgte uns. Das Ding mußte zuvor tiefer in dem Tümpel gelegen haben, der kochende , ätzende Schlamm hatte es größtenteils angefressen. Der Rest war bar jeder Farbe, schlammbespritzt und von rascher Fäulnis befallen. Wir blickten auf die Überreste eines menschlichen Kopfes auf Schultern, an denen noch Fetzen ausgebleichten Stoffes hingen. Das Gesicht lag im Schlamm. Auf dem Hinterkopf kräuselte sich ein Ring grauer Haare um eine kahle Stelle. Eco trat ängstlich einen Schritt zurück und starrte auf den See, als glaubte er, das Ding wäre aus den Schwefelgruben aufgestiegen und nicht hineingefallen.

Ich fand einen Stock und stieß, mir die Nase zuhaltend, gegen die Schultern, um das Ding umzudrehen. Es war nicht leicht; das Fleisch schien mit dem Schlamm verschmolzen zu sein. Als es mir endlich gelang, war der Anblick kaum zu ertragen, doch seine Gesichtszüge waren noch so deutlich, daß Olympias ihn erkannte. Sie sog stockend den Atem ein und schluchzte in ihren Ärmel: »Zeno!«

Noch bevor ich darüber nachdenken konnte, was wir mit dem Ding anfangen sollten, hatte Olympias es für mich entschieden. Mit einem durchdringenden Schrei bückte sie sich, ergriff den Kopf bei seinen verbleibenden Haaren und schleuderte ihn in den See. Er segelte durch die Nebelschwaden, die hinter ihm aufwirbelten und sich kräuselten, und landete nicht mit einem Platscher, sondern eher einem dumpfen Aufprall. Einen unheimlichen Moment lang schien die Zeit stehenzubleiben, während der Kopf auf dem blubbernden Kessel trieb. Dann tat sich unter ihm zischend eine Spalte aus schweflige Dampf auf. Durch die Schwaden glaubte ich zu sehen, wie sich die Augen des Dings öffneten und zu uns herüberstarrten wie ein Ertrinkender, der den Menschen am Ufer verzweifelte Blicke zuwirft. Dann versank er im Schlamm und war für immer verschwunden.

»Nun hat ihn der Schlund des Hades endgültig verschlungen«, sagte ich flüsternd zu niemand Bestimmtem. Denn Olympias stürzte weinend den Pfad hinauf, während Eco in die Knie gegangen war und auf den Strand kotzte.

DRITTER TEIL

Der Kelch des Todes

VIERZEHN

»Will dieser Tag denn nie enden?« Ich starrte an die Decke
über meinem Bett und rieb mir mit beiden Händen das Gesicht. »Morgen habe ich bestimmt Rückenschmerzen von der
ganzen Herumreiterei. Bergauf, bergab, durch Wälder und
Ödland.« Ich plapperte vor mich hin, wie es erschöpfte Männer tun, wenn man ihnen im Laufe eines langen Tages die
Möglichkeit gibt, sich auszuruhen, sie aber zu übermüdet sind,
um sich zu entspannen. Vielleicht hätte es geholfen, wenn ich
die Augen geschlossen hätte, doch jedesmal wenn ich das tat,
sah ich das grausam verfaulte Gesicht Zenos, das mich aus einem klaffenden Flammenschlund anstarrte.

»Eco, könntest du mir einen Becher Wasser aus dem Krug
auf der Fensterbank einschenken? Wasser!« Ich schlug mir mit
der Hand an die Stirn. »Wir müssen noch immer jemanden
finden, der in die Untiefen beim Bootshaus taucht, um her-
auszufinden, was gestern nacht vom Pier ins Wasser geworfen
wurde.« Ich richtete mich auf, um meinen Becher entgegen-
zunehmen, und blickte über Ecos Schulter durchs Fenster. Die
Sonne würde bald untergehen. Bis ich Meto gefunden hatte,
vorausgesetzt, er war für die Aufgabe überhaupt geeignet, und
mit ihm zum Ufer hinuntergestapft war, würden die Schatten
noch länger und der Abend kühl geworden sein. Wir brauch-
ten aber Sonnenstrahlen, die das Wasser durchdrangen, wenn
wir zwischen den Felsen am Grund etwas finden wollten. Die
Aufgabe würde warten müssen.

Ich stöhnte und rieb mir die Augen – dann riß ich die
Hände rasch wieder weg, als erneut Zenos Gesicht vor mir auftauchte.

»Uns bleibt nicht genug Zeit, Eco, nicht genug Zeit. Welchen Sinn hat das ganze Herumgehetze, wenn wir keine Hoffnung haben, dieser Sache auf den Grund zu gehen, bevor

Crassus seinen Willen bekommt? Wenn nur Olympias den Kopf nicht in den See geworfen hätte und dann alleine zur Villa zurückgaloppiert wäre, hätten wir wenigstens etwas gehabt, was wir Crassus zeigen können – einen Beweis, daß wir einen der Sklaven gefunden haben. Doch was hätte das genutzt? Crassus hätte es nur als weiteres Indiz für Zenos Schuld genommen – wie hätten die Götter ihren Zorn auf einen mörderischen Sklaven besser zeigen können als dadurch, daß Pluto den Schurken persönlich verschlungen hatte?

Trotz all unserer Mühen haben wir nichts als offene Fragen, Eco. Wer hat mich gestern nacht auf dem Pier angegriffen? Was hat Olympias heute gemacht und warum ist Dionysius ihr gefolgt? Und welche Rolle spielt Iaia in all dem? Sie scheint einen eigenen Plan zu verfolgen, aber zu welchem Ziel, und warum spielt sie ihre Rolle hinter einem Schleier aus Heimlichtuerei und Magie?«

Ich streckte meine Arme und Beine und fühlte mich auf einmal schwer wie Blei. Eco ließ sich aufs Bett fallen, das Gesicht zur Wand gedreht. »Wir sollten hier nicht länger rumliegen«, murmelte ich. »Wir haben so wenig Zeit, ich habe immer noch nicht mit Sergius Orata, dem Geschäftsmann, gesprochen. Oder auch mit Dionysius. Wenn ich den Philosophen nur einmal in einem ungeschützten Moment überraschen könnte ...«

Ich schloß die Augen – nur für einen Moment, so dachte ich. Um mich herum schien das ganze Zimmer müde zu seufzen. Im obersten Stock der Villa gelegen und mit einem Ostbalkon ausgestattet, fing es die Hitze des Morgens ein und staute sie den ganzen Tag über, doch jetzt begannen die Wände, ihre Wärme abzugeben. Durch das Fenster drang eine kühle Brise und erfüllte die Luft. Die ins Bett gedrückte Rückseite meines Körpers fühlte sich behaglich warm an, während meine Hände und Füße ein wenig fröstelten. Ich hätte eine leichte Decke gebrauchen können, doch ich war zu müde, mich darum zu kümmern. Ich lag auf dem Bett, erschöpft, aber gleichzeitig hellwach für jeden Sinneseindruck, und fing nichtsdestoweniger an zu dösen.

Der Traum begann in dem Bett, auf dem ich mich ausgestreckt hatte, nur daß es in meinem Haus in Rom zu stehen schien, denn ich lag auf der Seite, und Bethesda drückte sich mit dem Gesicht zu mir an mich. Mit geschlossenen Augen ließ ich meine Hände über ihre warmen Hüften gleiten und weiter ihren Bauch hinauf, erstaunt darüber, daß ihr Körper noch immer so fest und üppig war wie an jenem Tag, als ich sie in Alexandria entdeckt hatte. Sie schnurrte wie eine Katze, als ich sie berührte, und preßte ihren Körper gegen meinen, bis ich spürte, wie ich zwischen meinen Beinen fast schmerzhaft steif wurde. Ich wollte in sie eindringen, doch sie erstarrte und stieß mich weg.

Ich öffnete meine Augen und sah nicht Bethesda, sondern Olympias, die mich mit kühler Verachtung musterte. »Wofür hältst du mich«, flüsterte sie herablassend, »für eine Sklavin, die du jederzeit so benutzen kannst?« Sie erhob sich vom Bett und stand nackt im weichen Licht, das von der Terrasse hereinfiel. Ihr Haar fiel wie ein goldener Lichterglanz um ihr Gesicht; die vollen, geschmeidigen Rundungen und delikaten Höhlen ihres Körpers vereinigten sich zu einer Schönheit, die anzusehen fast unerträglich war. Ich streckte die Hand nach ihr aus, doch sie wich zurück. Ich dachte, sie wollte mich necken, doch auf einmal bedeckte sie ihr Gesicht mit den Händen und lief, die Tür hinter sich zuschlagend, weinend aus dem Zimmer.

Ich erhob mich aus dem Bett und folgte ihr. Mit einer plötzlichen Vorahnung öffnete ich die Tür und spürte den Atem heißer Luft auf meinem Gesicht. Die Tür führte nicht in einen Flur, sondern auf eine Felsterrasse oberhalb des Averner Sees. Ich wußte nicht, ob es Tag oder Nacht war; alles war von einem grellen blutroten Glanz erleuchtet. Auf der Kante der Felsterrasse saß ein in einen purpurroten Militärumhang gehüllter Mann auf einem niedrigen Stuhl. Er beugte sich vor, sein Kinn auf die Hand gelegt und den Ellenbogen auf sein Knie gestützt, als beobachte er den Fortgang einer Schlacht im Tal. Ich blickte über seine Schulter und sah, daß der See ein einziges

Flammenmeer war, von einem Ufer bis ans andere gefüllt mit sich windenden Körpern von Männern, Frauen und Kindern, die bis zur Hüfte in dem brennenden Schlamm feststeckten. Sie hatten ihre Münder schmerzverzerrt aufgerissen, doch die Entfernung dämpfte ihre Schreie, so daß es klang wie das Rauschen des Meeres oder das Raunen einer Menschenmenge in einem Amphitheater. Sie waren zu weit entfernt, um ihre Gesichter deutlich erkennen zu können, und doch meinte ich, unter ihnen den Sklavenjungen Meto und den jungen Apollonius auszumachen.

Crassus drehte sich um. »Römische Gerechtigkeit«, sagte er mit grimmiger Zufriedenheit, »und es gibt nichts, was du dagegen tun kannst.« Er sah mich seltsam an, und mir wurde bewußt, daß ich nackt war. Ich drehte mich um, um auf mein Zimmer zurückzukehren, doch ich konnte die Tür nicht finden. In meiner Verwirrung trat ich zu nah an den Abgrund. Die Kante des Felsens begann zu bröckeln und nachzugeben. Crassus schien nicht zu bemerken, wie ich nach hinten taumelte und noch im Fallen verzweifelt versuchte, mich an die mit mir in die Tiefe stürzenden Felsbrocken zu klammern, während ich ins leere Nichts stürzte –

Ich wachte in kaltem Schweiß gebadet auf und sah, daß der Junge Meto sich mit einem Ausdruck ernster Sorge über mich beugte. Von der anderen Seite des Raumes hörte ich das leise Sägen von Ecos Schnarchen. Ich blinzelte und wischte mir mit der Hand über die Stirn, überrascht, sie von Schweiß bedeckt zu finden. Der Himmel über der Terrasse war dunkel, und die ersten Abendsterne funkelten. Das Zimmer wurde erleuchtet von der Lampe, die Meto in seinen kleinen Händen trug. »Sie warten auf dich«, sagte er schließlich, die Augenbrauen unsicher runzelnd.

»Wer? Womit?« Ich blinzelte benommen und beobachtete, wie das Licht der Lampe durchs Zimmer tanzte.

»Alle außer euch sind schon da«, sagte er.

»Wo?«

»Im Eßzimmer. Sie warten auf dich, um mit dem Mahl zu beginnen. Obwohl ich nicht weiß, warum sie es damit so eilig haben«, fuhr er fort, als ich meinen Kopf schüttelte, um meine Gedanken zu ordnen, und mich mühsam vom Bett hochkämpfte.

»Warum sagst du das?«

»Weil es ein Abendessen ist, das wohl nicht einmal Sklaven einladend finden würden!«

Eine große Düsternis schien sich über das Eßzimmer gelegt zu haben. Das lag zum Teil an dem ernsten Anlaß, denn dies war das letzte Mahl vor der Beerdigung; die Nacht und den gesamten folgenden Tag hindurch bis zu den Trauerfeierlichkeiten, die sich an die Einäscherung und Bestattung von Lucius Licinius' Leiche anschließen würde, mußte jeder im Haus fasten. Für diesen Abend schrieb die Tradition ein Mahl von strenger Schlichtheit vor: trockenes Brot und ein einfaches Linsengericht, gewässerter Wein und Hafergrütze. Als Neuerung hatte Gelinas Koch ein paar Delikatessen beigefügt, alle in Schwarz gehalten: schwarzer Fischrogen auf schwarzen Brotkrusten, eingelegte, schwarz gefärbte Eier, schwarze Oliven und in Tintenfischtinte pochierter Fisch. Es war kein Abendessen, das kluge Konversation inspirierte, nicht einmal seitens Metrobius. Auf der anderen Seite des Raumes musterte Orata die Tafel mit bedrückten Blicken und stopfte sich mit eingelegten Eiern voll, die er ganz in den Mund steckte.

Die Düsternis hatte aber auch noch einen anderen Quell, der sich von dem Sofa neben Gelina ausbreitete. Heute abend nahm Marcus Crassus am Essen teil, und seine Gegenwart schien jede Spontaneität zu ersticken. Seine Leutnants Mummius und Fabius, die nebeneinander zu seiner Rechten lagerten, waren offenbar unfähig, ihre wortkarge soldatische Haltung abzulegen, und nach ihren verstohlenen Blicken und verschlossenen Gesichtern zu urteilen, schienen sich auch Metrobius und Iaia in Anwesenheit des bedeutenden Mannes nicht wohl zu fühlen. Olympias war verständlicherweise abgelenkt durch den Schock, den sie am Averner See erlitten hatte.

Ich war überrascht, sie überhaupt zu sehen. Sie stocherte in ihrem Essen herum, kaute auf ihrer Lippe und hielt den Blick gesenkt. Sie trug einen gehetzten Gesichtsausdruck, der ihre Schönheit im gedämpften Schein der Lampen nur noch unterstrich. Ich bemerkte, daß Eco seinen Blick kaum von ihr wenden konnte.

Gelina befand sich in einem Zustand sorgenvoller Erregung. Sie konnte keinen Moment stillhalten und winkte ständig Sklaven zu sich, um sich dann, wenn sie an ihre Seite geeilt kamen, nicht mehr erinnern zu können, warum sie sie gerufen hatte. Ihr Gesichtsausdruck schwankte zwischen verhärmter Verzweiflung und einem augenscheinlich grundlosen ängstlichen Lächeln. Dabei wandte sie ihren Blick keineswegs ab, sondern ließ ihn von Gesicht zu Gesicht wandern, wobei sie jeden von uns starr und undurchdringlich musterte. Dem hielt sogar Metrobius nicht stand; er nahm zwar gelegentlich ihre Hand, um sie aufmunternd oder tröstend zu drücken, doch er wich ihrem Blick aus, und auch sein Witz schien ihn verlassen zu haben.

Crassus selbst wirkte abwesend und unnahbar. Seine Konversation beschränkte sich weitgehend auf kurze Bemerkungen über den Zustand seiner Truppe und die Fortschritte bei der Fertigstellung des Amphitheaters, die er mit Mummius und Fabius austauschte. Gemessen an der Aufmerksamkeit, die er seinen übrigen Gästen widmete, hätte er genausogut allein speisen können. Er aß mit gesundem Appetit, blieb jedoch ansonsten nachdenklich und verschlossen.

Einzig der Philosoph Dionysius schien guter Dinge zu sein. Seine Wangen hatten einen rosigen Glanz, und seine Augen funkelten. Der Ritt nach Cumae und zurück hatte ihn erfrischt, dachte ich, oder aber er mußte sehr zufrieden sein mit dem Ergebnis seiner Beschattung Olympias. Mir kam auf einmal der Gedanke, daß er ihrer Schönheit genauso verfallen sein könnte wie alle anderen und er ihr nur aus schierer Lüsternheit nachgestiegen war. Ich erinnerte mich daran, wie ich ihn auf der Klippe gesehen hatte, als er Olympias verstohlen aus den Falten seines Umhangs beobachtet hatte, und mit einem Schauder stellte ich mir vor, wie er sich selbst zärtlich berührte. Wenn das Lächeln, das heute abend auf seinem Gesicht lag, ein Nachglühen der Befriedigung seiner eigenartigen sexuellen Gelüste war, dann gönnten mir die Götter einen sehr viel intimeren Blick in die Seele dieses Mannes, als ich zu tun gewünscht hätte.

Und doch war Dionysius bei all seiner Besessenheit offenbar durchaus in der Lage, Olympias und ihren Kummer zu ignorieren, obwohl sie direkt zu seiner Rechten lagerte. Statt dessen widmete er all seine Aufmerksamkeit Crassus. Wie am Abend zuvor war es Dionysius, der die Zügel der flüchtigen Unterhaltung schließlich in die Hand nahm, um uns mit seiner Gelehrsamkeit zu unterhalten oder doch zumindest zu beeindrucken.

»Gestern abend haben wir ein wenig über die Geschichte der Sklavenaufstände gesprochen, Marcus Crassus. Schade, daß du nicht dabeisein konntest. Vielleicht wären einige meiner Forschungsergebnisse auch für dich neu gewesen.«

Crassus nahm sich Zeit, seine Brotkruste zu Ende zu kauen, bevor er antwortete. »Das wage ich ernsthaft zu bezweifeln, Dionysius. Ich habe mich in den vergangenen Monaten selbst intensiv mit dem Thema befaßt, vor allem mit den Fehlern, die die erfolglosen römischen Befehlshaber angesichts solch gewaltiger, aber undisziplinierter Massen gemacht haben.«

»Ah.« Dionysius nickte. »Der kluge Mann interessiert sich nicht nur für seinen Feind, sondern auch für, nennen wir es, das Erbe seines Feindes und die historischen Kräfte, die ihm zur Verfügung stehen, egal wie zwielichtig und unehrenhaft sie sein mögen.«

»Wovon, um alles in der Welt, sprichst du?« sagte Crassus, fast ohne aufzublicken.

»Ich meine, daß Spartacus nicht aus dem Nichts gekommen ist. Laut meiner Theorie werden Legenden über die Sklavenaufstände vergangener Zeiten unter den Sklaven weitergetragen, Legenden, wie sie sich um den zum Scheitern verurteilten Sklaven-Zauberer Eunus ranken und mit allerlei pseudo-heroischen Details und Wunschgedanken ausgeschmückt werden.«

»Unsinn«, sagte Faustus Fabius und wischte sich eine Strähne seines störrischen roten Haars aus der Stirn. »Sklaven haben genausowenig Legenden oder Helden, wie sie Frauen, Mütter oder Kinder haben, die sie ihr eigen nennen können. Sklaven haben Pflichten und Herren. So ist der Lauf der Welt, wie die Götter sie geschaffen haben.« Es erhob sich ein allgemeines zustimmendes Gemurmel.

»Aber der Lauf der Welt kann aus den Fugen geraten«, wandte Dionysius ein, »wie wir alle in den letzten zwei Jahren nur zu deutlich gesehen haben, in denen Spartacus und sein Pöbel durch ganz Italien getobt sind, Verwüstungen angerichtet und mehr und mehr Sklaven angestiftet haben, sich ihnen anzuschließen. Diese Männer rümpfen über die natürliche Ordnung der Dinge nur die Nase.«

»Also ist die Zeit gekommen, daß ein starker Römer diese Ordnung wiederherstellt!« dröhnte Mummius.

»Aber es wäre doch sicherlich hilfreich«, drängte Dionysius weiter, »die Motive und Hoffnungen der aufständischen Sklaven zu verstehen, um sie um so sicherer zu vernichten.«

Fabius kräuselte verächtlich die Lippen und biß in eine Olive. »Ihr Motiv ist die Flucht aus einem Leben von Dienst und Arbeit, das das Schicksal ihnen zugelost hat. Ihre Hoffnung ist, freie Männer zu werden, obwohl es ihnen dafür an der nötigen Moral und an Charakter mangelt, vor allem denen, die schon als Sklaven geboren wurden.«

»Und diejenigen, die als Kriegsgefangene oder durch Mittellosigkeit zur Sklaverei gezwungen wurden?« Die Frage kam von Olympias, die errötete, als sie sie stellte.

»Kann jemand, der zur Sklaverei erniedrigt wurde, je wieder ein ganzer Mensch werden, selbst wenn sein Herr ihn einer Freilassung für würdig hält?« Fabius neigte seinen Kopf. »Wenn Fortuna einen Menschen in Besitz verwandelt hat, ist es ihm für immer unmöglich, seine Würde zurückzuerlangen. Vielleicht wird sein Körper erlöst, nicht jedoch seine Seele.«

»Und doch, laut Gesetz –«, setzte Olympias an.

»Gesetze ändern sich.« Fabius warf einen Olivenkern auf den kleinen Tisch vor sich. Der Kern hüpfte von einem kleinen silbernen Tablett auf die Erde, und sofort eilte ein Sklave herbei, um ihn aufzuheben. »Ja, ein Sklave kann seine Freiheit erkaufen, aber nur, wenn sein Herr es ihm erlaubt. Doch eben diese Erlaubnis, daß ein Sklave seinen eigenen Preis in Silber zusammensparen kann, ist eine juristische Fiktion, weil ein Sklave in Wahrheit gar nichts besitzen kann – alles, was sich möglicherweise in seinem Besitz befindet, gehört seinem Herrn. Selbst nach seiner Freilassung kann ein Freigelassener jederzeit wieder zum Sklaven erniedrigt werden, wenn er sich gegenüber seinem früheren Herrn unverschämt benimmt. Er ist politisch eingeschränkt, gesellschaftlich zurückgeblieben und durch den guten Geschmack auf immer daran gehindert, in eine angesehene Familie einzuheiraten. Ein Freigelassener mag ein Bürger werden, doch er kann nie wirklich ein Mensch sein.«

Gelina warf einen Blick über ihre Schulter auf den Sklaven, der den Olivenkern aufgehoben hatte und sich jetzt mit einem Tablett in die Küche zurückzog. »Hältst du es für klug, derartige Diskussionen zu führen, in Anbetracht…«

Crassus schnaubte und lehnte sich auf seinem Sofa zurück. »Also wirklich, Gelina, wenn ein Römer nicht einmal mehr in Anwesenheit seines Besitzes über das Wesen desselben reden darf, sind wir tief gesunken. Alles, was Fabius sagt, ist absolut richtig. Und was Dionysius und seine Idee angeht, daß es eine Art vager Kontinuität zwischen den Sklavenaufständen gibt, diese Vorstellung ist völlig absurd. Sklaven haben keine Verbindung zur Vergangenheit; wie sollten sie, wo sie nicht einmal die Namen ihrer Vorfahren kennen? Sie sind wie Pilze; sie sprießen aus einer Laune der Götter heraus massenhaft aus dem Boden. Was ist ihr Zweck? Als Werkzeuge von Männern zu dienen, die größer sind als sie selbst, damit diese Männer ihre größeren Ziele verwirklichen können. Sklaven sind die menschlichen Mittel, die uns von demselben göttlichen Willen gegeben wurden, der große Männer inspiriert und eine Republik wie die unsrige groß macht. Sklaven haben keine Vergangenheit, und die Vergangenheit kümmert sie nicht. Genausowenig wie sie eine Vorstellung von der Zukunft haben; andernfalls wüßten Spartacus und seinesgleichen, daß sie zu einem Schicksal verurteilt sind, das weit schlimmer ist als jenes, dem sie zu entkommen glaubten, als sie sich gegen ihre Herren wandten.«

»Hört, hört!« sagte Mummius angetrunken und knallte seinen Becher auf den Tisch. Metrobius warf ihm einen vernichtenden Blick zu und setzte an, etwas zu sagen, besann sich jedoch eines Besseren.

»Der gemeine Sklave, der auf den Feldern arbeitet, lebt von einem Tag auf den anderen«, fuhr Crassus fort, »und ist sich kaum mehr bewußt als seiner unmittelbaren Bedürfnisse und der Notwendigkeit, die Wünsche seines Herrn zu erfüllen. Zufriedenheit oder doch wenigstens Resignation ist der natürliche Zustand des Sklavenstandes; wenn diese Männer sich erheben und Höhergestellte töten, ist dies in der Tat unnatürlich, sonst würde es ständig passieren, und die Sklaverei könnte nicht existieren, was bedeutet, unsere Zivilisation könnte nicht existieren. Der Aufstand des Spartacus ist genau wie der des Zauberers Eunus und einer Handvoll anderer eine Verirrung, eine Perversion, ein Riß im von den Schicksalsgottheiten gewebten Band des Kosmos.«

Dionysius beugte sich vor und sah Crassus mit übertriebener Bewunderung an. »Du bist fürwahr der Mann der Stunde, Marcus Crassus. Nicht nur ein Staatsmann und General, sondern auch ein Philosoph. Es mag Menschen geben, wie verdreht auch immer, die behaupten, Spartacus sei der Mann der Stunde, weil er unsere Hoffnungen und Ängste diktiert, doch ich glaube, daß Rom ihn bald vergessen haben wird über dem Glanz unseres Sieges. Recht und Ordnung werden so wiederhergestellt sein, als hätte es Spartacus nie gegeben.«

»Hört, hört!« sagte Mummius.

Dionysius lehnte sich zurück und lächelte schüchtern. »Ich frage mich, wo dieser erbärmliche Spartacus in diesem Augenblick ist?«

»Er hat sich in der Nähe von Thurii eingegraben«, sagte Mummius.

»Ja, aber was macht er, während wir uns unterhalten? Schlägt er sich den Bauch mit geraubtem Proviant voll und prahlt vor seinen Männern mit gestohlenen Triumphen? Oder hat er sich bereits ins Bett zurückgezogen – welche Art Unterhaltung sollten ungebildete Sklaven schließlich so sehr genießen, daß sie sie nach Einbruch der Dunkelheit noch wach hält? Ich stelle mir vor, wie er im Dunkeln wach liegt, ruhelos und kein bißchen schläfrig, vage beunruhigt durch eine Ahnung, was Fortuna und Marcus Crassus für ihn bereithalten. Liegt er in einem Zelt, das nach seinem eigenen üblen Gestank mieft? Oder auf hartem Stein unter sternklarem Himmel – nein, gewiß nicht, dann wäre er den Blicken der Götter, die ihn verachten, schutzlos ausgeliefert. Ich denke, ein solcher Mann muß in einer Höhle schlafen, vergraben im Schoß der feuchten Erde wie das wilde Tier, das er ist.«

Mummius lachte kurz auf. »In Höhlen zu schlafen ist ganz und gar nicht schrecklich. Nicht, wenn ich den Geschichten Glauben schenken darf, die ich über die Jugendjahre eines bedeutenden Mannes gehört habe.« Er warf einen kalkulierenden Blick zu Crassus, der widerwillig lächelte.

Dionysius schürzte die Lippen, um ob dieser Wendung des Gesprächs, die er offenbar im Sinn gehabt hatte und bei der ihm Mummius unwissentlich als Gehilfe gedient hatte, ein triumphierendes Lächeln zu verbergen. Er lehnte sich zurück und nickte. »O ja, wie konnte ich eine derart bezaubernde Geschichte nur vergessen? Es war in den schlimmen Zeiten vor Sulla, als Tyrannen wie Cinna und Marius, Feinde aller Licinier, Angst und Schrecken in der ganzen Republik verbreiteten. Sie trieben Crassus' Vater in den Selbstmord und töteten seinen Bruder, während der junge Marcus – du kannst damals

211

nicht älter als fünfundzwanzig gewesen sein – nach Spanien fliehen mußte, um sein Leben zu retten.«

»Wirklich, Dionysius, ich glaube, jeder hier hat diese Geschichte schon etliche Male zu oft gehört.« Crassus versuchte, gelangweilt und mißbilligend zu klingen, doch das Lächeln in seinen Mundwinkeln verriet ihn. Ich hatte den Eindruck, daß es ihm genausowenig wie mir entgangen war, daß Dionysius absichtsvoll auf dieses Thema zugesteuert war, um seinen bisher noch ungeäußerten Standpunkt darzulegen, doch die Erinnerung an diese Geschichte behagte Crassus offensichtlich zu sehr, um ihrer erneuten Erzählung widerstehen zu können.

Dionysius drängte weiter. »Ich bin sicher, daß noch nicht jeder die Geschichte gehört hat – Gordianus zum Beispiel, und sein Sohn Eco. Die Geschichte mit der Höhle«, erklärte er und sah mich an.

»Das klingt vage vertraut«, räumte ich ein. »Vielleicht ein paar Fetzen Klatsch, die ich auf dem Forum mitbekommen habe.«

»Und Iaia und ihre junge Schülerin – sie können die Geschichte von Crassus und der Meerhöhle gewiß nicht kennen.« Dionysius wandte sich den beiden Frauen mit einem Blick zu, der seltsam an ein lüsternes Grinsen erinnerte. Ihre Reaktion war genauso seltsam. Olympias errötete noch mehr als zuvor, während Iaia blaß wurde und sich steif aufrichtete. »Die Geschichte ist mir durchaus bekannt«, protestierte sie.

»Dann soll sie um Gordianus' willen erzählt werden. Als der junge Crassus als Flüchtling vor den Verwüstungen Marius' und Cinnas in Spanien eintraf, hätte er erwarten können, freundlich empfangen zu werden. Seine Familie hatte alte Verbindungen; sein Vater hatte als Prätor in Spanien gedient, und Marcus hatte als Junge dort einige Zeit verbracht. Statt dessen traf er die römischen Besatzer und ihre Untertanen in übertriebener Ehrfurcht vor Marius an; niemand wollte mit ihm sprechen, geschweige denn ihm helfen, und es bestand in der Tat durchaus die Gefahr, daß irgend jemand ihn verraten und seinen Kopf an die Partisanen des Marius ausliefern könnte.

Also floh er die Stadt, aber nicht allein – du warst doch mit einigen Begleitern unterwegs, oder nicht?«

»Mit drei Freunden und zehn Sklaven«, sagte Crassus.

»Richtig, also er floh mit seinen drei Freunden und zehn Sklaven die Stadt und reiste an der Küste entlang, bis er den Besitz eines alten Bekannten seines Vaters erreichte. Der Name ist mir entfallen …«

»Vibius Paciacus«, sagte Crassus mit einem wehmütigen Lächeln.

»Ach ja, Vibius. Auf seinem Land befand sich zufällig eine Höhle, direkt am Meer, an die sich Crassus aus seiner Jugend erinnerte. Er beschloß, sich dort mit seinen Begleitern eine Weile zu verstecken, ohne Vibius davon in Kenntnis zu setzen, weil er den alten Freund nicht grundlos in Gefahr bringen wollte. Doch schließlich gingen ihnen die Vorräte aus, und Crassus schickte einen Sklaven zu Vibius, um dessen Stimmung zu erkunden. Der alte Herr war entzückt zu hören, daß Crassus entkommen und in Sicherheit war. Er erkundigte sich nach der Größe der Gesellschaft und befahl seinem Verwalter, jeden Tag Essen zubereiten und an einen versteckten Ort an den Klippen bringen zu lassen. Vibius drohte dem Verwalter mit dem Tod, wenn er seine Nase tiefer in die Angelegenheit stecken oder irgendwelche Gerüchte verbreiten würde, und versprach ihm die Freiheit, wenn er seine Befehle gehorsam ausführen würde. Nach und nach brachte der Mann auch Bücher, Lederbälle zum Trigonspielen und andere Zerstreuungen, ohne die Flüchtlinge oder ihr Versteck je selbst zu Gesicht zu bekommen. Die Höhle –«

»Oh, diese Höhle«, unterbrach Crassus ihn. »Ich hatte als Junge oft dort gespielt, damals war sie mir geheimnisvoll und gespenstisch vorgekommen wie die Höhle der Sibylle. Sie lag direkt am Meer, doch in sicherer Höhe oberhalb des Strandes, umgeben von steilen Klippen. Der Pfad zu ihrem Eingang ist eng, steil und schwer zu finden; im Innern dehnt sich das Hauptgewölbe der Höhle zu erstaunlicher Höhe mit Kammern zu beiden Seiten. Am Fuß der Klippen entspringt eine klare Quelle, so daß es genug Wasser gibt, und Risse durchziehen den Fels, so daß hinreichend Tageslicht hineinfällt, während man gleichzeitig vor Wind und Regen geschützt ist. Also ein ganz und gar nicht dunkler oder feuchter Ort, dank der Dicke der Felsmauern; die Luft war recht trocken und rein. Ich kam mir wieder vor wie ein kleiner Junge, frei von allen weltlichen Sorgen, sicher versteckt. Die vorherigen Monate mit dem Tod meines Vaters und meines Bruders und der Panik in Rom waren eine grausame Tortur gewesen. Es gab schwermütige Tage in dieser Höhle, doch ich hatte gleichzeitig das Gefühl, daß die Zeit stillstand und daß im Moment nichts von mir verlangt wurde; weder Trauer noch Rache, noch der Kampf um einen Platz in der Welt. Ich glaube, meine Freunde haben sich mit der Zeit ziemlich gelangweilt und wurden zunehmend rastlos; und für die Sklaven gab es kaum genug zu tun, aber für mich war es eine Zeit der Ruhe und Abgeschiedenheit, die ich schmerzhaft gebraucht hatte.«

»Und schließlich, so geht die Legende, wurden alle Bedürfnisse befriedigt«, sagte Dionysius.

»Alethea und Diona«, sagte Crassus, in Erinnerung lächelnd. »Eines Morgens kam der Sklave, der losgeschickt worden war, unsere tägliche Verpflegung abzuholen, zurückgerannt, aufgeregt und kaum in der Lage, ein Wort hervorzubringen. Er behauptete, zwei Göttinnen, eine blond, die andere brünett, seien aus dem Meer gestiegen und kämen am Strand entlang auf uns zu. Ich kroch den Pfad hinunter und betrachtete sie, hinter einem Felsen versteckt. Wenn sie aus dem Meer gestiegen waren, waren sie von Kopf bis Fuß seltsam trocken geblieben, und es kam mir eigenartig vor, daß sie als Göttinnen in gewöhnliche Gewänder gekleidet waren, die längst nicht so schön waren wie sie selbst.

Ich zeigte mich ihnen, und sie kamen ohne Zögern auf mich zu. Die Blonde trat vor und verkündete, daß sie Alethea, eine Sklavin, sei, und fragte mich, ob ich ihr neuer Herr sei. Da begriff ich, daß Vibius sie geschickt hatte, weil er wußte, daß ich seit meiner Abreise aus Rom mit keiner Frau zusammengewesen war, und er mir als einem jungen Mann von fünfundzwanzig Jahren der bestmögliche Gastgeber sein wollte. Mit Alethea und Diona gestaltete sich der Rest dieser acht Monate ungleich angenehmer.«

»Wie hat dein Aufenthalt geendet?« fragte ich.

»Wir erhielten die Nachricht, daß Cinna getötet worden und Marius damit endlich verwundbar war. Ich scharte alle Anhänger, die ich finden konnte, um mich und zog los, um mich Sulla anzuschließen.«

»Und die Sklavenmädchen?« fragte Fabius.

Crassus lächelte. »Einige Jahre später kaufte ich sie Vibius ab. Ihre Schönheit war noch nicht verblaßt, genausowenig wie meine Jugend. Wir hatten eine höchst amüsante Wiedervereinigung. Ich fand in meinem Haus in Rom einen Platz für sie, und sie waren mir seither zu Diensten. Ich habe Vorkehrungen getroffen, daß für sie gut gesorgt sein wird.«

»Eine charmante Episode in einem so turbulenten und faszinierenden Leben!« sagte Dionysius und klatschte in die Hände. »Diese Geschichte hat mich stets gefesselt, vor allem in jüngster Zeit. Sie hat etwas so Liebreizendes und Flüchtiges in ihren scheinbar nicht zueinander passenden Bestandteilen – die Vorstellung einer Höhle am Meer, die als Versteck genutzt wird, das Bild eines wunderschönen Mädchens, das einem Flüchtling Nahrung bringt, die verführerische Unwahrscheinlichkeit des Ganzen. Es klingt fast zu sehr wie eine Fabel, als daß es sich tatsächlich hätte ereignen können. Könnt ihr euch vorstellen, daß so etwas noch einmal passieren könnte? Daß sich derart seltsame Umstände, ein wenig verschoben, an einem anderen Ort zu einer anderen Zeit wiederholen könnten?«

Dionysius war enorm von sich eingenommen und schnurrte wie eine Katze vor Entzücken über seine eigene Rhetorik, während ich mich dabei ertappte, statt dessen Olympias anzusehen, die sichtbar zitterte, und Iaia, die die Hand ihrer Schülerin ergriff und sie drückte, und zwar nicht zu sachte, so wie sich die Haut des Mädchens unter ihrem Griff weiß verfärbte.

»Willst du uns eine Art Rätsel stellen?« fragte Crassus, der schon wieder begann, sich zu langweilen.

»Vielleicht«, erwiderte Dionysius. »Vielleicht aber auch nicht. Es geschehen heutzutage viele seltsame Dinge in dieser Welt, beunruhigende Begebenheiten von der Art, wie sie sich ereignen, wenn der Wille der Götter verzerrt wird und die Grenze zwischen Sklaven und Freien verschwimmt. Inmitten solchen Chaos werden die unnatürlichsten Bündnisse geschmiedet und bösartiger Verrat blüht. Deshalb haben wir einen Mann wie Gordianus in unserer Mitte sitzen. Ist er nicht hier, die Wahrheit zu ergründen und unser Mißtrauen zu zerstreuen? Sag mir, Gordianus, hättest du etwas dagegen, wenn ich beschließen würde, bei dieser Suche nach der Wahrheit als dein Rivale aufzutreten? Der Philosoph gegen den Sucher? Was würdest du dazu sagen, Crassus?«

Crassus sah ihn finster an und versuchte genau wie ich, den Zweck dieses Ansinnens zu ergründen. »Wenn du damit meinst, daß du das Rätsel um den Mord an meinem Vetter Lucius lösen kannst –«

»Genau das meine ich. Parallel zu Gordianus habe ich meine eigenen Ermittlungen angestellt, wenngleich auf anderen Pfaden. Im Augenblick habe ich noch nichts zu enthüllen, doch ich glaube, daß ich schon sehr bald in der Lage sein werde, alle Fragen zu beantworten, die sich aus diesem tragischen Vorfall ergeben haben. Ich halte es für meine Pflicht als Philosoph und als dein Freund, Marcus Crassus.« Er fixierte sein Kinn zu einem starren, freudlosen Lächeln und blickte von Gesicht zu Gesicht. »Ah, doch jetzt muß das Mahl beendet sein, denn mein Gebräu ist eingetroffen.«

Dionysius nahm den Becher von einem Sklaven, der wortlos wartend neben seinem Sofa stand. Er nippte an dem grünen Schaum. Neben ihm wanden sich Olympias und Iaia, als wäre ihr Sofa mit winzigen Nesseln ausgestopft. Sie bemühten sich angestrengt, die stumme Panik zu verbergen, die sich ihrer, so schien es mir, langsam bemächtigt hatte, ein Bemühen, das ihnen kläglich mißlang.

FÜNFZEHN

»Keinen einzigen Bissen bis morgen abend. Stell dir das vor!«
Sergius Orata stand allein auf der Terrasse vor dem Eßzimmer.
Als ich hinzutrat, sah er sich um und blickte dann wieder
wehmütig zu den Lichtern von Puteoli hinüber, als könne er
den Duft eines spätabendlichen Mahls riechen, das auf der
anderen Seite der Bucht serviert wurde. »Fasten ist schon
schlimm genug, aber erst recht nach einem derart kargen Essen. Mein Magen wird durch alle Grabreden hindurch knurren. Das hätte Lucius Licinius bestimmt nicht gewollt. Als er
noch unter uns weilte, war jeder Abend ein Fest.«

Die Baumkronen rauschten in der kühlen Brise. Im Haus
räumten die Sklaven leise die Überreste der abendlichen Tafel ab, man hörte das gedämpfte Klirren von Messern und Löf-
feln. Im Einklang mit dem feierlichen Ernst des Anlasses hatte
es im Anschluß an das Essen kein Unterhaltungsprogramm gegeben. Sobald sich Marcus Crassus erhoben und entschuldigt
hatte, hatten sich die anderen Gäste erleichtert zerstreut. Eco,
der kaum noch in der Lage gewesen war, seine Augen offen-
zuhalten, war direkt ins Bett gegangen. Nur Orata und ich waren zurückgeblieben. Ich vermutete, daß er sich in der Aura
des Abendessens herumtrieb wie ein frustrierter Liebhaber
um das leere Bett seiner Geliebten und jedem Dufthauch und
der Erinnerung dessen nachgrübelte, was er so sehnlich verlangte und doch nicht haben konnte.

»War Lucius Licinius derart ausschweifend?« fragte ich.

»Ausschweifend? Lucius?« Orata zuckte seine rundlichen
Schultern. »Nicht gemessen an den Maßstäben von Baiae.
Nach römischen Vorstellungen war er allerdings vermutlich
der Typus, dem der Senat ständig mit der Verabschiedung
irgendeines drakonischen Anti-Luxus-Gesetzes droht. Man
könnte sagen, er gab sein Geld mit Vergnügen aus.«

»Oder Crassus' Geld?«

Orata runzelte die Stirn. »Genaugenommen, ja. Und
doch...«

Ich trat neben ihn und stützte mich auf die steinerne Brüstung. Nach der ersten Kühle des Abends hatte sich die Luft offenbar beruhigt und sogar wieder ein wenig erwärmt, wie es am Golf manchmal vorkommt. Ich betrachtete die Kette der Lichter entlang der Küste, winzig wie Sterne. Dunkle Küstenstriche wechselten sich mit Abschnitten gedämpften Feuers ab, wo die Städte in der kristallklaren Luft glitzerten wie Juwelen.

»Du warst hier in der Nacht, als Lucius Licinius ermordet wurde, nicht wahr?« sagte ich leise. »Es muß ein ziemlicher Schock gewesen sein, am Morgen aufzuwachen und zu entdecken —«

»Fürwahr ein Schock. Und als ich von dem Namen erfuhr, den man in den Stein geritzt hatte, sowie von der Tatsache, daß seine eigenen Sklaven für die Tat verantwortlich waren – stell dir das vor, sie hätten uns alle im Schlaf ermorden können! So etwas ist vor wenigen Wochen unten in Lucania passiert, als Spartacus sich seinen Weg nach Thurii freikämpfte. Eine wohlhabende Familie mit all ihren Hausgästen wurde in der Nacht massakriert. Die Frauen wurden vergewaltigt und die Kinder gezwungen, der Enthauptung ihrer Väter beizuwohnen. Es läßt einem das Blut in den Adern gefrieren.«

Ich nickte. »Dein Besuch hier – war der rein privat?«

Orata lächelte matt. »Ich tue selten etwas rein privat. Selbst das Essen dient einem lebenswichtigen Zweck, habe ich nicht recht? Ich bin das ganze Jahr über rund um den Golf in zahlreichen Häusern zu Gast, und ich genieße es sehr. Doch es bleibt auch stets genug Zeit fürs Geschäft. Völlig müßig zu leben und dem Vergnügen nur um seiner selbst willen zu frönen wäre dekadent. Ich muß stets auf irgendein Ziel hinarbeiten; ich bin zwar in Puteoli geboren, doch ich glaube, darin folge ich römischen Tugenden.«

»Dann hattest du Geschäfte mit Lucius Licinius?«

»Es gab gewisse Pläne.«

»Seine Bäder hattest du bereits restauriert – eine wirklich beeindruckende Arbeit.« Er quittierte das Kompliment mit einem Lächeln. »Was gab es sonst noch zu tun? Einen Fischteich anzulegen?«

»Für den Anfang.«

»Ich hatte lediglich gescherzt.«

»Hier in Baiae solltest du dich mit Scherzen über Fischteiche zurückhalten. Hier weinen bedeutende Männer Tränen echter Trauer, wenn ihre Meeräschen sterben, und Tränen wahrer Freude, wenn sie laichen.«

»In Rom sagt man, die Baiaer hätten eine Fischzucht-Manie entwickelt.«

»Sie haben sie zu einem Laster gemacht«, vertraute Orata mir lachend an, »so wie die Parther angeblich schlichte Pferderennen zu einem Laster gemacht haben. Doch für einen Mann, der die Geheimnisse der Zunft kennt, springt dabei ein ordentlicher Profit heraus.«

»Ist es ein teurer Zeitvertreib?«

»Er kann es sein.«

»Und Lucius war bereit, einem solchen Luxus zu frönen? Das verstehe ich nicht. War er nun reich oder nicht? Wenn er so viel Geld hatte, warum besaß er dann kein eigenes Haus?«

»Also …« Orata hielt inne und zog sein Gesicht in die Länge. »Du mußt verstehen, Gordianus, daß ich nach meinen Vorfahren und den Göttern nichts so sehr respektiere wie die Vertraulichkeit der privaten Vermögensverhältnisse eines anderen Menschen. Ich gehöre nicht zu denen, die über den Quell oder das Ausmaß des Reichtums eines anderen tratschen. Da Lucius jedoch tot ist …«

»Ja?«

»Möge mir sein Schatten vergeben, wenn ich dir sage, daß hinter Lucius' Finanzen mehr steckte, als auf den ersten Blick ersichtlich war.«

»Ich fürchte, ich kann dir nicht ganz folgen.«

»Lucius hatte für diese Villa allerlei Renovierungsarbeiten und Anbauten geplant. Deswegen hatte er mich für ein paar Tage eingeladen, um Praktikabilität und Kosten einiger Projekte durchzusprechen, die er im Sinn hatte.«

»Aber warum sollte er so viel Geld ausgeben, um ein Haus zu verschönern, in dem er nur Pächter war?«

»Weil er vorhatte, Crassus das Haus abzukaufen, und zwar schon sehr bald.«

»Wußte Crassus davon?«

»Ich glaube nicht. Lucius hat mir erzählt, daß er Crassus im Laufe des nächsten Monats ein Angebot machen wollte, und er wirkte zuversichtlich, daß jener dieses Angebot annehmen würde. Hast du eine Ahnung, was eine Villa wie diese kostet, vor allem, wenn man die Kosten für den Erhalt hinzurechnet?« Orata senkte seine Stimme. »Er hat mir ganz im Vertrauen erzählt, daß seine Chance, sich von Crassus zu befreien, endlich gekommen sei. Er schlug mir vor, daß wir beide eine Partnerschaft begründen sollten; meine geschäftliche Erfahrung würde mit seinem Kapital eine ideale Verbindung eingehen, meinte er. Er hatte einige sehr gute Ideen, wie ich zugeben muß.«

»Doch du warst skeptisch.«

»Das Wort ›Partnerschaft‹ macht mich immer skeptisch. Ich habe schon sehr früh gelernt, stets meine eigenen Wege zu gehen.«

»Aber wenn Lucius das Geld anbot –«

»Das ist es ja gerade: Wo hatte er es her? Als ich die Bäder in diesem Haus renoviert habe, hat Crassus den endgültigen Vertrag unterschrieben, und Crassus hat auch immer dafür gesorgt, daß ich meine Honorare pünktlich erhielt. Aber gelegentlich traten zusätzliche Kosten auf, Kleinigkeiten, mit denen Lucius Crassus nicht behelligen mochte, so daß er sie meist selbst erstattete. Er tat stets so, als wäre es schon ein großes Opfer, auch nur ein paar Sesterzen für eine Wagenladung Kalk aufzubringen.« Orata runzelte seine plumpe Stirn. »Ich habe ja bereits erwähnt, daß Lucius gerne üppige Abendessen gab, aber das war erst seit ein oder zwei Jahren so. In früheren Zeiten gab er immer vor, wohlhabender zu sein, als er in Wirklichkeit war. Man konnte sozusagen das Messing unter dem Gold durchschimmern sehen – die Austern mochten frisch sein, doch man sah, daß die Sklaven für jeden neuen Gang dieselben Silberlöffel polierten, weil nicht genug vorrätig waren, um damit ein mehrgängiges Mahl zu bestreiten.«

»In der Tat feinsinnig beobachtet.«

»In meiner Zunft lernt man die feinen Unterschiede zwischen wahrem und vorgeblichem Reichtum zu erkennen. Ich hasse es, auf einer Rechnung sitzenzubleiben, die ich nicht eintreiben kann.«

»Und im Laufe des letzten Jahres konnte sich Lucius alle Silberlöffel kaufen, die er brauchte?«

»Genau. Und offenbar schien er weitere Neuerwerbungen zu planen.«

»Dann muß er das Gehalt, das Crassus ihm zahlte, sehr lange angespart haben.«

Orata schüttelte bedrückt den Kopf.

»Was dann? Hatte er noch eine andere Einnahmequelle?«

»Nicht daß ich wüßte. Und es gibt nur sehr wenige geschäftliche Transaktionen rund um den Golf, von denen ich nichts weiß – zumindest nur sehr wenige legale geschäftliche Transaktionen.«

»Du meinst –«

»Ich meine nur, daß Lucius' plötzlicher Reichtum mir ein Rätsel war.«

»Und Crassus?«

»Ich glaube nicht, daß Crassus davon wußte.«

»Doch was hätte Lucius tun können, daß nicht einmal Crassus davon erfuhr? Willst du andeuten, daß es irgendwelche geheimen –«

»Ich will überhaupt nichts andeuten«, beharrte Orata mit nichtssagender Höflichkeit. Er löste seinen Blick von der Bucht und betrachtete das Haus. Die letzten Spuren des Abendessens waren beseitigt; sogar die Serviertische waren weggetragen worden. Er seufzte und schien mit einem Mal jedes Interesse an unserer Unterhaltung verloren zu haben. »Ich denke, ich ziehe mich jetzt auf mein Zimmer zurück.«

»Aber Sergius Orata, du mußt doch gewiß irgendwelche Ideen oder Vermutungen haben –«

Er hob recht ausladend die Schultern und breitete die Hände aus, eine wohlgeübte Geste, um unerwünschte Investoren und Klienten abzuschütteln, die zu unbedeutend waren, um sich mit ihnen abzugeben. »Ich weiß nur, daß Marcus Crassus auch hergekommen ist, um Lucius' Buchführung sorgfältig zu überprüfen und sich persönlich einen Überblick über seine Kapitalanlagen rund um den Golf zu verschaffen. Wenn er lange und gründlich genug nachsieht, wird er vermutlich auf ein paar überaus unangenehme Überraschungen stoßen.«

Auf meinem Weg zur Bibliothek mied ich das Atrium, wo die sterblichen Überreste von Lucius Licinius aufgebahrt lagen; wenn meine Mission sich nun auch darauf erstreckte, gewisse peinliche oder möglicherweise sogar kriminelle Transaktionen seinerseits aufzudecken, wollte ich nicht mitten in der Nacht seinem Schatten begegnen. Ich trug eine Lampe, um mich in den unvertrauten Fluren zurechtzufinden, was jedoch kaum nötig gewesen wäre; Mondlicht fiel wie flüssiges Silber durch die Fenster und Oberlichter und erfüllte die Flure und Hallen mit einem kalten Leuchten.

Ich hoffte, die Bibliothek leer vorzufinden, doch als ich um die Ecke kam, sah ich den Leibwächter, der schon am Vorabend die Tür bewacht hatte. Bei meinem Auftauchen wandte er seinen Kopf mit militärischer Präzision und fixierte mich mit stechendem Blick, der erst weicher wurde, als er mich erkannte. Die starre Maske seines Antlitzes löste sich, ja, je näher ich kam, desto kummervoller sah es aus. Als ich nahe genug war, um die Stimmen hinter der Tür zu vernehmen, begriff ich seine Verlegenheit.

Sie mußten ziemlich laut miteinander gesprochen haben, um durch die schwere Eichentür verständlich zu sein. Crassus' rhetorisch geschulte Stimme klang deutlicher, die andere Stimme hatte ein tieferes, grollendes Timbre, das nicht so leicht zu verstehen war, auch wenn das dröhnende Organ unverkennbar Marcus Mummius gehörte.

»Zum letzten Mal, es wird keine Ausnahmen geben!« Das war Crassus. Es folgte eine grummelnde Erwiderung von Mummius, zu gedämpft, um mehr als ein paar Wortfetzen zu verstehen – »wie oft... stets loyal, selbst als... du schuldest mir diesen Gefallen.«

»Nein, Marcus, nicht einmal als Gefallen!« brüllte Crassus. »Laß die tote Vergangenheit ruhen. Dies ist eine Frage der Politik – ohne jede persönliche Rücksichtnahme. Wenn ich auch nur eine sentimentale Ausnahme zulasse, wird das Ganze kein Ende nehmen – Gelina wird wollen, daß ich sie alle rette! Was für einen Eindruck würde das wohl in Rom machen? Nein, ich werde mich nicht zum Narren machen lassen, nur weil es dir an gesundem Menschenverstand mangelt, derlei kleinliche Anhänglichkeiten zu vermeiden –«

Das rief einen wütenden Wortschwall von Mummius hervor; ich konnte die einzelnen Worte nicht verstehen, doch die Seelenqual unter all dem Zorn war unüberhörbar. Einen Moment später wurde die Tür plötzlich so heftig aufgerissen, daß der Leibwächter zurückwich und sein Schwert zog.

Heraus trat Mummius, mit hochrotem Kopf und hervorquellenden Augen, das Kinn so hart und starr gereckt, daß man damit Steine hätte zermahlen können. Er wandte der Bibliothek den Rücken zu und ballte die Fäuste, wobei die Venen in seinen kräftigen Unterarmen hervortraten wie die Adern auf seiner Stirn. »Wenn du und Lucius zugelassen hättet, daß ich ihn für mich kaufe, wäre es nie so weit gekommen! Du könntest dem Jungen nichts anhaben! Und wenn Jupiter persönlich versuchen würde, ihm ein Haar zu krümmen, ich würde –«

Er gab ein würgendes Geräusch von sich und begann, unfähig weiterzusprechen, zu zittern. Erst jetzt schien er zu bemerken, daß noch jemand im Flur stand. Er starrte leeren Blickes zuerst den Wächter und dann mich an. Sein Gesicht blieb wutverzerrt, doch seine Augen glänzten heiß und begannen, sich mit Tränen zu füllen.

Ein Stück den Flur hinunter Richtung Atrium öffnete sich eine Tür. Die Haare wirr, die Schminke verschmiert, spähte Gelina mit verwirrter Miene in den Flur. »Lucius?« flüsterte sie heiser. Selbst auf die Entfernung konnte ich den Wein riechen, den sie ausdünstete.

Crassus kam aus der Bibliothek. Einen Moment lang herrschte angespanntes Schweigen. »Geh zurück in dein Bett, Gelina«, sagte Crassus streng. Sie zog die Brauen zusammen und gehorchte widerspruchslos. Crassus blähte die Nüstern mit einem tiefen Seufzer und hob das Kinn. Einen langen Augenblick erwiderte Mummius sein Starren, bevor er herumfuhr und wortlos den Flur hinuntereilte. Der junge Wächter steckte sein Schwert leise zurück in die Scheide, biß die Zähne zusammen und starrte stur geradeaus. Ich öffnete den Mund, um meine Anwesenheit irgendwie zu erklären, doch Crassus entließ mich aus dieser Pflicht.

»Steh hier nicht rum und halte Maulaffen feil. Komm rein!«

Mit den typischen guten Manieren des Adels erwähnte Crassus den Streit, den ich gerade mit angehört hatte, mit keinem Wort. Außer seiner leicht geröteten Stirn und dem Seufzer, der ihm entwich, als er die Tür hinter uns schloß, deutete nichts in seinem Verhalten auf das Geschehene hin, so als wäre es nie passiert. Wie am Vorabend trug er gegen die Kälte ein Gewand, das eher an einen griechischen Chlamys als an einen römischen Umhang erinnerte; offenbar hatte ihn die Auseinandersetzung hinreichend aufgewärmt, denn er legte das Kleidungsstück ab und warf es auf die Zentauren-Statue. »Wein?« bot er mir an und nahm einen Becher aus dem Regal. Ich bemerkte, daß bereits zwei Becher auf dem Tisch standen, einer für ihn selbst und einer für Mummius; beide waren leer.

»Fasten wir nicht?«

Crassus zog eine Braue hoch. »Ich habe aus berufenem Mund gehört, daß man sich des Weins nicht enthalten muß, wenn man für einen Toten fastet. Dieser Brauch kann so oder so ausgelegt werden, hat man mir gesagt, und nach meiner Erfahrung ist es immer das beste, alte Bräuche nach den momentanen Bedürfnissen auszulegen.«

»Aus berufenem Mund, sagst du?« Ich nahm auf dem Stuhl Platz, den Crassus mir angeboten hatte, während er seinen herumdrehte und gegen den mit Dokumenten übersäten Tisch lehnte.

Crassus lächelte und nippte an seinem Wein. Er schloß die Augen und fuhr sich mit den Fingern durch sein schütteres Haar. Er sah auf einmal sehr müde und erschöpft aus. »Aus in der Tat sehr berufenem Munde. Dionysius sagt, daß Wein das metaphysische Äquivalent von Blut ist, das einem Fastenden genausowenig verwehrt werden dürfe wie die Luft, die er atmet.«

»Ich vermute, Dionysius wäre bereit, dir alles zu sagen, was du seiner Meinung nach hören möchtest.«

Crassus nickte. »Genau. Ein hoffnungsloser Speichellecker – und Speichellecker kann ich im Moment nicht gebrauchen. Was sollte der ganze Quatsch heute abend, von wegen, er wolle als dein Rivale antreten? Hast du ihn beleidigt?«

»Ich habe bisher kaum ein Wort mit ihm gewechselt.«

»Ah, dann hat er sich diesen Plan, den Mord an Lucius auf eigene Faust aufzuklären, nur zusammengesponnen in dem Glauben, er könne mich damit beeindrucken. Du begreifst doch, was hier vor sich geht, oder nicht? Nach Lucius' Ableben und der anstehenden Auflösung des Haushalts... so oder so... wird er einen neuen Patron und eine neue Residenz brauchen.«

»Und er würde sich gerne an dich hängen?«

Crassus lachte freudlos und trank noch einen Schluck Wein. »Ich vermute es zumindest und sollte mich geschmeichelt fühlen. Offenbar glaubt er, daß ich auf dem Weg nach oben bin. Spartacus hat bisher nur zwei römische Konsuln erniedrigt und jede Armee geschlagen, die ausgesandt wurde, ihn zu vernichten; was habe ich schon groß zu befürchten?«

Diese Anwandlung von Selbstzweifel kam so unerwartet, daß ich sie im ersten Moment völlig überhörte. »Ist es denn so sicher, daß man dir das Kommando gegen Spartacus übertragen wird?«

»Wer sollte es sonst übernehmen? Jeder römische Politiker mit hinreichender militärischer Erfahrung zittert vor Angst. Jeder will, daß sich ein anderer mit Spartacus herumschlagen soll.«

»Was ist mit –«

»Erwähne nicht einmal seinen Namen! Wenn ich ihn nie wieder hören müßte, könnte ich glücklich sterben.« Crassus lehnte sich an den Tisch, und seine Gesichtszüge wurden weicher. »Eigentlich hasse ich Pompejus gar nicht. Unter Sulla waren wir gute Kameraden. Niemand kann behaupten, sein Ruhm wäre unverdient. Der Mann ist brillant – ein großer Taktiker, ein hervorragender Führer, ein ausgezeichneter Politiker. Außerdem auch noch so gutaussehend wie ein Halbgott. Er sieht wirklich aus wie eine Alexanderbüste oder hat zumindest früher einmal so ausgesehen. Reich ist er auch! Die Leute sagen, ich wäre reich, doch sie vergessen, daß Pompejus genauso wohlhabend ist wie ich, wenn nicht wohlhabender. Pompejus sei brillant, sagen sie, Pompejus sei gutaussehend, aber Reichtum sagt man nur mir nach – ›Crassus, Crassus, reich wie Krösus‹.« Er griff nach dem Weinkrug und füllte seinen Becher aufs neue. Er bot den Wein auch mir an, doch ich zeigte ihm, daß mein Becher noch halb voll war. »Außerdem hat Pompejus alle Hände voll in Spanien zu tun, um diesen Rebellen Sertorius in seine Schranken zu weisen. Er kann unmöglich rechtzeitig hier sein, um auch noch Spartacus den Todesstoß zu versetzen. Das heißt, vielleicht könnte er, aber er wird es nicht tun, weil ich diese Aufgabe bereits erledigt haben werde. Was weißt du überhaupt über Spartacus?«

»Nicht mehr als die Händler auf den Märkten in der Subura, wo man mir erzählt, daß sich die Preise wegen eines gewissen Spartacus verdreifacht haben.«

»Darauf läuft am Ende alles hinaus, nicht wahr? Sie können ruhig eine Stadt auf dem Land niederbrennen und die Stadtväter an den Knöcheln aufhängen, richtig ernst wird es erst, wenn Spartacus und sein häßlicher kleiner Aufstand das Leben für den Pöbel in Rom unbequem machen. Die Situation ist dermaßen absurd, daß kein Mensch sie so hätte erfinden können; es ist wie ein Alptraum, der nicht vergehen will. Weißt du noch, wo er angefangen hat?«

»In Capua, oder nicht?«

Crassus nickte. »Ganz in der Nähe, nur einen kurzen Ritt über die Via Consularis von Puteoli. Ein Idiot namens Batiatus unterhielt dort am Stadtrand eine Gladiatorenschule; er kaufte seine Sklaven im Paket, sortierte die schwachen aus, trainierte die kräftigen und verkaufte sie an Kunden in ganz Italien. So kam er eines Tages auch an eine Truppe Thraker – gute Kämpfer, aber notorisch launisch. Batiatus beschloß, ihnen von Anfang an klarzumachen, wer Herr im Haus war, deshalb hielt er sie wie Tiere im Käfig, gab ihnen nur dünnen Haferschleim und Wasser und ließ sie lediglich zum Drill und Training heraus. Der Narr! Wie kommt es, daß Männer, die im Traum nie ein Pferd schlagen oder ein gutes Stück Boden salzen würden, so rücksichtslos mit menschlichem Besitz umgehen? Vor allem einem Besitz, der weiß, wie man eine Waffe trägt und damit tötet. Ein Sklave ist ein Werkzeug – wenn man es klug benutzt, wird man davon profitieren, wenn man es töricht verwendet, werden alle Mühen umsonst sein.

Aber ich sprach von Spartacus. Normalerweise hätte Batiatus den Willen dieser Thraker irgendwann gebrochen, so oder so, vielleicht hätten sie auch gegen ihn aufbegehrt und wären an Ort und Stelle getötet worden, womit eine traurige Episode ihr trauriges Ende gefunden hätte. Doch unter ihnen war ein Mann namens Spartacus. Es kommt bisweilen vor, daß man selbst unter Sklaven einen Mann von kraftvollem Charakter findet, einen brutalen Schläger, der es versteht, andere brutale Schläger um sich zu scharen, die ihm gehorchen. Daran ist nichts Mystisches – vermutlich hat Dionysius auch dich mit seiner langweiligen Geschichte um den vermeintlichen Zauberer Eunus und den Sklavenaufstand auf Sizilien vor sechzig Jahren gelangweilt, im übrigen eine durch und durch widerwärtige

Affäre; zum Glück blieb sie auf die Insel beschränkt. Man beginnt sich bereits denselben Unsinn über Spartacus zu erzählen, daß er, bevor er in die Sklaverei verkauft wurde, gesehen wurde, wie er schlafend lag, während sich Schlangen um seinen Kopf wanden, und daß die Sklavin, die er seine Frau nennt, eine Art Prophetin ist, die in Zuckungen verfällt und für den Gott Bacchus spricht.«

»Das erzählt man sich auch auf den Märkten der Subura«, gab ich zu.

Crassus rümpfte die Nase. »Warum irgend jemand freiwillig in der Subura lebt, wo es doch so viele anständige Viertel in Rom gibt –«

»Mein Vater hat mir ein Haus auf dem Esquilin vererbt«, erklärte ich.

»Hör auf meinen Rat, verkaufe deine alte Rattenfalle auf dem Esquilin und erwerbe etwas Neues außerhalb der Stadtmauern; draußen auf dem Campus Martius jenseits des Forum Holitorium gibt es jede Menge Neubauten, in der Nähe der alten Docks. Direkt am Fluß, saubere Luft, gute Geldanlage. Mehr Wein?«

Ich nahm das Angebot an. Crassus rieb sich die Augen, doch an der Art, wie sein Kiefer malmte, sah ich, daß er nicht müde war.

»Aber wir sprachen von Spartacus«, sagte er. »Am Anfang waren es nur siebzig – kannst du dir das vorstellen, nur siebzig Elende? Thrakische Gladiatoren, die beschlossen hatten, ihrem Herrn zu entfliehen. Sie hatten nicht einmal einen Plan; sie wollten ursprünglich eine passende Gelegenheit abwarten und nach einer Fluchtmöglichkeit Ausschau halten, doch dann wurden sie von einem aus ihren eigenen Reihen verraten – Sklaven verraten einander ständig – und reagierten spontan, nur mit Äxten und Spießen aus der Küche bewaffnet. Die Göttin Fortuna muß auf die Erde hinabgeblickt haben und amüsiert gewesen sein, denn auf ihrer Flucht aus der Stadt trafen die Sklaven auf einen Kutscher mit einem Wagen voller Waffen, der auf dem Weg zu Batiatus' Gladiatoren-Schule war.

Von da an schien sie nichts mehr aufhalten zu können. Natürlich wurde die Bedrohung zunächst völlig falsch eingeschätzt; kein Mensch in Rom konnte einen Gladiatoren-Aufstand ernst nehmen, also schickte man Clodius mit einer halben Legion unausgebildeter Soldaten los und glaubte, das wäre das Ende der Geschichte. Ha! Es war lediglich das Ende von Clodius' politischer Karriere. Siege nähren sich von Siegen; jedesmal wenn Spartacus erneut über römische Waffen triumphiert hatte, fiel es ihm leichter, weitere Sklaven aufzuhetzen, sich ihm anzuschließen. Man sagt, daß er mittlerweile eine bewegliche Nation von mehr als einhunderttausend Männern, Frauen und Kindern befehligt. Und nicht nur Sklaven; sogar freigeborene Viehtreiber und Hirten haben ihr Schicksal in seine Hände gelegt. Man behauptet auch, daß er seine Beute ohne Rücksicht auf Rang und Stellung verteilt; sein Fußvolk bekommt den gleichen Anteil wie seine Generäle.«

Crassus kräuselte die Lippen, als wäre sein Wein sauer geworden. »Die ganze Affäre ist pervers! Die Vorstellung, daß es so weit kommen konnte, daß ich im Streben nach Ruhm gegen einen Sklaven, einen Gladiator, antreten muß. Der Senat wird mir nicht einmal einen Triumph gewähren, wenn ich gewinne, ungeachtet der Tatsache, daß Spartacus eine größere Bedrohung für die Republik darstellt, als es Mithridates oder Jugurtha je gewesen sind. Wenn ich Glück habe, geben sie mir einen Siegerkranz. Und falls ich verliere…« Ein Schatten fiel auf sein Gesicht. Er murmelte ein Bittgebet, tauchte die Fingerspitzen in seinen Weinbecher und spritzte die Tropfen über seine Schulter.

Es schien ein guter Zeitpunkt, das Thema zu wechseln. »Ist sie wahr, die Geschichte über die Meerhöhle, die Dionysius heute abend erzählt hat?«

Crassus lächelte wie zuvor beim Abendessen. »Jedes Wort. Oh, vermutlich hat sie im Laufe der Jahre beim häufigen Wiedererzählen ein paar Ausschmückungen erfahren, einen nostalgischen Glanz. Dabei war es in vielerlei Hinsicht eine schreckliche Zeit für mich, elende Monate des angstvollen

Wartens. Und der Trauer.« Er schwenkte den Becher und starrte auf seinen Grund. »Es ist schwer für einen jungen Mann, seinen Vater zu verlieren, vor allem durch Selbstmord. Seine Feinde hatten ihn dazu getrieben. Und einen älteren Bruder, der ermordet wurde, nur weil Cinna und Marius entschlossen waren, die besten Familien Roms zu vernichten. Sie hätten den Adel komplett ausgelöscht, wenn sie gekonnt hätten. Den Göttern und vor allem Fortuna sei Dank, daß sich Sulla erhob, um uns zu retten.«

Er seufzte. »Weißt du, als ich Tage über Tage und Monate über Monate in dieser erbärmlichen Höhle festsaß, habe ich mir jeden Morgen etwas geschworen: *Mich* werden sie nicht kriegen, sagte ich mir. Sie haben meinen Vater niedergestreckt und meinen Bruder, doch mich werden sie nicht niederstrecken! Und bisher haben sie das auch nicht.«

Er schwenkte seinen Becher und blinzelte, kniff die Augen fest zusammen und riß sie dann weit auf. Er sah erschöpft aus, aber alles andere als schläfrig. »Ich habe das Richtige getan, ich habe die Gesetze der Religion befolgt. Ich habe die Götter und die Schatten der Toten geehrt. Ich habe die Schulden meines Vaters bezahlt, obwohl es mich fast ruiniert hätte, und ich habe den Kampf um seine Sache weitergeführt, und als sich die Zeiten wieder beruhigt hatten, habe ich die Witwe meines Bruders geheiratet. Ich habe Tertulla aus Frömmigkeit geheiratet, nicht aus Liebe; und trotzdem habe ich diese Wahl nie bereut. Nicht jeder von uns kann sich in billigen Gefühlen suhlen wie Lucius Licinius. Oder Mummius!« Er schnaubte verächtlich. »Jetzt ist Lucius tot, und ich – ich bin der Mann der Stunde, wie Dionysius dir gerne bestätigen wird, oder aber ein Mann, der festen Schrittes und ohne das leiseste Zögern in seinen Untergang durch die Hand eines Sklaven marschiert. Eher würde ich den Verlust all meines Reichtums verschmerzen, als daß man hinter meinem Rücken auf dem Forum tuscheln würde: ›Er wurde von einem einfachen Gladiator erniedrigt…‹«

Während ich verlegen auf meinem Stuhl herumrutschte,

hielt er inne, um einen Schluck aus seinem Becher zu nehmen. »Du denkst auch, ich sollte die Sklaven verschonen, nicht wahr, Gordianus?«

»Wenn ich dir beweisen kann, daß sie nicht sterben sollten.«

Er schüttelte traurig den Kopf. »Alle Menschen müssen sterben, Gordianus. Warum erfüllt sie die Vorstellung mit solchem Grauen? Reichtum und Besitz, Freud und Leid, selbst der Körper – ja, vor allem der Körper –, das alles verschwindet im Brunnen der Zeit. Am Ende zählt nur die Ehre. Die Ehre ist alles, woran sich die Menschen erinnern. Oder die Schande.«

Diese Sichtweise machte den Unterschied zwischen Adel und gemeinem Volk aus, dachte ich; sie entschuldigte die schrecklichsten Grausamkeiten und übersah die einfachsten Möglichkeiten, fürsorglich oder gnädig zu sein.

»Doch dein Kommen hatte bestimmt einen Grund«, sagte Crassus, »es sei denn, du wolltest nur lauschen. Hast du mir etwas zu berichten, Gordianus?«

»Nur daß wir die Leiche eines der beiden vermißten Sklaven gefunden haben.«

»Ach ja?« Er wölbte eine Braue. »Welchen von beiden?«

»Den alten Sekretär, Zeno.«

»Wo war er? Meine Männer haben angeblich jedes Versteck im Umkreis eines Tagesrittes von hier abgesucht.«

»Er war ganz offen zu sehen. Oder das, was von ihm übrig war. Irgendwie ist er im Averner See gelandet. Wir haben seine Überreste am Ufer gefunden; sein Körper war fast völlig zersetzt. Glücklicherweise war noch genug von seinem Gesicht übrig, daß Olympias ihn erkannt hat.«

»Der Averner See! Ich weiß sicher, daß Mummius vor meiner Abreise nach Rom einen Trupp Männer beauftragt hat, die ganze Gegend um den See einschließlich des Ufers abzusuchen. Wie lange hat Zeno dort gelegen?«

»Mindestens mehrere Tage.«

»Dann müssen sie ihn übersehen haben. Wahrscheinlich hat einer von ihnen eine Nebelschwade in Form des Schädels seiner verstorbenen Frau gesehen, oder der See hat wie ein unter Koliken leidender Säugling gespuckt; und der ganze Trupp hat auf den Fersen kehrtgemacht und ist geflohen. Hinterher haben sie dann behauptet, daß sie nichts gefunden hätten. Ich werde sie zur Ordnung rufen müssen; man muß seine Autorität lange vor Ausbruch der eigentlichen Kampfhandlungen durchsetzen. Wieder eine von zahllosen Kleinigkeiten, um die ich mich morgen kümmern muß!« Er drehte sich erschöpft zum Tisch, blätterte durch die Schriftstücke, bis er ein Wachstäfelchen und einen Griffel gefunden hatte. Er kritzelte eine Notiz darauf und warf das Täfelchen zurück auf den Tisch. »Wo befindet sich Zenos Leiche oder das, was davon übrig ist, jetzt?«

»Es war, wie gesagt, nur noch sehr wenig von ihm übrig. Leider ist mein Sohn Eco im Schlamm ausgerutscht, als er den Kopf am Ufer entlangtrug; der Kopf fiel in ein Becken mit kochendheißem Wasser...« Ich zuckte die Schultern. Ich war mir nicht sicher, warum ich log, außer daß ich die Aufmerksamkeit nicht auf Olympias lenken wollte.

»Du meinst, du hast nichts Konkretes vorzuweisen?« Crassus schien plötzlich am Ende seiner Geduld angekommen zu sein. »Diese ganze Geschichte ist absurd. Mit dir und Gelina und Mummius – wirklich, es war ein sehr langer Tag, Gordianus, und morgen wird ein noch viel längerer Tag werden. Ich denke, du kannst jetzt gehen.«

»Natürlich.« Ich stand auf, drehte mich um und hielt inne. »Nur noch eins, wenn ich deine Geduld noch einen Moment strapazieren darf, Marcus Crassus. Wie ich sehe, gehst du Lucius Licinius' Unterlagen durch.«

»Ja?«

»Ich frage mich nur, ob du auf etwas... Ungewöhnliches gestoßen bist?«

»Was meinst du damit?«

»Ich bin mir nicht sicher. Manchmal können die Unterlagen eines Menschen Unerwartetes enthüllen. Möglicherweise befindet sich unter all diesen Dokumenten etwas, was von Belang für meine Ermittlungen ist.«

»Ich kann mir nicht vorstellen, was. Die Wahrheit ist, daß Lucius die Bücher normalerweise makellos geführt hat, wie ich es von ihm verlangte. Als ich im Frühjahr hier war und sie überprüft habe, war jede Ausgabe belegt, und zwar nach der Art, wie ich es vorgeschrieben hatte. Jetzt ist das Ganze ein einziges Rätsel.«

»Inwiefern?«

»Ich finde Eintragungen über unerklärliche Ausgaben. Es gibt widersprüchliche Angaben darüber, wie häufig die *Furie* benutzt wurde und wofür. Noch seltsamer ist, daß einige Unterlagen komplett fehlen. Anfangs dachte ich, ich könnte das Ganze rekonstruieren und selbst einen Sinn in die Sache bringen, doch ich fürchte, das kann ich nicht. Wenn ich geahnt hätte, in welchem Zustand die Bücher sind, hätte ich meinen Oberbuchhalter aus Rom mitgebracht, doch ich bin völlig überrascht, daß Lucius' Angelegenheiten sich in einem derartigen Chaos befanden.«

»Und kommt dir das irgendwie verdächtig vor?«

»Verdächtig? Inwiefern?« Er sah mich fragend an und schnaubte dann verächtlich. »Für dich weist am Ende doch alles wieder nur auf den Mord. Ja, ich finde es in der Tat verdächtig – ich vermute, der alte Sekretär Zeno hat ein derartiges Durcheinander angerichtet, daß Lucius beschlossen hat, ihn einmal ordentlich durchprügeln zu lassen, woraufhin der heißblütige junge Stallknecht Alexandros in typisch thrakischer Manier vor Wut explodiert ist und seinen Herrn getötet hat, weshalb die beiden Sklaven in die Nacht hinaus geflohen sind, nur um vom Schlund des Hades verschlungen zu werden. Da, ich habe dir deine Arbeit abgenommen, Gordianus. Jetzt kannst du zufrieden ins Bett gehen.«

An seinem Ton erkannte ich, daß Crassus darauf bestand, das letzte Wort zu haben. Ich war schon an der Tür und streckte die Hand aus, um sie zu öffnen, als ich erstarrte. Von dem Moment an, in dem ich das Zimmer betreten hatte, hatte irgend etwas nicht gestimmt; doch mein Unbehagen war so vage gewesen, daß ich es verworfen hatte, wie man ein Staubkörnchen wegblinzelt. In diesem Augenblick aber wußte ich, was es war und daß ich es nicht nur einmal gesehen hatte, sondern die ganze Zeit, während ich dagesessen, Crassus zugehört und meinen Blick durch den Raum hatte wandern lassen.

Ich drehte mich um und ging zu der kleinen Hercules-Statue mit dem Löwenumhang.

»Marcus Crassus, war dieser Raum tagsüber bewacht?«

»Natürlich nicht. Meine Leibwächter folgen mir überallhin. Der Raum war meines Wissens leer. Niemand hat einen legitimen Grund, tagsüber hierherzukommen.«

»Aber es könnte trotzdem jemand hereingekommen sein?«

»Vermutlich schon. Warum fragst du?«

»Marcus Crassus, du hast das Blut an dieser Statue doch niemandem gegenüber erwähnt, oder?«

»Nicht einmal gegenüber Morpheus«, sagte er träge, »mit dem ich eine lange überfällige Verabredung habe.«

»Und trotzdem wußte noch jemand im Haus davon. Denn seit unserem letzten Gespräch hat irgend jemand das getrocknete Blut auf der Löwenmähne gründlich abgewischt.«

»Was?«

»Schau her, gestern abend waren zahlreiche Spuren getrockneten Blutes in den modellierten Furchen zu erkennen, die irgend jemand in der Zwischenzeit vorsätzlich und gründlich abgekratzt haben muß. Man kann sogar die Kratzer auf dem Metall erkennen.«

Er schürzte die Lippen. »Ja und?«

»Der übrige Raum hingegen wurde nicht kürzlich gesäubert; ich kann Staub auf den Regalen erkennen und die Ränder eines Weinbechers auf dem Tisch. Es scheint mir unwahrscheinlich, daß ein Sklave diese spezielle Skulptur so gründlich gereinigt haben sollte, wo es doch in Vorbereitung der Beerdigung zahllose andere Arbeiten zu erledigen gibt. Außerdem hätte jeder Haussklave, der in diesem Haus Dienst tut, gewußt, wie man eine Statue säubert, ohne das Metall zu verkratzen. Nein, ich glaube, sie wurde eilig von jemandem abgewischt, der nicht wußte, daß das Blut bereits bemerkt worden war, und hoffte, seine Entdeckung zu verhindern. Und dieser Jemand war bestimmt nicht Alexandros und noch viel weniger Zeno. Woraus folgt, daß der Mörder von Lucius Licinius oder jemand, der etwas über den Mord weiß, hier unter uns weilt und tatkräftig Spuren verwischt.«

»Schon möglich«, räumte Crassus müde und gereizt ein. »Es wird kühl«, klagte er unvermittelt, nahm seinen Chlamys von der Zentaur-Statue und warf ihn über seine Schultern.

»Marcus Crassus, ich glaube, es wäre vielleicht eine gute Idee, Tag und Nacht eine Wache in diesem Raum zu postieren, um sicherzugehen, daß nichts ohne unser Wissen verändert wird.«

»Wenn du es wünschst. Gibt es sonst noch etwas?«

»Nichts, Marcus Crassus«, sagte ich leise, als ich den Raum rückwärts gehend verließ, den Kopf respektvoll gesenkt.

SECHZEHN

Warum du? fragte Eco am nächsten Morgen mit skeptischer Geste, als ich ihm von meiner mitternächtlichen Unterhaltung mit Crassus berichtete. Ich nahm an, er wolle einwenden: *Warum sollte sich ein so bedeutender Mann jemandem wie dir anvertrauen?*

»Warum nicht?« fragte ich, während ich mein Gesicht mit kaltem Wasser benetzte. »Mit wem sollte er in diesem Haus sonst reden?«

Eco reckte die Schultern und deutete mit den Händen einen Vollbart in seinem Gesicht an.

»Ja, Marcus Mummius ist sein alter Freund und Vertrauter, aber im Moment streiten die beiden über das Schicksal des Sklaven Apollonius.«

Eco reckte die Nase in die Höhe und deutete aus der Stirn nach hinten gekämmte Locken an.

»Ja, da wäre noch Faustus Fabius, aber ich kann mir nicht vorstellen, daß Crassus gegenüber einem Patrizier eine

Schwäche zeigen würde, vor allem gegenüber einem Patrizier, der zufällig auch noch sein Untergebener ist.«

Eco verschränkte die von sich gestreckten Arme vor seinem Körper und blähte die Wangen. Ich schüttelte den Kopf. »Sergius Orata? Nein, vor einem Geschäftspartner würde Crassus eine Schwäche noch eher verbergen. Ein Philosoph wäre die naheliegende Wahl, aber wenn Crassus sich einen hält, hat er ihn in Rom zurückgelassen, und Dionysius verachtet er. Trotzdem braucht er verzweifelt einen Menschen, irgend jemanden, der ihm zuhört – hier und jetzt, weil die Götter zu weit weg sind. Er macht eine schwere Krise durch; er ist voller Zweifel. Seine Skepsis hetzt ihn von Stunde zu Stunde, von Augenblick zu Augenblick, und es geht um mehr als um den Entschluß, sich Spartacus im Kampf zu stellen. Ich glaube, daß er insgeheim seine Entscheidung anzweifelt, Gelinas Sklaven zu massakrieren. Er ist ein Mann, der an absolute Kontrolle und klare Entscheidungen gewöhnt ist, ein Mann, der greifbare Gewinne und Verluste abwägt. Die Vergangenheit verfolgt ihn – blutiges Chaos und der Tod seiner Lieben. Und jetzt steht er vor dem Schritt in eine dunkle und ungewisse Zukunft – ein schreckliches Risiko, aber eines, das einzugehen sich lohnt, denn wenn er Erfolg hat, wird er möglicherweise endlich so mächtig, daß keine irdische Macht ihm je wieder Schaden zufügen kann.«

Ich zuckte die Schultern. »Warum also sollte er sich nicht Gordianus dem Sucher anvertrauen, vor dem ohnehin niemand etwas geheimhalten kann? Und was meine Verschwiegenheit angeht, ich bin dafür berühmt, meinen Mund halten zu können – fast so berühmt wie du.«

Eco bespritzte mich mit einer Handvoll Wasser.

»Laß das! Außerdem habe ich irgend etwas an mir, was andere dazu drängt, mir ihr Herz auszuschütten.« Ich sagte das scherzhaft, aber es stimmte; es gibt Menschen, denen andere ganz selbstverständlich ihre innersten Geheimnisse anvertrauen, und ich war stets einer von ihnen. Ich betrachtete mich im Spiegel. Wenn die Macht, anderen die Wahrheit zu entlocken, in meinem Gesicht verborgen lag, konnte ich sie nicht erkennen. Es war ein ganz gewöhnliches Gesicht, dachte ich, mit einer Nase, die aussah, als ob sie gebrochen worden wäre, was jedoch nicht der Fall war, ganz gewöhnlichen braunen Augen und ganz gewöhnlichen schwarzen Locken, die Jahr für Jahr mehr graue Strähnen aufwiesen. Im Laufe der Zeit erinnerte es mich zunehmend an das Gesicht meines Vaters, soweit ich mir dieses überhaupt noch ins Gedächtnis rufen konnte. Von meiner Mutter wußte ich fast gar nichts mehr, doch wenn mein Vater die Wahrheit gesagt hatte, als er mir versicherte, daß sie schön gewesen war, dann hatte ich ihr Aussehen nicht geerbt.

Außerdem schaute ich auf ein Gesicht, das dringend eine Rasur benötigte, wenn ich bei Lucius Licinius' Bestattung einen ordentlichen Eindruck machen wollte.

»Komm, Eco. Ich bin sicher, unter Gelinas neunundneunzig Sklaven befindet sich ein guter Barbier. Auch du kannst eine Rasur gebrauchen.« Ich sagte es nur, um ihm eine Freude zu machen, doch als ich in sein strahlendes Gesicht blickte, erkannte ich tatsächlich einen leichten Schatten um sein Kinn.

»Gestern warst du noch ein Junge«, sagte ich leise zu mir selbst.

So ironisch es klingt, es gibt nichts Lebendigeres als einen römischen Haushalt am Tag einer Beerdigung. Die Villa war voller Gäste, die sich im Atrium und in den Fluren, ja sogar bis in die Bäder drängten. Während Eco und ich auf Sofas lagen, um uns rasieren zu lassen, trieben sich unbekleidete Fremde um die Becken herum, um sich nach einem anstrengenden morgendlichen Ritt von so entfernten Punkten wie Capua oder der Rückseite des Vesuvs zu erfrischen. Andere waren aus Surrentum, Stabiae und Pompeji mit dem Schiff über die Bucht eingetroffen. Nach meinen Waschungen stand ich auf der Terrasse vor den Bädern und blickte auf das Bootshaus hinab, dessen kurzer Pier dem Andrang nicht gewachsen war; Barkassen und Skiffs waren miteinander vertäut, so daß später ankommende Gäste den Pier nur über eine kleine schwimmende Stadt aus Booten erreichen konnten.

In ein riesiges Handtuch gewickelt gesellte sich Metrobius zu mir. »Lucius Licinius muß ein beliebter Mann gewesen sein«, sagte ich.

Er schnaubte verächtlich. »Glaub bloß nicht, die wären alle nur gekommen, um zu sehen, wie sich der arme Lucius in Rauch auflöst. Nein, all die wohlhabenden Händler, Landbesitzer und Adeligen auf Urlaub sind aus einem ganz anderen Grund hier. Sie wollen du-weißt-schon-wen beeindrucken.« Er sah sich um und beobachtete, wie der Sklave Apollonius einem alten Mann aus dem Wasser half. »Ich hatte große Schwierigkeiten, überhaupt bis hierhin vorzudringen. Das Atrium ist schon so voll, daß ich es kaum durchqueren konnte. Ich habe nicht mehr so viel Schwarz auf einem Haufen gesehen seit Sullas Tod drüben in Puteoli. Obwohl ich bemerkt habe«, fügte er mit gerümpfter Nase hinzu, »daß die meisten Besucher einen großen Bogen um die Leiche gemacht haben.« Er lachte leise. »Und sie flüstern sich bereits Witze zu; das fängt normalerweise erst *nach* der Zeremonie beim Essen an.«

»Witze?«

»Ach, du weißt schon – sie treten an die Bahre, blicken in den Mund des Toten und erklären seufzend: ›Die Münze ist noch da! Stell sich das einer vor, und das mit Crassus im Haus!‹ Und wehe, du erzählst es ihm weiter«, fügte er rasch hinzu. »Oder wenn, erwähne zumindest nicht, daß du es von mir gehört hast.« Mit einem trockenen Lächeln trat er beiseite. Offenbar hatte er vergessen, daß er mir denselben Witz schon gestern erzählt hatte.

Ich spähte erneut über die Brüstung des Balkons und fragte mich, ob ich bei den vielen Schiffen, die festgemacht hatten, je herausfinden würde, was von dem Steg aus ins Wasser geworfen worden war. Viele der Ruderer saßen noch in ihren Booten oder lungerten, während sie auf ihre Herren warteten, um das Bootshaus herum.

Schließlich fand ich Eco, der in einer der Kammern verschwunden war, um nach seinem heißen Bad noch ein kaltes zu nehmen. Wir zogen die düsteren schwarzen Gewänder an, die am Morgen für uns bereitgelegt worden waren. Der Sklave Apollonius half uns mit den diversen Säumen und Falten. Seine Haltung war dem Anlaß angemessen ernst, doch seine Augen waren klar und von einem strahlenden Blau, nicht von Furcht umwölkt wie die gehetzten Blicke der anderen Sklaven. War es möglich, daß Mummius ihm verschwiegen hatte, was der nächste Tag bringen könnte? Wahrscheinlicher, dachte ich, hatte er ihm heimlich versichert, daß er verschont werden würde. Wußte Apollonius noch nicht, daß es Mummius nicht gelungen war, Crassus umzustimmen?

Als er mich ankleidete, nutzte ich die Gelegenheit, ihn eingehender zu betrachten. Seine große Schönheit war auf den ersten Blick ersichtlich, und doch kam er mir, je länger ich ihn ansah, immer attraktiver vor. Die Perfektion seines Körpers und seiner Gesichtszüge wirkte fast unwirklich, so als wäre der berühmte Diskuswerfer von Myron zum Leben erweckt worden; das hereinfallende Licht tanzte über sein Gesicht, als er sich bewegte, und ließ eine Reihe von Miniaturen erstrahlen, jede atemberaubender als die vorherige. Während die meisten jungen Menschen seines Alters noch einen unbeholfenen Gang haben, bewegte er sich völlig ungekünstelt wie ein Athlet oder Tänzer. Seine feingliedrigen Hände verliehen jeder Bewegung eine selbstverständliche und bescheidene Anmut. Als er so nahe bei mir stand, konnte ich die Wärme seiner Hände spüren und die warme Süße seines Atems riechen.

Es gibt rare Augenblicke, in denen man nicht die Oberfläche eines anderen Mannes oder einer anderen Frau spürt, sondern die ureigene Lebenskraft selbst, die ihr Wesen und damit die Welt beseelt. In leidenschaftlichen Momenten mit Bethesda habe ich sie kurz gesehen und zu einigen anderen Anlässen, bei Männern oder Frauen in Extremzuständen, in den Zuckungen des Orgasmus, dem Tode nahe oder von sonst einer Krise auf die Essenz ihrer selbst reduziert. Es ist beängstigend und ehrfurchtgebietend, einen Blick durch die

Schleier des Körpers in die Seele eines Menschen zu tun. Die Lebenskraft in Apollonius war jedoch – wie auch immer – so stark, daß sie diese Schleier zerriß oder aber sie durch eine vollkommene physische Verkörperung ihrer selbst mit strahlendem Licht durchflutete. Es war schwer, ihn anzusehen und sich vorzustellen, daß etwas so Lebendiges und Perfektes jemals alt werden und sterben, geschweige denn in einem Augenblick ausgelöscht werden könnte, nur um die Karriere eines Politikers zu fördern.

Mit einem Mal tat mir Marcus Mummius unendlich leid. An Bord der *Furie* auf der Reise von Rom hatte ich herzlos bemerkt, es mangele seiner Seele an Poesie. Das war voreilig und in Unkenntnis gesprochen. Denn Mummius hatte das Antlitz von Eros berührt und war ihm verfallen; kein Wunder, daß er so verzweifelt versuchte, den Jungen vor einem sinnlosen Tod zu retten.

Nach und nach verließen die Gäste das Haus und reihten sich an der Straße auf, die von der Villa wegführte. Diejenigen, die Gelina oder Lucius am nächsten gestanden hatten, versammelten sich im Hof, um sich der Prozession anzuschließen. Der Designator, ein kleiner hutzeliger Mann, den Crassus engagiert und aus Puteoli hatte herbringen lassen, machte sich daran, die Teilnehmer Aufstellung nehmen zu lassen. Da Eco und ich keinen Platz in der Prozession zugewiesen bekamen, gingen wir voraus, um uns ein sonniges Fleckchen an der von Bäumen und zahlreichen Trauergästen gesäumten Straße zu suchen.

Schließlich hörten wir die ersten Klänge der Trauermusik. Sie wurde lauter, als die Prozession in Sichtweite kam. Die Musiker führten den Trauermarsch an, bliesen die Hörner und Flöten und schüttelten bronzene Rasseln. In Rom hätten Rücksichtnahme auf die öffentliche Meinung und Achtung vor dem uralten Gesetz der Zwölf Tafeln die Zahl der Musiker möglicherweise auf zehn begrenzt, doch Crassus hatte mindestens doppelt so viele engagiert. Er wollte ganz offensichtlich beeindrucken.

Es folgten die gemieteten Klageweiber, ein Trupp von unfrisiert daherschlurfenden Frauen, die immer wieder einen Refrain anstimmten, der die berühmte Grabrede des Stückeschreibers Naevius paraphrasierte: »Wenn der Tod eines Sterblichen die Herzen unsterblich traurig macht, müssen selbst die Götter im Himmel den Tod dieses Menschen beweinen ...« Die Frauen starrten stur geradeaus und schienen die Menschenmenge um sich herum gar nicht wahrzunehmen; sie zuckten und weinten, bis Sturzbäche von Tränen ihre Wangen hinunterliefen.

In dem Zug entstand nun eine kleine Lücke, gerade lang genug, um das Klagelied verklingen zu lassen, bevor die Narren und Mimen auftraten. Bei ihrem Nahen hellte Ecos Miene sich auf, während ich innerlich stöhnte; es gibt nichts Peinlicheres als eine Beerdigungsprozession, die von schlechten Spaßmachern verdorben wird. Diese jedoch waren recht gut; selbst gegen Ende der Urlaubszeit mangelte es am Golf nicht an erstklassigen Unterhaltungskünstlern, und der Designator hatte nur die Besten von ihnen engagiert. Während sich einige auf primitive, aber wirkungsvolle Vulgärkomik beschränkten, die der Menge ein höfliches Lachen entlockte, gab es andere, die mit anrührenden Stimmen einzelne Verse tragischer Lyrik rezitierten. Die meisten üblicherweise bei Beerdigungsprozessionen verwandten Passagen sind mir vertraut, doch diese Worte stammten von einem jungen und unbekannten Poeten der epikureischen Schule:

Nichts geht also der Tod uns an
und reicht an uns nirgends,
da der Seele Natur sich hat
als sterblich nunmehr erwiesen.
So wird, sind wir nicht mehr,
wenn erfolgt zwischen Leib ist
und Seele die Scheidung,
nichts überhaupt uns zu treffen
und unsere Sinne zu rühren vermögen.

Und gesetzt, nachdem sie
dem Körper in Stücken entwichen,
könnte der Seele Natur und
des Lebens Gewalt noch empfinden,
nichts geht an es doch uns,
die wir in Verbindung und Ehe
zwischen Seele und Leib bestehen,
zur Einheit gefüget.
Auch nicht, wenn unsern Stoff
der Lauf der Zeiten versammelt
nach unserem Tod erneut ihn fügt,
wie er jetzt ist gelegen,
und ein zweites Mal uns
das Licht des Lebens geschenkt wird,
ginge uns dies etwas an,
selbst dann nicht, wenn solches geschehen,
da, unterbrochen einmal,
das Gedächtnis an uns ist geschwunden.
Da der Tod dies nimmt,
ist uns zu wissen erlaubt,
daß nichts ist im Tode zu fürchten
und daß elend werden nicht kann,
wer gar nicht mehr ist dann,
und es kein Unterschied macht,
ob niemals ward er geboren,
wenn der unsterbliche Tod hat
das sterbliche Leben genommen.*

Dann wurde der Rezitator von einem der Spaßmacher jäh unterbrochen, der ihm mit dem Finger drohte: »Was für ein Blödsinn. Leib, Seele, Leib, Seele«, parodierte ihn der Narr, den Kopf vor und zurück wiegend. »Was für ein Haufen epikureischer Unsinn! Ich hatte einmal einen epikureischen Phi-

---

* Nach der deutschen Übersetzung von Karl Büchner, *Welt aus Atomen* von
  Titus Lucretius Carus (Artemis-Verlag, Zürich, 1956)

losophen zu Gast, aber ich habe ihn rausgeschmissen. Ein Stoiker, trübe und langweilig wie Spülwasser, oder dieser Narr Dionysius sind mir allemal lieber!«

In der Menge ertönten ein paar freundliche Lacher des Wiedererkennens. Ich vermutete, daß dies der vom Designator engagierte Erzmime sein mußte, der eine wohlwollende Parodie des Verstorbenen zum besten geben sollte.

»Und daß du nicht einen Moment lang glaubst, für derart erbärmliche Lyrik würde ich auch nur eine halbe Kupfermünze ausgeben«, fuhr er, noch immer mit dem Finger drohend, fort, »genausowenig wie für diese sogenannte Unterhaltung. Ich erwarte einen echten Gegenwert für mein Geld, hast du verstanden? Einen echten Wert! Das Geld fällt schließlich nicht vom Himmel, wie du weißt, jedenfalls nicht in meine Hände! Vielleicht ist es in die Hände meines Vetters Crassus gefallen, aber nicht in meine!« Er schürzte abrupt die Lippen, machte auf dem Absatz kehrt und begann, die Hände hinter dem Rücken verschränkt, auf und ab zu laufen.

Ich hörte, wie ein Mann neben mir flüsterte: »Er hat Licinius wirklich absolut perfekt getroffen!«

»Unheimlich!« stimmte seine Frau ihm zu.

»Und denk bloß nicht, ich würde dich etwa *nur nicht* bezahlen, weil ich dich nicht bezahlen *kann*«, dröhnte der Erzmime weiter. »Das könnte ich sehr wohl! Und das würde ich auch! Nur daß ich schon bei sieben Läden in Puteoli, bei sechsen in Neapolis, bei fünfen in Surrentum, bei vieren in Pompeji, bei dreien in Misenum und bei zweien in Herculaneum verschuldet bin –«, der Erzmime schnappte nach Luft und atmete tief ein –, »nicht zu vergessen ein langfristiges Darlehen bei einem kleinen Großmütterlein, das hier in Baiae an der Straße Äpfel verkauft! Wenn ich alle meine Schulden bezahlt habe, kannst du wiederkommen und es mit einem anderen Gedicht versuchen, du epikureischer Narr, und vielleicht singe ich dann eine andere Melodie.«

»Eine andere Melodie –«, tönte der Mann neben mir.

»Eine andere Melodie singen!« sagte seine Frau und lachte

begeistert. Offenbar hatte der Erzmime eine von Lucius Licinius' Lieblingsphrasen eingeflochten.

»Oh, ich weiß«, fuhr er fort, die Arme trotzig verschränkt, »ihr denkt alle, ich bestehe aus Geld, weil ich lebe wie ein König, aber so ist es nun mal nicht. Jedenfalls noch nicht.« Er wölbte und runzelte mehrmals hintereinander die Brauen. »Aber wartet nur, ich habe einen Plan. O ja, einen Plan, einen Plan. Einen Plan, um mehr Geld zu machen, als ihr Bonzen von Baiae mit einem Servierlöffel schlucken könntet. Einen Plan, einen Plan. Macht Platz für den Mann mit dem Plan!« blökte er, seine Rolle verlassend, und stürzte davon, um die anderen Spaßmacher einzuholen.

»Einen Plan«, murmelte der Mann neben mir.

»Genau wie Lucius immer gesagt hat«, meinte seine Frau lächelnd. »Immer kurz davor, reich zu werden – morgen!« Sie seufzte. »Nur daß statt dessen dies hier passiert ist. Der Wille der Götter –«

»– und die Wege des Schicksals«, vollendete der Mann.

Sergius Oratas Andeutungen über dunkle Machenschaften fielen mir wieder ein. Ein beunruhigender Verdacht nahm in meinem Kopf Gestalt an, entfaltete sich und verflog wieder, als die Wachsmasken kamen.

Lucius' Zweig der licinischen Familie war nicht ohne bedeutende Vorfahren. Ihre lebensechten Bilder in Wachs, die normalerweise in der Halle ausgestellt waren, wurden jetzt von Mimen, die der Designator speziell für diese Aufgabe engagiert und in die authentischen Trachten der jeweiligen Ämter gekleidet hatte, vor der Bahre hergetragen. Eine derartige Präsentation gehört zum festen Bestandteil der Bestattungsprozession jedes römischen Adeligen. Die maskierten Schauspieler schreiten feierlich, den Kopf zu beiden Seiten wendend, damit jeder ihr ausdrucksloses Gesicht sehen kann; dabei sehen sie aus wie die Toten. Doch so unterscheiden sich die Adeligen noch im Tod von den gemeinen Bürgern, die »Bekannten« von den »Unbekannten«: Sie stellen vor uns kleinen Lichtern in der Masse stolz ihre Ahnengalerie zur Schau, während wir selbst keine Ahnen haben, sondern nur Eltern und vergessene Vorfahren.

Als nächstes kam nun Lucius Licinius selbst, aufgebahrt auf seiner elfenbeinernen Liege, eingerahmt von frisch geschnittenen Blüten und Zweigen und stark nach Duftölen riechend, die den Verwesungsgestank jedoch nicht völlig überdecken konnten. Crassus war der erste der Träger, seine Miene zeigte Ernst und Gelassenheit.

Es folgte die Familie. Aus Lucius' Zweig hatten nicht viele Licinier die Bürgerkriege überlebt, und die meisten von ihnen gehörten der älteren Generation an. Gelina, begleitet von Metrobius, führte die Gruppe an. In den Straßen von Rom habe ich Frauen auf Beerdigungsprozessionen oft vor Kummer stolpern und ihre Wangen in Mißachtung der Gesetze der Zwölf Tafeln mit Tränen benetzen sehen, doch Gelina weinte nicht. Sie tastete sich wie benommen vorwärts und starrte auf ihre Füße.

Auffällig abwesend in der Prozession waren die Haussklaven des Toten.

Nachdem die Familie vorbeigezogen war, schlossen sich die Zuschauer entlang der Straße an. Schließlich erreichte der Zug eine Lichtung an der Straße, wo die Linie der Bäume unterbrochen war und den Blick auf die Bucht freigab. In der Nähe war eine mannshohe Grabstätte offenbar frisch errichtet worden; die Steintafeln waren glatt und kein bißchen verwittert, die Erde um das Grabmal war ausgetreten und mit feinem Kalk bestäubt. Es gab nur ein einziges Ornament, das schlichte Flachrelief eines Pferdekopfes, das uralte Symbol für Tod und Abreise.

In der Mitte der Lichtung erhob sich der aus getrocknetem Holz in Form eines rechteckigen Altars aufgetürmte Scheiterhaufen. Normalerweise hätte man die elfenbeinerne Bahre mit der Leiche dagegen gelehnt, wie Bahren gegen die Rostra auf dem Forum in Rom gelehnt werden, damit die Zuschauer den Toten ansehen können, während die Rede gehalten wird, doch Lucius' Leiche wurde sofort außer Sichtweite auf den

Scheiterhaufen gelegt, zweifelsohne aus Rücksicht auf seine entstellende Kopfwunde.

Sklaven brachten Klappstühle für die Familie herbei. Nachdem die Menge sich beruhigt hatte, trat Marcus Crassus vor den Scheiterhaufen. Die Versammlung verstummte endgültig. Über uns kreischte eine Möwe. Eine leichte Brise raschelte in den Baumkronen. Crassus begann seine Rede; seine Stimme verriet mit keinem Hauch die Unsicherheit oder Unentschiedenheit, die er mir am Abend zuvor offenbart hatte. Er hatte die ausgebildete Stimme eines geübten Redners, trainiert in allen Nuancen der Lautstärke, der Betonung und des Rhythmus. Er begann in einem leisen, ehrerbietigen Tonfall, der zunehmend kraftvoller wurde.

»Gelina, hingebungsvolle Gattin meines geliebten Vetters Lucius Licinius; Verwandte, die ihr von nah und fern gekommen sein mögt; Schatten seiner Vorfahren, repräsentiert durch ihre verehrten Bilder; Freunde und Mitglieder seines Haushaltes; Bekannte und Menschen von Baiae und den umliegenden Städten am Golf und in Kampanien: Wir sind gekommen, um Lucius Licinius zu bestatten.

Das hört sich so einfach an: Ein Mann ist gestorben, also lassen wir seinen Leichnam von den Flammen verzehren und bestatten seine Asche. Es ist ein gewöhnliches Ereignis. Und selbst die Tatsache, daß er eines gewaltsamen Todes gestorben ist, hebt es nicht hervor; heutzutage ist auch die Gewalttätigkeit gewöhnlich geworden. Zumindest unserer Familie sind durch Gewalt so viele Verluste und so viel Trauer auferlegt worden, daß wir gegenüber den Launen des Schicksals abgestumpft und mürbe geworden sind.

Und doch ist die heutige Anwesenheit von so vielen von euch Beweis, daß der Tod von Lucius Licinius keine Kleinigkeit war, genausowenig wie sein Leben eine Kleinigkeit war. Er tätigte viele Geschäfte mit vielen Menschen, und wer von euch könnte sagen, daß er je etwas anderes als ehrlich gewesen wäre? Er war Römer, und er war die Verkörperung römischer Tugenden selbst. Er war ein guter Ehemann. Daß die Götter

246

diese Ehe nicht mit Nachwuchs gesegnet haben – daß er keinen Sohn zurückläßt, der seinen Namen und sein Blut trägt, ihn zu ehren, wie er seine Vorfahren geehrt hat –, dieses Streben blieb ob der Tragödie seines viel zu frühen und bitteren Todes unvollendet.

In Ermangelung eines Sohnes, der sich um die trauernde Witwe kümmern und diesen sinnlosen Mord rächen könnte, sind diese Pflichten einem anderen zugefallen, einem Mann, der Lucius durch Blutsbande und lange Jahre gegenseitigen Respekts verbunden ist. Diese Pflichten sind mir zugefallen.

Die Nachricht, wie Lucius zu Tode gekommen ist, hat sich mittlerweile verbreitet. Ich habe keinen Zweifel, daß er ihm tapfer entgegengesehen hat. Er war kein Mann, der angesichts eines Feindes zurückgewichen wäre. Vielleicht war es sein einziger Fehler, daß er denen vertraut hat, die sein Vertrauen nicht verdient hatten – doch wer kann schon den Moment voraussehen, in dem eine verläßliche und lange Jahre benutzte Klinge abbrechen oder ein treuer Hund ohne jede Vorwarnung mit einem Mal bösartig wird?

Das Schicksal von Lucius Licinius ist leider beileibe kein Einzelfall. Lucius ist in gewisser Hinsicht sogar der Inbegriff eines guten Bürgers und des Staates selbst, denn sieht sich nicht plötzlich ganz Rom bedroht von einer Nation von Doggen, die aus Blutdurst und Raublust verrückt geworden ist? Lucius war ein weiteres Opfer einer Pest, die die Ordnung der Natur zu zerstören, unsere Tradition und Ehre auszulöschen und den normalen Umgang unter den Menschen zu pervertieren droht.

Diese Pest hat einen Namen, und ich werde ihn nicht flüstern, weil ich ihn nicht fürchte: *Spartacus.* Diese Pest ist selbst in das Haus von Lucius Licinius eingedrungen; sie hat die Bande der Pflicht und Treue zerstört; sie hat die Hand von Sklaven gegen ihren Herrn erhoben. Was in diesem Haus geschehen ist, kann nicht vergessen und vergeben werden. Der Schatten von Lucius Licinius findet keine Ruhe; er schwebt noch in diesem Moment in unserer Nähe, gestärkt von den

Schatten seiner Vorfahren, die alle gemeinsam einklagen, daß wir, die Lebenden, diese Untat im Namen des Rechts korrigieren.«

Ich versuchte in den Gesichtern der Trauergäste zu lesen. Sie betrachteten Crassus mit einer Mischung aus Bewunderung und Trauer, offen für jeden Vorschlag, den er unterbreiten würde. Sorge durchzuckte mich.

»Es gibt Menschen, die sagen, Lucius Licinius wäre zweifelsohne ein guter Mensch gewesen, aber kein großer, ein Mensch, der in seinem Leben kein hohes Amt errungen, keine glorreichen Dinge geleistet habe. Ich fürchte, das ist die traurige Wahrheit; er wurde vor dem Gipfel seiner Karriere dahingemeuchelt, und sein Leben wurde kleiner gemacht, als es hätte sein sollen. Doch sein Tod war kein kleiner Tod. Wenn es so etwas wie einen großen Tod geben kann, dann war es der Tod von Lucius – etwas so Grausames, Schreckliches, abgrundtief Falsches, eine Schmähung der Götter und Menschen zugleich. Ein solcher Tod verlangt mehr als Trauer und Mitleid, mehr als Worte des Lobes und Gelübde der Rache. Er verlangt, daß wir alle aktiv werden, wenn nicht als Werkzeuge der Rache, dann zumindest als ihre Zeugen.«

Crassus hob den Arm. Links und rechts neben ihm machten sich der Designator und einer seiner Männer daran, ihre Fackeln zu entzünden.

»Unsere Vorfahren haben vor sehr langer Zeit die Sitte begründet, zu Ehren der Toten Gladiatorenwettkämpfe abzuhalten. Normalerweise ist diese ruhmreiche Tradition dem Tod großer und mächtiger Männer vorbehalten, doch ich denke, die Götter werden einem Tag der Spiele für den Schatten von Lucius Licinius nicht abhold sein. Diese Spiele werden morgen auf der Ebene am Lucrinus-See stattfinden. Manche jammern, wir sollten die Verwendung von Gladiatoren aussetzen, weil Spartacus ein Gladiator war und kein Sklave Waffen tragen sollte, solange Spartacus noch frei herumläuft. Ich jedoch sage, es ist besser, die Traditionen unserer Vorfahren zu ehren, als einen Sklaven zu fürchten. Ich sage auch, daß diese

Spiele nicht nur dazu dienen, dem Schatten von Lucius Licinius die letzte Ehre zu erweisen, sie sind auch eine Möglichkeit, mit der heiligen Pflicht zu beginnen, seinen Tod zu rächen.«

Crassus trat beiseite. Er nahm eine der Fackeln und hielt sie an den Scheiterhaufen, während ihm gegenüber der Designator dasselbe tat. Das trockene Holz fing sofort Feuer und knackte, sogleich züngelten kleine Flammen hoch, und grauer Rauch stieg auf.

Bald würde die Bahre von den Flammen verzehrt sein. Die Glut würde mit Wein gelöscht werden, bevor Crassus und Gelina die Knochen und die Asche von Lucius Licinius einsammeln, mit Duftölen beträufeln und in eine alabasterne Urne geben würden. Ein Priester würde die Menge reinigen, indem er unter ihnen wandeln und sie mit Hilfe eines Olivenzweiges mit Wasser benetzen würde. Lucius' Überreste würden in seinem Grabmal versiegelt werden, und die Menge würde gemeinsam murmeln: »Lebe wohl, Lebe wohl, Lebe wohl ...«

Doch ich verließ die Feierlichkeiten, bevor all diese Dinge getan wurden. Ich wurde nicht gereinigt, und ich sagte auch nicht Lebewohl. Statt dessen schlich ich mich leise davon und kehrte mit Eco zum Haus zurück. Uns blieb nur noch so wenig Zeit, bevor das Gemetzel beginnen sollte.

SIEBZEHN

»Wo finden wir den Jungen Meto?« fragte ich mich laut. Das Atrium, in dem sich noch am Morgen Trauergäste und bedienende Sklaven gedrängt hatten, lag völlig verlassen da. Unsere Schritte hallten hohl in dem leeren Raum nach. Weihrauch und Blumen waren verschwunden, doch ihr Duft hing wie der Verwesungsgestank von Lucius Lucinius' Leiche noch in der Luft.

Ich folgte meiner Nase in die Küche. Lange bevor ich sie gefunden hatte, vernahm man schon die lärmende Betriebsamkeit. Es gab noch immer viel vorzubereiten für den großen Leichenschmaus.

Wir traten durch eine große Holztür und wurden von Lärm und Hitze aufgesogen. Sklaven in bekleckerten und rußverschmierten Tuniken huschten hin und her. Heisere Stimmen schallten durch den Raum, schwere Messer sausten auf große Hackbretter nieder, Kessel kochten und zischten. Eco hielt sich gegen den Lärm die Ohren zu und wies mit dem Kopf auf eine Gestalt auf der anderen Seite des Raumes.

Der kleine Meto stand auf einem Hocker und griff mit der Hand in einen tiefen Tontopf auf dem Tisch. Er sah sich um, um sich zu vergewissern, daß ihn niemand beobachtete, bevor er sich eine Handvoll des Inhalts herausfischte und in den Mund stopfte. Ich durchquerte, hin und her eilenden Sklaven ausweichend, den Raum und packte Meto am Kragen seiner Tunika.

Er krächzte, drehte sich um und sah mich an. Sein mit einer Paste aus Honig, Hirse und gehackten Nüssen verschmierter Mund öffnete sich zu einem Schrei, der, als Meto mein Gesicht sah, rasch einem Grinsen wich, das ebenso abrupt in einen Schmerzensschrei überging, als ein Holzlöffel krachend auf seinen Kopf niedersauste.

»Raus aus der Küche! Raus! Raus!« schrie ein alter Sklave, dessen vornehmeres Gewand und Gebaren ihn als den Chefkoch kenntlich machte. Er war offenbar im Begriff, auch mich zu schlagen, als er den eisernen Ring sah, den ich trug. »Verzeih mir, Bürger, mit Meto, der hier die ganze Zeit Süßigkeiten nascht, und den Sklaven all der anderen Gäste, die ständig hereingeschlichen kommen, um etwas Eßbares zu stibitzen, können wir kaum unsere Arbeit erledigen. Hast du nicht einen Auftrag, mit dem du diesen kleinen Plagegeist beschäftigen könntest?«

»Genau deswegen bin ich gekommen«, sagte ich. Ich gab Meto einen Klaps auf das Hinterteil, als er von dem Stuhl hüpfte und, sich den Honig von den Fingern leckend, durch die überfüllte Küche huschte, wobei er Köche und ihre Gehilfen ins Stolpern brachte. Eco erwischte ihn an der Tür und hielt ihn für mich fest.

»Meto!« rief ich, als ich sie eingeholt hatte und die Tür hinter uns schloß. »Du bist genau der Mann, den ich gesucht habe. Kannst du schwimmen, Meto?«

Er blickte ernst zu mir auf, während er sich die Süßigkeiten aus den Mundwinkeln leckte, und schüttelte dann langsam den Kopf.

»Nicht?«

»Nein, Herr.«

»Du kannst überhaupt nicht schwimmen?«

»Keinen einzigen Zug«, versicherte er mir.

Ich schüttelte entnervt den Kopf. »Du enttäuschst mich, Meto, obwohl du nichts dafür kannst. Ich hatte mir eingeredet, du müßtest der Nachwuchs eines Fauns und einer Flußnymphe sein.«

Einen Moment lang sah er mich verwirrt an, bevor er laut über meine Dummheit lachte. »Aber ich weiß jemanden, der besser schwimmt als irgendwer sonst!« bot er seine Hilfe an.

»Ja? Und wer sollte das sein?«

»Komm mit mir, dann zeige ich ihn dir. Er ist zusammen mit den anderen in den Ställen!« Er begann den Flur hinunterzulaufen, bis Eco ihn eingeholt und den Kragen seiner Tunika gepackt hatte wie eine Leine. Wir folgten ihm in die Mitte des Hauses, durch das Atrium und weiter nach draußen in den Hof. Er befreite sich von Ecos Griff und rannte auf die Ställe zu. Als wir die offenen Tore erreichten, schlug uns die kühlere Luft von drinnen entgegen, gemischt mit den Gerüchen von Heu und Dung. Meto lief weiter.

»Warte! Du hast gesagt, du führst uns zu den Ställen!« protestierte ich.

»Nicht diese Ställe!« rief er mir über die Schulter zu. Er zeigte nach vorn und verschwand um die Ecke des Gebäudes. Ich dachte, er wollte ein Spiel mit uns spielen, bis auch ich die Ecke erreicht hatte und den langen flachen Holzanbau sah, der sich an die gemauerten Stallungen anschloß.

»Nimmt diese Villa denn nie ein Ende?« murmelte ich Eco zu. Dann sah ich die Soldaten, die das Tor zum Anbau bewachten.

Es waren sechs, die im Schneidersitz auf einem freien Fleck unter dem immergrünen Buschwerk hockten. Sie sahen uns nicht, bis ein schriller Pfeifton die Stille zerriß. Ich blickte nach oben und entdeckte einen siebten Wächter auf dem roten Ziegeldach des Anbaus, sein Speer ruhte in der Beuge seines Armes, und er hatte die Finger im Mund.

Sofort waren die Würfel vergessen und die sechs mit gezückten Schwertern auf den Beinen. Ihr befehlshabender Anführer – oder zumindest der Soldat mit den meisten Abzeichen – trat mit erhobenem Schwert auf mich zu und musterte mich finster hinter seinem graumelierten Bart. »Wer bist du, und was willst du?« fragte er knurrig. Er ignorierte Meto, der sich an ihm vorbeidrückte und zur Tür des Anbaus lief. Ich nahm an, daß die Wachen ihn mittlerweile kannten; einer beugte sich sogar herab und strich ihm liebevoll durchs Haar.

Ich streckte beide Hände ein wenig vom Körper ab, damit sie deutlich zu sehen waren. Eco sah mich nervös an und tat dasselbe. »Mein Name ist Gordianus. Ich bin ein Gast von Gelina und eurem General, Marcus Crassus. Dies ist mein Sohn, Eco.«

Der Soldat kniff argwöhnisch die Augen zusammen und steckte sein Schwert dann weg. »In Ordnung, Männer«, rief er über seine Schulter. »Er ist der Bursche, von dem Mummius uns erzählt hat. Nennt sich der Sucher. Und was hoffst du hier zu finden?« Er wirkte auf einmal gar nicht mehr wie ein grimmiger und zum Töten bereiter Krieger, sondern machte statt dessen einen recht freundlichen und höflichen Eindruck. Vor allem jedoch sah er aus wie ein extrem gelangweilter Mann, dem jede Unterbrechung seiner Monotonie mehr als willkommen war.

»Der Sklavenjunge hat uns hergeführt«, erklärte ich. »Ich hatte vergessen, daß die Ställe einen Anbau haben.«

»Ja, vom Hof aus ist er durch die Stallungen verdeckt; und

vom Haus aus kann man ihn auch nicht sehen, nicht einmal vom oberen Stockwerk, habe ich mir sagen lassen. Deswegen ist es ja auch ein so perfekter Ort, um sie alle zu verstecken, schön fein außer Sicht.«

»Wen zu verstecken?« fragte ich, weil mir einen Moment lang entfallen war, was Gelina mir über den Aufenthaltsort der meisten Haussklaven erzählt hatte.

»Schau es dir selbst an. Es sieht so aus, als wäre der kleine Meto ganz begierig darauf, daß du ihm folgst. Alles in Ordnung, Fronto«, rief er dem Wachmann zu, der Meto übers Haar gestrichen hatte. »Du kannst die Tür öffnen.«

Der Wächter zog einen großen Messingschlüssel hervor und steckte ihn in ein Vorhängeschloß, das an einer Kette hing. Das Schloß sprang auf, und die Tür öffnete sich nach außen. Die Wachen blieben mit wachsamen Blicken ein Stück entfernt stehen, die Hand am Schwert. Meto rannte hinein und winkte uns, ihm zu folgen.

Der Geruch, der nach draußen drang, unterschied sich deutlich von dem aus den Stallungen. Zwar konnte man auch hier den süßlichen Geruch von Heu riechen, doch der Gestank von Urin und Abfall stammte nicht von Tieren, sondern von Menschen. Schweißiger Dampf hing schwer in der Luft, daneben der Geruch von menstruierenden Frauen und eine Mischung aus verfaulendem Essen und Erbrochenem. Es erinnerte mich an den Gestank unter Deck der *Furie* – nur der bittere Beigeschmack von Männern am Rand des Zusammenbruchs fehlte, genauso wie die Erfrischung einer salzigen Brise; der Anbau verströmte eher die fauligen, abgestandenen muffigen Ausdünstungen eines Schlachthauses als den einer Sklavengaleere.

Meto wich zurück, doch ich nahm seinen Arm. Hinter uns schloß sich die Tür. »Wenn du fertig bist, klopfe und rufe«, rief der Wachmann mir noch durch das Holz zu. Dann rasselte die Kette, und das Schloß rastete klickend ein.

Ich brauchte einen Moment, bis sich meine Augen an die Dunkelheit gewöhnt hatten. Es gab nur ein paar vergitterte

Fenster knapp unter dem Dach, durch die staubschwere Sonnenstrahlen fielen. »Was ist dies für ein Ort?« flüsterte ich.

Ich hatte keine Antwort erwartet, doch der Junge Meto stand dicht neben mir. »Der Herr benutzte ihn als Lagerraum für alles mögliche«, sagte er, die Stimme wie ich senkend. »Altes Zaumzeug, Sattel und Decken, gebrochene Wagenräder und Ochsenkarren. Manchmal sogar Schwerter, Schilde und Helme. Doch als unser Herr Lucius gestorben ist, war er fast leer. Als dann Crassus am nächsten Tag kam, hat er fast alle Sklaven hier einsperren lassen.«

Es war still geworden, als wir den Anbau betreten hatten, doch jetzt erhoben sich in der Dunkelheit murmelnde Stimmen. »Meto!« hörte ich eine alte Frau rufen. »Meto, komm her und laß dich umarmen!«

Der Junge verschwand im Schatten. Als meine Augen sich an die Lichtverhältnisse gewöhnt hatten, sah ich die Frau, die ihn umarmte. Sie saß auf dem strohbedeckten Boden, das weiße Haar zu einem Dutt geknotet. Ihre langen blassen Hände zitterten im trüben Licht, als sie über das Haar des Jungen strich. Wohin ich auch blickte, sah ich weitere – Männer, Frauen und Kinder, alle die Sklaven, die von den Feldern geholt oder von unnötigen Hausarbeiten freigestellt und eingesperrt worden waren, um Crassus' Urteil zu erwarten.

Sie saßen zusammengekauert an den Wänden, während ich zwischen ihnen hindurchging und den schmalen Raum durchquerte. Eco folgte mir, sein Blick wanderte mit aufgerissenen Augen von Gesicht zu Gesicht, so daß er auf dem unebenen Boden ins Stolpern geriet. Am entfernten Ende des Raumes wurde der Geruch von Urin und Unrat stärker. Die Sklaven, die in der Nähe sitzen mußten, hockten dicht gedrängt und so weit wie möglich von dem Gestank entfernt. Doch nachdem sie ihm schon seit einigen Tagen ausgesetzt gewesen waren, mußten sie sich so weit daran gewöhnt haben, daß sie ihn ertragen konnten. Ich bedeckte mein Gesicht mit einer Falte meines schweren Trauergewands und wagte es trotzdem kaum zu atmen.

Ich spürte, wie jemand an meiner Robe zupfte. Meto blickte mit ernstem Gesicht zu mir auf. »Der beste Schwimmer, den es je gegeben hat«, versicherte er mir flüsternd. »Besser als Leander, und der konnte den Hellespont durchschwimmen. Besser als Glaucus, als er Scylla nachschwamm, und Glaucus war immerhin halb Fisch!«

Das wird uns auch nichts nützen, wenn er hier drinnen eingesperrt ist, dachte ich. Dann sah ich den jungen Mann, auf den Meto zeigte. Er kniete auf dem Stroh und hielt die Hand eines alten Mannes, auf den er leise einredete. Das blasse Licht verlieh seinem Gesicht eine marmorartige Glätte, so daß er mehr denn je wie eine zum Leben erweckte Statue aussah oder wie ein lebendig versteinerter junger Mann.

»Apollonius«, sagte ich, überrascht, ihn hier zu treffen.

Er tätschelte die Hand des alten Mannes ein letztes Mal, bevor er sich erhob und das Stroh von seinen Knien strich. Allein diese schlichte Bewegung war so anmutig wie ein Gedicht. Es gibt die menschengemachte aristokratische Arroganz eines Patriziers wie Faustus Fabius, dachte ich, und es gibt den natürlichen Adel eines solchen Wesens, eine Gabe der Götter, die sich nicht um irdischen Status kümmern.

»Warum bist du hier?« fragte ich in der Annahme, Crassus habe ihn aus schierem Trotz gegen Mummius aus dem Haus verbannt. Doch seine Erklärung war einfach.

»Die meisten Sklaven sind hier eingesperrt seit dem Tag, als man unseren Herrn tot aufgefunden hat. Einige von uns durften auf ihren Posten bleiben und in unseren normalen Quartieren zwischen dem Haus und den Ställen schlafen. Genau wie Meto komme ich, so oft ich kann, hierher, um die anderen zu sehen. Die Wächter kennen mich und lassen mich durch.«

»Ist *er* dein Vater?« fragte ich mit einem Blick auf den alten Mann.

Apollonius lächelte, doch seine Augen blieben traurig. »Ich hatte nie einen Vater. Soterus kennt sich mit Kräutern und Umschlägen aus. Er kümmert sich um die anderen Sklaven, wenn sie krank sind, aber jetzt ist er selber krank. Er hat starken Durst, kann jedoch nicht trinken, und seine Verdauung funktioniert nicht. Seht, ich glaube, jetzt schläft er. Als ich einmal ein starkes Fieber hatte, hatte er sich Tag und Nacht um mich gekümmert. In jenem Sommer hat er mir das Leben gerettet. Und jetzt war alles umsonst.«

Ich konnte keine Bitterkeit in seiner Stimme hören, überhaupt kein Gefühl. Es war die Stimme seines Namenspatrons, leidenschaftslos und geheimnisvoll.

Ich preßte den Stoff vor meine Nase und versuchte zu atmen. »Kannst du schwimmen?« fragte ich, als mir wieder einfiel, weswegen ich gekommen war.

Apollonius lächelte ein ehrliches Lächeln. »Wie ein Delphin«, sagte er.

Direkt südlich des Anbaus begann ein Pfad, der unterhalb des Südflügels und der Bäder in Serpentinen den steilen Hang bis zum Bootshaus hinunterführte. Vom Haus aus war er praktisch nicht einsehbar, verborgen durch dichtes Blattwerk und das steile Gefälle des Hügels. Der Pfad war nicht so gut angelegt wie der von der Terrasse am Nordflügel, doch er war ausgetreten und an den meisten Stellen so breit, daß zwei Männer nebeneinanderher gehen konnten. Der Junge Meto lief, über Wurzeln hüpfend und über Felstafeln schlitternd, voran. Eco und ich folgten ihm in etwas gemäßigterem Tempo, und Apollonius ging höflich und ehrerbietig hinter uns.

Es war die wärmste und schläfrigste Stunde des Tages. Als wir uns dem Bootshaus näherten, blickte ich den Hügel hinauf und dachte an die Trauergemeinde, die stundenlang in der Sonne stehen mußte, während die Flammen die sterblichen Überreste von Lucius Licinius zu Asche verbrannten. In der Ferne konnte ich die Rauchsäule dick und weiß über den Baumkronen aufsteigen sehen, bevor der Seewind sie rasch in einzelne Schwaden zerpflückte, bis sie ganz am blauen Himmel verschwunden war.

Die kleine Flotte, die am Pier festgemacht hatte, dümpelte still vor sich hin. Als wir den Pier betraten, bemerkte ich in den

Booten nur ein paar dösende Gestalten, die ihre Beine ins Wasser baumeln ließen und ihr Gesicht mit den breitkrempigen Schiffermützen bedeckt hatten. Die meisten Fährleute und Sklaven waren dem Duft von gebratenem Fleisch aus der Küche gefolgt, um etwas zum Essen zu ergattern, oder hatten sich davongemacht, um unter den schattigen Bäumen am Hang ein Nickerchen zu halten.

»Was hast du verloren?« fragte Apollonius und blickte in das klare Wasser zwischen zwei Booten.

»Ich habe nicht direkt etwas verloren...«

»Aber wonach soll ich suchen?«

»Ich weiß es nicht genau. Nach etwas, das schwer genug ist, ein lautes Platschen hervorzurufen. Vielleicht auch mehrere Gegenstände.«

Er sah mich skeptisch an und zuckte die Schultern. »Das Wasser könnte klarer sein, aber ich vermute, daß der meiste Schlamm, den die ankommenden Boote aufgewirbelt haben, sich mittlerweile wieder gesetzt hat. Außerdem könnte ich mehr Sonnenlicht gebrauchen; all die miteinander vertäuten Boote werfen einen großen Schatten auf den Grund. Aber wenn ich irgend etwas entdecke, was nicht dort liegen sollte, bringe ich es dir.«

Er löste den Gürtel seiner Tunika und streifte sie ab, dann zog er seine Untertunika aus und stand nackt da. Sein zerzaustes Haar glänzte blauschwarz in der Sonne, während vom Wasser widergespiegelte Lichtrauten über seine geschmeidigen Muskeln tanzten. Eco musterte ihn mit einer Mischung aus Neugier und Neid. Von unter einer der Schiffermützen ertönte ein vulgärer, aber anerkennender Pfiff. Apollonius zog eine Braue hoch, beachtete das Geräusch jedoch nicht weiter; er mußte sich schon lange daran gewöhnt haben, daß seine Erscheinung Aufsehen erregte.

Er machte die Schultern breit, holte ein paarmal tief Luft und sprang dann so pfeilgerade zwischen zwei Booten ins Wasser, daß sich die Oberfläche kaum noch kräuselte, als er verschwunden war.

Ich spazierte auf dem Pier auf und ab, blickte in die Tiefe und erkannte ab und zu einen Widerschein seiner weißen Blöße, während er zwischen den moosigen Felsen und den Holzbalken umhertauchte. Im Wasser bewegte er sich mit derselben Anmut fort wie auf dem Land; er trat mit beiden Beinen gleichzeitig nach hinten und benutzte seine Arme wie Flossen.

Am Himmel zog eine Möwe ihre Bahn. In der Ferne stieg weiter Rauch von dem Scheiterhaufen auf. Noch immer blieb Apollonius unter Wasser. Schließlich sah ich sein Gesicht aus den trüben Tiefen zu mir aufblicken und größer und größer werden, bis er die Wasseroberfläche schließlich durchbrach.

Ich wollte ihn fragen, was er gesehen hatte, doch er hielt nur keuchend die Hand hoch. Er mußte atmen, nicht sprechen. Nach und nach ging sein Atem wieder ruhiger und regelmäßiger. Schließlich öffnete er den Mund – um zu sprechen, dachte ich, doch statt dessen atmete er noch einmal tief ein, beugte sich vornüber und tauchte wieder unter. Seine strampelnden Füße hinterließen Gischt aus kleinen Blasen an der Oberfläche.

Er tauchte geradewegs in die Tiefe, bis er in der Dunkelheit verschwunden war. Ich ging auf dem Pier auf und ab und spähte über den Rand. Die Möwe kreiste, der Rauch stieg auf, eine Wolke schob sich vor die Sonne. Inzwischen waren die dösenden Gestalten in den Booten aufgewacht und beobachteten uns neugierig.

»Er ist aber schon ziemlich lange da unten«, sagte schließlich einer von ihnen.

»Sehr lange«, sagte ein anderer, »selbst für einen Jungen mit einem so kräftigen Brustkorb.«

»Ach, das ist noch gar nichts«, bemerkte ein dritter. »Mein Bruder taucht nach Perlen, der kann zweimal so lange unter Wasser bleiben wie der Junge jetzt.«

»Trotzdem…«

Ich spähte zwischen die Boote, um zu sehen, ob er an einem versteckten Ort aufgetaucht war, und fragte mich, ob er sich vielleicht den Kopf gestoßen hatte. Mit all den am Pier festgemachten Booten war es ein denkbar ungünstiger Zeitpunkt gewesen, die Erledigung dieser Aufgabe zu verlangen. Apollonius hatte sich noch über den dunklen Schatten am Grund beschwert; selbst Delphine brauchen Licht, um sich unter Wasser zu orientieren. Egal, was der Bruder des Perlentauchers behaupten mochte, es schien kaum möglich, daß ein Mann so lange unter Wasser bleiben konnte, wie Apollonius jetzt verschwunden war.

Ich begann, unruhig zu werden. Eco konnte nicht schwimmen, genausowenig wie der Junge Meto, der das selbst zugegeben hatte. Die Vorstellung, mich ins Wasser zu stürzen, ließ mich an die Torturen neulich nachts denken; ich schmeckte das Meerwasser in meinem Hals, spürte, wie es in meiner Nase brannte, und begann vor Panik zu zittern. Ich blickte zu dem verstreuten Chor der Schiffermützen und den im Schatten liegenden Gesichtern, die sich darunter verbargen.

»Ihr Männer!« rief ich schließlich. »Einer von euch ist bestimmt ein guter Schwimmer! Ich zahle demjenigen fünf Sesterzen, der unter diesen Pier taucht und mir sagt, was mit dem Sklaven geschehen ist.«

Die verstreuten Mützen erwachten zum Leben. Füße wurden aus dem Wasser gezogen, Gesichter tauchten auf, Hände suchten Halt.

»Beeilung!« rief ich, in die abgründigen Tiefen blickend, während kalte Angst meine Kehle zuschnürte. »Beeilung! Springt gleich, wo ihr seid, ins Wasser! Zehn Sesterzen –«

Doch im selben Moment ließ mich eine bizarre Erscheinung, die am Ende des Piers aus dem Wasser tauchte, verstummen. Die Fährleute blieben wie versteinert auf ihren Plätzen sitzen und starrten auf die lange, glitzernde Klinge, die aus dem Wasser in die Luft ragte. Von Seegras bedeckt glänzte silbern und grün ein Schwert in der Sonne. Es folgte ein langer, muskulöser, weißer Arm, breite Schultern und schließlich das Antlitz Apollonius', nach Luft ringend, aber gleichzeitig triumphierend lächelnd.

ACHTZEHN

Apollonius hatte sich mit einem Delphin verglichen – und fürwahr, wie er so nackt auf dem Pier lag, einen Arm über das Gesicht geworfen, mit breitem, bebendem Brustkorb heftig nach Luft ringend, seine blasse Haut naß und glänzend, sah er aus wie ein junger Meeresgott, den man aus den Tiefen an Land gezerrt hatte. Die Planken um ihn herum waren dunkel vom Wasser und bildeten die Silhouette seines Körpers ab. Dampf stieg von seiner glatten Haut auf, und regenbogenfarbene Wasserperlen glänzten auf seinem straffen Bauch. Meto holte seine Untertunika, die Apollonius beiläufig über seine Blöße warf.

Neben ihm glänzte das Schwert in der Sonne. Ich kniete nieder und zupfte das Seegras von Klinge und Griff. Es konnte nicht lange im Wasser gelegen haben; ich sah keinerlei Spuren von Rost. Ich wußte wenig genug über derlei Schmiedearbeiten, doch nach der Verzierung auf dem Griff zu urteilen, schien es mir eine Waffe aus römischer Herstellung zu sein.

Apollonius richtete sich auf, verschränkte seine Beine und stützte sich auf seine Arme. Er fuhr sich mit der Hand durchs Haar, und Wassertropfen spritzten durch die Luft. Ein paar von ihnen trafen Eco im Auge. Er wischte sich übers Gesicht und sah Apollonius mit einer eigenartigen, mürrischen Faszination an, bevor er den Blick abwandte. Sie waren ungefähr gleich alt; und ich konnte mir vorstellen, wie einschüchternd die Gegenwart eines anderen Jungen von solch strahlendem Aussehen, der seine Vollkommenheit ohne jede Verlegenheit zur Schau stellen konnte, auf Eco wirken mußte.

»Dies ist nicht das einzige?« fragte ich und nahm das Schwert zur Hand, um es genauer zu betrachten.

»Längst nicht. Da unten liegen ganze mit Lederriemen zusammengeschnürte Bündel davon. Ich habe versucht, eines der Bündel mit nach oben zu bringen, aber es war zu schwer. Die Riemen haben sich mit Wasser vollgesogen und ineinander verheddert; es ist unmöglich, sie zu entwirren; schließlich ist es mir gelungen, einen der Riemen durchzuschneiden, indem ich ihn gegen eine Klinge gescheuert habe.«

»Hast du nur die Schwerter entdeckt?«

Er schüttelte den Kopf. »Auch Speere, auf die gleiche Art gebündelt. Und Säcke voll mit irgendwas. Sie waren so fest zugebunden, daß ich nicht hineinsehen konnte, und sie waren zu schwer, um sie zu heben.«

»Ich frage mich, was in diesen Säcken sein könnte«, sagte ich, den Schimmer einer Ahnung spürend. »Wie bald kannst du wieder hinabtauchen?«

Apollonius zuckte die Schultern, eine Geste, die das Wasser, das sich in der Mulde seines Schlüsselbeins gesammelt hatte, wie Quecksilber über seine Brust perlen ließ. »Ich bin wieder zu Atem gekommen. Aber diesmal könnte ich ein Messer gebrauchen.«

Die neugierigen Fährleute hatten Abstand gehalten, sich jedoch so dicht um uns geschart, daß sie unser Gespräch mitgehört hatten. Einer von ihnen bot sein Messer an, mit einer kräftigen Klinge, mit der man auch Lederriemen durchschneiden konnte, und Apollonius tauchte erneut in die Tiefe.

Er blieb nicht lange unter Wasser. Diesmal tauchte er mit dem Gesicht zuerst auf, und als er sich auf den Steg hochzog, schien er nur das Messer in seiner Hand zu halten. Er bohrte es in das Holz, ließ sich von Meto seine Untertunika geben und eilte wortlos zum Bootshaus. Meto rannte ihm nach, und auch Eco und ich folgten. Apollonius' linke Hand war, wie ich bemerkt hatte, zu einer festen Faust geballt.

Er ging um das Bootshaus und lehnte sich außer Sichtweite der Fährleute gegen die Wand. Ich trat auf ihn zu, den Kopf fragend zur Seite geneigt.

»Halte deine Hände auf«, flüsterte er, »wie eine Schale.«

Dann streckte er den Arm aus und öffnete seine Faust. Die feuchten Münzen glitten in meine Hände wie ein Schwarm winziger silberner Fische.

Dieselben Münzen, mittlerweile getrocknet, machten ein helles, klimperndes Geräusch, als ich sie auf den Tisch in der Bibliothek rieseln ließ. Crassus, eben erst von der Bestattungszeremonie zurückgekehrt, war noch immer in Schwarz gewandet und roch nach verbranntem Holz. Er zog überrascht eine Braue hoch.

»Wo hast du sie gefunden?«

»Im Wasser gleich am Pier. In der ersten Nacht nach meiner Ankunft habe ich beobachtet, wie jemand vom Dock aus etwas ins Wasser geworfen hat. Wer immer es war, hat mich ins Wasser gestoßen und versucht, mich zu ertränken, was ihm auch beinahe gelungen wäre. Erst heute bin ich dazu gekommen, jemanden für mich die Gewässer absuchen zu lassen. Es war der Sklave Apollonius – ja, genau, Mummius' Liebling. Und das hat er gefunden. Säcke über Säcke voll Silber, sagt er. Und nicht bloß Münzen; offenbar gibt es auch Säcke voll Gold- und Silberschmuck. Und Waffen.«

»Waffen?«

»Bündel von Schwertern und Speeren. Keine Gladiatoren- oder Prunkwaffen, sondern klassische Soldatenausstattung. Ich habe eines der Schwerter mitgebracht, um es dir zu zeigen, doch dein Wächter an der Tür hat es beschlagnahmt. Wo wir gerade von Wachen sprechen, ich schlage vor, daß du unverzüglich mehrere davon am Bootshaus stationierst. Ich habe Eco und Apollonius zurückgelassen, um ein Auge auf die Fährleute zu halten, doch bis das versteckte Lager geborgen ist, solltest du es Tag und Nacht von bewaffneten Männern bewachen lassen.«

Crassus rief dem Wachposten vor der Tür entsprechende Anordnungen zu und ließ sich dann das Schwert bringen, das Apollonius geborgen hatte. Durch die offene Tür drangen die Geräusche der Trauergäste im Atrium. Crassus wartete, bis die Tür wieder geschlossen war, bevor er sprach.

»Seltsam«, meinte er. »Dieses Schwert ist in einer meiner eigenen Schmieden hier in Kampanien hergestellt worden, das Erz stammt aus meinen Minen in Spanien; das kann man an dem Stempel am Knauf erkennen. Wie ist es hierhergelangt?«

»Und, noch entscheidender, welches war sein Bestimmungsort?«

»Was soll das heißen?«

»Wenn wir davon ausgehen, daß diese Waffen im Bootshaus gelagert wurden und daß Lucius Licinius sie dorthin geschafft hat, welchen Bedarf hatte er für so viele Waffen?«

»Gar keinen.«

»Hat er sie für dich gesammelt?«

»Wenn ich gewollt hätte, daß Lucius irgendwelche Waffen aus meinen Gießereien hierherschaffen läßt, hätte ich ihm das gesagt«, erwiderte Crassus knapp.

»Dann wurden die Waffen also vielleicht für jemand anderen dort gelagert. Aber wer könnte Bedarf an so vielen Waffen haben?«

Crassus sah mich streng an. Er hatte begriffen, worauf ich hinauswollte, weigerte sich jedoch, den Namen laut zu nennen.

»Denk an die Wertsachen«, fuhr ich fort, »die Münzen, der Schmuck und die Metallarbeiten, alles in Säcken verstaut wie die Beute von Piraten. Angenommen, Lucius hat nicht alles selbst gestohlen, dann hat er sie vielleicht als Bezahlung genommen.«

»Bezahlung wofür?«

»Für etwas, was er selbst nicht brauchte, jedoch beschaffen konnte – Waffen.«

Crassus sah mich mit aschfahlem Gesicht an. »Du wagst es zu behaupten, daß mein Vetter Lucius Waffen an einen Feind Roms geschmuggelt hat?«

»Was sollte ein vernünftig denkender Mensch sonst vermuten, wenn er auf ein verstecktes Lager von Waffen und Wertsachen stößt? Und vielleicht war das Bootshaus nicht der einzige Ort, an dem diese Gegenstände vorübergehend gelagert wurden. Der Sklavenjunge Meto hat mir erzählt, daß er gelegentlich Schwerter und Speere in dem Anbau hinter den Ställen hat liegen sehen, dem Gebäude, in dem jetzt die Sklaven eingesperrt sind. Bei deiner Ankunft magst du den Anbau vielleicht leer vorgefunden haben, doch das heißt nicht, daß er nicht in der Vergangenheit als Waffendepot gedient hat. Und nicht nur Waffen; Meto erwähnte auch Stapel von Schilden und Helmen. Wie ich höre, müssen einige Spartacianer inzwischen getrocknete Melonenschalen als Helme tragen. Spartacus braucht verzweifelt solide Waffen.«

Crassus starrte mich wütend an und atmete tief ein, sagte jedoch nichts.

»Ich habe ebenfalls gehört, daß Spartacus seinen Männern die Benutzung von Geld verboten hat. Sie sind eine Nation ohne Währung. Das Lebensnotwendige nehmen sie sich von den Feldern und den Menschen, die sie bestehlen, aber für Luxus haben sie keine Verwendung. Alles wird geteilt. Spartacus glaubt, daß Geld seine Krieger nur korrumpieren würde. Wie könnte er all die kleinen Münzen und Schmuckstücke, die er angehäuft hat, besser nutzen, als sie aus seinem Einflußbereich hinauszuschmuggeln im Tausch gegen Gegenstände, die er und seine Soldaten wirklich brauchen – Gegenstände wie Schwerter, Schilde, Helme und Speere?«

Crassus dachte lange nach. »Doch es kann nicht Lucius gewesen sein, der sie vom Pier geworfen hat«, wandte er ein. »Du hast mir eben erzählt, daß du gehört hast, wie sie in der Nacht nach deiner Ankunft ins Wasser geschmissen wurden. Du hast gesagt, daß der Täter dich angegriffen und versucht hat, dich zu ertränken. Das war bestimmt auch nicht Lucius, es sei denn, du glaubst, sein Schatten hätte dir in jener Nacht auf dem Pier aufgelauert.«

»Nicht sein Schatten, aber vielleicht sein Partner.«

»Ein Partner? Bei einem derartig widerwärtigen Unternehmen?«

»Vielleicht auch nicht. Vielleicht war Lucius an der ganzen Sache unschuldig, und sie wurde nur direkt vor seiner Nase durchgezogen – ohne sein Wissen. Vielleicht hat er etwas herausgefunden und wurde deshalb getötet.«

»Die Nase meines Vetters warf einen beträchtlichen Schatten, aber doch nicht lang genug, um ein derartiges Geschäft zu verstecken. Und warum bestehst du darauf, diese Entdeckung mit seinem Tod in Zusammenhang zu bringen? Du weißt genausogut wie ich, daß er von den beiden entflohenen Sklaven, Zeno und Alexandros, ermordet wurde.«

»Glaubst du das wirklich, Marcus Crassus? Oder paßt es dir nur so gut in deine eigenen Pläne, daß du dich weigerst, eine andere Möglichkeit in Betracht zu ziehen?« Die Worte sprudelten aus mir heraus, lauter und schärfer, als ich beabsichtigt hatte. Crassus wich zurück. Die Tür ging auf, und der Wachmann blickte herein. Ich trat ein paar Schritte von Crassus zurück und biß mir auf die Zunge.

Crassus entließ den Wachmann mit einer abwinkenden Geste. Er verschränkte die Arme und ging im Zimmer auf und ab. Schließlich blieb er vor einem der Regale stehen und starrte auf die gestapelten Rollen.

»Es fehlen mehr als nur ein paar Dokumente aus Lucius' Büchern«, sagte er langsam und bedächtig. »Das Logbuch, in dem sämtliche Fahrten der *Furie* in diesem Sommer verzeichnet sein sollten, eine Inventarliste ihrer Fracht…«

»Dann laß den Kapitän des Schiffes oder jemanden von der Mannschaft rufen.«

»Lucius hat den Kapitän und die Mannschaft erst kurz vor meiner Ankunft entlassen. Warum, glaubst du, habe ich das Schiff mit Mummius und meinen eigenen Leuten bemannt, um dich holen zu lassen? Ich habe Boten ausgesandt, die in Puteoli und Neapolis nach dem Kapitän suchen sollen, bisher ohne Erfolg. Aber auch so gibt es Beweise, daß Lucius das Schiff benutzt hat. «

»Welche Dokumente fehlen sonst noch?«

»Belege für alle möglichen Ausgaben. Ohne den ursprünglichen Bestand zu kennen, ist es unmöglich zu sagen, was jetzt fehlt.«

»Dann sind meine Vermutungen also nicht völlig abwegig, oder? Lucius Licinius könnte ohne dein Wissen geheime Geschäfte betrieben haben. Verräterische Geschäfte.«

Crassus schwieg lange Zeit. Dann sagte er nur: »Ja.«

»Und außer uns beiden weiß noch jemand davon, weil er versucht hat, Beweise zu vernichten, indem er die Waffen und die Beute im Wasser versteckte, genauso wie jemand das Blut von der Statue gewischt hat, mit der Lucius ermordet wurde – dieselbe Person, die auch die belastenden Unterlagen gestohlen hat. Ist es nicht sehr viel wahrscheinlicher, daß diese Person auch für Lucius' Tod verantwortlich war, und nicht zwei harmlose Sklaven, die plötzlich beschlossen haben, zu fliehen und sich Spartacus anzuschließen?«

»Beweise es!« sagte Crassus und wandte mir den Rücken zu.

»Und wenn ich das nicht kann?«

»Du hast noch immer einen Tag und eine Nacht, deine Arbeit zu erledigen.«

»Und wenn ich scheitere?«

»Dann wird Gerechtigkeit geschehen. Die Rache wird kurz und schrecklich sein. Ich habe es bei der Bestattung gelobt, und ich habe vor, mein Gelübde zu halten.«

»Aber Marcus Crassus, es geht um den Tod von neunundneunzig unschuldigen Sklaven, zu keinem Zweck –«

»Alles, was ich tue«, sagte er langsam, jedes Wort betonend, »hat einen Zweck.«

»Ja, ich weiß.« Ich senkte geschlagen das Haupt. Ich versuchte, einen letzten Einwand vorzubringen. Crassus trat an eines der Fenster und betrachtete die Trauergäste, die sich im Hof drängelten.

»Der kleine Sklavenjunge – Meto, wie du ihn nennst – rennt umher und verkündet, daß das Bankett in Kürze beginnen soll«, sagte er leise. »Es ist Zeit, unsere schwarzen Gewänder gegen weiße einzutauschen. Entschuldige mich, Gordianus, ich gehe jetzt auf mein Zimmer, um mich umzuziehen.«

»Noch ein letztes Wort, Marcus Crassus. Wenn es zu der erwähnten Krise kommt – wenn das, was du beschlossen hast, geschieht –, bitte ich dich, die Ehrlichkeit des Sklaven Apollonius zu berücksichtigen. Er hätte die Entdeckung des Silbers auch für sich behalten können –«

»Warum sollte er? Wenn er morgen stirbt, ist das Silber wertlos für ihn.«

»Trotzdem, wenn du eine Möglichkeit sehen würdest, ihn zu begnadigen, und vielleicht den Jungen Meto –«

»Keiner dieser beiden Sklaven hat außerordentlich Verdienstvolles geleistet.«

»Aber wenn du ihnen die Gnade trotzdem erweisen könntest –«

»Rom ist nicht in der Stimmung für Gnade. Ich nehme an, du willst jetzt gehen, Gordianus.« Als ich den Raum verließ, stand er mit steifen Schultern und verschränkten Armen unbeweglich am Fenster und starrte ins Nichts. Kurz bevor ich die Tür hinter mir schloß, sah ich, wie er sich umdrehte und den kleinen Haufen Silbermünzen betrachtete, den ich auf dem Tisch hatte liegen lassen. Seine Augen glänzten, und ich beobachtete, wie seine Mundwinkel zitterten und sich zu einer Miene verzogen, die ein Lächeln hätte sein können.

Wieder war das Atrium von Gästen bevölkert, einige noch in Schwarz, während andere für das Bankett bereits weiße Gewänder angelegt hatten. Ich bahnte mir einen Weg durch das Gedränge, stieg die Treppen hoch und ging zu meinem Zimmer.

Der kleine Flur lag verlassen und still da. Die Tür zu meinem Zimmer war angelehnt. Als ich näher kam, hörte ich von drinnen seltsame Geräusche. Ich blieb stehen, um sie zu deuten. Es hätten die Schmerzenslaute eines Tieres sein können oder das unartikulierte Gebrabbel eines Menschen, dem man die Zunge herausgeschnitten hatte. Mein erster Gedanke war, daß Iaia in meinem Zimmer weiteren Hokuspokus veranstaltet hatte, und ich trat vorsichtig näher.

Ich blickte durch den schmalen Spalt und sah Eco vor dem Spiegel sitzen. Er verzog sein Gesicht und gab eine Reihe primitiver Geräusche von sich. Dann hielt er inne, musterte sein Spiegelbild und begann erneut.

Er versuchte zu sprechen.

Ich zog mich zurück und atmete tief ein. Ich ging den halben Flur zurück und stieß dann beim erneuten Näherkommen mit meinem Ellenbogen gegen die Wand, damit er mich hören konnte, bevor ich den Raum erreichte.

Als ich das Zimmer betrat, saß Eco nicht mehr vor dem Spiegel, sondern steif auf seinem Bett. Er blickte auf, als ich eintrat, und lächelte mich schief an, bevor er die Stirn runzelte und rasch aus dem Fenster blickte. Ich sah, wie er schluckte und mit der Hand an seinen Hals faßte, als hätte er Schmerzen.

»Haben Crassus' Wachen dich unten beim Bootshaus abgelöst?« fragte ich.

Er nickte.

»Gut. Sieh nur, auf meinem Bett hat man unsere weißen Gewänder für das Bankett fein säuberlich bereitgelegt. Es wird bestimmt ein üppiges Festmahl.«

Eco nickte und sah dann wieder aus dem Fenster. Seine Augen glänzten fiebrig. Er biß sich auf die Lippe und atmete flach. Irgend etwas glitzerte feucht auf seiner Wange, doch er wischte es rasch weg.

NEUNZEHN

Das Bankett wurde in drei miteinander verbundenen Räumen auf der Ostseite des Hauses abgehalten, die alle einen Blick auf die Bucht boten. Die Gäste strömten herein wie eine weiße Gischtwelle, und ihr Murmeln hallte in den hohen Räumen wider wie entferntes Meeresrauschen.

Als letzte seiner Pflichten hatte sich der Designator um die Sitzordnung gekümmert und dafür gesorgt, daß jedem Gast von einem Sklaven ein Platz an der Tafel zugewiesen wurde. Crassus, prachtvoll in Weiß und Gold, hielt im nördlichsten der drei Räume hof, umgeben von Fabius, Mummius, Orata und den bedeutenderen Geschäftsleuten und Politikern aus den diversen Städten am Golf. Gelina residierte im mittleren

Raum mit Metrobius an ihrer Seite, umgeben von Iaia und Olympias und den prominenten weiblichen Gästen.

Der dritte, am weitesten von der Küche entfernt liegende Raum war denjenigen von uns vorbehalten, die nirgendwo sonst hingehörten, den Juniorpartnern und zweiten Söhnen, den Übriggebliebenen und Schmarotzern. Es amüsierte mich zu sehen, daß Dionysius unserer Gesellschaft zugeordnet wurde; er erbleichte, als ein Sklave ihn zu seinem Sofa führte, verlangte leise den Designator zu sehen und wurde schlußendlich zu seinem Platz zurückgeschickt, versteckt in einer Ecke, nicht einmal in der Nähe eines Fensters auf der anderen Seite des Raumes. Unter normalen Umständen hätte der Hausphilosoph in der Nähe des Herrn oder der Herrin sitzen müssen. Ich vermutete, daß Crassus den Designator angewiesen hatte, Dionysius als vorsätzlichen Affront in eine dunkle Ecke zu verbannen. Er mußte den Philosophen wirklich verachten.

Es war die Stunde genau zwischen Mittag und Abend, also beliebte Dionysius, sein grünes Gebräu ausnahmsweise vor anstatt nach dem Essen einzunehmen. Um sich seiner angeschlagenen Würde zu vergewissern, machte er ein großes Gewese darum, das Getränk unverzüglich serviert zu bekommen, und behandelte die junge Sklavin, die in die Küche rannte, um es zu holen, unnötig grob. Kurze Zeit später kam sie zurück und stellte den Becher mit zitternden Händen auf den kleinen Tisch vor ihm.

Ich blickte mich in dem Raum mit seinen diversen, um kleine Tische gedrängten Sofas um. Ich sah niemanden, den ich kannte. Eco war nachdenklich und in sich gekehrt und hatte keinen Appetit. Ich begnügte mich damit, an den vor mir ausgebreiteten Köstlichkeiten zu knabbern und mir meine Vorgehensweise für die verbleibenden Stunden zu überlegen.

Von meinem Platz aus konnte ich direkt in die anderen Räume blicken. Wenn ich mich auf meinen Ellenbogen stützte, konnte ich sogar Marcus Crassus sehen, der an seinem Wein nippend mit Sergius Orata konferierte. Orata war der erste gewesen, der mir von Licinius' plötzlichem und unerklärlichem Reichtum erzählt hatte; wußte er mehr, als er mir verraten hatte? Könnte er möglicherweise sogar der anonyme Partner in Lucius' Schmuggelaktion gewesen sein? Mit seinem runden, nichtssagend selbstgefälligen Gesicht wirkte er kaum wie ein Mann, der des Mordes fähig war, doch ich habe schon oft die Erfahrung gemacht, daß reiche Männer zu allem fähig sind.

Marcus Mummius, der in der Nähe von Crassus lag, wirkte nervös und unglücklich – und warum auch nicht, wenn man bedachte, daß all sein Flehen, Apollonius zu retten, von Crassus nicht erhört worden war? Es erschien mir, in Anbetracht des bösen Blutes, das wegen Apollonius zwischen den beiden geherrscht hatte, unwahrscheinlich, daß Mummius Lucius' schattenhafter Partner gewesen sein könnte. Trotzdem kam mir der Gedanke, daß Mummius in der Mordnacht vom Lager beim Lucrinus-See zur Villa und zurück geritten sein könnte. Was, wenn er ebendas getan hatte, um Lucius noch einmal auf den Kauf des Sklaven anzusprechen? Wenn Lucius nur halb so stur war wie sein Vetter, würde er den Verkauf erneut abgelehnt haben; könnte das Mummius in mörderische Rage versetzt haben? Wenn es so gewesen war, hätte Mummius durch die Ermordung Lucius' unabsichtlich die Vernichtung ebenjenes Menschen verursacht, den er so begehrte, den jungen Apollonius – und die einzige Möglichkeit, den Jungen zu retten, wäre ein Eingeständnis seiner eigenen Schuld. In was für einen Abgrund aus Not und Elend hätte er sich damit gestoßen!

Mein Blick fiel auf Crassus' »linke Hand«, Faustus Fabius mit dem arroganten Kinn und den flammend roten Haaren. Er hatte Lucius zu denselben Anlässen getroffen wie Mummius und damit auch die Gelegenheit und die Verbindungen, Lucius' stiller Teilhaber zu werden, eine sagenhaft lukrative, wenngleich extrem gefährliche Unternehmung. Mummius hatte mir erzählt, daß Fabius einer Patrizierfamilie mit begrenzten Mitteln entstammte, doch über seinen Charakter wußte ich kaum etwas; Männer wie er stellten sich der Welt nur mit Masken, die noch starrer waren als die Wachsmasken ihrer toten Vorfahren. Die Fabier hatten schon die Geburtsstunde der Republik miterlebt; aus ihren Reihen stammten einige der ersten gewählten Konsuln, die ersten, die eine purpurgestreifte Toga tragen und auf den Elfenbeinstühlen der Republik sitzen durften, die man den Königen abgerungen hatte. Es kam mir anmaßend vor, einen derart hochgeborenen Mann des Verrats und des Mordes auch nur zu verdächtigen, andererseits müssen derartige Anlagen im Blut jedes Patriziers schlummern, denn wie hätten sie sonst die Könige stürzen, ihre Mitrömer unterdrücken und überhaupt erst Patrizier werden sollen?

Weniger weit entfernt im mittleren Raum fiel mein Blick auf Gelina. Sie schien die unwahrscheinlichste Kandidatin von allen. Alles deutete darauf hin, daß sie ihren Mann ehrlich geliebt hatte und tief um ihn trauerte. Auch Iaia kam, egal wie geringschätzig sie über Lucius gedacht haben mochte, kaum in Frage; außerdem waren sie und Olympias in der Mordnacht in Cumae gewesen, das hatte man mir zumindest erzählt. Wäre irgendeine der Frauen im Haus, selbst Olympias, kräftig genug gewesen, mit einer schweren Statue Lucius' Schädel einzuschlagen und seine Leiche dann ins Atrium zu schleifen? Oder die Bündel mit Waffen aus dem Bootshaus zum Pier zu schleppen und sie ins Wasser zu werfen?

Dasselbe konnte man sich auch über Metrobius fragen, wenn man sein Alter bedachte, doch es lohnte sich, ihn im Auge zu behalten. Er hatte zu Sullas innerstem Zirkel gehört und konnte daher selbst bei Mord kaum Skrupel haben. Er war ein Mann, der einen langen und schwärenden Groll hegen konnte, wie ich von seiner Tirade über Mummius wußte. Von der Bühne abgetreten, seines lebenslangen Gönners verlustig, seiner legendären Schönheit durch die Jahre beraubt, welchen geheimen Zwecken widmete er heute seine rastlose Energie? Er verehrte Gelina und hatte Lucius verachtet; hätte er ihre Not als Vorwand nehmen können, ihren Mann zu töten? War er dessen anonymer Partner? Sein Haß auf Lucius hätte ihn nicht notwendigerweise davon abhalten müssen, einen Teil seines angehäuften Vermögens in Lucius' Pläne zu investieren. Es war sogar denkbar, überlegte ich weiter, daß er Crassus' Entscheidung, wegen des Mordes sämtliche Sklaven einschließlich Apollonius zu vernichten, vorausgesehen hatte; so konnte er, indem er Lucius tötete und die Dinge ihren Lauf nehmen ließ, gleichzeitig grausame Rache an Mummius nehmen. Doch war selbst ein so subtiler und berechnender Verstand wie der seine einer solch bösartigen und verschlungenen Intrige fähig?

Und natürlich konnte es trotz meiner Entdeckungen bei dem Bootshaus und wider alle Indizien noch immer sein, daß –

»Es waren die Sklaven! Haben Lucius den halben Schädel eingeschlagen und sind dann zu Spartacus geflüchtet!«

Einen Moment lang glaubte ich, ein Gott hätte zu mir gesprochen, um mich für meine blutrünstigen Spekulationen zu tadeln und mich an die eine Möglichkeit zu erinnern, die in Betracht zu ziehen ich mich weigerte. Dann erkannte ich die Stimme, die von dem Sofa hinter mir kam. Es war der Mann, den ich bei der Beerdigung mit seiner Frau hatte tratschen hören. Sie waren schon wieder zugange.

»Aber weißt du noch, was Crassus gesagt hat? Die Sklaven werden nicht unbestraft bleiben – und das ist richtig so!« sagte die Frau und schnalzte mit der Zunge. »Irgendwo muß eine Grenze gezogen werden. Bei gemeinen Sklaven kann man sich nie darauf verlassen, daß sie ihren Platz kennen; laß sie Zeuge einer solchen Grausamkeit in ihrem eigenen Haus werden, und sie sind für immer verdorben – zu nichts mehr nütze. Wenn sie erst einmal gesehen haben, wie einer von ihnen mit einem Mord davonkommt, darf man ihnen nie wieder den Rücken zuwenden. Am besten erlöst man sie aus ihrem Elend, sage ich, und wenn man es noch so drehen kann, daß es den anderen Sklaven ein gutes Exempel ist, um so besser! Dieser Marcus Crassus weiß, wie man die Dinge anpackt!«

»Nun, er weiß jedenfalls ganz bestimmt, wie man seine Geschäfte führt«, stimmte der Mann ihr zu. »Dafür spricht schon sein Reichtum. Man sagt, er strebt ein Kommando gegen Spartacus an, und ich hoffe, diese Idioten im Senat zeigen einmal genug Weisheit, dem richtigen Mann auch die richtige Aufgabe anzuvertrauen. Er ist ein knallharter Typ, keine Frage; das muß man schon sein, wenn man alle seine Hausssklaven töten läßt, und das ist genau die Sorte Mann, die wir jetzt brauchen – eine starke Hand, die mit diesem thrakischen Monster aufräumt! Könntest du mir noch ein paar von diesen grünen Oliven reichen, meine Liebe? Und vielleicht noch einen Löffel Apfelsauce für mein Kalbsbries? Köstlich! Ein Jammer, daß Crassus auch derart fantastische Köche töten lassen muß!«

»Aber er wird es trotzdem tun. Das habe ich jedenfalls gehört – und die arme, bemitleidenswerte Gelina schüttelt die ganze Zeit den Kopf und wünscht, es wäre nicht so. Sie hatte schon immer ein weiches Herz, genau wie Lucius einen weichen Schädel, und du siehst ja, wohin das führt! Aber nicht Marcus Crassus – er hat einen harten Schädel und ein noch härteres Herz. Er läßt keine einzige Ausnahme vor dem römischen Recht gelten, und so sollte es auch sein. In Zeiten wie diesen kann man keine Ausnahmen machen.«

»Nein, ganz bestimmt nicht. Doch man muß schon so unbeirrbar wie Cato sein, um einen Koch zu töten, der ein derart köstliches Gericht zubereiten kann.« Der Mann leckte sich geräuschvoll die Lippen.

»Psst! Du sollst das Wort nicht laut aussprechen.«

»Welches Wort?«

»Töten. Siehst du nicht die Serviererin dort drüben?«

»Na und?«

»Es bringt Unglück, wenn man das Wort so laut ausspricht, daß es ein dem Tode geweihter Sklave hören kann.«

Sie schwiegen einen Moment, bevor die Frau weitersprach. »Ziemlich zugig hier drinnen, findest du nicht?«

»Das Essen ist kalt, bis es aus der Küche hier ist.«

»Ich denke, du ißt schnell genug, um dir deswegen keine Sorgen machen zu müssen.«

»Trotzdem hätte uns dieser selbstzufriedene Designator vielleicht einen besseren Platz gegeben, wenn du dich getraut hättest, ihn zu fragen, wie ich es dir gesagt habe.«

»Jetzt fang nicht wieder damit an, meine Liebe! Das Essen ist hier wie dort bestimmt dasselbe, und darüber kannst du dich nun wirklich nicht beklagen.«

»Das Essen vielleicht, aber über die Gesellschaft läßt sich das nicht unbedingt sagen. Du bist doppelt so reich wie alle anderen in diesem Raum! Wir sollten wirklich näher bei Crassus sitzen oder zumindest im mittleren Raum bei Gelina.«

»Es gibt halt nur so viele Räume und so viele Sofas«, seufzte der Mann. »Und hier sind mehr Leute, als ich seit Jahren bei einem Leichenschmaus gesehen habe. Trotzdem, was die Leute in diesem Raum angeht, hast du wohl recht. Nicht unbedingt die Creme, was? Sieh mal da drüben, der Philosophenheini, der hier wohnt. Ich glaube, er heißt Dionysius.«

»Ja, wie die Hälfte aller griechischen Philosophen in Italien«, grunzte die Frau. »Dieser hier ist nicht besonders bedeutend, habe ich gehört.«

»Absolut zweitklassig, sagt man. Ich kann mir nicht vorstellen, warum Lucius ihn hierbehalten hat; vermutlich hat Gelina ihn ausgesucht, und ihr Geschmack ist, außer was die Küche angeht, recht zweifelhaft. Jetzt wo Lucius nicht mehr da ist, wird er große Probleme haben, noch einmal eine so angenehme Unterkunft zu finden wie hier. Wer braucht schon einen zweitklassigen Philosophen im Haus, vor allem einen Stoiker, wenn es so viele gute Epikureer zur Auswahl gibt, gerade hier am Golf? Ein wirklich unangenehmer Mensch – und außerdem ziemlich ordinär. Schau ihn dir nur an! Wie er das Gesicht verzieht und die Zunge rausstreckt – also wirklich, man könnte meinen, er sei nur halb zivilisiert!«

»Ja, ich sehe, was du meinst. Er veranstaltet ein ziemliches Spektakel, nicht wahr? Eher wie ein Narr als wie ein hochgebildeter Mann.«

Dionysius schien mir kaum der Typ, der schlechte Tischsitten an den Tag legen würde, selbst wenn er über seine Plazierung verärgert war. Ich drehte mich um, um es mit eigenen Augen zu sehen, und tatsächlich, es schien, als würde er Grimassen schneiden und immer wieder die Zunge herausstrecken.

»Obwohl er wirklich komisch aussieht«, räumte die Frau ein. »Wie eine dieser grauseligen Masken in einer Komödie!« Sie fing an zu lachen, und ihr Mann stimmte mit ein.

Doch Dionysius war nicht um komische Wirkung bemüht. Er faßte sich an die Kehle und beugte sich mit einem krampfhaften Zucken auf seinem Sofa vor. Er röchelte pfeifend nach Luft und versuchte dann mit halb aus dem Mund hängender Zunge zu sprechen. Von meinem Platz aus waren die wirren Worte kaum zu verstehen. »Meine Zunge«, keuchte er, »verbrennt!« Und dann: »Luft! Luft!«

Mittlerweile hatten auch andere Gäste Notiz von ihm genommen. Die Sklaven hörten auf zu bedienen, und die Gäste wandten die Köpfe, um den sich windenden Dionysius zu sehen. Er preßte die Arme gegen die Brust, wie um seine Zuckungen zu kontrollieren, und streckte immer wieder die Zunge heraus, als könne er es nicht ertragen, sie im Mund zu behalten.

»Würgt er?« fragte die Frau.

»Ich glaube nicht«, meinte ihr Mann und schnaubte mißbilligend. »Also das geht wirklich zu weit!« protestierte er, als Dionysius sich vornüberbeugte und auf den kleinen Tisch vor seinem Sofa zu kotzen begann.

Eine Reihe von Gästen sprang auf. Der Aufruhr breitete sich langsam bis in den mittleren Raum aus wie eine Welle über einen Teich. Gelina runzelte besorgt die Stirn und wandte den Kopf. Einen Augenblick später war das Getuschel im entferntesten Raum angekommen, wo Crassus, der gerade über einen Witz Oratas lachte, sich umdrehte und fragend durch die Türen blickte. Unsere Blicke trafen sich, und ich winkte ihm drängend. Gelina stand auf und kam auf mich zugeeilt. Crassus folgte gesetzten Schrittes.

Die beiden trafen gerade rechtzeitig ein, um mit anzusehen, wie der Philosoph umringt von einem Halbkreis entsetzter Gäste einen weiteren Schwall grünlicher Galle auf seinen Teller Kalbsbries mit Apfelsauce spuckte. Ich drängte mich durch die Menge und trat neben Crassus, während die Gäste unisono die Nasen rümpften und einen Schritt zurückwichen. Der Philosoph hatte sich besudelt.

Bei dem Geruch verzog auch Crassus das Gesicht. Gelina kniete neben dem Philosophen, um ihm zu helfen, hatte jedoch Angst, ihn zu berühren. Plötzlich zuckte Dionysius zusammen und fiel von seinem Sofa gegen den kleinen Tisch voller Köstlichkeiten. Die Menge wich weiter zurück, um Kalbsbries und Erbrochenem auszuweichen.

Der Becher, in dem Dionysius' Kräutermischung serviert worden war, segelte durch die Luft und landete scheppernd vor meinen Füßen. Ich hob ihn auf und blickte hinein. Außer ein paar grünen Tropfen gab es nichts mehr zu sehen; Dionysius hatte ihn gründlich gelehrt.

Crassus packte meinen Arm so fest, daß es schmerzte. »Was zum Hades geht hier vor?« verlangte er zwischen zusammengebissenen Zähnen zu wissen.

»Mord, nehme ich an. Vielleicht haben Zeno und Alexandros wieder zugeschlagen.«

Crassus fand das nicht amüsant.

VIERTER TEIL

Bestattungsspiele

ZWANZIG

»Einer Katastrophe folgt die nächste!« Crassus, der im Raum
auf und ab gelaufen war, blieb lange genug stehen, um mich
düster anzustarren, als wäre ich für die Komplikationen in
seinem Leben verantwortlich. »Ich werde zum ersten Mal richtig froh sein, in die relative Ruhe und Sicherheit Roms zurückzukehren. Dieser Ort ist verflucht!«

»Ich bin ganz deiner Meinung, Marcus Crassus. Aber verflucht durch wen?« Ich warf einen Blick auf Dionysius' Leiche,
die auf dem Boden der Bibliothek lag, wohin Crassus sie in Ermangelung eines besseren Ortes von seinen Männern hatte
tragen lassen, nur um sie aus dem Gesichtsfeld der Gäste zu
entfernen. Eco stand neben mir und betrachtete das verzerrte
Gesicht des Toten, offenbar fasziniert davon, daß dessen
Zunge sich weigerte, im Mund zu bleiben.

Crassus hielt sich die Nase zu und machte eine wegwerfende
Handbewegung. »Schafft ihn hier raus!« rief er einem seiner
Leibwächter zu.

»Aber wohin sollen wir ihn bringen, Marcus Crassus?«

»Irgendwohin! Sucht Mummius und fragt ihn, was zu tun ist
– nur schafft diese Leiche hier raus! Wo ich dem Schwachkopf
jetzt schon nicht mehr zuhören muß, habe ich bestimmt nicht
vor, seinen Gestank zu ertragen.« Er fixierte mich mit durch-
dringendem Blick. »Gift, Gordianus?«

»Ein naheliegender Schluß angesichts der Umstände und
Symptome.«

»Und doch waren die Räume voller Menschen, die ebenfalls
gegessen haben. Und sonst war niemand betroffen.«

»Weil niemand sonst aus Dionysius' Becher getrunken hat.
Er hatte die besondere Angewohnheit, vor dem Mittagessen
und dann wieder zum Abendessen eine merkwürdige Kräutermischung zu sich zu nehmen.«

Crassus blinzelte und zuckte die Schultern. »Ja, ich erinnere mich, wie er bei anderen Mahlzeiten die Vorzüge von Knöterich und Gartenraute rühmte. Eine weitere seiner ärgerlichen Affektiertheiten.«

»Und eine gerade ideale Gelegenheit für jemanden, der ihn vergiften wollte – ein Getränk, das einzig und allein er zu sich nimmt, noch dazu stets zu einer bestimmten Zeit und an einem bestimmten Ort. Jetzt mußt du zugeben, Crassus, daß in diesem Haus ein Mörder frei herumläuft. Und es ist sehr wahrscheinlich, daß es sich um dieselbe Person handelt, die auch Lucius ermordet hat, weil Dionysius erst gestern abend öffentlich erklärt hat, den Täter entlarven zu wollen. Das kann nun kaum das Werk Zenos oder Alexandros' gewesen sein.«

»Und warum nicht? Zeno mag tot sein, doch wir wissen nach wie vor nicht, wo Alexandros sich aufhält oder mit wem er möglicherweise in Kontakt steht. Er hat garantiert Verbündete in diesem Haus, auch unter den Küchensklaven.«

»Ja, durchaus möglich, daß er in diesem Haus Freunde hat«, sagte ich, ohne dabei jedoch an die Sklaven zu denken.

»Es war offensichtlich ein Fehler von mir, zu erlauben, daß überhaupt einer der Sklaven weiter für Gelina arbeitet. Sobald das Mahl beendet ist und die über Nacht bleibenden Gäste auf ihre Zimmer geführt worden sind, werde ich alle Sklaven zusammentreiben und in den Anbau sperren lassen. Das hätte morgen früh sowieso geschehen müssen. Fabius!« Er rief nach Faustus Fabius, der im Flur gewartet hatte, und erteilte entsprechende Anweisungen. Fabius nickte kühl und verließ den Raum wieder, ohne mich anzusehen.

Ich schüttelte bekümmert den Kopf. »Warum glaubst du, daß einer der Sklaven Dionysius vergiftet hat, Marcus Crassus?«

»Wer sonst hatte Zugang zu den Küchen, wo niemand etwas bemerken würde? Ich nehme doch an, daß Dionysius seine Kräuter dort aufbewahrt hat.«

»Im Laufe des Tages sind alle möglichen Menschen in der Küche gewesen. Die Leute waren vom langen Warten auf den

Leichenschmaus halb verhungert; schon lange vor Beginn des offiziellen Banketts haben sich Gäste in die Küche geschlichen, um zu naschen, oder haben ihre Sklaven vorgeschickt; die Küchensklaven hatten alle Hände voll zu tun, und man kann kaum erwarten, daß sie jeden bemerken, der ihnen über den Weg gelaufen ist. Außerdem irrst du, Marcus Crassus; Dionysius sammelte seine Kräuter selbst und bewahrte sie in seinem Zimmer auf. Jeden Tag schickte er eine frischgehackte Portion in die Küche, um sein Gebräu zubereiten zu lassen; normalerweise hat er sie jeden Morgen als erstes fertiggemacht und dem Küchensklaven gegeben, aber heute hat er sie erst nach der Bestattung vorbeigebracht. Das heißt, jemand hätte sich auch am Vormittag, als alle mit Vorbereitungen beschäftigt waren, in Dionysius' Zimmer schleichen und an den Kräutern zu schaffen machen können.«

»Woher weißt du das alles?«

»Weil ich, während deine Männer Dionysius' Leiche hierhergeschafft haben, dem Sklavenmädchen, das ihm das Getränk heute abend gebracht hat, ein paar Fragen gestellt habe. Sie sagt, daß er die Kräuter nach seiner Rückkehr von der Bestattung in die Küche gebracht hat. Wie üblich war die bereits fertig gehackte Mischung in ein Stück Stoff gewickelt. Offenbar hat Dionysius aus der Abmessung und Zubereitung seiner Kräuter jedesmal ein veritables Ritual gemacht. Die Sklavin hat nur noch die Brunnenkresse und die Weinblätter hinzugefügt, das Ganze aufgekocht und das Gebräu kurz vor dem Mahl durchgeseiht.«

»Sie hätte das Gift trotzdem beimischen können«, beharrte Crassus. »Du kennst dich doch bestimmt mit Giften aus, Gordianus. Was glaubst du, was es war?«

»Ich würde vermuten, Eisenhut.«

»Panthers Tod?«

»So nennen es manche Menschen. Angeblich ist es wohlschmeckend, so daß Dionysius es nicht herausgeschmeckt hat. Die Symptome passen – ein Brennen auf der Zunge, Würgeanfälle, Zuckungen, Erbrechen, Entleerung des Darms, Tod.

Aber wer«, fragte ich mich laut, »hätte genug über derlei Dinge wissen können, um das Gift zu besorgen und die nötige Dosis zu verabreichen?« Ich sah Eco an, der die Lippen schürzte. Er hatte geschlafen, während ich die Kräuter und Extrakte in Iaias Haus in Cumae durchstöbert hatte, doch ich hatte ihm später davon erzählt.

Crassus reckte die Schultern und verzog das Gesicht. »Ich hasse Trauerfeierlichkeiten. Und noch schlimmer als Trauerfeiern sind Bestattungsspiele. Wenigstens sind die morgen abend vorbei.«

»Wenn Dionysius uns nur noch hätte sagen können, was er über den Mord an Lucius wußte«, sagte ich, »falls er überhaupt etwas wußte. Ich würde mir sein Zimmer gerne mal ansehen.«

»Aber sicher.« Crassus zuckte die Schultern. Seine Gedanken waren offenbar schon wieder mit anderen Dingen beschäftigt.

Ich fand den Jungen Meto im Atrium und wies ihn an, mir die Kammer des Philosophen zu zeigen. Wir kamen an den Eßzimmern vorbei. Mit Dionysius' Tod und dem Rückzug von Gastgeber und Gastgeberin hatte das Mahl ein abruptes Ende genommen, doch zahlreiche Gäste lungerten noch um die Tische und Sofas herum. Ich blieb stehen und ließ meinen Blick durch die Menge wandern.

»Wen suchst du?« fragte Meto.

»Iaia und ihre Assistentin Olympias.«

»Die Malerin ist schon gegangen«, erwiderte er. »Direkt nachdem der Philosoph seinen Anfall bekam.«

»Sie hat das Zimmer verlassen?«

»Sie hat das Haus verlassen und sich auf den Heimweg nach Cumae gemacht. Ich weiß es, weil sie mich zu den Ställen geschickt hat, um nachzusehen, ob ihre Pferde bereit waren.«

»Schade«, sagte ich. »Ich hätte mich sehr gerne mit ihr unterhalten.«

Meto führte uns weiter den Flur entlang und um eine Ecke. »Hier ist es«, sagte er und wies auf die Tür zu Dionysius' Gemächern.

Es waren zwei kleine, durch einen Vorhang abgeteilte Räume. In dem vorderen Raum standen ein paar Stühle um einen runden Tisch an einem Fenster mit Blick auf die bewaldeten Hügel im Westen. Auf dem Tisch befand sich eine kleine Urne aus Ton. Als ich den Deckel abnahm, roch ich ein Gemisch aus Gartenraute, Knöterich und Knoblauch. »Dionysius' Kräuermischung. Vergiftet oder nicht, man sollte sie verbrennen oder ins Meer gießen, um sicherzugehen, daß nicht noch jemand Schaden nimmt.«

Der zweite Raum war stoisch karg möbliert, er enthielt nichts weiter als ein Schlafsofa, eine Hängelampe und eine große Truhe.

»Hier gibt's ja nicht viel zu entdecken«, bemerkte ich zu Eco, »es sei denn, er hat etwas versteckt.« Ich wollte die Truhe öffnen und stellte fest, daß sie mit einem Schloß gesichert war. »Wir könnten sie vermutlich einfach aufbrechen. Crassus hätte wahrscheinlich nichts dagegen, und wir können Dionysius' Schatten bitten, uns zu vergeben. Sieht auch ganz so aus, als ob das vor uns schon jemand vergeblich versucht hätte. Siehst du die Kratzer auf dem Holz und dem Metall, Eco? Wir brauchen ein langes, schmales Brecheisen, um sie aufzustemmen.«

»Warum nimmst du nicht einfach den Schlüssel?« schlug Meto vor.

»Weil ich ihn nicht habe«, erwiderte ich.

Meto lächelte spitzbübisch, legte sich flach auf den Boden, kroch unter das Sofa und kam mit einem schlichten Messingschlüssel in seiner winzigen Hand wieder zum Vorschein.

Ich warf die Hände in die Luft. »Meto, du bist unbezahlbar! Jedes Haus braucht einen Sklaven wie dich.« Er grinste und stand hinter mir, als ich mich bückte, um den Schlüssel ins Schloß zu stecken. »Wirklich, Meto, ich glaube, wenn du groß bist, wirst du wie einer dieser Sklaven aus einem Schauspiel von Plautus, die immer wissen, was wirklich vor sich geht, auch wenn ihr Herr zu dumm oder zu verliebt ist, um die Wahrheit zu erkennen.« Wer immer versucht hatte, die Truhe aufzustemmen, hatte auch das Schloß beschädigt, so daß ich eine Weile mit dem Schlüssel herumhantieren mußte. »Plautus' schlaue Sklaven werden am Ende immer von ihren eifersüchtigen Herren getadelt, aber ohne sie käme die Welt ganz bestimmt nicht aus. Ah – da haben wir's, geschafft! Ich frage mich, welche Schätze dem Philosophen so wertvoll waren, daß er sie weggeschlossen hatte?«

Ich öffnete den Deckel. Eco stockte der Atem. Meto wich zurück.

»Blut!« flüsterte er.

»Ja«, stimmte ich ihm zu, »ganz unzweifelhaft Blut.« Auf mehreren am Boden der Truhe ausgerollten Schriftstücken lag ein eng und kritzelig beschriebenes Stück Pergament, auf dem ein großer Blutfleck prangte.

»Sind das die fehlenden Dokumente?« fragte ich.

Wieder in der Bibliothek studierte Crassus die ausgebreiteten Unterlagen eine nach der anderen. »Ja, das sind die Aufstellungen, nach denen ich gesucht habe, zusammen mit einigen anderen, von deren Existenz ich keine Ahnung hatte, voller Unregelmäßigkeiten und kryptischer Hinweise – Ausgaben und Einnahmen, die offenbar in einer Art Geheimcode notiert sind. Ich werde sie nach den Bestattungsspielen mit nach Rom nehmen müssen. Es ist unmöglich, sie ohne beträchtlichen Zeit- und Arbeitsaufwand zu deuten; vielleicht kann mein Oberbuchhalter sie entziffern.«

»Ich habe gesehen, daß mehrfach die Eintragung ›Ein Freund‹ auftaucht, stets im Zusammenhang mit einer größeren Geldsumme. Könnte es nicht sein, daß dies ein Dokument über Investitionen von und Auszahlungen an Lucius' stillen Teilhaber ist?«

Crassus warf mir einen verärgerten Blick zu. »Ich möchte vor allem wissen, was diese Dokumente in Dionysius' Zimmer zu suchen hatten.«

»Ich habe eine Theorie«, sagte ich.

»Da bin ich mir sicher.«

»Wir wissen, daß Dionysius den Mord an Lucius aufklären wollte, und sei es nur, um mit seiner Klugheit zu renommieren. Angenommen, er hatte die Blutflecken auf der Statue, mit der Lucius umgebracht wurde, schon vor uns entdeckt und lange vor meiner Ankunft die Schlußfolgerung gezogen, daß Lucius in diesem Raum ermordet wurde. Weiter angenommen, er hatte eine Ahnung bezüglich Lucius' dunkler Geschäfte; schließlich lebte er in diesem Haus und hätte den Fluß des Silbers und der Waffen durchaus beobachten können, egal wie heimlich Lucius vorgegangen sein mag.«

Crassus nickte. »Und weiter?«

»Im Wissen um diese Dinge muß er die Unterlagen entwendet haben, bevor du sie finden konntest. Er hat sie aus diesem Raum in sein Zimmer geschafft, wo er sie in Ruhe studieren und nach Hinweisen auf die Identität des Mörders forschen konnte.«

»Schon möglich. Aber wie erklärst du dir das hier?« Er wies auf die blutbefleckte Schriftrolle.

»Lucius muß sie gerade eingesehen haben, als er ermordet wurde. Sie muß offen auf diesem Tisch hier gelegen haben.«

»Und der Mörder, der so umsichtig war, Lucius' Leiche ins Atrium zu schleifen, ließ das Dokument zurück, damit es Dionysius' bei seinem nächsten Besuch in der Bibliothek entdecken konnte? Es scheint mir naheliegender, daß der Mörder es eher vernichtet hätte, als es zurückzulassen, damit Dionysius es beiseite schaffen konnte. Das wiederum würde nahelegen, daß das Dokument nichts mit dem Mord zu tun hat.«

Crassus starrte mich grimmig an und verzog seinen Mund dann langsam zu einem Lächeln, als er sah, daß ich darauf keine Antwort wußte. Er schüttelte den Kopf und lachte leise. »Eins muß ich dir lassen, Gordianus – du bist hartnäckig! Und wenn du dich dann besser fühlst, will ich gerne zugeben, daß ich mit dem, was wir über die Umstände von Lucius' Tod wissen, nicht völlig zufrieden bin. Nach den Indizien, die du im Wasser gefunden hast, und dem, was aus diesen Unterlagen hervorgeht, hat es den Anschein, daß mein lieber, törichter, vermaledeiter Vetter in einen Waffenschmuggel verwickelt war – ja, möglicherweise sogar an Spartacus. Doch das schwächt nur deine Position und stärkt meine.«

»So sehe ich das nicht, Marcus Crassus.«

»Nicht? Als er die Nachricht erhielt, daß ich kurzfristig und unangemeldet hier eintreffen würde, geriet Lucius in Panik und versuchte, den Kontakt zu Spartacus' Unterhändlern, den Kunden für dieses Waffenlager, abzubrechen. Als diese erkannten, daß sie von Lucius nichts mehr bekommen würden, nahmen sie blutige Rache. Wer aber hätten diese Verbrecher, diese Agenten Spartacus', sein können? Wer außer Zeno und dem Thraker Alexandros, die nichts anderes als spartacistische Spione in diesem Haus waren. Ja, ich sehe es jetzt ganz deutlich – hör mich zu Ende an, Gordianus!

In der Todesnacht kam es hier in der Bibliothek zu einer Auseinandersetzung. Zeno, der seinem Herrn geholfen hatte, die Bücher zu führen, zog diverse Dokumente hervor, die Lucius' Perfidie entlarvt hätten, und drohte ihm, ihn zu verraten, wenn er nicht weiterhin Waffen an Spartacus liefern würde. Doch nicht einmal dieser Erpressungsversuch konnte Lucius umstimmen; er hatte beschlossen, seine Verbindung mit den Spartacisten abzubrechen, und ließ sich nicht einschüchtern. Also ermordeten Zeno und Alexandros ihn mit der Statue, genau wie du gesagt hast. Um seinen Tod öffentlicher zu machen, schleiften sie seine Leiche ins Atrium und begannen, den Namen ihres Herrn, Spartacus, in den Stein zu kratzen.

Doch der Zufall wollte es, daß Dionysius in jener Nacht lange wach lag und grübelte, worüber zweitklassige Philosophen mitten in der Nacht eben so grübeln. Dann wollte er irgendeine Schriftrolle aus Lucius' Bibliothek holen. Er muß ein Geräusch gemacht haben, das die Mörder störte und flüchten ließ, bevor sie den ganzen Namen ihres Generals zu Ende schreiben konnten. Dionysius betritt die Bibliothek und findet das blutige Schriftstück. Er geht ins Atrium und entdeckt die Leiche. Anstatt jedoch Alarm zu schlagen, entwickelt er einen Plan, seine eigene Karriere zu fördern. Er weiß, daß ich am nächsten Tag eintreffen werde; ohne Lucius steht er ohne Gönner da, wenn es ihm jedoch irgendwie gelänge, sich an mich zu hängen, würde die Sache sich zu seinem Nutzen wenden lassen. Er glaubt, mich beeindrucken zu können, indem er den Mord aufklärt. Er studiert das blutbefleckte Dokument, begreift seine Bedeutung und sieht daraufhin auch die anderen Unterlagen auf ähnlich belastende Beweise hin durch. Er nimmt sie mit auf sein Zimmer, um sie ungestört entziffern und deuten zu können.«

»Aber warum hat er dir all das nicht früher berichtet?« wandte ich ein.

»Vielleicht hatte er vor, sein Wissen bei den Bestattungsspielen morgen zu offenbaren, weil er glaubte, seine Eloquenz könne es mit dem blutigen Drama in der Arena aufnehmen. Vielleicht war er auch noch nicht ganz zufrieden, weil irgendwelche Indizien nicht ganz zusammenpaßten; schließlich wollte er seinen Auftritt so eindrücklich wie möglich gestalten. Oder –«

Crassus' Augen leuchteten auf. »Ja!« rief er. »Das ist es. Dionysius war Alexandros auf der Spur und wollte mir den Sklaven persönlich ausliefern – das ist die Lösung für alles! Wer sonst hätte ihn vergiften sollen, wenn nicht Alexandros oder ein anderer Sklave, der Alexandros schützen wollte? Dionysius muß Alexandros' Versteck gefunden haben und wollte ihn mir morgen zusammen mit allen Beweisen, die er entdeckt hatte, bei der Hinrichtung öffentlich übergeben.« Crassus schüttelte reuevoll den Kopf. »Ich muß zugeben, daß das für den alten Kauz ein ganz schöner Coup gewesen wäre, eine Gelegenheit, vor allen versammelten Gästen Eindruck zu schinden. Danach wäre es schwierig geworden, ihm einen Platz in meinem Gefolge zu verweigern. Also hat sich der alte Kauz als Fuchs erwiesen!«

»Ein ziemlich toter Fuchs«, sagte ich matt.

»Ja, und für immer stumm. Eine Schande, daß er mir nicht mehr sagen kann, wo sich Alexandros versteckt. Ich hätte den Schurken morgen zu gerne in meinen Händen gehabt. Ich hätte ihn ans Kreuz binden und zur Unterhaltung der Menge bei lebendigem Leibe verbrennen lassen.« Seine Augen blitzten bösartig auf, und er wurde auf einmal wütend. »Erkennst du jetzt, Gordianus, wie du meine und deine Zeit verschwendet hast, indem du der Illusion von der Unschuld der Sklaven nachgejagt hast? Du hättest deine Schlauheit darauf verwenden sollen, Alexandros zu fangen und mir zu übergeben, auf daß Gerechtigkeit geschehe, doch statt dessen hast du zugelassen, daß dieser Teufel vor deinen Augen einen weiteren Mord begangen hat!«

Er begann wütend auf und ab zu laufen. »Du bist ein sentimentaler Narr, Gordianus! Ich kenne Typen wie dich, die sich ständig für Sklaven und ihre gerechten Verdienste einsetzen und zimperlich auf die Häßlichkeiten reagieren, die manchmal notwendig sind, um römisches Recht und Ordnung aufrechtzuerhalten. Nun, in diesem Fall hast du dein Bestes getan, der Gerechtigkeit im Weg zu stehen und, bei Jupiter, du bist gescheitert. Du nennst dich ernsthaft einen Sucher?«

Er fing an zu brüllen. »Deine Unfähigkeit ist direkt für Dionysius' Tod verantwortlich sowie für die Tatsache, daß der Mörder Alexandros noch frei herumläuft. Raus mit dir! Für derartige Inkompetenz habe ich keinerlei Verwendung! Wenn ich nach Rom zurückkehre, werde ich dafür sorgen, daß du zum Gespött der ganzen Stadt wirst. Dann kannst du ja sehen, ob noch irgend jemand die Dienste des sogenannten Suchers in Anspruch nehmen will!«

»Marcus Crassus –«

»Raus!« In seiner Wut packte er die auf dem Tisch verstreuten Dokumente, ballte sie zusammen und warf damit nach mir. Sie verfehlten mich, doch eines traf Eco im Gesicht. »Und wage es nicht, mir wieder unter die Augen zu treten, es sei denn, du kannst mir den Sklaven Alexandros in Ketten bringen, damit er für seine Verbrechen gekreuzigt wird!«

»Der Mann ist sich seiner selbst weniger sicher denn je«, flüsterte ich Eco zu, als wir den Raum verließen. »Die Bestattungsfeierlichkeiten, das drohende Blutvergießen – er ist völlig überreizt...«

Plötzlich merkte ich, daß mein Gesicht heiß war und mein Herz raste. Mein Mund war so trocken, daß ich kaum schlucken konnte. War es Marcus Crassus, von dem ich sprach, oder meinte ich mich selbst?

Nach ein paar Schritten blieb ich stehen. Eco blickte verwirrt zu mir auf und zupfte an meinem Ärmel, um zu fragen, was wir als nächstes tun sollten. Ich biß auf meine Lippe, auf einmal ratlos und desorientiert. Eco zog besorgt die Brauen zusammen. Ich schaffte es nicht, ihm in die Augen zu sehen.

Was blieb uns zu tun übrig? Seit Tagen war ich pausenlos in Bewegung gewesen, stets in der Lage, den nächsten Schritt zu erkennen, doch jetzt kam ich mir auf einmal verloren vor. Vielleicht hatte Crassus recht, und meine Verteidigung der Sklaven war von Anfang an eine sentimentale Torheit gewesen. Selbst wenn er unrecht hatte, war meine Zeit fast abgelaufen, und ich hatte nichts in den Händen, was ich ihm präsentieren konnte – mit Ausnahme der Tatsache, daß ich wußte oder zu wissen glaubte, wer Dionysius vergiftet hatte, genau wie ich zu wissen glaubte, wo sich der Sklave Alexandros versteckt hielt. Wenn ich schon sonst nichts tun konnte, so konnte ich wenigstens die Wahrheit herausfinden, und sei es nur zu meiner eigenen Befriedigung.

In unserem Zimmer holte ich die beiden Dolche hervor, die ich aus Rom mitgebracht hatte, und gab Eco einen davon. Er sah mich mit aufgerissenen Augen an. »Die Ereignisse könnten sich sehr plötzlich krisenhaft zuspitzen«, sagte ich. »Ich halte es für das beste, wenn wir uns bewaffnen. Die Zeit ist gekommen, gewisse Personen *hiermit* zu konfrontieren.« Ich zog das blutbefleckte Gewand aus dem Versteck zwischen unseren Sachen hervor und klemmte es unter den Arm. »Wir sollten auch für uns Umhänge mitnehmen. Die Nacht wird wahrscheinlich kühl. Und jetzt auf zu den Ställen.« Wir eilten den Flur hinunter, die Treppe hinab und durch das Atrium. Hinter den Hügeln ging gerade die Sonne unter.

Im Stall trafen wir Meto, der in dieser Nacht bei den Pferden wachte. Ich wies ihn an, zwei Rösser für Eco und mich fertigzumachen.

»Aber es wird schon dunkel«, wandte er ein.

»Es wird sogar noch dunkler werden, bevor wir zurückkommen.«

Wir bestiegen die Pferde und waren zum Aufbruch bereit, stoppten jedoch vor den Stallungen, als Faustus Fabius und ein Kordon bewaffneter Männer den Hof überquerte. Zwischen den Reihen der Soldaten marschierten hintereinander die verbliebenen Haussklaven Richtung Anbau.

Sie gingen schweigend und kraftlos. Einige hatten die Köpfe gesenkt. Andere sahen sich mit großen ängstlichen Augen um. Unter ihnen sah ich auch Apollonius, der den Blick stur geradeaus hielt, die Zähne fest aufeinandergebissen.

Mir kam es vor, als würde die Villa ihres Lebenssaftes beraubt. Alle, die diesem großen Haus Leben einhauchten, die es von Sonnenaufgang bis Sonnenuntergang in Bewegung hielten, wurden aus seinen Fluren vertrieben – die Barbiere und Köche, die Feuerschürer und Türöffner, die Servierer und Diener.

»He, du da, Junge!« brüllte Fabius.

Meto wich zurück und umklammerte mein Bein. Seine Hände zitterten.

Mein Mund wurde trocken. »Der Junge ist mit mir unterwegs, Faustus Fabius. Ich habe für Crassus etwas zu erledigen, und ich brauche ihn.«

Faustus Fabius machte dem Trupp ein Zeichen, zum Anbau weiterzumarschieren, und kam auf uns zu. »Das halte ich für ziemlich unwahrscheinlich, Gordianus.« Er lächelte sein unnahbares patrizisches Lächeln. »Ich habe vielmehr gehört, daß du und Marcus euch endgültig entzweit habt und daß er deinen Kopf genauso gerne auf einem Silberteller serviert sähe wie auf deinem Hals. Ich wage zu bezweifeln, daß du überhaupt befugt bist, Pferde aus seinem Stall zu nehmen. Wo willst du denn hin – nur für den Fall, daß Crassus fragen sollte.«

»Nach Cumae.«

»Ist es schon so weit gekommen, daß du die Sibylle um Rat fragen mußt, Gordianus, und das bei Anbruch der Dunkelheit? Oder möchte dein Sohn einen letzten Blick auf die schöne Olympias werfen?« Als ich keine Antwort gab, zuckte er die Schultern. Ein merkwürdiger Ausdruck huschte über sein Gesicht, und ich sah, daß ein Zipfel des zusammengefalteten, unter meinem Gewand versteckten, blutigen Umhangs hervorlugte. Ich versuchte, ihn mit meinem Ellenbogen zu verdecken.

»Der Junge kommt jedenfalls mit mir«, sagte Fabius.

Er packte Metos Schulter, doch das Kind klammerte sich an meinem Bein fest. Fabius zerrte heftiger, und Meto begann zu kreischen. Sklaven und Soldaten wandten die Köpfe in unsere Richtung. Eco wurde nervös; sein Pferd begann zu wiehern und zu stampfen.

»Hab Erbarmen mit dem Jungen, Faustus Fabius!« flüsterte ich zwischen zusammengebissenen Zähnen. »Laß ihn mit mir gehen – ich lasse ihn bei Iaia in Cumae. Crassus wird es nie erfahren!«

Fabius lockerte seinen Griff. Meto ließ zitternd mein Bein los, um sich die Tränen aus den Augen zu wischen. Fabius lächelte dünnlippig.

»Die Götter werden es dir danken, Faustus Fabius«, flüsterte ich. Ich beugte mich herab, um den Jungen aufs Pferd zu heben, doch Fabius zog ihn rasch zur Seite, machte einen Schritt zurück und packte ihn fest.

Er schüttelte langsam den Kopf. »Der Sklave gehört Crassus«, sagte er. Er drehte sich um und stieß den stolpernden und sich verzweifelt über die Schulter umblickenden Meto in Richtung der anderen Sklaven.

Ich sah benommen zu, bis der letzte Wachmann um die Ecke der Ställe verschwunden war. Zwielicht hatte sich über die Erde gesenkt, und die ersten Sterne funkelten am Himmel. Schließlich gab ich meinem Pferd die Sporen, und wir brachen auf. Ich sprach ein stummes Gebet zu jenem Gott, der zufällig gerade zuhören mochte, daß der nächste Morgen nie anbrechen möge.

EINUNDZWANZIG

Es wäre klüger gewesen, tadelte ich mich im nachhinein, die Straße nach Cumae zu nehmen anstatt die Abkürzung über die Hügel, die Olympias uns gezeigt hatte. Es war eine jener Nächte, in der, so stellte ich mir vor, die Lemuren dem Hades entfliehen, wie Dunst über dem Averner See aufsteigen, durch die Nebel wandern und im Wald und auf den kargen Hügeln einen Frosthauch des Todes verbreiten. Im Vergleich zur kraftvollen, vollblütigen Fruchtbarkeit alles Lebenden ist die Präsenz der lebenden Toten abgemildert und schwächer wie eine Kerze, die neben der Sonne blaß wirkt. Doch zu bestimmten Zeiten und an bestimmten Orten wie etwa auf Schlachtfeldern oder um die Pforten zur Unterwelt sind die Seelen der Toten so konzentriert, daß sie beinahe so greifbar wirken wie lebendiges Fleisch und Blut – zumindest haben in diesen Fragen beschlagenere Männer als ich dieses Phänomen so erklärt. Ich weiß nur, daß in jener Nacht auf dem Weg nach Cumae der Tod lauerte und daß diejenigen, die er fordern würde, es nicht weit hatten bis zum Schlund des Hades.

Zunächst war es nicht schwierig, den Weg zu finden. Problemlos erreichten wir die Hauptstraße, und Eco mit seinen scharfen Augen entdeckte auch den schmalen Pfad, der in westlicher Richtung abzweigte. Selbst im Zwielicht wirkte der Weg noch vertraut. Wir kamen an der Baumgruppe vorbei auf die kahle Kuppe des Hügels. Im Norden sah ich die Lagerfeuer von Crassus' Soldaten um den Lucrinus-See. Leise Gesänge stiegen aus dem Tal herauf. Im zunehmenden Mondlicht konnte ich die Umrisse der massigen Arena erkennen; ihre hohen Holzwälle glänzten matt wie die Haut eines schlafenden Kolosses. Morgen früh würde er aufwachen und seine Beute verschlingen.

Erst als wir den Wald erreicht hatten und es vollends dunkel geworden war, wurde ich unsicher. Ich hatte vergessen, wie mickrig der Pfad wurde, und wie schnell. Ohne das Licht der Sonne war man sich seiner Richtung nie gewiß. Der Vollmond stand noch niedrig am Himmel, und sein bläulicher Schein verwandelte den Wald in ein verwirrendes Durcheinander aus Licht und Schatten. Nebelschwaden umtrieben uns, ob vom Meer landeinwärts geweht oder vom feuchten Boden aufgestiegen, wußte ich nicht zu sagen. Vielleicht waren es auch gar keine Nebelschwaden, sondern die schwebenden, vage schimmernden Seelen der Toten, die keine Ruhe fanden.

Der Schwefelgestank in der feuchten Luft wurde stärker. Irgendwo in der Ferne heulte ein Wolf. Ein zweiter stimmte mit ein, dann ein dritter, so nahe, daß ich zusammenfuhr. Drei jaulende Stimmen wie von den drei Köpfen des Cerberus. Die Nacht war noch kälter, als ich vermutet hatte. Ich zog den Umhang fester um meine Schultern. Ich dachte an das Gewand, das ich unter dem Arm trug, und fürchtete, die Wölfe könnten das Blut wittern und angelockt werden. Einen Moment lang glaubte ich, hinter uns Pferde zu hören, doch dann entschied ich, daß es unser Echo gewesen sein mußte.

Ich drängte weiter, des Weges immer weniger sicher, bis wir eine vage vertraute Stelle erreichten. Über uns erstreckte sich freier Himmel, und die Hufe der Pferde trafen auf harten Fels. Mein Pferd zögerte, doch ich trieb es weiter. Es scheute erneut, dann packte Eco von hinten meinen Arm und gab ein schluckendes Geräusch des Entsetzens von sich. Mein Atem stockte.

Wir standen am Rand des Felsplateaus oberhalb des Averner Sees. Ein Schwall schwefliger Dämpfe wehte mir heiß ins Gesicht wie der faule Atem Plutos persönlich. In der Stille hörte ich das Röcheln und Gurgeln der Fumarolen, und vor meinem inneren Auge sah ich in dem brodelnden Schlamm tief unter uns die unseligen Toten zappeln wie Ertrinkende. Der Mond stieg über die Baumkronen und warf ein blasses Licht auf das Ödland. In dem trügerischen Schein sah ich das pockige und vernarbte Gesicht eines unbegreiflich riesigen Ungeheuers, und als das Licht kaum wahrnehmbar wechselte und die Fumarolen sich öffneten und schlossen, erkannte ich plötzlich eine gigantische Schale voller sich windender, mannsgroßer Maden. Aus den Wäldern auf der anderen Seite des Sees, die nur als zerklüftete Silhouette auszumachen waren, hörte ich drei Hunde gleichzeitig bellen.

»Heute nacht ist der Cerberus los«, flüsterte ich. »Heute nacht könnte alles geschehen.«

Eco gab einen seltsam erstickten Laut von sich. Ich biß mir auf die Zunge und verfluchte mich, ihm Angst eingejagt zu haben. Trotz des Schwefelgestanks atmete ich tief ein und drehte mich zu ihm um.

Der Schlag riß mich kopfüber von meinem Pferd.

Ecos unterdrückter Laut war eine Warnung gewesen. Der Schlag kam von hinten und traf mich direkt zwischen den Schulterblättern. Noch im Fallen fragte ich mich, warum der Angreifer mich niederschlug, anstatt mich zu erstechen, und ich konnte nur annehmen, daß es Eco irgendwie gelungen war, seinen Stoß abzulenken. Vielleicht hatte mich ein Ellenbogen getroffen oder der Knauf eines Schwertes.

Meine Handflächen schürften über harten Fels. Als nächstes landete vermutlich meine Hüfte am Boden, zumindest nach den Prellungen zu urteilen, die ich später bemerkte. Ich kroch vorwärts auf den Rand des Abgrunds zu.

Ein heftiger Tritt traf mich zwischen den Rippen und ließ mich halb über den Felsvorsprung taumeln. Da wußte ich, warum mein Angreifer mich nicht erstochen hatte, wie er es bei meiner Ahnungslosigkeit leicht hätte tun können: Warum sollte man die Spuren eines Mordes zurücklassen, wenn man jemanden auch über eine Klippe in den Tod stürzen konnte? Vielleicht spielte es auch keine Rolle, wie sie mich töteten; wenn sie vorhatten, sich meiner Leiche hinterher zu entledigen, indem sie sie in den feurigen See warfen, wo sie mit Haut und Knochen von Pluto verschlungen werden würde.

Ich spürte Plutos heißen Atem in meinem Gesicht und

schob mich rückwärts vom Abgrund weg. Jemand trat mir in den Hintern, doch ich wich nicht von der Stelle und wurde erneut getreten. Irgendwo hinter mir hörte ich ein Geräusch wie das Blöken eines Schafes auf der Schlachtbank – Eco rief um Hilfe.

Ich rollte mich nach links, ohne zu wissen, ob der Felsvorsprung dort endete oder nicht, und machte mich innerlich auf einen freien Fall gefaßt. Statt dessen landete ich auf hartem Stein, kämpfte mich auf die Füße und fuhr herum, um mich dem Angreifer zu stellen. Metall blitzte im Mondschein, und ich duckte mich – gerade noch rechtzeitig; die Klinge sauste so dicht über mich hinweg, daß ich den Luftzug noch in den Haaren spürte. Ich packte den Arm, des Angreifers und brachte ihn aus dem Gleichgewicht. Die ganze Zeit sah ich kein Gesicht oder auch nur einen Körper, sondern nur den Unterarm, den ich mit beiden Händen gepackt hielt und schmerzhaft verdrehte.

Er keuchte und fluchte. Mit der anderen Hand versuchte er das Messer aus seiner bewegungsunfähigen Hand zu greifen. Ich stieß ihm mein Knie in den Unterleib. Seine Hände ruderten ob des plötzlichen Schmerzes blindlings durch die Luft, und ich spürte, wie er schwächer wurde. Doch nach wie vor sah ich keine Möglichkeit, ihm sein Messer zu entwinden oder mein eigenes zu ziehen. Ich bewegte mich rückwärts und zerrte ihn mit mir; als ich spürte, daß ich die Kante der Klippe erreicht hatte, fuhr ich mit aller Kraft herum, ihn mit mir reißend wie ein Akrobat, der seinen Partner durch die Luft wirbeln läßt.

Ich hörte das Geräusch von über nackten Fels schürfenden Füßen, dann wurde sein Unterarm ruckartig aus meiner Umklammerung befreit, als ob eine unglaublich starke Kraft seine Füße gepackt hätte und ihn direkt nach unten ziehen würde. Ich hielt ihn einen Moment zu lange fest und fühlte, wie ich mit nach unten gerissen wurde. Die Klinge in seiner Hand ritzte im Fallen meine Hand. Ich schrie auf und taumelte einen endlosen, schwindelnden Augenblick lang über dem Abgrund. Ich breitete die Arme aus wie ein Gekreuzigter, um mein Gleichgewicht zu finden. Meine Knie wurden wachsweich.

In diesem Moment hätte der kleinste Stubser genügt, mich in die Tiefe zu stürzen, das kleinste Zupfen an meinem Umhang, mich auf sicheren Boden zurückzuholen. Wo war Eco?

Ich ruderte wild mit den Armen, bis ich schließlich nach hinten fiel und mit einem Grunzen auf meinem Hinterteil landete. Ich drehte mich um, stützte mich auf Hände und Knie und sprang auf. Mein Pferd stand ein wenig abseits, offenbar war es vor dem Abgrund zurückgeschreckt, doch Eco und sein Pferd waren nirgends zu sehen. Genausowenig wie ein weiterer Angreifer.

Der Nebel war dichter geworden, das Mondlicht diffus, alles war wie verhüllt. Ich starrte in die Dunkelheit und flüsterte: »Eco?« Dann wiederholte ich seinen Namen lauter, bis ich zuletzt brüllte: »Eco!« Doch es kam keine Antwort – weder jenes erbärmliche halbmenschliche Murmeln, das ich ihn auf dem Zimmer hatte ausstoßen hören, noch das erstickte, würgende Geräusch, mit dem er versucht hatte, mich zu warnen. Bis auf das Rauschen des Windes in den Baumkronen war es völlig still.

»Eco!« rief ich, ohne darüber nachzudenken, daß ich damit andere Angreifer, die möglicherweise im Dunkel lauerten, alarmieren könnte. »Eco!«

Mir war, als hätte ich von ferne oder vielleicht auch von nahem Geräusche gehört, gedämpft durch den Nebel und das dichte Blattwerk – ein Scheppern wie von Metall gegen Metall, ein Schrei, das Schnauben eines Pferdes. Ich lief zu meinem Roß und stieg auf.

Plötzlich wurde mir so schwindelig, daß ich fast stürzte. Mein Kopf pochte. Ich faßte an meine Schläfe und spürte klebrige Feuchtigkeit. Selbst in der Finsternis konnte ich erkennen, daß an meinen Fingern Blut klebte. Von der Schnittwunde an meiner Hand, dachte ich, bis mir auffiel, daß die Klinge meine andere Hand aufgeritzt hatte. Ich mußte mir, ohne es zu bemerken, den Kopf gestoßen haben – oder die Klinge des Angreifers war knapper über meinen Schädel gestrichen, als mir bewußt gewesen war.

Das Blut ließ mich an den Umhang denken. Ich hatte ihn fallen lassen, als ich gestürzt war. Ich sah mich auf dem nackten Fels um, konnte ihn jedoch nirgends entdecken.

Aus dem Wald drangen Geräusche – das Wiehern eines Pferdes, das Brüllen eines Mannes. Ich war wie benommen und konnte nicht klar denken. Ich ritt in den Wald, auf die entfernten Geräusche zu, doch ich hörte nur ein Rauschen in meinem Kopf, lauter als der Wind in den Bäumen. Der Nebel senkte sich über mich wie Gaze, die auf mein Gesicht gelegt wurde.

»Eco!« rief ich, weil mir die Stille mit einem Mal Angst machte. Die Welt um mich herum schien endlos und leer.

Ich ritt weiter. So angestrengt ich auch lauschte und spähte, ich war ein hilfloser Mann, der nichts hören und sehen konnte. Das Mondlicht wurde schwächer, durchbrochen von leuchtenden, nebelhaften Phantomen, die aus der Dunkelheit hervorsprangen und wieder verschwanden. *Am Ende kommt der Tod*, sagte ich mir, an ein altes ägyptisches Sprichwort denkend, das Bethesda mir beigebracht hatte. Der Tod war für Licinius und Dionysius gekommen, genauso wie für den geliebten Vater von Crassus, wie er auch für alle Opfer Sullas und die Opfer von Sullas Feinden, für Sulla selbst und den Zauberer Eunus gekommen war, die beide bei lebendigem Leibe von den Würmern verzehrt worden waren, und er würde auch für Metrobius und Marcus Crassus kommen, für Mummius und selbst für den hochnäsigen Faustus Fabius. Der Tod würde für den schönen Apollonius kommen, wie er für den alten Zeno gekommen war, der als halbzerfressene Leiche an den Ufern des Averner Sees geendet hatte. Der Tod würde auch für den kleinen Meto kommen, der noch kaum gelebt hatte – wenn nicht mogen, dann an einem anderen Tag. Ich fand einen seltsamen, kalten Trost in diesem Gedanken. *Am Ende kommt der Tod...*

Dann fiel mir Eco wieder ein.

Ich konnte weder hören noch sehen – ich war blind und taub geworden, oder aber die Nacht hatte sich in tiefes Schwarz gehüllt, und der Wind heulte. Aber stumm war ich nicht. Ich rief seinen Namen: »Eco! Eco!« Wenn er antwortete, hörte ich ihn nicht. Doch wie hätte er antworten sollen, wo er doch stumm war? Etwas Feuchtes tropfte auf meine Wange – nicht Blut, sondern Tränen.

Ich fiel nach vorn und umklammerte mein Pferd. Es verlangsamte seinen Trab und blieb schließlich ganz stehen. Das Heulen des Windes war abgeklungen, doch die Welt war noch immer dunkel. Irgendwann drehte ich mich um und fand mich auf dem Boden zwischen Blättern und Zweigen liegend wieder.

Irgendein vorüberziehender Gott hatte mein Gebet schließlich doch noch erhört. Diese Nacht würde nie enden und der Morgen nie kommen.

ZWEIUNDZWANZIG

Ich öffnete meine Augen in einer Welt, in der es weder dunkel noch hell war. Über mir knackten und ächzten die Äste in der milden Brise der Dämmerung – oder war es mein eigener Kopf, der dabei war, auseinanderzubersten?

Ich richtete mich langsam auf und lehnte mich gegen einen Baumstamm. Mein Pferd war in der Nähe und schnupperte auf der Suche nach etwas Eßbarem friedlich an den Blättern. Mein Magen knurrte; und ich stöhnte ob des stechenden Schmerzes in meinem Kopf. Ich tastete ihn ab und spürte getrocknetes Blut – genug, um eine leichte Übelkeit hervorzurufen, aber nicht genug, um mich zu alarmieren. »Du wirst schon nicht verbluten«, hatte mein Vater immer gesagt, wenn ich als Junge blutend nach Hause kam; und er war weder ein Stoiker noch besonders streng, sondern wußte nur, wie man eine Wunde richtig einschätzte.

Ich erhob mich zitternd und atmete tief ein, dankbar und nicht wenig überrascht, überhaupt noch am Leben zu sein. Ich rief Ecos Namen so laut, daß das Echo aus den Hügeln zurückschallte. Die Anstrengung sandte einen Donnerschlag durch meinen Schädel. Eco tauchte nicht auf, aber die Welt wurde langsam heller.

Ich konnte den Wald nach ihm absuchen, oder ich konnte zur Villa zurückkehren. Statt dessen beschloß ich, ohne Eco und ohne den blutbefleckten Umhang nach Cumae weiterzureiten. Es bestand noch immer die vage Hoffnung, daß ich denen, die sie kannten, die Wahrheit entlocken konnte. Im Licht des anbrechenden Tages wirkte der Wald auf einmal klein. Von meinem Standpunkt aus konnte ich den Felsvorsprung sehen, wo man mich angegriffen hatte, und in der anderen Richtung durch die Bäume das felsige Gelände um die Sibyllinische Grotte und sogar ein Stück Meer. Und doch war es in der vergangenen Nacht so leicht gewesen, sich hier zu verirren! Nacht und Dunkelheit berauben die Menschen nicht nur ihrer Sehkraft, sondern auch ihrer anderen Sinne. Und der Schlag auf den Kopf hatte auch nicht geholfen.

Ich fand den Pfad ohne Probleme. Nach ein paar Minuten verließ ich den Wald und gelangte in das Felslabyrinth. Dabei warf ich beklommene Blicke nach links und rechts, fast ängstlicher, Eco zu finden, als ihn nicht zu finden. Immer wieder glaubte ich, in einem Baumstumpf oder einem grauen Felsbrocken seine Leiche zu erkennen.

Auf der kleinen Straße durch das Dorf Cumae war noch keine Menschenseele unterwegs, doch aus den Häusern der Frühaufsteher stiegen erste Rauchwölkchen auf. Schließlich erreichte ich Iaias Haus am anderen Ende des Dorfes. Aus seinen Öfen stieg kein Rauch, kein Laut war von drinnen zu vernehmen, kein Licht durch die Fenster zu sehen. Ich band mein Pferd an und ging zu Fuß weiter.

Ich fand den kleinen Pfad, der zum Meer hinabführte und den ich Olympias am Nachmittag unseres Besuches bei der Sibylle hatte heraufkommen sehen. Ich folgte ihm durch das niedrige Gebüsch. Der Pfad wand, zwischen glatte Felsen eingezwängt, sich steil bergab. An manchen Stellen war er kaum noch zu erkennen und verschwand bisweilen ganz hinter verwitterten Felsvorsprüngen. Ein paarmal kam ich auf losen Steinen ins Rutschen und mußte mühsam das Gleichgewicht halten. Es war bestimmt kein Weg, den irgend jemand aus Vergnügen oder per Zufall gehen würde, weniger für einen ausgewachsenen Mann als für eine abenteuerlustige Ziege geeignet oder vielleicht eine behende junge Frau, die einen guten Grund hatte, ihn einzuschlagen.

Der Pfad endete an einer Gruppe von Felsen am Wasser. Die Wellen schlugen gegen den Stein und zogen sich wieder zurück, so daß jeweils kurz ein schmaler Streifen schwarzen Sandes frei wurde. Ich sah mich um und konnte keinerlei Anzeichen für eine Höhle oder Felsspalte erkennen. Die Salzkruste und die seltsamen Kreaturen an den Felsen ließen darauf schließen, daß die Flut auch noch ein ganzes Stück höher steigen und die Felsen und den Strand ganz überspülen konnte. Wenn die Flut ihren Höchststand bereits überschritten hatte, blieb bei Ebbe möglicherweise ein Stück Sand frei, auf dem man zumindest bis jenseits der Felsen bequem laufen konnte. Doch zum jetzigen Zeitpunkt konnte ich keinen verborgenen Einstieg in den glatten Wänden entdecken. Ich war in eine Sackgasse geraten.

Und doch war Olympias genau diesen Pfad heraufgekommen, in der Hand einen Korb, der bis auf ein Messer und ein paar Brotkrumen leer war, und der Saum ihrer Reitstola war naß gewesen. Und ich hatte gesehen, wie sie erbleicht war, als Dionysius darauf bestanden hatte, die Geschichte von Crassus' Aufenthalt in der versteckten Meereshöhle zu erzählen.

Ich wappnete mich innerlich gegen die Kälte und kletterte über die Felsen auf den schmalen Strand. Einen Augenblick später umspülten Wellen meine Füße, und ich stand bis zu den Knien im Wasser, bevor es sich wieder zurückzog, an meinen Knöcheln zerrend, so daß ich mich vor Kälte zitternd an die Steine klammern mußte, um nicht den Halt zu verlieren. Dann brachen sich die Wellen erneut, und ich befand mich bis zu den Oberschenkeln im Wasser. Ich zischte ob der Kälte, zwang mich, den Fels loszulassen, und trat auf den treibenden Sand. Ich watete hinaus, bis mir das Wasser bis zu den Hüften reichte. Die Ebbe und der Sog der Wellen rissen heftig an mir, und der Sand unter meinen Füßen gab so schnell nach, daß ich das Gleichgewicht kaum halten konnte. An einer so schmalen Stelle, dachte ich, könnte ein Mann im Handumdrehen gepackt und von einer Strömung unter Wasser ins offene Meer hinausgezogen werden, ohne das Tageslicht je wiederzusehen.

Was hoffte ich, hier zu finden? Eine Wunderhöhle, die sich mir zu Gefallen plötzlich am Fels auftun würde? Hier gab es keine Geheimnisse, nichts außer Stein und Wasser. Ich ging noch einen Schritt weiter. Das Wasser schlug gegen einen Felsbrocken, dessen Spitze aus der Gischt ragte wie der Kopf einer Schildkröte, und klatschte mir dann ins Gesicht. Prustend und die Arme gegen die Kälte fest um den Körper geschlungen, bewegte ich mich vorwärts. Das Wasser stieg bis zu meiner Brust und drohte mich dann mit Macht in die Tiefen zu zerren. Ich packte Halt suchend den Fels und spürte, wie meine Füße unter mir weggerissen wurden. Die Kälte ließ meinen Atem stocken, und einen Moment lang sah ich Sterne vor den Augen.

Dann verschwanden die Sterne, und ich erblickte die Höhle.

Sie war nur zu erkennen, wenn sich das Wasser zurückzog, und auch dann nur jeweils einen Moment. Ich sah eine zerklüftete schwarze Öffnung in dem zerklüfteten schwarzen Fels, wie der klaffende Schlund eines zahnlosen Untiers. Gischtstrudel perlten von seinen Lippen, bevor die Wellen ihn wieder mit Wasser füllten.

Es war unmöglich, die Öffnung zu erreichen, bis die Flut nicht beträchtlich abgelaufen war. Das konnte jeder vernünftige Mensch erkennen. Doch ein vernünftiger Mensch würde auch nicht bis zum Hals in kaltem Wasser stehen und sich im blassen Licht des frühen Morgens, verzweifelt um sein Leben kämpfend, an einen glitschigen Felsen klammern.

Ich schaffte es, den Felsen loszulassen, mich in Richtung der Öffnung abzustoßen, schließlich die schaumigen Lippen zu umfassen und mich hineinzuhangeln. Hinter mir schlugen die Wellen zusammen, und ich saß in der Falle, konnte mich weder vor noch zurück bewegen, während um mich herum die Gischt gurgelte, Seetang in mein Gesicht schlug und Salzwasser in meine Nase trieb. Als das Wasser abfloß, krabbelte ich ein Stück vor und stieß mit dem Kopf gegen die flache Steindecke. Dann muß meine Wunde wieder angefangen haben zu bluten.

Dunkelheit umgab mich. Plötzlich schwanden meine Kräfte und wurden mit der Ebbe hinaus ins Meer gezogen. Ich wappnete mich gegen die nächste Welle, die mich gurgelnd traf wie ein Schwall aus Neptuns Nüstern. Ich schluckte Salzwasser und schmeckte Blut auf der Zunge. Das Wasser lief ab, und ich war mir sicher, mit hinausgezogen zu werden, doch irgendwie gelang es mir, mich festzuhalten.

Ich öffnete meine salzverkrusteten Augen und blinzelte schmerzhaft. Die Welle hatte mich tief in die Spalte gespült. Ich blickte auf und sah hoch über mir ein Loch, durch das ein Sonnenstrahl fiel. Ich war in der Höhle.

Daß ich es geschafft hatte, war nicht nur überraschend, es war ein Ding der Unmöglichkeit. Die verblüfften Mienen auf ihren Gesichtern bestätigten das.

Trotz des trüben Lichtes erkannte ich Olympias sofort. Ich hatte geträumt, sie nackt zu sehen. Jetzt sah ich sie nackt. Ihre Haut war makellos glatt und von einem Schweißfilm überzogen, der die blassen Stellen im trüben Licht alabastergleich glänzen ließ. Ihre Arme und Beine waren dunkler, von der Sonne zu blassem Gold getönt. Sie war schlank, aber keineswegs zerbrechlich; nackt sah sie noch robuster und vitaler aus als bekleidet. Ihre Brüste waren voll und rund mit großen Brustwarzen, die angesichts ihrer goldenen Mähne und dem goldenen Busch zwischen ihren geschmeidigen Schenkeln überraschend dunkel waren. Traurigerweise ließ mein Zustand es kaum zu, diesen Anblick angemessen zu würdigen.

Ihr Begleiter hingegen schien ihn sehr zu würdigen zu wissen – wie ich bemerkte, als sie sich voneinander lösten und ich den Beweis seiner Erregung erkennen konnte. Er kämpfte sich auf die Füße, stieß mit dem Kopf gegen den Fels und fluchte. Derweil rollte sich Olympias zur Seite und begann hektisch zwischen den Kissen und Decken auf dem Steinboden herumzukramen. Schließlich fand sie, wonach sie gesucht hatte, einen glänzenden Dolch mit einer Klinge von der Länge eines ausgewachsenen Unterarms und schwang ihn in einem großen Bogen aufwärts. Vermutlich wollte sie ihn ihrem Beschützer geben, doch in ihrer Hast und Verwirrung hätte sie seinen erigierten Penis fast abgeschnitten. Beiden stockte ob des Beinaheunglücks vernehmlich der Atem. Alexandros taumelte nach hinten, stieß sich erneut den Kopf und fluchte wieder. Es wäre zum Lachen gewesen, wenn mir nicht vor Kälte, Nässe und Kopfschmerzen so elend zumute gewesen wäre.

Er konnte es, wie ich erwartet hatte, körperlich durchaus mit ihr aufnehmen; es war unwahrscheinlich, daß sich eine schöne junge Frau von ihrem Talent und Urteilsvermögen in einen thrakischen Stallknecht verliebt hätte, der nicht breitschultrig und gutaussehend war. Seine zerzauste Mähne glänzte rotbraun im trüben Licht, genau wie seine Brust und seine Gliedmaßen. Er hatte markante Gesichtszüge mit vollen Lippen und buschigen Augenbrauen, die über seinen feurigen Augen zu einer Linie zusammengewachsen waren; sein karger Dreitagebart unterstrich seine hohen Wangenknochen und das ausgeprägte Kinn. Selbst seine rapide erschlaffende Erektion sah noch immer beachtlich aus. Er war nicht so schön wie Apollonius, doch ich konnte verstehen, warum Olympias ihn gewählt hatte. Neben Muskeln mußte er auch über Verstand verfügen, wenn Zeno ihn bei der Buchführung hatte helfen lassen, doch wie er sich jetzt den Kopf rieb und unbeholfen nach dem Dolch in Olympias' Hand tastete, wirkte er recht einfältig und beschränkt.

»Steck die Waffe weg«, sagte ich kraftlos. »Ich bin nicht gekommen, euch zu verletzen.«

Sie starrten mich aus aufgerissenen Augen und voller Zweifel an, bis Olympias Blick schließlich weicher wurde. Erst jetzt hatte sie mich erkannt. Ich frage mich, wie ich ausgesehen haben muß, von Seetang bedeckt und voller Blut, das mir aus der offenen Wunde ins Gesicht sickerte. Alexandros stierte mich an, als ob ich ein Seeungeheuer wäre, und vielleicht glaubte er das ja tatsächlich.

»Warte«, flüsterte Olympias und legte ihre Hand auf Alexandros' Arm. »Ich kenne ihn.«

»Ja? Wer ist es?« Er sprach mit einem schweren thrakischen Akzent, und seine Stimme hatte einen so wilden und verzweifelten Unterton, daß ich unter meiner Tunika verstohlen nach meinem Dolch tastete.

»Der Sucher«, sagte sie. »Aus Rom – der Mann, von dem ich dir erzählt habe.«

»Dann hat er mich ja endlich gefunden.« Er riß sich los. Die lange Klinge durchschnitt einen blassen Sonnenstrahl und glänzte wie Quecksilber. Er wich bis an die Wand der Höhle zurück und starrte mich an wie ein in die Enge getriebenes Tier.

»Ist es so, Gordianus?« Olympias beäugte mich mißtrauisch. »Bist du gekommen, um ihn zu Crassus zu bringen?«

»Steck das Messer weg«, flüsterte ich und begann unkontrolliert zu zittern. »Könnt ihr ein Feuer machen? Mir ist auf einmal sehr kalt, und ich fühle mich ein wenig schwach.«

Olympias sah mich einen Moment lang an und traf dann ihre Entscheidung. Sie griff nach ihrem wollenen Gewand und zog es über ihren Kopf, bevor sie auf mich zutrat und den Saum meiner Tunika befühlte. »Zuerst mußt du das hier ausziehen, sonst stirbst du noch sicherer vor Kälte als durch diesen Dolch. Feuer machen geht leider nicht – wir dürfen nicht riskieren, daß jemand den Rauch sieht –, aber wir können dich warm einwickeln. Alexandros, du zitterst ja auch! Steck das Messer weg und zieh dir was an!«

Auf den ersten Blick war mir die Höhle riesig vorgekommen, so als ob sie sich wie die Sibyllinische Grotte bis ins Unendliche erstrecken würde. Ganz so groß war sie nicht, doch sie wölbte sich zu einer beträchtlichen Höhe und war im steilen Winkel zum Meeresspiegel in den Stein geschlagen, so daß der Felsboden terrassenförmig angelegt war. Hier und da waren in kleinen Nischen Alexandros' bescheidene Bequemlichkeiten versteckt – dreckige Decken, Essensreste, Besteck und Geschirr, Krüge mit frischem Wasser und ein voller Weinschlauch. Olympias führte mich auf eine der höhergelegenen Terrassen und wickelte mich in eine Wolldecke. Als mein Zittern nachließ, bot sie mir Brot- und Käsereste an und sogar ein paar Köstlichkeiten, die offenbar vom Leichenschmaus stammten; sie mußte sie bei Tisch stibitzt und Alexandros als besondere Freude mitgebracht haben. Ich wehrte ab und behauptete, nicht hungrig zu sein, doch nachdem ich erst einmal angefangen hatte, konnte ich kaum wieder aufhören zu essen.

Bald fühlte ich mich besser, obwohl mein Kopf noch immer von einem stechenden Schmerz durchbohrt wurde, wenn ich ihn zu heftig bewegte. »Wie lange dauert es, bis die Öffnung der Höhle wieder passierbar wird? Ohne sich ernsthaft der Gefahr des Ertrinkens auszusetzen, meine ich?«

Alexandros blickte zum Eingang der Höhle, wo die gischtige Flut bereits abzuebben schien. »Es dauert jetzt nicht mehr lange. Der Strand wird erst in ein paar Stunden völlig trocken sein, doch wenn man durchs Wasser watet, kann man den Pfad sicher bald gefahrlos erreichen.«

»Gut. Was immer sonst noch passiert, ich muß pünktlich in der Arena sein. Und ich muß Eco finden.«

»Den Jungen?« fragte Olympias. Offenbar hatte sie sich bisher nie genug für ihn interessiert, um sich seinen Namen zu merken.

»Ja, den Jungen. Meinen Sohn. Der dir immer so schmachtende Blicke zuwirft, Olympias.«

Alexandros runzelte mißbilligend die Stirn. »Der stumme

Junge«, erklärte Olympias ihm. »Ich habe dir von ihm erzählt, weißt du nicht mehr? Aber was meinst du, wenn du sagst, du müßtest ihn finden, Gordianus? Wo ist er?«

»Als wir gestern abend nach Cumae aufgebrochen sind, haben wir den Weg genommen, den du uns gezeigt hast. Auf dem Felsplateau oberhalb des Averner Sees wurden wir angegriffen.«

»Von Lemuren?« flüsterte Alexandros.

»Nein, von etwas viel Gefährlicherem: von lebendigen Menschen. Es waren zwei, glaube ich, aber ich bin mir nicht sicher. In der Verwirrung ist Eco verschwunden. Ich habe ihn anschließend gesucht, aber mein Kopf...«

Ich berührte die empfindliche Stelle und zuckte zusammen. Die Wunde hatte aufgehört zu bluten. Olympias betrachtete sie. »Iaia wird wissen, wie sie zu behandeln ist«, sagte sie. »Aber was ist mit Eco?«

»Verloren. Ich habe ihn nicht gefunden, und dann bin ich bewußtlos geworden. Nachdem ich wieder aufgewacht bin, bin ich hierhergekommen. Wenn Eco aus eigener Kraft zu Gelinas Villa zurückgekehrt ist, muß er sich die heutigen Bestattungsspiele am Ende alleine ansehen. Er hat zwar schon Gladiatoren auf Leben und Tod kämpfen sehen, aber dieses Massaker – was immer auch passiert, ich muß dort sein, bevor es beginnt. Ich will nicht, daß Eco es sich alleine ansieht. Die alten Sklaven, und Apollonius... und der kleine Meto...«

»Wovon redest du?« Alexandros sah mich verwirrt an. »Olympias, was meint er mit dem Massaker?«

Sie kaute auf ihrer Lippe und sah mich reuig an.

»Du hast es ihm nicht erzählt?« fragte ich.

Olympias biß die Zähne aufeinander. Alexandros war alarmiert. »Was meinst du mit dem Massaker? Was sagst du da über Meto?«

»Todgeweiht«, erwiderte ich. »Sie alle sind zum Sterben verurteilt. Jeder Sklave von den Feldern, aus den Ställen und Küchen wird öffentlich hingemetzelt, um die ehrbaren Bewohner des Golfes zufriedenzustellen. Politik, Alexandros.

Bitte mich nicht, einem thrakischen Sklaven römische Politik zu erklären, glaub mir einfach. Für das Verbrechen des wahren Mörders, den Crassus nicht finden kann, plant er, jeden Sklaven des Hauses hinrichten zu lassen. Sogar Meto.«

»Heute?«

»Nach einem Gladiatorenkampf. Crassus' Männer haben auf der Ebene beim Lucrinus-See eine Arena aus Holz errichtet. Es dürfte ein ziemliches Ereignis werden; die Art, von dem man von hier bis nach Rom noch lange sprechen wird, selbst nachdem Crassus Spartacus besiegt und sich endlich zum Konsul hat wählen lassen – und danach, wer weiß? Vielleicht gelingt es ihm, sich zum Diktator machen zu lassen wie sein Mentor Sulla, und trotzdem werden die Leute noch immer von dem Tag reden, an dem er damals in Baiae die Sklaven in ihre Schranken verwiesen hat.«

Alexandros lehnte sich fassungslos zurück. »Das hast du mir nie erzählt, Olympias.«

»Wozu auch? Du hättest dich nur gesorgt und gegrübelt –«

»Und vielleicht hätte er sich auch zu einer noblen Geste hinreißen lassen und wäre nach Baiae zurückgekehrt, um sich selbst Crassus' Urteil zu stellen?« vermutete ich. »Hast du es ihm vielleicht deswegen nicht erzählt, Olympias? Statt dessen hast du ihn in dem Glauben gelassen, daß er sich nur lange genug verstecken müsse, bis Crassus wieder abgereist ist, und daß ihm anschließend die Flucht gelingen könnte, aber all die Sklaven, die verurteilt waren, für ihn zu sterben, hast du mit keinem Wort erwähnt.«

»Nicht für ihn, sondern mit ihm!« erwiderte Olympias wütend. »Glaubst du, daß es für Crassus einen Unterschied macht, ob er Alexandros findet oder nicht? Er *will* diese Sklaven hinrichten lassen – das hast du eben selbst gesagt, aus politischen Erwägungen, um ein großes Spektakel zu inszenieren. Es ist besser für Crassus, wenn er Alexandros nie findet – dann kann er den Leuten weiter Angst machen mit Geschichten über das mörderische thrakische Monster, das davongelaufen ist, um sich Spartacus anzuschließen.«

»Was du sagst, mag richtig sein, Olympias, aber war es das auch von Anfang an, von dem Moment an, als Alexandros zu Iaias Haus geflohen ist? Was, wenn du ihn Crassus gleich ausgeliefert hättest? Hätte der dann auch jenen teuflischen Plan ausgeheckt, Lucius Licinius auf so grausame Weise zu rächen? Empfindest du keinerlei Schuld über das, was du getan hast, deinen Liebhaber zu verstecken und die anderen Sklaven sterben zu lassen? Die alten Männer und Frauen, die Kinder –«

»Aber Alexandros ist unschuldig! Er hat in seinem ganzen Leben noch niemanden getötet!«

»Das sagst du; vielleicht hat er es dir so erzählt. Aber woher willst du das wissen, Olympias? *Was* weißt du?«

Sie wich zurück und holte tief Luft. Die Liebenden tauschten einen merkwürdigen Blick aus. »Du weißt genausogut wie ich, daß es ohne Belang ist, ob Alexandros unschuldig ist«, sagte sie. »Schuldig oder nicht, Crassus wird ihn kreuzigen lassen, wenn er gefaßt wird.«

»Nicht, wenn ich seine Unschuld beweisen könnte. Wenn ich aufdecken könnte, wer Lucius Licinius *wirklich* getötet hat, wenn ich es beweisen könnte –«

»In diesem Fall – ganz besonders in diesem Fall – würde Crassus Alexandros garantiert hinrichten lassen. Und dich mit ihm.«

Ich schüttelte den Kopf und verzog das Gesicht, als ein pochender Schmerz hinter meiner Stirn aufzuckte. »Du sprichst in Rätseln wie die Sibylle.«

Olympias blickte zur Öffnung der Höhle, wo sich das Licht von draußen in der Gischt widerspiegelte. »Die Flut ist weit genug abgeebbt«, sagte sie. »Ich denke, wir sollten jetzt gemeinsam zu Iaias Haus hochgehen und alles mit ihr besprechen.«

DREIUNDZWANZIG

Iaia machte ein großes Gewese um meine Verletzung. Sie bestand darauf, einen Sud aus übelriechenden Kräutern aufzukochen, den sie auf die Wunde schmierte, bevor sie meinen Kopf mit einem langen Stück Leinen verband. Außerdem gab sie mir eine bernsteinfarbene Lösung zu trinken, die ich eingedenk Dionysius' traurigem Schicksal nur mit Bangigkeit an die Lippen führte.

»Du scheinst ja eine Menge über Kräuter und ihre Anwendung zu wissen«, sagte ich, an dem aus dem Becher steigenden Dampf schnuppernd.

»Ja, so ist es«, sagte sie. »Im Laufe der Jahre habe ich gelernt, meine eigenen Farben herzustellen – die richtigen Pflanzen zur richtigen Jahreszeit zu ernten und weiterzuverarbeiten –, dabei habe ich mir nicht nur einiges Wissen darüber angeeignet, welche Wurzeln ein strahlendes Blau ergeben, sondern auch, mit welchen Pflanzen man eine Warze heilen kann.«

»Oder einen Mann töten?« wagte ich zu bemerken.

Sie lächelte dünn. »Schon möglich. Das Gebräu, das du gerade trinkst, könnte einen Mann auch töten. Allerdings nicht in der Konzentration, die ich für dich angerührt habe«, fügte sie hinzu. »Es ist in der Hauptsache ein Extrakt aus Weidenrinde versetzt mit einem Hauch jener Substanz, die Homer Nepenthes den Trank des Vergessens nennt, hergestellt aus ägyptischem Mohn. Es wird deine Kopfschmerzen lindern. Trink aus.«

»Der Dichter sagt, Nepenthes läßt einen die Trauer vergessen.« Ich blickte in den Becher und suchte in den sich kräuselnden Dämpfen einen Widerschein des Todes.

Iaia nickte. »Deswegen hat die Königin von Ägypten es auch Helena gegeben als Arznei gegen ihre Melancholie.«

»Homer sagt auch, daß es einen vergessen läßt. Iaia, doch ich möchte das, was ich gesehen und erfahren habe, nicht vergessen.«

»Die Dosis, die ich für dich bereitet habe, wird dich nicht

ins Land der Träume schicken, sondern das Pochen in deinem Kopf lindern.« Als ich noch immer zögerte, schüttelte sie enttäuscht den Kopf. »Also wirklich, Gordianus, wenn wir dir Schaden hätten zufügen wollen, hätte dich Alexandros problemlos in der Meereshöhle oder auf dem steilen Pfad entlang der Küste erledigen können. Und ich vermute, daß wir es selbst jetzt noch irgendwie schaffen würden, dich von der Terrasse auf die Felsen zu stürzen, wenn wir dazu entschlossen wären; du würdest ins offene Meer hinausgetrieben und für immer verschwinden.« Sie sah mich eindringlich an. »Ich habe Vertrauen zu dir gewonnen, Gordianus. Ich gebe zu, zunächst habe ich dir mißtraut, aber jetzt nicht mehr. Willst du nicht auch mir vertrauen?«

Ich blickte ihr in die Augen. Sie saß steif und aufrecht auf einem Stuhl ohne Rückenlehne, gewandet in eine bauschige gelbe Stola. Die Sonne war noch nicht über das Dach gestiegen, so daß die Terrasse im Schatten lag. Tief unter uns, jenseits der Brüstung, brandete das Meer gegen die felsige Küste. Olympias und Alexandros saßen abseits und beobachteten uns, als wären wir zwei in einen Kampf verstrickte Gladiatoren.

Ich führte den Becher erneut an die Lippen, setzte ihn jedoch unberührt wieder ab. Iaia seufzte. »Wenn du es trinken würdest, würden deine Schmerzen verschwinden. Du wirst mir dankbar sein.«

»Auch Dionysius ist jenseits aller Schmerzen, doch ich wage zu bezweifeln, daß er sich besonders dankbar zeigen würde, wenn er jetzt bei uns sein könnte.«

Ihre Stirn verfinsterte sich. »Was deutest du da an, Gordianus?«

»Du sagst, daß du mir vertraust, Iaia. Dann kannst du zumindest zugeben, was ich ohnehin schon weiß. An dem Tag, als ich die Sibylle besucht habe, sah ich, wie Dionysius Olympias heimlich folgte. Ich vermute, daß er von der Meereshöhle wußte oder ihre Existenz zumindest vermutete; deswegen wollte er unbedingt die Geschichte von Crassus' Versteck in Spanien erzählen. Ich habe gesehen, wie du und Olympias an jenem Abend reagiert habt. Dionysius war kurz davor, euer Geheimnis zu enthüllen. Am nächsten Tag wurde ihm während des Leichenschmauses ein Becher mit Gift verabreicht. Sag mir, Iaia, hast du Eisenhut verwendet? Das war zumindest meine Vermutung.«

Sie zuckte die Schultern. »Was waren die genauen Symptome?«

»Seine Zunge brannte. Er begann zu würgen und zu zucken, dann hat er sich übergeben und konnte den Darm nicht mehr halten. Es ging alles ganz schnell.«

Sie nickte. »Ich würde sagen, das ist eine exzellente Vermutung. Doch ich kann sie dir nicht mit Sicherheit bestätigen. Ich habe das Gift nicht in den Becher getan, genausowenig wie Olympias.«

»Wer sonst?«

»Woher soll ich das wissen? Ich bin nicht die Sibylle –«

»Nur das Gefäß und die Stimme der Sibylle.«

Sie schürzte die Lippen und saugte an ihren Zähnen. Ihr Gesicht wirkte auf einmal ausgezehrt, und sie sah so alt aus, wie sie wirklich war. »Manchmal, Gordianus, manchmal. Willst du die Geheimnisse, die sich hinter der Sibylle verbergen, wirklich ergründen? Es ist für jeden Mann gefährlich, sie zu kennen. Denk an den törichten Pentheus, der von den Bacchen zerrissen wurde. Es gibt bestimmte Mysterien, die nur Frauen wirklich begreifen können; für einen Mann ist dieses Wissen meist reichlich nutzlos und manchmal sehr gefährlich.«

»Wäre ich weniger gefährdet, wenn ich nichts wüßte? Wenn sich nicht ein guter Gott dazu herabläßt, hilfreich einzugreifen, wage ich zu bezweifeln, daß ich je lebend nach Rom zurückkehre.«

»Du bist stur«, meinte Iaia kopfschüttelnd. »Sehr stur. Ich sehe, daß du keine Ruhe geben wirst, bis du alles weißt.«

»Es liegt in meiner Natur, Iaia. So haben mich die Götter gemacht.«

»Das sehe ich. Womit sollen wir anfangen?«

»Mit einer ganz einfachen Frage. Bist du die Sibylle?«

Sie verzog leidend das Gesicht. »Ich werde versuchen, dir diese Frage zu beantworten, obwohl ich bezweifle, daß du es verstehen wirst. Nein, ich bin nicht die Sibylle. Das ist keine Frau. Aber es gibt Frauen unter uns, in denen sich die Sibylle manchmal manifestiert, so wie sich der Gott durch die Sibylle manifestiert. Wir sind ein kleiner Kreis von Initiierten. Wir erhalten den Tempel, versorgen das heilige Feuer, erforschen die Mysterien und geben sie weiter. Gelina ist eine von uns. Sie steht mir näher, als du wissen kannst, doch sie ist zu sensibel, um selbst als Gefäß der Sibylle zu dienen. Auch Olympias ist initiiert. Jetzt ist sie noch zu jung, als daß die Sibylle durch sie sprechen könnte, aber die Zeit wird kommen. Neben mir gibt es noch andere Frauen, die als göttliche Gefäße dienen; manche leben hier in Cumae, andere an so entfernten Orten wie Puteoli, Neapolis und an der gegenüberliegenden Golfküste. Die meisten sind Nachfahren griechischer Familien, die hier schon siedelten, lange bevor Äneas seinen Fuß auf dieses Land setzte; ihr Wissen um diese Dinge wird von Generation zu Generation weitervererbt.«

»Ich will nicht abstreiten, Iaia, daß eine Begegnung mit der Sibylle ein höchst wundersames Erlebnis ist, ganz gleich wessen Gestalt sie annimmt. Ich frage mich beispielsweise, was du über dem Feuer verbrannt hast, bevor du uns in die Sibyllinische Grotte geführt hast. Ist es möglich, daß der Rauch eine Wirkung auf meine Sinne hatte?«

Iaia lächelte knapp. »Dir entgeht kaum etwas, Gordianus. Es ist wahr, bestimmte Kräuter und Wurzeln sind, auf bestimmte Weise angewendet, dem tiefergehenden Verständnis der sibyllinischen Gegenwart förderlich. Die Anwendung dieser Kräuter ist Teil des von uns erlernten und tradierten Wissens.«

»Auf meinen Reisen bin ich selbst solchen Kräutern begegnet oder habe davon gehört. Ophiusa, Thalassaegle, Theangelis, Gelotophyllis, Mesa –«

Sie schüttelte den Kopf und verzog das Gesicht. »Ophiusa stammt aus dem fernen Äthiopien, wo man es Schlangenkraut nennt; man sagt, es sei so schrecklich anzusehen wie die Visionen, die es heraufbeschwört. Für derlei Horror hat die Sibylle keine Verwendung. Thalassaegle ist genauso exotisch und herb; ich habe gehört, daß es nur entlang des Indus wächst. Alexanders Männer nannten es ›Meeresleuchten‹ und machten die Erfahrung, daß es sie wirr reden und blendende Visionen erleben ließ. Theangelis kenne ich. Es wächst in den Hochlagen Syriens, Kretas und in Persien; die Magi tauften es den ›Boten der Götter‹ und trinken es, um die Zukunft vorherzusagen. Gelotophyllis gedeiht in Baktrien, wo es die Eingeborenen Lachblätter nennen; es erhellt nicht, sondern berauscht nur. Glaube mir, du hast keines der erwähnten Kräuter inhaliert.«

»Und was ist mit Mesa? Eine Art Hanfpflanze, soweit ich weiß, mit einem starken Aroma –«

»Du bringst mich noch zur Verzweiflung, Gordianus. Willst du deine Zeit und deinen Atem verschwenden, nur um deine eitle Neugier zu befriedigen?«

»Du hast recht, Iaia. Dann kannst du mir vielleicht sagen, warum du in der ersten Nacht meines Aufenthalts in der Villa diese häßliche kleine Statue in mein Bett gelegt hast.«

Sie schlug die Augen nieder. »Das war eine Prüfung, die nur eine Initiierte verstehen könnte.«

»Doch ungeachtet dessen, wie diese Prüfung im einzelnen funktioniert, habe ich sie bestanden.«

»Ja.«

»Und dann hast du mir eine Nachricht hinterlassen, in der du mir geraten hast, die Sibylle zu konsultieren.«

»Ja.«

»Aber warum?«

»Die Sibylle war bereit, dich zu Zenos Leiche zu führen.«

»Weil die Sibylle dachte, daß ich annehmen könnte, daß Alexandros demselben Schicksal zum Opfer gefallen und seine Leiche vom See verschlungen worden war? Diese Möglichkeit habe ich tatsächlich erwogen; schließlich waren zwei reiterlose Pferde zum Stall zurückgekehrt. Ich hätte heimkehren, Crassus Bericht erstatten und ihm raten können, die Suche nach Alexandros abzublasen.«

»Und warum hast du das nicht getan?«

»Weil ich beobachtet hatte, wie Dionysius Olympias gefolgt war, und gesehen hatte, wie Olympias mit einem leeren Korb von der Meereshöhle zurückkehrte. Da kam mir zum ersten Mal der Gedanke, daß sich Alexandros hier in Cumae versteckt halten könnte. Aber sag mir eins, Iaia, hast du mich zu Zenos Leiche geführt, um mich von meiner Fährte zu locken?«

Iaia breitete die Hände aus. »Die Wege der Sibylle sind verschlungen; selbst wenn der Gott die Wünsche eines Bittstellers erfüllt, tut er es nicht immer so wie erwartet. Du hättest annehmen können, daß Alexandros tot ist, und mit dieser Hypothese weiterarbeiten können. Statt dessen sitzt du hier unter einem Dach mit ebenjenem Alexandros. Wer weiß schon, ob nicht gerade das die Intention der Sibylle war, obwohl auch ich es nicht erwartet habe?«

Ich nickte. »Dann wußtest du also von Zenos Schicksal und wo man ihn fnden konnte. Wußte Olympias es auch?«

»Ja.«

»Und trotzdem wirkte sie ehrlich schockiert, als wir Zenos Überreste gefunden haben.«

»Sie wußte von seinem Schicksal, hatte jedoch im Gegensatz zu mir die Leiche noch nicht gesehen. Ich wollte auch nicht, daß sie sie sieht; ich hatte gedacht, daß ihr ohne sie zum Averner See hinabsteigen würdet. Doch sie kam mit euch und warf das, was von Zeno noch übrig war, in den See; zweifellos ebenfalls im Einklang mit dem göttlichen Willen.«

»Und vermutlich war es auch der göttliche Wille, der Alexandros in der Mordnacht vor deine Tür führte?«

»Vielleicht sollten wir Alexandros für sich selbst sprechen lassen«, sagte Iaia mit einem Seitenblick auf den jungen Thraker. »Berichte Gordianus, was in der Nacht, in der dein Herr ermordet wurde, im Haus vorgefallen ist.«

Alexandros errötete, entweder weil er es nicht gewohnt war, vor Fremden zu sprechen oder in Erinnerung an jene Nacht.

Olympias rückte näher an ihn heran und legte ihre Hand auf seinen Unterarm. Ich wunderte mich über die unbefangene Art, in der sie in Gegenwart eines römischen Bürgers Vertraulichkeiten mit einem Sklaven austauschte. In der Meereshöhle hatte ich sie beim Geschlechtsakt überrascht, und sie hatte kein bißchen verlegen reagiert; allerdings war sie in jenem Augenblick von Furcht und Überraschung beherrscht gewesen, was ihr normales Urteilsvermögen beeinträchtigt haben konnte. Die öffentlichen Zuneigungsbekundungen und die Zärtlichkeit, mit der sie Alexandros in Iaias und meiner Gegenwart behandelte, beeindruckten mich noch mehr. Ich bewunderte ihre hingebungsvolle Liebe und empfand gleichzeitig Mitleid für ihre hoffnungslose Lage; wie sollte eine Liebe, die unter einem derart ungünstigen Stern stand, anders enden als in Kummer und Leid?

»In jener Nacht«, begann Alexandros, und die Eindringlichkeit, mit der er sprach, ließ seinen starken thrakischen Akzent vergessen, »wußten wir schon, daß Crassus auf dem Weg zur Villa war. Ich hatte ihn noch nie gesehen, ich war neu im Haus, aber ich hatte natürlich von ihm gehört. Der alte Zeno hatte mir erzählt, daß es ein unerwarteter und kurzfristiger Besuch war, der unseren Herrn unvorbereitet traf, so daß er sehr nervös und sehr unglücklich war.«

»Wußtest du, warum Lucius unglücklich war?«

»Es ging um irgendwelche Unregelmäßigkeiten in den Büchern. Ich habe das Ganze nicht wirklich begriffen.«

»Obwohl du Zeno manchmal bei der Buchführung geholfen hast?«

Er zuckte die Schultern. »Ich kann Summen bilden und die richtigen Zeichen machen, doch ich wußte fast nie, was ich da addierte. Aber Zeno wußte es oder glaubte, es zu wissen. Er sagte, der Herr wäre in ein sehr geheimes Geschäft verwickelt, irgend etwas sehr Schlimmes. Zeno sagte, der Herr hätte etwas hinter Crassus' Rücken getan, worüber Crassus sehr böse sein würde. An jenem Nachmittag saßen wir alle in der Bibliothek und sind fleißig die Bücher durchgegangen. Schließlich hat mich der Herr hinausgeschickt; ich wußte, daß er Zeno etwas sagen wollte, was ich nicht mithören sollte. Im Stall fragte ich Zeno, was los war, doch er brütete nur vor sich hin und wollte nichts sagen. Es wurde schon dunkel. Ich aß und half den anderen Stallknechten, die Pferde zu versorgen. Irgendwann bin ich dann schlafen gegangen.«

Im Stall …

»Ja?«

»Hast du normalerweise im Stall geschlafen?«

Olympias räusperte sich. »Alexandros hat normalerweise in meinem Zimmer geschlafen«, sagte sie, »neben Iaias im Haus. Aber in jener Nacht waren Iaia und ich in Cumae.«

»Ich verstehe. Sprich weiter, Alexandros; du hattest dich also im Stall schlafen gelegt.«

»Ja, und dann hat Zeno mich geweckt. Er trug eine Lampe bei sich, die er mir direkt ins Gesicht gehalten hat. Ich protestierte, es könne noch nicht Morgen sein; und er sagte, es wäre tiefe Nacht. Ich fragte ihn, was er wolle. Er sagte, ein Mann sei aus dem Nichts aufgetaucht, hätte sein Pferd vor der Pforte festgemacht und sei dann gegangen, um sich mit dem Herrn zu treffen. Er sagte, sie wären beide in der Bibliothek, wo sie bei geschlossener Tür miteinander redeten.«

»Ach ja? Und wer war dieser Besucher?«

Alexandros sagte: »Ich habe ihn selbst nicht gesehen, nicht wirklich. Das ist ja das Seltsame, weißt du. Aber Zeno hat gesagt … der arme Zeno …« Er runzelte seine buschigen Augenbrauen und starrte, für einen Moment in der Erinnerung gefangen, brütend ins Nichts.

»Ja«, sagte ich, »weiter. Was hat Zeno gesagt? Warum bist du geflohen?«

»Zeno sagte, er wäre in der Bibliothek gewesen. Er hatte leise an die Tür geklopft und geglaubt, seinen Namen gehört zu haben, also war er eingetreten. Vielleicht hatte er seinen Namen auch gar nicht gehört, oder der Herr hatte ihn wieder fortgeschickt; typisch Zeno, er hatte die Angewohnheit einzutreten, auch wenn er unerwünscht war, nur um mitzukriegen, was los war. Er sagte, der Herr wäre herumgefahren und hätte ihm gesagt, er solle verschwinden – zuerst hätte er gebrüllt, dann hätte er seine Stimme rasch gesenkt und ihn flüsternd verflucht.«

»Und der Besucher?«

»Der stand mit dem Rücken zur Tür vor den Regalen und sah einige Schriftrollen durch. Zeno hatte sein Gesicht nicht gesehen, doch er sah, daß der Besucher eine Uniform trug, und er sah den Umhang, den der Mann über einen der Stühle geworfen hatte.«

»Den Umhang«, sagte ich.

»Ja, ein schlichter dunkler Umhang – aber an einer Ecke hatte er ein Emblem, ein wie eine Brosche auf den Stoff gesticktes Siegel. Zeno hatte es schon oft gesehen; er sagt, er hätte es überall wiedererkannt.«

»Ja?«

»Es war das Siegel von Crassus.«

»Nein«, sagte ich, meinen Kopf schüttelnd. Ein pulsierender Schmerz zuckte durch meinen Kopf, so daß ich schließlich nach dem Becher mit der Weidenrinde und dem Nepenthes griff und ihn leerte. »Nein. Das ergibt überhaupt keinen Sinn.«

»Trotzdem«, beharrte Alexandros, »hat Zeno gesagt, Crassus wäre mit unserem Herrn in der Bibliothek gewesen, und das Gesicht unseres Herrn wäre weiß gewesen wie die Toga eines Senators. Zeno begann, im Stall auf und ab zu laufen und sorgenvoll den Kopf zu schütteln. Ich sagte ihm, daß wir nichts tun könnten; wenn der Herr sich in eine Klemme gebracht hatte, wäre das sein Problem. Aber Zeno meinte, wir sollten an der Tür zur Bibliothek lauschen. Ich erklärte ihm, er wäre verrückt, und drehte mich um, um weiterzuschlafen. Doch er gab keine Ruhe, bis ich mich aus dem Stroh erhob und ihm auf den Hof folgte.

Es war eine sternklare Nacht, aber sehr windig. Über unseren Köpfe rauschten die Bäume wie Geister, die ihre Köpfe schüttelten und flüsterten *nein, nein*. Ich hätte wissen müssen, daß etwas Schreckliches passieren würde. Zeno lief bis zur Tür vor und öffnete sie. Ich folgte ihm.« Alexandros runzelte die Stirn. »Es fällt mir schwer, mich an das zu erinnern, was dann geschah, weil alles so schnell ging. Wir waren in dem kurzen Flur, der ins Atrium führt. Plötzlich wich Zeno so ruckartig zurück, daß er gegen mich prallte und mich fast umgerissen hätte. Er atmete hektisch und fing an zu blubbern. Über seine Schulter hinweg sah ich einen Mann in Uniform, der auf den Knien hockte und eine Lampe hielt. Neben ihm lag die Leiche unseres Herrn, sein Kopf war eingeschlagen und blutig.«

»Und dieser Mann war Crassus?« fragte ich ungläubig.

Er zuckte mit den Schultern. »Ich habe sein Gesicht nur für den Bruchteil eines Augenblicks gesehen. Oder vielleicht habe ich es auch gar nicht gesehen; die Lampe warf seltsame Schatten, und er kniete fast völlig im Dunkeln, glaube ich. Selbst wenn ich ihn deutlich gesehen hätte, hätte ich ihn nicht erkannt. Ich habe dir doch erzählt, daß ich Crassus noch nie gesehen hatte. Ich erinnere mich nur noch an den Anblick unseres Herrn – sein lebloser Körper, sein zertrümmertes, blutendes Gesicht. Der Mann stellte die Lampe ab und sprang auf; ich sah sein Schwert im Schein der Lampe aufblitzen wie eine Flamme. Er sprach leise, nicht ängstlich, nicht wütend, sondern kalt, sehr kalt. Er beschuldigte *uns* des Mordes an unserem Herrn! ›Dafür werdet ihr bezahlen!‹ sagte er. ›Ich werde dafür sorgen, daß ihr beide an einen Baum genagelt werdet!‹

Zeno packte mich und zerrte mich aus der Tür quer über den Hof in den Stall. ›Pferde!‹ rief er. ›Wir müssen fliehen!‹ Ich tat, was er gesagt hatte. Wir bestiegen zwei Pferde und waren aus der Tür, bevor der Mann uns folgen konnte. Trotzdem ritt Zeno wie ein Verrückter. ›Wohin können wir gehen‹, fragte er immer wieder kopfschüttelnd und weinend, wie ein Sklave vor einer Auspeitschung. ›Wohin können wir gehen? Unser armer Herr ist tot, und man wird uns die Schuld geben!‹ Ich dachte an Olympias und Iaias Haus in Cumae. Ich war ein paarmal dort gewesen, um Vorräte hin und her zu tragen. Ich glaubte, ich könnte den Weg im Dunkeln finden, aber es war nicht so leicht, wie ich gedacht hatte.«

»Die Erfahrung habe ich auch gemacht«, sagte ich.

»Wir ritten zu schnell, der Wind wurde immer heftiger, so daß wir uns selbst schreiend nicht verständigen konnten, und der Nebel senkte sich über uns. Zeno wurde von einer geradezu wahnsinnigen Panik ergriffen. Dann bogen wir falsch ab und landeten an der Klippe oberhalb des Averner Sees. Mein Pferd kannte mich und warnte mich rechtzeitig, trotzdem wäre ich fast hinuntergestürzt. Aber Zeno war mit Pferden fast überhaupt nicht vertraut. Als das Tier versuchte anzuhalten, muß er es getreten haben und wurde abgeworfen. Ich sah ihn verschwinden, sah ihn kopfüber in die Tiefe stürzen, als ob der Nebel ihn verschluckt hätte. Dann Stille. Und schließlich von ferne ein leises Platschen, als ob ein Mann in seichtes Wasser und Schlamm gefallen wäre.

Dann schrie er. Seine Stimme stieg aus der Dunkelheit auf – ein langer schrecklicher Schrei. Dann wieder Stille.

Ich versuchte, im Dunkeln zum Ufer hinabzuklettern, doch die Bäume, der Nebel und die Schatten machten mir Angst. Ich rief seinen Namen, doch er antwortete nicht, ich hörte nicht einmal ein Stöhnen. Habe ich etwas Falsches gesagt?«

»Was?«

»Der Ausdruck auf deinem Gesicht, Gordianus – so merkwürdig, als wärest du selbst dort gewesen.«

»Mir ist nur die vergangene Nacht wieder eingefallen...« Ich dachte an Eco und machte mir brennende Sorgen. »Weiter. Was geschah dann?«

»Schließlich fand ich den Weg nach Cumae. Ich betrat das Haus, ohne die Sklaven zu wecken, suchte Olympias und berichtete ihr, was geschehen war. Es war Iaias Idee, mich in der Höhle zu verbergen. Cumae ist ein winziges Dorf, in ihrem Haus hätte sie mich nie verstecken können. Und selbst in der Höhle hast du uns schließlich entdeckt.«

»Dionysius hat euch zuerst entdeckt. Ihr solltet den Göttern danken, daß er Crassus nichts davon erzählt hat. Oder vielleicht kann man auch noch jemand anderem danken.« Ich warf einen Seitenblick zu Olympias.

»Wieder diese Andeutungen!« Iaia packte die Lehnen ihres Stuhls.

»Du solltest mir zumindest zugute halten, daß ich Augen und Ohren habe, Iaia. Dieses Haus ist voller seltsamer Wurzeln und Kräuter, ich weiß zufällig, daß darunter auch Eisenhut ist. An dem Tag, an dem wir die Sibylle konsultiert haben, habe ich es in dem Raum, in dem du deine Farben anrührst, in einem Gefäß gesehen. Vermutlich hast du außerdem auch noch Strychnos, Bilsenkraut, Limeum –«

»Einiges davon habe ich tatsächlich im Haus, ja, aber nicht für Mordzwecke! Dieselben Substanzen, die töten, können auch heilen, wenn sie mit dem richtigen Wissen angewandt werden. Bestehst du auf einem Eid, Gordianus? Also gut! Ich schwöre, bei der Heiligkeit des Sibyllinischen Altars und dem Gott, der durch den Mund der Sibylle spricht, daß niemand in diesem Haus den Mord an Dionysius begangen hat!«

Sie hatte den Eid mit so viel Nachdruck gesprochen, daß sie halb aufgestanden war. Als sie sich jetzt langsam wieder auf ihren Stuhl setzte, senkte sich eine übernatürliche Stille über die Terrasse. Selbst die Brandung klang gedämpft. Die Sonne war endlich über das Dach des Hauses gestiegen und hatte die Mauer um die Terrasse mit eine Krone aus gelbem Licht versehen. Jetzt kreuzte eine einsame Wolke den Pfad der aufgehenden Sonne und tauchte alles wieder in Schatten; dann war die Wolke vorübergezogen, und ich fühlte die Wärme, die von den blendend weißen Steinen abstrahlte, auf meiner Haut. Wie nebenbei fiel mir auf, daß meine Kopfschmerzen verschwunden waren und ich statt dessen eine angenehme Leichtigkeit empfand.

»Also gut«, sagte ich leise, »das wäre geklärt. Du hast Dionysius nicht getötet. Aber ich frage mich, wer sonst?«

»Was glaubst du wohl?« meinte Iaia. »Derselbe Mann, der auch Lucius Licinius getötet hat. Crassus!«

»Aber aus welchem Grund?«

»Das weiß ich nicht, aber ich finde, jetzt bist erst einmal du an der Reihe zu erzählen, was du weißt, Gordianus. Gestern hast du zum Beispiel den Sklaven Apollonius das Wasser um den Pier unterhalb von Gelinas Haus absuchen lassen. Dem Vernehmen nach hast du einige sehr überraschende Entdeckungen gemacht.«

»Wer hat dir das erzählt? Meto?«

»Schon möglich.«

»Keine Geheimnisse, Iaia!«

»Also gut, ja, es war Meto. Ich frage mich, ob wir zu demselben Schluß gekommen sind, Gordianus.«

»Daß Lucius den aufständischen Sklaven im Tausch gegen erbeutetes Silber und Schmuck Waffen geliefert hat?«

»Genau. Ich glaube, daß auch Dionysius einen derartigen Skandal vermutet hat; deswegen hat er gezögert, Alexandros' Versteck zu verraten, weil er wußte, daß es ein noch größeres Geheimnis zu enthüllen gab. Meto hat mir auch erzählt, daß du in Dionysius' Zimmer gewisse Dokumente gefunden hast – belastende Dokumente bezüglich Lucius' verbrecherischer Machenschaften.«

»Vielleicht. Nicht einmal Crassus selbst konnte sie völlig entziffern.«

»Ach, tatsächlich?«

Ein leiser Anflug von Schmerz zuckte durch meinen Schädel. »Iaia, willst du etwa ernsthaft andeuten...«

Sie zuckte die Schultern. »Warum sprichst du das Unsagbare nicht aus? Ja, Crassus persönlich muß in die Geschäfte verwickelt gewesen sein!«

»Crassus soll Waffen an Spartacus geschmuggelt haben? Unmöglich!«

»Nein, bei einem so eitlen und gierigen Mann wie Marcus Crassus ist eine solche Widerwärtigkeit keineswegs unmöglich. Er ist so gierig, daß er der Versuchung, im Handel mit Spartacus einen Riesenprofit zu machen, nicht widerstehen konnte – natürlich wieder einmal den armen, verängstigten Lucius als Unterhändler benutzend. Und so eitel, daß er glaubte, daß es für seine Sache am Ende keinen Unterschied machen würde, wenn er erst einmal den Oberbefehl gegen die Sklaven bekommt. Er hält sich für einen derart brillanten Strategen, daß er glaubt, es würde nichts ausmachen, daß er seinen eigenen Feind vorher mit bester römischer Schmiedearbeit bewaffnet hat.«

»Und du meinst, er hätte Dionysius vergiftet, weil der Philosoph vorhatte, ihn öffentlich zu entlarven.«

»Vielleicht. Wahrscheinlich hatte Dionysius einen subtilen Erpressungsversuch gestartet, wobei er lediglich ein großzügiges Stipendium und einen Platz in Crassus' Gefolge verlangt haben dürfte. Doch Männer wie Crassus dulden keine Untergebenen, die ein Geheimnis über sie wissen. Dionysius war so dumm, zu verkennen, daß das Wissen, das er ausbeuten wollte, keinen Profit abwerfen würde. Er hätte seine Geheimnisse für sich behalten sollen; dann würde er vielleicht noch leben.«

»Aber warum hat Crassus Lucius getötet?«

Iaia blickte auf ihre Füße, wo das Sonnenlicht inzwischen bis zu ihren Zehen gekrochen war. »Wer weiß? In jener Nacht kam Crassus, um ihre geheimen Geschäfte zu besprechen. Vielleicht hat Lucius die Dienste, die Crassus ihm abverlangte, verweigert und gedroht, die ganze Sache auffliegen zu lassen; Lucius war der Typ, der schnell in Panik geriet. Vielleicht hatte Crassus entdeckt, daß Lucius ihn betrog. Aus welchem Grund auch immer, Crassus schlug ihn mit der Statue nieder und tötete ihn, dann sah er eine Möglichkeit, diesen Moment des Wahnsinns zu seinen Gunsten zu wenden, indem er es aussehen ließ wie die Tat eines Gefolgsmannes von Spartacus.«

Ich starrte auf die endlose Folge von Wellen, die vom Horizont auf die Küste zurollten, und schüttelte den Kopf. »Solch krasse Doppelzüngigkeit – es ist fast zu monströs, um es zu glauben. Aber warum ließ Crassus dann nach mir schikken?«

»Weil Gelina und Mummius darauf bestanden haben. Er hätte ihnen eine ehrliche und gründliche Untersuchung des Todes seines Vetters wohl kaum verwehren können.«

»Und wie ist Dionysius in den Besitz der Dokumente gelangt?«

»Das wissen wir nicht genau. Das einzige, was wir sicher wissen, ist, daß wir aus Dionysius' Mund nie mehr eine Erklärung hören werden.«

Ich dachte an Crassus' düstere Stimmungen, seine unausgesprochenen Zweifel, die langen Nächte, in denen er auf der Suche nach irgend etwas die Unterlagen in Lucius' Bibliothek durchgegangen war. Wenn Iaias Schlußfolgerungen zutreffend waren, war Crassus Mörder, Grabredner, Richter und Rächer in einem, und wir konnten nicht das geringste tun, ihn seiner gerechten Strafe zuzuführen.

»Wie ich sehe, bist du noch nicht völlig zufrieden«, sagte Iaia.

»Zufrieden? Ich bin mehr als zufrieden. Was für eine Verschwendung, was für eine Nutzlosigkeit, mich dieser Gefahr auszusetzen, und nicht nur mich, sondern auch Eco! Für einen Beutel Silber. Crassus löst alle seine Probleme mit Silber – und warum auch nicht, solange Männer wie ich sich mit ein paar kleinen Münzen zufriedengeben. Er hätte das Geld auch gleich schicken und mir erlauben können, in Rom zu bleiben, anstatt mich hierherzuschleifen, auf daß ich diesen widerlichen Betrug mitmache –«

»Ich meinte«, unterbrach Iaia mich, »daß du vielleicht mit meiner Erklärung der Ereignisse noch nicht ganz zufrieden bist. Es gibt gewisse Umstände, von denen du nichts weißt, die dir jedoch ein wenig mehr Einblick vermitteln könnten in die Art, wie Crassus' Verstand funktioniert. Diese Angelegenheiten sind so heikel, so persönlich, daß ich selbst jetzt noch zögere, sie mit dir zu besprechen. Doch ich bin sicher, Gelina hätte Verständnis. Du weißt, daß ihre Ehe mit Lucius kinderlos war.«

»Ja.«

»Und doch wünschte sich Gelina von ganzem Herzen ein Kind. Sie glaubte, daß das Problem bei ihr läge, und suchte um meine Hilfe nach; ich tat, was ich mit meinen medizinischen

Kenntnissen tun konnte, aber ohne Erfolg. Ich begann zu vermuten, daß das Problem bei Lucius lag. Ich braute Arzneien, die Gelina ihm heimlich verabreichte, doch auch das brachte keinen Erfolg. Statt dessen wandte Priapus seine Gunst nach und nach ganz von Lucius ab. Er wurde ein sexueller Krüppel – ohnmächtig, genauso wie er zu ohnmächtig war, sein eigenes Leben und Schicksal in die Hand zu nehmen. Stell dir vor, ein Geschöpf von Crassus' Gnaden zu sein, gezwungen, seine Größe zu bewundern, reduziert auf billige Intrigen, seinem Einfluß zu entkommen – was Crassus nie zugelassen hätte, weil es ihm eine perverse Lust bereitete, seinen Vetter unter der Knute zu halten.

Trotzdem wollte Gelina noch immer ein Kind. Sie ließ sich nicht abwimmeln. Du hast sie kennengelernt; man wird sie kaum fordernd oder dominierend nennen können. In vielerlei Hinsicht ist sie zurückhaltender und fügsamer, als es einer Frau ihrer Stellung angemessen wäre. Aber in diesem einen Punkt bestand sie auf ihrem Willen. Und so bat sie, gegen meinen ausdrücklichen Rat, doch mit vollem Wissen ihres Mannes, Crassus, ihr ein Kind zu machen.«

»Wann war das?«

»Während Crassus' letztem Besuch im Frühling.«

»Warum hat Lucius es erlaubt?«

»Lassen nicht viele Ehemänner stillschweigend zu, daß ihnen Hörner aufgesetzt werden, weil lauter Protest ihre Demütigung und ihre Scham nur noch vergrößern würden? Außerdem hatte Lucius die aberwitzige Neigung, Entscheidungen zu treffen, die ihm schadeten. Und Gelina hat an seinen Familienstolz appelliert – Crassus würde ihnen zumindest einen Erben mit Licinischem Blut garantieren.

Doch sie wurde nicht schwanger. Das einzige Ergebnis war eine Kälte, die sich zwischen Lucius und Gelina auszubreiten begann. Sie hatte natürlich genau das Falsche getan. Hätte sie irgendeinen anderen Mann als Crassus gefragt, hätte Lucius sich vielleicht einen Fetzen seiner Würde bewahren können. Doch daß sein allmächtiger Vetter auch noch eingeladen wurde, das Bett seiner Frau zu teilen – daß man Crassus bat, dem Haus, das er ohnehin völlig beherrschte, ein Kind zu schenken –, diese Erniedrigung nagte an Lucius' Seele.

Du siehst also, daß es nicht nur Unterschlagungen und Betrug waren, die es zwischen den beiden Vettern schließlich zu Mord und Totschlag kommen ließ. Crassus kann sehr kaltherzig und brutal sein; und Lucius' Scham stach diesen wie eine Dornenkrone. Wer weiß, welche Worte in jener Nacht in der Bibliothek geflüstert wurden? Und am Ende war einer von beiden tot.«

Ich blickte gen Himmel. »Und jetzt werden alle Sklaven des Hauses sterben. Römische Gerechtigkeit.«

»Nein!« Alexandros sprang auf. »Es muß doch irgend etwas geben, was wir tun können.«

»Nichts«, flüsterte Olympias und griff nach seinem Arm. Doch er wich zurück, und sie faßte ins Leere.

»Vielleicht…« Ich blinzelte ins Sonnenlicht, das jetzt über das Ziegeldach fiel. Die Zeit raste dahin. Die Spiele hatten vielleicht schon begonnen. »Wenn ich Crassus in Gelinas Beisein direkt mit den Vorwürfen konfrontieren könnte. Wenn Alexandros ihn sehen und mit Sicherheit identifizieren könnte –«

»Nein!« Olympias baute sich zwischen uns auf. »Alexandros darf Cumae nicht verlassen.«

»Wenn wir nur den Umhang hätten – den blutbefleckten Umhang, aus dem Crassus sein Siegel herausgerissen hat, bevor er sich seiner am Straßenrand entledigte! Wenn ihn mir die Angreifer gestern nacht nur nicht entwendet hätten. Die Angreifer… o Eco!«

Und dann tauchte der Umhang auf, trieb aus dem dunklen Schatten des Hauses ins helle Sonnenlicht, in die Höhe gehalten von Eco selbst, der sich lächelnd den Schlaf aus den Augen blinzelte.

VIERUNDZWANZIG

»Aber ich dachte, das wüßtest du«, sagte Iaia immer wieder. »Ich dachte, Olympias hätte es dir erzählt.« Sie vergaß, daß Olympias, als Eco in der Nacht atemlos an ihre Tür geklopft hatte, sich schon davongeschlichen hatte, um mit Alexandros in der Meereshöhle zu schlafen, so daß sie nicht wissen konnte, daß Eco während all unserer Debatten und Schlußfolgerungen tief und fest im Haus geschlafen hatte, den schmutzigen, blutbefleckten Umhang umklammernd, den er vor den Angreifern gerettet hatte.

»Ich komme mir vor wie eine Idiotin. Da sitze ich hier und versuche, dich mit meinen Deduktionen zu beeindrucken, während ich dir schon die ganze Zeit hätte sagen sollen, was du am drängendsten wissen wolltest – daß dein Sohn sicher und gesund unter meinem Dach lag!«

»Das Wichtigste ist, daß er hier ist«, sagte ich schluckend, um die plötzliche Heiserkeit aus meiner Stimme zu vertreiben. Ich blinzelte, um die Tränen zurückzuhalten, die Ecos schmutzverziertes Gesicht vor meinen Augen verschwimmen ließen. Ich drückte ihn fest an mich und machte dann einen Schritt zurück, weil eine unvermittelte Atemlosigkeit mich tief seufzen ließ.

»Als er gestern nacht zu mir kam, erkannte ich, daß er zwar verängstigt und erschöpft, aber nicht verletzt war«, sagte Iaia. »Er versuchte verzweifelt, mir etwas zu sagen – doch ich konnte ihn nicht verstehen. Ich habe ihm einen Beruhigungstrank zubereitet. Zuletzt gab er mir zu verstehen, ich solle ein Wachstäfelchen und einen Griffel holen; doch als ich damit zurückkam, schlief er schon tief und fest. Ich mußte zwei Sklaven wecken, die ihn ins Bett getragen haben. Ich habe noch ein- oder zweimal nach ihm gesehen; er hat die ganze Nacht durchgeschlafen wie ein Stein.«

Eco betastete behutsam den Verband um meinen Kopf.

»Das? Ist gar nichts; eine kleine Beule, um mich daran zu erinnern, daß ich im Wald vorsichtiger sein sollte.«

Das Lächeln auf seinen Lippen erstarb. Er wandte den Blick ab und sah tief beunruhigt aus. Ich konnte die Ursache seiner Beschämung nur vermuten: Er hatte mich nicht vor den Angreifern warnen, mich nicht retten können, und anstatt Hilfe zu schicken, war er unwillentlich fest eingeschlafen.

»Ich bin auch eingeschlafen«, flüsterte ich ihm zu. Er schüttelte düster den Kopf, wütend nicht auf mich, sondern auf sich selbst. Er verzog das Gesicht und zeigte auf seinen Mund. Ich verstand ihn so deutlich, als hätte er laut gesprochen: *Wenn ich nur sprechen könnte wie die anderen, hätte ich dir bei dem Felsvorsprung eine Warnung zurufen können. Ich hätte Iaia erzählen können, daß du verwundet alleine im Wald zurückgeblieben bist. Und ich könnte alles sagen, was ich in diesem Moment zu sagen habe!*

Ich legte meinen Arm um ihn, um ihn von den anderen abzuschirmen. Ich spürte, wie er an meinen Körper gedrängt zitterte. Ich blickte über seine Schulter und erkannte, daß Olympias und Alexandros warmherzig lächelten, weil sie nur unsere Wiedersehensfreude sahen. Ich ließ ihn los, und während Eco sich dem weiten Meer zuwandte, um seine Fassung zurückzugewinnen, nahm ich den blutbefleckten Umhang aus seinen zitternden Händen. »Das Wichtigste ist, daß wir jetzt den Umhang haben!«

»Das ändert gar nichts«, wandte Olympias ein. »Sag es ihm, Iaia.«

Iaia musterte mich von der Seite und schürzte die Lippen. »Ich bin mir nicht sicher…«

Alexandros trat vor. »Wenn es *irgendeinen* Weg gibt, Crassus von der Tötung der Sklaven abzuhalten –«

»Vielleicht«, sagte ich und versuchte nachzudenken. »Vielleicht…«

»Ich wäre nie die ganze Zeit in der Höhle geblieben, wenn ich gewußt hätte, was los ist«, sagte Alexandros. »Du hättest mich nicht täuschen dürfen, Olympias, nicht einmal, um mich zu retten.«

Olympias blickte zwischen unseren Gesichtern hin und her,

zunächst verzweifelt, dann mit zunehmend wissender Miene. »Ich werde nicht alleine zurückbleiben«, erklärte sie leise, aber bestimmt. »Ich komme mit euch. Was immer geschieht, ich muß dort sein.«

Alexandros wollte sie umarmen, doch nun war sie es, die zurückwich. »Wenn es also sein muß, sollten wir uns unverzüglich auf den Weg machen«, sagte sie. »Die Sonne steigt immer höher. Die Spiele werden in Kürze beginnen.«

Der Sklave, der unsere Pferde holte, musterte mich seltsam, offenbar verwirrt wegen des Verbands um meinen Kopf. Als er Alexandros sah, stockte ihm der Atem, und er erbleichte. Iaia und Olympias hatten es geschafft, selbst ihre Haussklaven zu täuschen. Jetzt machte Iaia sich nicht mehr die Mühe, den Mann zur Verschwiegenheit zu verpflichten; in Kürze würde man am ganzen Golf wissen, daß der entflohene thrakische Sklave noch unter ihnen weilte.

»Iaia, kommst du?« fragte Olympias.

»Ich bin zu alt und zu langsam«, erwiderte Iaia. »Ich werde mich in meinem eigenen Tempo auf den Weg zur Villa machen und dort auf Neuigkeiten warten.« Sie trat neben mich und machte mir ein Zeichen, mich von meinem Pferd herabzubeugen, um mir leise etwas ins Ohr zu flüstern. »Bist du dir deiner Sache sicher, Gordianus? Crassus so herauszufordern... sich in die Höhle des Löwen zu begeben...«

»Ich glaube, ich habe keine andere Wahl, Iaia. So haben mich die Götter gemacht.«

Sie nickte. »Ja, die Götter verleihen uns Gaben, ob wir darum gebeten haben oder nicht, und dann lassen sie uns keine andere Wahl, als sie auch anzuwenden. Wir können den Göttern so manches vorwerfen.« Sie senkte ihre Stimme. »Doch ich finde, du solltest wissen, daß die Götter deinen Sohn nicht stumm erschaffen haben.«

Ich runzelte die Stirn und sah sie verstört an.

»Als ich in der Nacht ein paarmal nachgesehen habe, ob er auch fest schläft, habe ich ihn nach dir rufen hören.«

»Was? Rufen? Mit Worten?«

»So deutlich, wie ich jetzt zu dir spreche«, flüsterte sie. »Er sagte: ›Vater, Vater.‹«

Ich richtete mich auf und sah sie verwirrt an. Sie hatte keinen Grund, mich oder sich selbst zu täuschen, doch wie konnte das sein? Ich drehte mich um und blickte zu Eco, der düster zurückschaute.

»Worauf warten wir noch?« sagte Olympias. Nachdem sie einmal entschlossen war, drängte sie zum Aufbruch. Alexandros hingegen schien Zweifel zu hegen. Ein Anflug von Skepsis huschte über sein Gesicht, bevor er seine Gesichtszüge zu einer Maske totaler Ergebenheit in den Willen der Götter straffte, um die ihn jeder Stoiker beneidet hätte.

Wir winkten Iaia ein letztes Mal zu und machten uns auf den Weg.

Aus dem Averner Wald kommend erreichten wir die windige Kuppe des Hügels, der den Lucrinus-See und Crassus' Lager überblickte. Zahllose große Rauchwolken von den Feuerstellen und Öfen wehten über die Ebene; eine Menschenmenge muß schließlich verpflegt werden. Durch den Dunst sah ich die riesige Schüssel der Arena, gefüllt mit Zuschauern, die gekommen waren, die Bestattungsspiele zu begaffen und sich lustvoll zu gruseln. Auf die Entfernung konnte man die Gesichter nicht erkennen, nur ein buntes Durcheinander von Farben, weil die Zuschauer ihre strahlendsten Gewänder angezogen hatten, um den Feiertag und das herrliche Wetter eines frischen Herbsttages zu genießen. Ich hörte Schwerter gegen Schilde scheppern, und das raunende Gemurmel der Menge steigerte sich zu brüllendem Jubel, den man noch in Puteoli auf der anderen Seite der Bucht hören mußte.

»Offenbar kämpfen die Gladiatoren noch«, sagte ich und blinzelte, um auszumachen, was in der Arena vor sich ging.

»Alexandros hat gute Augen«, sagte Olympias. »Was kannst du sehen?«

»Ja, Gladiatoren«, sagte er, seine Augen gegen die Sonne abschirmend. »Die ersten Kämpfe müssen schon vorbei sein; ich kann Blutlachen im Sand sehen. Zur Zeit finden drei Kämpfe gleichzeitig statt; drei Thraker gegen drei Gallier.«

»Woran willst du das erkennen?« fragte Olympias.

»An ihren Waffen. Die Gallier haben längliche, ovale Schilde und kurze Schwerter; außerdem tragen sie Halsringe und Helmbusche. Die Thraker kämpfen mit runden Schilden und langen, gebogenen Dolchen; sie tragen runde Helme ohne Visier.«

»Spartacus ist ein Thraker«, sagte ich. »Crassus hat bestimmt Thraker ausgewählt, um dem Zorn der Masse ein passendes Objekt zu liefern. Wenn sie zu Boden gehen, dürfen sie von den Zuschauern keine Gnade erwarten.«

»Ein Gallier ist am Boden!« sagte Alexandros.

»Ja, ich sehe es«, erwiderte ich, in den Dunst blinzelnd.

»Er hat sein Schwert weggeworfen und hebt den Zeigefinger, um um Gnade zu bitten. Er muß gut gekämpft haben; die Zuschauer gewähren sie ihm – seht ihr, wie sie ihre Taschentücher zücken?« Die Arena sah aus wie eine riesige Schüssel voller flatternder Tauben, als die Menge ihre weißen Taschentücher schwenkte. Der Thraker half dem Gallier auf die Füße, und sie verließen gemeinsam den Ring.

»Jetzt ist einer der Thraker zu Boden gegangen! Seht ihr, wie aus der Wunde an seinem Bein Blut in den Sand sickert! Er bohrt seinen Dolch in den Boden und hebt den Zeigefinger!« In der Arena erhob sich ein Chor von Pfiffen und Buhrufen, ein Geräusch so voller Haß und Blutdurst, daß mir die Nackenhaare zu Berge standen. Anstatt mit Taschentüchern zu wedeln, reckte die Menge ihre geballten Fäuste. Der besiegte Thraker lehnte sich auf seine Ellenbogen zurück und präsentierte seine nackte Brust. Der Gallier sank auf die Knie, packte sein kurzes Schwert mit beiden Händen und stieß es ins Herz des Thrakers.

Olympias wandte den Blick ab. Eco beobachtete das Schauspiel mit düsterer Faszination. Alexandros trug noch immer die Miene ernster Entschlossenheit, mit der er in Cumae aufgebrochen war.

Der siegreiche Gallier schritt mit erhobenem Schwert den Rand des Rings ab und nahm den Jubel der Menge entgegen, während die Leiche seines Gegners zum Ausgang geschleift wurde, eine Blutspur im Sand hinterlassend.

Der verbliebene Thraker rannte plötzlich los, vor seinem Gegner die Flucht ergreifend. Die Menge lachte und johlte. Der Gallier setzte ihm nach, doch der Thraker war schneller. Offenbar weigerte er sich zu kämpfen. Auf den Rängen entstand ein Tumult, bis gut ein Dutzend Wärter den Ring betraten. Einige trugen Peitschen, andere schwenkten lange glühende Brenneisen, so heiß, daß ich die kleinen Rauchwölkchen erkennen konnte, die sie in der Luft hinterließen. Damit stachen sie den Thraker, seine Arme und Beine versengend, so daß jener vor Schmerz hüpfte und schrie. Mit Peitschen trieben sie ihn wieder in Richtung seines Gegners.

Olympias packte Alexandros' nackten Arm, ihre Nägel in seine Haut grabend. »Es war ein Fehler!« zischte sie. »Diese Leute sind wahnsinnig, alle miteinander. Es gibt nichts, was wir tun können!«

Alexandros schwankte. Er starrte mit zusammengebissenen Zähnen auf das widerwärtige Spektakel und packte seine Zügel so fest, daß seine Arme zu zittern begannen.

In der Arena hatte der Thraker endlich wieder begonnen zu kämpfen, mit einem schrillen, irren Schrei, der das Gemurmel der Menge übertönte, stürzte er auf den Gallier zu, der überrascht den Rückzug antrat, über seine eigenen Füße stolperte und auf seinem Hintern landete. Er konnte sich gerade noch mit seinem Schild schützen, doch der Thraker war gnadenlos. Er schlug wieder und wieder mit seinem Schild gegen den seines Gegners und stach wahllos auf ihn ein. Der Gallier war verwundet; er warf sein Schwert fort und hob, verzweifelt um Gnade bittend, den Zeigefinger.

Taschentücher und Fäuste gingen hoch, gleichzeitig erhob sich ein donnerndes Gebrüll. Schließlich überwogen die Fäuste, und die Menge begann stampfend zu johlen: »Töte ihn! Töte ihn! Töte ihn!«

Statt dessen warf der Thraker seinen Dolch und seinen Schild ebenfalls fort. Wieder bedrängten die Wärter ihn mit ihren Peitschen und Eisen, schlugen und stachen von allen Seiten auf ihn ein, ihn zu einem gräßlichen, spastischen Tanz nötigend. Schließlich hob der Thraker seinen Dolch auf. Sie trieben ihn zurück zu dem Gallier, der bereits von oben bis unten mit dem Blut aus den Wunden an seinen Armen bedeckt war. Er rollte sich auf den Bauch und preßte die Hände gegen sein Visier, um sich innerlich gegen den Stoß zu wappnen. Der Thraker fiel auf die Knie und stieß seinen Dolch wieder und wieder in den Rücken des Galliers, begleitet vom rhythmischen Gesang der Menge: »Töte ihn! Töte ihn! Töte ihn!«

Der Thraker stand auf und hielt seinen blutigen Dolch in die Höhe. Er begann eine seltsame Parodie eines Siegesmarsches, hob komisch die Knie und rollte seinen Kopf hin und her, die Menge verhöhnend. Ein gewaltiger Chor aus Zischen und Pfiffen, Buhrufen und rauhem Gelächter schallte aus der Arena; innerhalb ihrer Mauern mußte der Lärm ohrenbetäubend sein. Wieder verfolgten die Wärter den Thraker mit ihren Peitschen und Eisen, doch er schien den Schmerz gar nicht mehr zu spüren und ließ sich nur widerwillig aus dem Ring und dem Blickfeld der Zuschauer treiben.

»Mußt du noch mehr sehen, Alexandros?« flüsterte Olympias heiser. »Diese Leute werden dich in Stücke reißen, bevor du auch nur ein einziges Wort hervorbringen kannst! Crassus bietet ihnen genau das, was sie sehen wollen – es gibt nichts, was sie aufhalten könnte, nichts, was Gordianus oder sonst jemand tun könnte, um sie zu bremsen. Komm mit mir zurück nach Cumae!«

Ich sah die Furcht in seinen Augen und verfluchte meine eigene Eitelkeit. Warum sollte ich ihn vor Crassus schleifen, wenn das nur zu einem weiteren sinnlosen Tod führen würde? Was für ein Narr war ich, anzunehmen, ein Beweis seiner eigenen Schuld könnte Crassus demütigen, die bloße Wahrheit ihn davon abhalten, der Masse die blutige Unterhaltung zu bieten, nach der sie verlangte? Ich war kurz davor, Alexandros und Olympias zurück in ihre Meereshöhle zu schicken, als unten in der Arena Trompeten schmetterten.

Ein Tor unterhalb der Tribünen ging auf, und die Sklaven trotteten in die Arena. Jeder von ihnen hatte eine Art Stock in der Hand.

»Was ist das?« fragte ich blinzelnd. »Was tragen sie in den Händen?«

»Kleine Schwerter«, flüsterte Alexandros. »Kurze Holzschwerter, wie sie die Gladiatoren zum Üben benutzen. Trainingsschwerter. Spielzeugwaffen.«

Die Menge wurde ruhig. Man hörte keine Buhrufe und kein Gezische mehr. Sie beobachteten das Schauspiel mit stiller Neugier. Wahrscheinlich fragten sie sich, warum ihnen ein derart erbärmlicher Haufen vorgeführt wurde, gespannt, was für ein Spektakel Crassus für sie vorbereitet hatte.

Vor der Ostseite der Arena, wo die Menge sie noch nicht sehen konnte, hatte sich ein Kontingent Soldaten versammelt, unter ihnen Trompeter und Standartenträger. Ihre Rüstungen glänzten in der Sonne. Sie begannen sich nach Rang aufzustellen und bereiteten ihren Aufmarsch in der Arena vor. Plötzlich begriff ich, und blankes Entsetzen erfaßte mich.

»Der kleine Meto«, flüsterte ich. »Der kleine Meto, nur mit einem Holzschwert bewaffnet, um sich zu verteidigen ...«

Alexandros' und meine Blicke begegneten sich. »Wir kommen zu spät«, sagte ich. »Wenn wir dem Pfad bis zur Straße und der Straße weiter ins Tal folgen –« Ich schüttelte den Kopf. »Es wird zu lange dauern.«

Er biß sich auf die Lippe. »Also auf direktem Wege den Hang hinunter?«

»Er ist viel zu steil«, protestierte Olympias. »Die Pferde werden straucheln und sich den Hals brechen!« Aber Alexandros und ich galoppierten bereits talwärts, dicht gefolgt von Eco.

Ich klammerte mich an den Hals meines Pferdes wie an das nackte Leben. Nachdem wir die Kuppe des Hügels überquert hatten, versteifte mein Roß die Vorderbeine von den Schultern bis zu den Hufen und rutschte, mit den Hinterhufen den

Boden aufwühlend, den Hügel hinab. Das Tier schüttelte den Kopf und wieherte wie ein Krieger, der seine Götter anruft, ihm Kraft für die Schlacht zu geben.

Unser Abstieg entwurzelte Sträucher und trat Lawinen aus Kieseln und Sand los. Plötzlich tauchte direkt vor mir ein halb vergrabener Felsen auf. Einen Moment lang glaubte ich, in dem verwitterten Stein die Gesichtszüge Plutos zu erkennen; wir würden auf den Fels prallen und zerschmettert werden. Er kam näher und näher, und dann machte das Pferd einen riesigen Satz und sprang über den Felsen hinweg.

Es landete mit einem Ruck, der mir fast den Hals gebrochen hätte. Danach blieb dem Tier keine andere Wahl, als den Abhang des Hügels in gestrecktem Galopp hinunterzupreschen. Ich ließ mich nach vorn fallen, umklammerte seinen Hals und grub meine Fersen in seine Flanken. Der Himmel war ein einziges Stürmen, die Erde eine einzige Staubwolke, die ganze Welt eine durchs Universum taumelnde Kugel. Ich hatte jedes Gefühl für Gleichgewicht verloren. Ich schloß die Augen und umklammerte mein Pferd, so fest ich konnte, während der Geruch von aufgewühlter Erde, Pferdeschweiß und blinder Panik mir in die Nase stieg.

Plötzlich wurde der freie Fall durch eine langgezogene Kurve gebremst. Die Erde wurde nach und nach wieder ebener. Mit dem Schwung des steilen Abstiegs galoppierten wir dahin, doch nicht mehr völlig unkontrolliert. Die Welt rückte sich wieder zurecht; Himmel war wieder Himmel und Erde wieder Erde. Ich blinzelte in den Wind und gewann langsam die Kontrolle über meine Sinne und das dahinjagende Pferd zurück. Ich erwartete fast, daß es mich aus Wut und Mißtrauen abwerfen würde, doch es schien beinahe froh, den Zug meiner festen Hand an seinen Zügeln zu spüren. Es schüttelte erneut den Kopf und wieherte laut, fast so, als ob es lachen würde. Dann gehorchte es und verfiel, Schweißtropfen aus seiner Mähne schüttelnd, in einen langsameren Trab.

Alexandros ritt weit vor mir. Ich sah mich um. Eco war direkt hinter mir. Gemeinsam hielten wir auf die Arena zu.

Wir preschten zwischen den Zelten hindurch, wo Soldaten in Zivil würfelnd im Kreis saßen oder mit nacktem Oberkörper Trigon spielten, ihren freien Tag genießend. Sie stoben vor uns auseinander und drohten wütend mit den Fäusten. Wir galoppierten vorbei an den Spießen und Rosten mit ihren weißen Rauchwölkchen und wirbelten Staub in ihr Feuer, von den Flüchen der Köche verfolgt.

Vor der Arena wartete Alexandros mit verwirrter und unsicherer Miene auf mich. Ich wies in nördliche Richtung, wo ein roter Baldachin und Wimpel Crassus' Loge verzierten. Wir preschten los. Eco war zurückgefallen. Ich machte ihm ein Zeichen, uns zu folgen.

Das Gelände am Rand der Arena war bis auf einige wenige Zuschauer, die die Ränge verlassen hatten, um sich ein wenig abzukühlen, menschenleer. Tore führten zu Treppen, über die man direkt auf die Tribünen gelangte, doch ich bedeutete Alexandros weiterzureiten, bis wir den Aufgang zu Crassus' Loge gefunden hatten.

Am nördlichsten Ende des Runds kamen wir an eine Treppe, die weniger breit als die anderen und mit roten Wimpeln beflaggt war, auf denen Crassus' goldenes Siegel prangte. Alexandros zügelte sein Pferd und sah mich fragend an. Ich nickte, und er sprang ab. Ich ritt noch ein paar Schritte weiter und spähte, so gut ich konnte, in die Arena; vor der Osttribüne nahmen die Soldaten noch immer Aufstellung, sie hatten den Ring nach wie vor nicht betreten.

Ich ritt zu Alexandros zurück. Aus den Augenwinkeln nahm ich über uns eine Bewegung wahr. Ich blickte auf, sah jedoch nur ein Gesicht, das rasch wieder verschwunden war.

Ich stieg ab und sank fast auf die Knie. Bei dem aberwitzigen Abstieg und dem wilden Galopp durch das Lager hatte ich weder Schmerz noch Schwindel gespürt, doch sobald meine Füße den Boden berührten, wurden meine Knie weich, und meine Schläfen begannen wieder zu pochen. Ich taumelte und stützte mich auf mein Pferd. Alexandros, der bereits die ersten Stufen genommen hatte, drehte sich um und kam zurück. Ich faßte an meine Stirn, berührte den Verband, spürte einen feuchten, warmen Fleck und sah eine rote, klebrige Flüssigkeit meine Finger hinabrinnen. Ich hatte wieder angefangen zu bluten.

Irgendwo hinter mir glaubte ich zwischen den dröhnenden Trommelschlägen in meinen Ohren einen Jungen »Vater! Vater!« rufen zu hören.

Alexandros faßte meinen Arm. »Alles in Ordnung?«

Wieder hörte ich eine unbekannte Stimme »Vater, Vater« rufen, lauter und näher diesmal. Ich drehte mich um und wähnte mich in einem Traum, als ich Eco auf mich zureiten und nach oben zeigen sah. »Da!« schrie er, das Hufgetrappel seines Pferdes übertönend. »Ein Mann! Ein Speer! Paß auf!«

Ich blickte über meine Schulter nach oben, und Alexandros tat dasselbe. Den Bruchteil eines Augenblicks später stürzte er sich auf mich und riß mich zu Boden. Ich war überrascht, wie kräftig er war, alarmiert über den stechenden Schmerz in meinem Kopf und mir nur vage dessen bewußt, was ich über uns wahrgenommen hatte – einen Mann mit einem Speer, der sich über den Rand der Arena beugte. Im nächsten Augenblick sauste der Speer surrend herab und bohrte sich nur Zentimeter neben meinem Pferd in die Erde. Hätte Alexandros mich nicht zur Seite gerissen, wäre der Speer am Nacken in meinen Körper eingedrungen und irgendwo unterhalb meines Nabels wieder ausgetreten.

Ich mußte mich übergeben, doch es dauerte nicht lange. Die gelbliche Galle hinterließ einen bitteren Nachgeschmack und besudelte die Vorderseite meiner Tunika, doch hinterher fühlte ich mich ein wenig besser. Ungeduldig faßte Alexandros meinen Arm, Eco den anderen, und gemeinsam zogen sie mich auf die Beine.

»Eco!« flüsterte ich. »Aber wie –«

Er sah mich an, antwortete jedoch nicht. Seine Augen waren glasig und fiebrig. Hatte ich es mir nur eingebildet?

Dann zerrten sie mich die Stufen hoch. Wir erreichten einen Absatz, erklommen weitere Stufen, erreichten einen höher gelegenen Absatz und stiegen noch mehr Stufen nach oben. Zuletzt traten wir auf einen dicken roten Teppich und ins von einem roten Baldachin gefilterte, helle Sonnenlicht. Ich sah Crassus und Gelina nebeneinandersitzen, flankiert von Sergius Orata und Metrobius. Ich hörte, wie ein Schwert aus einer Scheide gezogen wurde, als Mummius hinter Crassus hervortrat und brüllte: »Was in Jupiters Namen!«

Gelina stöhnte, und Metrobius faßte ihren Arm. Orata zuckte zusammen, während Faustus Fabius, der hinter Gelinas Stuhl stand, die Zähne zusammenbiß und mit geblähten Nüstern auf uns herabstarrte. Er hob seinen rechten Arm, und die Reihe von Soldaten im hinteren Teil der Loge brachten ihre Speere in Stellung. Crassus wirkte gleichzeitig unangenehm überrascht und schicksalsergeben in die Unvermeidbarkeit unangenehmer Überraschungen. Er musterte mich finster und hob die Hand, um die allgemeine Ordnung zu wahren.

Ich sah mich benommen um und versuchte, mich zu orientieren. Von dem Baldachin herabhängende Vorhänge schützten die Loge gegen neugierige Blicke, aber jenseits davon konnte ich das weite Rund der Arena erkennen, die von oben bis unten mit Zuschauern gefüllt war. Die Adeligen saßen auf den unteren Rängen, während das gemeine Volk sich auf den weiter oben gelegenen Plätzen drängelte. Ein weißes Band, das an einer Seite von Crassus' Loge begann, die Arena einmal umrundete und an der anderen Seite der Loge endete, trennte die teuren von den billigen Plätzen.

Direkt unterhalb der Loge standen unten im Ring zwischen Blutlachen zusammengedrängt die Sklaven. Einige waren in schmutzige Lumpen gehüllt, während andere, die bis zuletzt im Haus Dienst getan hatten, noch immer Tuniken aus sauberem weißen Leinen trugen. Es waren Männer und Frauen, Alte und Junge. Manche standen still wie eine Statue, während andere sich unablässig bald hierhin, bald dorthin wendeten und sich verwirrt und ängstlich umsahen. Jeder von ihnen hielt ein primitives Holzschwert in der Hand. Wie muß die

Welt von ihrem Standpunkt aus ausgesehen haben? Blutgetränkter Sand zu ihren Füßen, eine hohe Mauer, die sie umgab, ein weites Rund geifernder, lachender, haßerfüllter Gesichter, die auf sie herunterstarrten. Man sagt, am Boden einer Arena liegend, könne ein Mensch die Götter nicht erkennen; wenn er aufblickt, sieht er nur leeren blauen Himmel.

Unter den Sklaven entdeckte ich jetzt auch Apollonius, der seinen rechten Arm um den alten Mann gelegt hatte, den er schon im Anbau getröstet hatte. Ich suchte nach Meto, konnte ihn aber nirgends sehen; mein Herzschlag setzte aus, und ich glaubte einen Moment lang, daß er irgendwie entkommen sein mußte. Doch dann tauchte er neben Apollonius auf, lief auf ihn zu und umklammerte sein Bein.

»Was hat das zu bedeuten?« fragte Crassus trocken.

»Nein, Marcus Crassus!« rief ich und zeigte in die Arena. »Was hat *das* zu bedeuten?«

Er starrte mich wütend und mit schweren Lidern an wie eine Echse, doch seine Stimme klang fest. »Du siehst ziemlich mitgenommen aus, Gordianus. Sieht er nicht schrecklich aus, Gelina? Als ob ihn der Schlund des Hades halb verdaut wieder ausgespuckt hätte. Wie ich sehe, hast du dir die Stirn verletzt – vermutlich beim Rennen gegen eine Wand. Ist das Erbrochenes auf deiner Tunika?«

Ich hätte vielleicht geantwortet, doch mein Herz raste, und das Pochen in meinem Kopf war wie Donner.

Crassus preßte seine gespreizten Finger gegeneinander. »Du fragst mich, was das zu bedeuten hat? Ich nehme an, du meinst, was hier vor sich geht? Nun, da du offenbar verspätet eingetroffen bist, werde ich es dir erklären. Die Gladiatorenkämpfe sind schon vorbei. Einige Gladiatoren haben überlebt, andere sind zu Tode gekommen; der Schatten von Lucius ist sehr zufrieden, genau wie die Menge. Inzwischen hat man die Sklaven in den Ring geführt – bewaffnet, wie du sehen kannst, genau wie die Lumpenarmee, die sie darstellen. Ich werde jetzt gleich auf das kleine Podium dort hinter dir steigen, damit die Menge mich hören und sehen kann, und ein überaus prachtvolles und erhabenes Schauspiel ankündigen, die öffentliche Vollstreckung römischen Rechts und eine lebendige Parabel des göttlichen Willens.

Die Sklaven meines Gutes hier in Baiae sind von den aufwieglerischen Blasphemien Spartacus' und seinesgleichen infiziert worden. Sie waren Komplizen bei der Ermordung ihres Herrn; dafür sprechen zumindest sämtliche Beweise, und auch du warst nicht in der Lage, das Gegenteil zu beweisen. Diese Sklaven sind nutzlos geworden, sie können nur noch anderen als Beispiel dienen. In dem Schauspiel, das ich vorbereitet habe, werden sie das repräsentieren – ja, sie werden es verkörpern –, was die Menge am meisten fürchtet und verachtet: Spartacus und seine Rebellen. Deshalb habe ich sie auch bewaffnen lassen, verstehst du?«

»Warum gibst du ihnen keine echten Waffen?« erwiderte ich. »Waffen wie die Schwerter und Speere, die ich im Wasser vor dem Bootshaus gefunden habe?«

Crassus schürzte die Lippen und fuhr dann fort, ohne mich zu beachten. »Einige meiner Soldaten werden die Macht und Ehre Roms repräsentieren – stets wachsam und immer zu neuen Eroberungen bereit unter der Führung ihres Feldherrn, Marcus Licinius Crassus. Meine Soldaten machen sich schon bereit, und sobald ich das Schauspiel eröffnet habe, werden sie mit Trompetenschall und Trommelwirbel durch das gegenüberliegende Tor einziehen.«

»Was für eine Farce!« zischte ich. »Sinnlos und unmenschlich grausam! Ein blutiges Gemetzel!«

»Natürlich ein Gemetzel!« Crassus' Stimme wurde scharf wie ein Feuerstein, schneidend von kalter Wut. »Was sollte auch sonst geschehen, wenn meine Soldaten auf eine Bande aufständischer Sklaven treffen? Dies ist nur ein Vorgeschmack auf kommende ruhmreichen Schlachten, wenn Rom mir den Oberbefehl über seine Legionen gegeben hat und ich gegen die rebellischen Sklaven in den Kampf ziehen werde.«

»Es ist peinlich«, murmelte Mummius angewidert. Sein Gesicht war aschfahl. »Eine Schande! Römische Soldaten gegen alte Männer, Frauen und Kinder mit Spielzeugwaffen aufmarschieren zu lassen! Darin liegt keine Ehre! Diese Männer sind nicht stolz, glaube mir, und ich bin es auch nicht –«

»Ja, ja, Mummius, ich kenne deine Gefühle.« Crassus' Stimme brannte jetzt wie Säure. »Du läßt dich von fleischlicher Lust und dekadenter griechischer Sentimentalität blenden. Du weißt nichts von der wahren Schönheit, der wahren Poesie – der rauhen, kargen, unversöhnlichen Poesie Roms. Und von Politik verstehst du sogar noch weniger. Glaubst du etwa, es würde keine Ehre darin liegen, Lucius Licinius' Tod zu rächen, den Tod eines Römers, der von seinen Sklaven getötet wurde? Doch, darin liegt sehr wohl Ehre und eine Art unerbittlicher Schönheit. Außerdem werde ich politisch davon profitieren, sowohl hier als auch auf dem Forum in Rom.

Was dich angeht, Gordianus, so bist du gerade noch rechtzeitig gekommen. Ich hatte zwar ganz bestimmt nicht vor, dich in meiner Privatloge sitzen zu lassen, doch ich bin sicher, wir werden für dich und den Jungen noch einen Platz finden. Fühlt Eco sich auch nicht wohl? Er schwankt und scheint einen fiebrigen Glanz in den Augen zu haben. Und diese andere Person – ein Freund von dir, Gordianus?«

»Der Sklave Alexandros«, sagte ich. »Wie du weißt.«

Alexandros beugte sich an mein Ohr. »Der ist es!« flüsterte er zwischen den Trommelschlägen in meinem Kopf. »Ich bin mir ganz sicher! Ich muß sein Gesicht doch deutlicher gesehen haben, als ich gedacht hatte; jetzt wo ich ihn wiedersehe, erkenne ich ihn – den Mann, der unseren Herrn getötet hat –«

»Alexandros?« sagte Crassus und zog eine Braue hoch. »Größer als ich erwartet hatte, aber die Thraker sind ein hochgewachsenes Volk. Er sieht auf jeden Fall aus, als wäre er kräftig genug, einem Mann mit einer Statue den Schädel einzuschlagen. Gut für dich, Gordianus! Es war klug von dir, ihn direkt zu mir zu bringen, selbst wenn es im allerletzten Moment geschah. Ich werde seiner Ergreifung bekanntgeben und ihn nach unten zu den anderen schicken, damit er mit ihnen stirbt. Oder soll ich ihn für eine spezielle Kreuzigung aufsparen, als Höhepunkt der Spiele?«

»Wenn du ihn tötest, Crassus, werde ich aus Leibeskräften den Namen des Mannes brüllen, der Lucius Licinius wirklich ermordet hat!«

Ich zog den blutbefleckten Umhang hervor und warf ihn Crassus vor die Füße.

Gelina rutschte, die Lehnen ihre Stuhles umklammernd, nach vorn. Mummius wurde blaß, und Fabius sah mich entsetzt an. Orata blinzelte verstohlen auf den Kleiderhaufen zu seinen Füßen, während Metrobius sich auf die Lippe biß und schützend seinen Arm um Gelinas Schulter legte.

Nur Crassus schien unbeeindruckt. Er sah mich kopfschüttelnd an wie ein Lehrer einen Schüler, der immer denselben Fehler macht, egal wie oft sein Tutor ihn verbessert.

»Bevor er in der Mordnacht aus Angst um sein Leben geflohen ist, hat Alexandros alles gesehen«, sagte ich. »Alles! Die Leiche von Lucius Licinius, den Mörder, der neben ihr kniete und den Namen Spartacus in den Stein ritzte, um den Verdacht von sich abzulenken, das Gesicht des Mörders. Und dieser Mann war kein Sklave. O nein, Marcus Crassus, der Mann, der Lucius Licinius getötet hat, hatte kein weiteres Motiv außer seiner maßlosen Gier. Er hat Spartacus Waffen im Tausch gegen Gold geliefert. Er hat Dionysius vergiftet, als dieser der Wahrheit zu nahe kam. Er hat mich in meiner ersten Nacht hier in Baiae vom Pier gestoßen und zu ertränken versucht. Er hat gestern abend gedungene Mörder ausgesandt, die mich in den Wäldern überfallen haben! Dieser Mann ist kein Sklave, sondern ein römischer Bürger und ein Mörder, und es gibt weder im Himmel noch hier auf Erden ein Gesetz, das die Abschlachtung all dieser unschuldigen Sklaven für seine Verbrechen rechfertigen würde!«

»Und wer soll dieser Mann sein?« fragte Crassus sanft. Er stieß mit dem Zeh gegen den zerknüllten, blutbefleckten Umhang. Er rümpfte die Nase und runzelte dann die Stirn, als ihm dämmerte, wem das Kleidungsstück gehörte.

Ich machte den Mund auf, um etwas zu sagen, doch Alexandros war schneller. »Er war es!« rief er und hob den Arm, um auf den Täter zu zeigen. Doch es war nicht Crassus, auf den er wies.

Mummius bleckte die Zähne und knurrte. Gelina stieß einen Schrei aus. Metrobius hielt sie fest. Orata wirkte unbehaglich. Crassus biß die Zähne zusammen und sah aus wie vom Donner gerührt.

Alle Augen blickten auf Faustus Fabius. Er erbleichte und machte einen Schritt zurück. Nur für den Bruchteil eines Augenblicks fiel seine undurchdringliche patrizische Maske und enthüllte einen Ausdruck purer Verzweiflung. Doch er hatte seine Fassung ebenso schnell wiedergefunden und starrte wie eine Katze auf den Finger, der auf ihn gerichtet war.

Neben mir schwankte Eco und brach auf dem roten Teppich zusammen.

FÜNFUNDZWANZIG

Eco fiel in eine tiefe Bewußtlosigkeit, begleitet von einem glühenden Fieber. Sobald ich konnte, brachte ich ihn zurück zur Villa, wo Iaia bereits voller Sorge auf Nachricht wartete. Sie nahm die Sache in die Hand und bestand darauf, daß Eco in ihr Zimmer gebracht wurde, wo sie lange nachdachte. Schließlich sandte sie Olympias zu ihrem Haus in Cumae, um Salben und Kräuter zu holen. Bald war die Luft in dem Zimmer vom Qualm der Roste und Dampf aus kleinen Kesseln erfüllt. Iaia weckte Eco aus seinem unruhigen Schlaf, um ihm seltsame Mixturen einzuflößen und ihn hinter den Ohren und um die Lippen mit einer übelriechenden Lösung einzureiben. Mir verschrieb sie eine starke Dosis Nepenthes (»Es wird dich zumindest für ein paar Stunden weit von diesem Ort wegführen, und das ist genau das, was du brauchst«), doch ich weigerte mich, es zu trinken.

Es wurde Abend, ohne daß die üblichen Rituale den Lauf

des Tages regulierten. Ein Abendessen wurde nicht serviert; die Leute schlichen sich in die Küche, um von den Resten des Leichenschmauses zu naschen, oder knabberten an Köstlichkeiten, die sie sich von den Spielen mitgebracht hatten. Ohne Sklaven, die die Betten machen und die Lampen anzündeten, die die Stunden mit dem nie endenden Kreislauf ihrer alltäglichen Verrichtungen markierten, schien die Zeit stillzustehen; trotzdem wurde es irgendwann dunkel.

In jener Nacht muß Morpheus die Villa in Baiae übergangen haben. Sein Zauber bedeckte die ganze Welt, doch die Bewohner dieses einen Hauses hatte er übersehen; in jener Nacht fand dort niemand Schlaf, sondern nur die Dunkelheit und Stille einer langen Nacht. Zusammen mit Iaia und Gelina hielt ich Wache in Ecos Zimmer und lauschte erstaunt dem ersten stoßweise gemurmelten Schwall von Namen und unzusammenhängenden Phrasen. Was er sagte, ergab keinen Sinn, die Laute waren oft rauh und vernuschelt, doch er hatte unbestreitbar begonnen zu sprechen. Ich fragte Iaia, ob sie ihn verzaubert hätte, doch sie behauptete, nichts damit zu tun zu haben.

Ich saß im trüben Licht von Iaias Zimmer und grübelte den Ereignissen nach, in meinem Kopf wirbelten die Erinnerungen an all die grausamen und wunderbaren Geschehnisse durcheinander, die an diesem einen Tag passiert waren.

Schließlich warf ich mir einen Umhang über die Schultern, zündete eine kleine Lampe an und wanderte durch das stille Haus. Die leeren Flure waren dunkel, nur hier und da von weißem Mondlicht beschienen, das durch die Fenster fiel.

Nachdem sie ihre Besorgungen für Iaia erledigt hatte, hatte Olympias sich auf ihr Zimmer zurückgezogen, allerdings nicht, um zu schlafen. Durch die Tür hörte ich Murmeln und Seufzer und das leise, aber herzhafte Lachen eines jungen Mannes, der nach langen Tagen und Nächten des Exils in einer Höhle die weichen Kissen und die Berührungen eines warmen, vertrauten Körpers genoß. Ich lächelte und wünschte, ich hätte einen Vorwand, in ihre Paarung hineinzuplatzen.

Nachdem das Pochen in meinem Kopf endlich abgeklungen war, hätte ich den Anblick diesmal wahrhaft zu würdigen gewußt. Ich setzte meine Wanderung fort, bis ich in den Bädern landete und neben dem großen Becken stehenblieb. Die Wasser der Mineralquelle schäumten und gurgelten; der aufsteigende Dampf tanzte im Schein meiner kleinen Lampe, bevor er sich auflöste. Ich blickte zur Terrasse und sah zwei nackte Gestalten aneinandergelehnt an der Brüstung stehen und auf den Mond schauen, der sich im schimmernden Wasser der Bucht widerspiegelte. Wasserflecken markierten den Weg, den sie von den Bädern zur Balustrade zurückgelegt hatten, und Dampf stieg von ihren erhitzten Körpern auf. Das Mondlicht tauchte Mummius' breite behaarte Schultern und sein nacktes Hinterteil in einen verschwommenen Glanz; Apollonius hingegen schien es in ein Geschöpf aus Quecksilber und poliertem Marmor zu verwandeln.

Ich schirmte meine Lampe mit den Händen ab. Leise und unentdeckt fand ich einen Weg von der Terrasse zu dem Pfad, der weiter zum Pier hinunterführte. Statt dessen wandte ich mich in Richtung des Anbaus und stieg den Hügel hinauf, bis ich das langgezogene flache Gebäude erreichte, in dem die Sklaven gefangengehalten worden waren. Die Tür stand offen, dahinter herrschte völlige Finsternis. Ich blieb eine Weile stehen, trat dann ein und verließ, von dem Gestank angewidert, das Gebäude rasch wieder. Der Ort war angefüllt mit den Ausdünstungen menschlichen Leids, doch heute nacht war er leer und still.

Aus den nahen Stallungen hörte ich leise Stimmen und Lachen. Ich folgte dem Pfad um das Gebäude auf den offenen Hof. Vor dem Stall waren drei Wachen postiert, die in Umhänge gehüllt um ein Feuer saßen. Einer von ihnen erkannte mich und nickte mir zu. Das Stalltor hinter ihnen war angelehnt, drinnen sah ich die Sklaven in Gruppen um kleine Lampen hocken. Über dem leisen Gemurmel der Gespräche hörte ich jemanden fauchen, »Verschwinde, du Landplage!« und ich wußte, daß Meto unter ihnen sein mußte.

Ich wandte mich wieder der Villa zu und atmete tief ein. Es war völlig windstill; die hohen Bäume um das Haus standen aufrecht und stumm. Heute nacht schien die ganze Welt seltsam wach und vom Mond verzaubert.

Ich überquerte den Hof und hörte das leise Knirschen der Kiesel unter meinen Füßen. Auf der Schwelle zum Haus zögerte ich; statt die Villa zu betreten, drückte ich mich unter dem Portikus herum, bis ich an eines der Fenster der Bibliothek kam. Die Vorhänge waren nur halb zugezogen, und der Raum war hell erleuchtet. Drinnen saß Marcus Crassus in seinen Chlamys gehüllt und brütete, einen Becher Wein in der Hand, über einem Stapel entrollter Schriftstücke. Ich sah nicht, daß er aufblickte, doch nach einer Weile sagte er: »Du mußt nicht mehr da draußen rumschleichen, Gordianus; du hast zu Ende spioniert. Komm rein. Und bitte nicht durchs Fenster – dies ist ein römisches Haus, keine Bruchbude.«

Ich ging zur Eingangstür zurück und durchquerte die Halle. Aus der Dunkelheit blickten die Wachsmasken von Lucius Licinius' Vorfahren auf mich herab, finster, aber zufrieden. Ich kam ins Atrium, wo der Weihrauchduft den in der Luft hängenden Verwesungsgeruch endlich vertrieben hatte. Mondlicht fiel durch das offene Dach wie eine Säule aus flüssigem Opal. Ich hielt meine Lampe hoch und betrachtete die Inschrift auf dem Boden. SPARTA. Im flackernden Licht der Lampe und dem blassen Mondschein glänzten die grob in den Stein gekratzten Buchstaben golden und silbern, so als ob nicht bloß ein sterblicher Mörder, sondern ein vorüberziehender Gott sie mit der Fingerspitze gezeichnet hätte.

Vor der Bibliothek war keine Wache postiert, und die Tür stand offen. Crassus drehte sich nicht um, noch blickte er auf, als ich eintrat, sondern wies nur stumm auf den Stuhl zu seiner Linken. Nach einer Weile schob er die Schriftrollen beiseite, rieb sich über die Nase und holte einen zweiten silbernen Becher hervor, den er aus einer Tonflasche bis zum Rand füllte.

»Ich bin nicht durstig, Marcus Crassus, vielen Dank.«

»Trink«, sagte er in einem Ton, der keinen Widerspruch zuließ. Gehorsam führte ich den Becher an die Lippen. Der Wein war dunkel und vollmundig und verbreitete eine wohlige Wärme in meiner Brust.

»Falerner«, sagte Crassus. »Aus dem letzten Jahr der Diktatur Sullas. Ein ausgezeichneter Jahrgang, Lucius' Lieblingswein. Es war nur noch eine Flasche im Keller übrig. Jetzt ist keine mehr da.« Er goß sich seinen eigenen Becher noch einmal voll und schenkte die letzten Tropfen in meinen Kelch.

Ich nippte daran, das Bouquet einatmend. Der Wein war ebenso verzaubernd wie das Mondlicht. »Kein Mensch schläft heute nacht in diesem Haus«, sagte ich leise. »Es ist, als wäre die Zeit stehengeblieben.«

»Die Zeit bleibt nie stehen«, sagte Crassus bitter.

»Du bist nicht zufrieden mit mir, Marcus Crassus, obwohl ich nur getan habe, wofür ich engagiert wurde. Alles andere wäre eine Mißachtung des großzügigen Honorars gewesen, das du mir versprochen hast.«

Er sah mich von der Seite an. Seine Miene war undurchdringlich. »Keine Sorge«, sagte er schließlich, »du wirst dein Geld bekommen. Ich bin schließlich nicht der reichste Mann Roms geworden, indem ich kleine Mietlinge um ihren Lohn betrogen habe.«

Ich nickte und nahm einen Schluck von meinem Falerner.

»Weißt du«, sagte Crassus, »als du heute in der Arena mit rollenden Augen deine leidenschaftliche Rede vorgetragen hast, habe ich einen Moment lang gedacht, daß du *mich* des Mordes an Lucius beschuldigen wolltest.«

»Sag bloß«, erwiderte ich.

»Ja. Wenn du dir eine derartige Frechheit herausgenommen hättest, hätte ich wahrscheinlich einer der Wachen befohlen, gleich an Ort und Stelle einen Speer in dein Herz zu treiben. Niemand hätte diese Tat hinterfragt. Ich hätte mich auf Notwehr berufen; du trugst ein Messer bei dir, sahst aus wie ein Verrückter und hast wirres Zeug geredet wie Cicero an einem schlechten Tag.«

»Du hättest dergleichen nie getan, Marcus Crassus. Hättest du mich direkt nach meinen öffentlichen Anschuldigungen töten lassen, hättest du damit bei allen Anwesenden nur ein Korn des Zweifels gesät.«

»Meinst du, Gordianus?«

Ich zuckte mit den Schultern. »Außerdem ist es eine rein hypothetische Frage. Eine derartige Anschuldigung hätte ich nie erhoben.«

»Und du hattest es auch zu keinem Zeitpunkt vor?«

Ich nippte an dem Falerner. »Es scheint mir sinnlos, über diese Frage zu grübeln, da es sich anders ereignet hat und der wahre Mörder identifiziert wurde – gerade noch rechtzeitig, um einen grauenhaften Justizirrtum zu vermeiden, wie ich hinzufügen könnte, obwohl ich weiß, daß du das für eine Nebensächlichkeit hältst.«

Crassus gab ein kehliges Geräusch von sich, einem Knurren nicht unähnlich. Es war ihm nicht leichtgefallen, das Gemetzel wieder abzusagen, nachdem er die Neugier und die Blutrunst der Massen einmal geweckt hatte. Selbst nach der Enthüllung von Faustus Fabius' Schuld wäre er vielleicht mit dem Massaker fortgefahren, wenn nicht Gelina interveniert hätte. Die sanfte, milde Gelina hatte dem blutigen Schauspiel Einhalt geboten. Mit der Wahrheit gerüstet, hatte sie sich vor unseren Augen verwandelt. Mit entschlossenem Kinn und Augen, hart und glänzend wie Glas, hatte sie verlangt, daß Crassus diese Farce beendete. Mummius, ebenfalls empört, war ihr polternd zur Seite gesprungen. Von zwei Seiten bedrängt, hatte Crassus schließlich nachgegeben. Er hatte seinen Wachen befohlen, ihn und Faustus Fabius zur Villa zu eskortieren, Mummius kurz entschlossen mit der Beendigung der Spiele beauftragt und dann überstürzt und unzeremoniell den Rückzug angetreten.

»Bist du bis zum Ende der Spiele geblieben?« fragte Crassus.

»Nein. Ich bin kurz nach dir gegangen.« Warum sollte ich mir die Mühe machen, ihm zu erklären, daß Apollonius und ich Eco zur Villa getragen hatten, um das Leben des Jungen fürchtend? Crassus hatte Ecos Zusammenbruch kaum mitbekommen und erinnerte sich wahrscheinlich nicht einmal mehr daran.

»Mummius hat mir berichtet, daß alles glattgelaufen ist, aber er lügt natürlich. Heute abend bin ich garantiert der Spott des ganzen Golfs.«

»Das wage ich ernsthaft zu bezweifeln, Marcus Crassus. Du bist der Typ Mann, über den die Leute nie zu lachen wagen würden, nicht einmal hinter deinem Rücken.«

»Trotzdem, die Sklaven einfach so zusammenzutreiben und ohne jede Erklärung unfeierlich wieder aus dem Ring zu führen, wie sie gekommen waren – selbst von draußen konnte ich das enttäuschte und ratlose Raunen noch vernehmen. Als Höhepunkt der Veranstaltung hat Mummius eiligst sämtliche überlebende Gladiatoren versammelt und gezwungen, noch einmal zu simultanen Kämpfen anzutreten; nicht eben eine originelle Idee, was? Stell dir diese Farce vor; eine Handvoll erschöpfter, teilweise sogar verwundeter Gladiatoren drischt aufeinander ein wie ein Haufen tolpatschiger Laien. Als ich Mummius deswegen eingehender befragt habe, hat er zugegeben, daß sich die unteren Ränge schnell geleert haben. Die Kenner wissen eben ein gutes von einem schlechten Spektakel zu unterscheiden; und nach meinem Aufbruch sahen auch die Status-Streber keinen Grund mehr zu bleiben, weil ich nicht mehr zugegen war, um ihr Lächeln zu erwidern.«

Wir saßen eine Weile schweigend und tranken von unserem Wein.

»Wo befindet sich Faustus Fabius jetzt?« fragte ich.

»Nach wie vor hier in der Villa. Nur daß ich heute nacht Wachen vor seinem Zimmer postiert habe und ihm alle Waffen, Gifte und sonstige Mixturen habe abnehmen lassen, damit er sich nichts antut, bevor ich entschieden habe, was ich mit ihm machen soll.«

»Wirst du Anklage gegen ihn erheben? Wird es zu einem Prozeß in Rom kommen?«

Wieder setzte Crassus die Miene des enttäuschten Tutors auf. »Was? Ich soll wegen der Ermordung einer Null wie Lucius einen derartigen Aufstand veranstalten? Die Fabier verstimmen, einen unsagbaren Skandal enthüllen, in den zu allem Überfluß auch noch mein Vetter verwickelt war, und mich damit selbst in eine peinliche Lage bringen – immerhin haben sie *mein* Schiff und *meine* Bestände benutzt, um ihre Pläne zu verwirklichen –, und all das am Vorabend einer schweren Krise, in der ich mich bereithalte, den Oberbefehl gegen Spartacus zu übernehmen, und demnächst meine Kampagne für die Wahlen zum Konsul im nächsten Jahr starten will? Nein, Gordianus, es wird keine öffentliche Anklage geben, und es wird auch keinen Prozeß geben.«

»Dann wird Faustus Fabius also ungestraft davonkommen?«

»Das habe ich nicht gesagt. Im Krieg kann ein Mensch auf vielerlei Arten ums Leben kommen. Selbst ein hochrangiger Offizier kann versehentlich von einem Speer aus den eigenen Reihen getroffen werden oder einen tödlichen Stoß erleiden, dessen genaue Umstände sich hinterher nicht mehr klären lassen. Und *das* habe ich natürlich auch nie gesagt.«

»Hat er dir alles gestanden?«

»Alles. Es war, wie du vermutet hattest; er und Lucius hatten während meines Besuches in Baiae im letzten Frühjahr den Plan ausgeheckt, die Waffen zu verschieben. Faustus stammt aus einer sehr alten und hochvornehmen Patrizierfamilie. Sein Zweig der Familie hatte sich zwar einen Abglanz vergangenen Ruhmes bewahrt, jedoch schon vor langer Zeit ihr Vermögen verloren. So jemand kann sehr verbittert werden, vor allem wenn er unter einem Mann von geringerem gesellschaftlichen Status dient, der ihm an Macht und Reichtum jedoch bei weitem überlegen ist und es immer bleiben wird. Trotzdem, Rom zugunsten seines eigenen Vorwärtskommens zu verraten, die Ehre der Fabier zu opfern und einer Armee mörderischer Sklaven derart Beistand zu leisten – diese Verbrechen sind unverzeihlich und unter aller Kritik.«

Crassus seufzte. »Für mich persönlich noch schmerzhafter

sind die Verbrechen meines Vetters Lucius. Er war ein schwacher Mann, zu schwach, um seinen eigenen Weg in der Welt zu machen, und weder klug noch geduldig genug, meiner Großzügigkeit zu trauen. Ich betrachte es als persönliche Demütigung, daß er meine Logistik benutzt und meine Mittel veruntreut hat, um sich an derartig widerwärtigen kriminellen Machenschaften zu beteiligen. Ich habe ihm immer mehr gegeben, als er verdiente, und so hat er es mir gedankt! Es tut mir nur leid, daß er so schnell und schmerzlos gestorben ist. Er hätte einen weit grausameren Tod verdient.«

»Warum hat Fabius ihn getötet?«

»Mein Besuch war unplanmäßig und unerwartet. Ich habe Lucius erst wenige Tage vorher benachrichtigt. Er geriet in Panik – in seinen Büchern finden sich Dutzende von Unregelmäßigkeiten; und im Bootshaus lagen Speere und Schwerter versteckt, die ihrer Verschiffung harrten. In der Nacht vor unserem Eintreffen hat sich Fabius aus unserem Lager am Lucrinus-See geschlichen, um sich mit Lucius zu beraten. Um mögliche Zeugen zu verwirren, nahm er ohne mein Wissen meinen Umhang, bevor er losritt. Er war passenderweise dunkel, eine um so bessere Tarnung. Seine spätere Verwendung sowie die Tatsache, daß er sich seiner ganz entledigen mußte, konnte er nicht vorhersehen. Nachdem er erst einmal blutverschmiert war, konnte er ihn weder am Tatort zurücklassen noch mir zurückgegeben. Er riß das Siegel heraus und warf es zusammen mit dem Umhang in die Bucht. Das Siegel muß, weil es schwerer war, auch im Wasser gelandet sein, der Umhang hingegen verfing sich an einem Ast.

Ich habe ihn am nächsten Tag vermißt und mich gefragt, wo er abgeblieben war; ich erwähnte es auch Fabius gegenüber, doch er zuckte nicht einmal mit der Wimper! Was meinst du wohl, warum ich jeden Abend diesen alten Chlamys von Lucius trage? Bestimmt nicht, um mich der in Baiae vorherrschenden griechischen Mode anzupassen, sondern weil der Umhang, den ich aus Rom mitgebracht hatte, weg war.«

Ich starrte ihn, auf einmal argwöhnisch, an. »Aber als ich dir

350

gegenüber noch am selben Abend die Vermutung äußerte, daß Lucius hier in der Bibliothek ermordet worden war, hast du mich doch gefragt, wohin das ganze Blut verschwunden sei; kannst du dich erinnern, Marcus Crassus?«

»Ganz genau.«

»Als ich dir berichtete, daß man am Straßenrand einen weggeworfenen Umhang gefunden hätte, muß dir doch der Verdacht gekommen sein, daß es dein Umhang war!«

Er schüttelte den Kopf. »Nein, Gordianus. Du hast mir erzählt, daß man ein Stück *Stoff* gefunden hätte, keinen *Umhang*. Von einem Umhang war nie die Rede; ich kann mich noch deutlich an deine Worte erinnern.« Er atmete durch die Nase ein, nippte an seinem Wein und sah mich gerissen an. »Also gut, ich gebe zu, daß ich damals einen eigenartigen Schauder der Erkenntnis verspürte; vielleicht sah ein Teil von mir einen Weg, der zur Wahrheit hätte führen können. Vielleicht hat ein vorüberziehender Gott mir ins Ohr geflüstert, daß dieses Stück Stoff mein vermißter Umhang sein könnte, was bedeutet hätte, daß hinter dem Mord an Lucius sehr viel mehr steckte, als ich zunächst vermutet hatte. Aber solche vagen Einflüsterungen hört man doch ständig, oder nicht? Und selbst die klügsten Köpfe wissen nie, ob die Götter ihnen echte Weisheiten oder grausame Torheiten zugeflüstert haben.«

»Aber warum hat Fabius Lucius ermordet?«

»Fabius hat Rom schon mit dem Plan verlassen, Lucius zu töten, doch die Tat an sich geschah spontan. Lucius wurde hysterisch. Was, wenn ich ihm auf die Schliche gekommen wäre, was bestimmt der Fall gewesen wäre, wenn ich seine Bücher mehr als oberflächlich durchgesehen oder den Kapitän der *Furie* aufgetrieben hätte. Lucius sah seine drohende Vernichtung heraufziehen. Fabius beschwor ihn, kühlen Kopf zu bewahren; gemeinsam, so seine Erwägung, könnten sie mich mit anderen Dingen beschäftigt halten und mich von jedem Verdacht bezüglich ihrer Machenschaften ablenken. Wer weiß? Vielleicht hätten sie Erfolg gehabt. Aber Lucius verlor die Fassung, fing an zu weinen und beharrte darauf, daß ein volles

Geständnis ihr einziger Ausweg wäre. Er hatte vor, mir alles zu gestehen und sich meiner Gnade zu überantworten. Dabei hätte er natürlich auch Fabius bloßgestellt. Fabius griff nach der Statue und machte Lucius' Gestammel für immer ein Ende.

Die Idee, die Tat den Sklaven anzuhängen, war genial, findest du nicht? Diese kaltblütige Geistesgegenwart zeugt von genau den Qualitäten, die ich von meinen Offizieren erwarte. Was für eine Verschwendung! Und noch besser, daß Zeno und Alexandros ihn überraschten – Fabius machte ihnen Angst, so daß sie panisch die Flucht ergriffen und damit zu perfekten Sündenböcken wurden. Er hatte auch noch das Glück, daß Zeno ums Leben kam, der ihn sicher erkannt hatte. Alexandros jedoch war ihm nie zuvor begegnet, so daß er Iaia und Olympias nicht erzählen konnte, wen er gesehen hatte.«

»Und Fabius ließ den Namen Spartacus unvollendet, weil die Sklaven ihn störten?«

»Nein, er hatte bereits das Blut in der Bibliothek und im Flur aufgewischt, war jedoch noch nicht dazu gekommen, die belastenden Dokumente an sich zu nehmen, über denen Lucius gebrütet hatte. Einige lagen offen auf dem Tisch, als er Lucius tötete, so daß sie mit Blut bespritzt wurden. Fabius rollte sie einfach zusammen und legte sie beiseite, genauer gesagt auf den Boden. Er wollte den Namen zu Ende schreiben, die Leiche noch überzeugender drapieren und dann in die Bibliothek zurückkehren, um die belastenden Unterlagen einzusammeln, damit er sie zusammen mit dem Umhang ins Meer werfen oder vielleicht auch verbrennen konnte.

Dann hörte er eine Stimme im Flur. Offenbar hatte ihn irgend jemand im Haus hantieren hören oder war vom Lärm der fliehenden Sklaven aufgeweckt worden und aufgestanden, um nachzusehen. Die Stimme rief noch einmal, diesmal näher am Tor zum Atrium. Fabius wußte, daß er entweder sofort fliehen oder einen zweiten Mord begehen mußte. Ich weiß nicht, warum er die Nerven verloren hat; natürlich konnte er nicht wissen, ob der Neuankömmling bewaffnet war und ob es einer allein oder mehrere waren. Jedenfalls griff er den Umhang und floh.«

»Doch niemand im Haus hat zugegeben, in jener Nacht etwas gehört zu haben.«

»Ach?« meinte Crassus spöttisch. »Dann muß dich wohl jemand belogen haben. Man denke nur! Und wer hätte das wohl sein können?«

»Dionysius.«

Crassus nickte. »Der alte Schurke kam ins Atrium, wo er seinen Gönner tot auf dem Boden liegen sah. Anstatt Alarm zu schlagen, nahm er sich Zeit, die Situation zu überdenken und zu überlegen, wie er davon profitieren könnte. Er begab sich in die Bibliothek, um ein wenig herumzuschnüffeln, und fand die belastenden Dokumente. Er hatte zwar keine Ahnung, warum sie belastend waren, aber das Blut auf dem Pergament sprach für sich. Er nahm sie mit auf sein Zimmer und versteckte sie. Vermutlich hat er zum Zeitvertreib darüber gegrübelt, in welchem Zusammenhang sie zu dem Mord standen.

Stell dir Fabius Panik vor, als er am nächsten Tag mit mir in der Villa ankam, sich bei der ersten sich bietenden Gelegenheit in die Bibliothek schlich und feststellte, daß die Unterlagen verschwunden waren! Und trotzdem zeigte er keinerlei Zeichen von Erregung. Was für eine kühle, berechnende Haltung! Rom verliert einen herausragenden Offizier.

Erst am Abend nach deiner Ankunft gelang es ihm, sich unbemerkt zum Bootshaus zu schleichen, um die Waffen ins Wasser zu werfen. Das hatte er auch schon an den Abenden zuvor versucht, war jedoch jedesmal gestört oder sogar gesehen worden, so daß er es nicht wagen konnte. Ich glaube ja, daß er zu zögerlich war; erst deine Ankunft verleitete ihn, ein Risiko einzugehen – und dann hast du ihn überrascht! Er konnte dich nicht erstechen, weil das zu sehr wie ein zweiter Mord ausgesehen hätte, also hat er statt dessen versucht, dich zu ertränken.«

»Ohne Erfolg.«

»Ja. Fabius meinte, daß er von diesem Moment an gewußt habe, daß du ein Arm der Göttin Nemesis bist.«

»Nemesis hat viele Arme«, sagte ich, an alle jene denkend, die ihren Teil zu der Entlarvung von Faustus Fabius beigetragen hatten – Mummius und Gelina, Iaia und Olympias, Alexandros und Apollonius, Eco und Meto, der leichtzüngige Orata und der tote Dionysius und sogar Crassus selbst.

»Also war es Fabius, der sich später in die Bibliothek geschlichen und das Blut vom Kopf der Statue abgewischt hat?«

Crassus nickte.

»Aber warum hat er damit so lange gewartet? War es ein Detail, das er bis dahin schlicht übersehen hatte?«

»Nein, er hatte schon länger vor, die Bibliothek gründlich zu reinigen, doch ich habe dauernd hier gesessen und gearbeitet, oder er hatte Pflichten, um die er sich kümmern mußte, oder es war jemand da, der ihn auf dem Flur hätte sehen können. Erst deine Ankunft zwang ihn zu fieberhaften Aktivitäten bei der Beseitigung seiner Spuren.«

»Meine Ankunft«, sagte ich, »und Dionysius' Eitelkeit.«

»Genau. Als der alte Windbeutel beim Essen damit prahlte, dich bei der Lösung des Falles überbieten zu wollen, besiegelte er sein eigenes Schicksal. Ob er wirklich Fabius im Verdacht hatte, ist zweifelhaft, aber Fabius konnte nicht wissen, zu welchen Schlußfolgerungen der Philosoph gekommen war. Am nächsten Morgen schlich er sich in dem allgemeinen Durcheinander der Bestattungsvorbereitungen in Dionysius' Zimmer und gab das Gift zu dessen Kräutermischung. Du hattest recht, er hat Eisenhut benutzt. Als er sich in Dionysius' Zimmer aufhielt, versuchte er auch, Dionysius' Truhe aufzustemmen, weil er vermutete, daß die fehlenden Schriftrollen darin versteckt sein könnten; doch das Schloß erwies sich als zu stabil, so daß er schließlich die Flucht ergriff, weil er fürchtete, daß Dionysius oder ein Sklave ihn überraschen könnte.«

»Woher hatte er das Gift?«

»Aus Rom. Er hatte es am Abend vor unserer Abreise bei einem Händler in der Subura gekauft. Damals schon war ihm klar, daß er Lucius vielleicht töten mußte. Er hatte ursprünglich gehofft, es subtiler und unauffälliger zu erledigen, als ihm den Schädel einzuschlagen. So benutzte er das für Lucius mitgebrachte Gift dann, um Dionysius zum Schweigen zu bringen. Ich habe noch mehr von dem Zeug in Fabius' Zimmer gefunden und es konfisziert, damit er es nicht selbst nimmt. Ich habe nicht vor, ihn so leicht davonkommen zu lassen.«

»Und gestern nacht hat Fabius versucht, mich auf dem Weg nach Cumae zu ermorden.«

»Nicht Fabius selbst, sondern seine Männer. Bei eurer Auseinandersetzung vor dem Stall sah er den blutbefleckten Umhang, den du unter deinem Gewand versteckt hieltest. Er dachte, er hätte ihn in der Mordnacht ins Meer geworfen; erst jetzt erfuhr er, daß man ihn entdeckt hatte.«

»Ja«, sagte ich, »ich erinnere mich an seinen merkwürdigen Gesichtsausdruck.«

»Hättest du mir den Umhang gleich gezeigt – hättest du mir von Anfang an mit allen Beweisen vertraut, Gordianus –, dann hätte ich ihn sofort erkannt, und alle möglichen Rädchen in meinem Kopf hätten sich zu drehen begonnen. Doch wie dem auch sei, Fabius konnte nur hoffen, daß du ihn mir vorenthalten hattest, was ja auch der Fall war. Er hatte keine andere Wahl, als dich zu töten, den Umhang wieder in seinen Besitz zu bringen und ihn so schnell wie möglich zu vernichten.

Ich hatte Fabius mit der Beschaffung der Gladiatoren und der Organisation der Spiele beauftragt; normalerweise wäre das Mummius' Aufgabe gewesen, doch in Anbetracht seiner Schwäche für den griechischen Sklaven und seines Mißfallens bezüglich des von mir geplanten Spektakels war er nicht verläßlich. Fabius hatte bereits beschlossen, dich auf die eine oder andere Art auszuschalten. Er hatte zwei Gladiatoren aus dem Lager beim Lucrinus-See mitgebracht, nur für den Fall, daß er sie brauchte, so daß sie bereitstanden, dir zu folgen, als du nach Cumae aufgebrochen bist. Fabius hat dich gefragt, wohin du wolltest, weißt du noch? Du hast den schweren Fehler begangen, es ihm zu erzählen. Fabius schickte die Gladiatoren los, sowohl dich als auch den Jungen zu töten und ihm den Umhang zu bringen.«

Ich nickte. »Und wenn man unsere Leichen gefunden hätte, hätte man erneut den im Wald versteckten Alexandros für die Morde verantwortlich gemacht!«

»Genau. Aber hier in der Villa wärst du deines Lebens auch nicht sicherer gewesen. Sein Alternativplan für den Fall, daß du die Nacht hier verbringen würdest, sah vor, sich in dein Zimmer zu stehlen und dir eine Portion Bilsenkrautöl ins Ohr zu träufeln. Kennst du Wirkung?«

Ein Schauer kroch über meinen Rücken. »Schweine-Bohnen-Öl; ich habe davon gehört.«

»Ein weiteres Gift, das er in Rom gekauft und mitgebracht hatte, eine weitere Option, Lucius kaltzustellen, die nicht ganz so weit gegangen wäre wie Mord; bei den bekannten Wirkungen wärest du auf elegante Art ausgeschaltet gewesen. Man sagt, wenn man die richtige Dosis in das Ohr eines schlafenden Mannes träufelt, wird er am nächsten Morgen unzusammenhängend und wirr redend aufwachen, völlig verrückt. Du siehst also, Gordianus, hättest du die letzte Nacht hier auf deinem Zimmer verbracht, wärst du jetzt vielleicht nur noch ein sabbernder Schwachkopf.«

»Und hätte Eco mir heute vor der Arena keine Warnung zugerufen, wäre ich vom Hals bis zum Nabel von einem Speer durchbohrt worden.«

»Eine weitere von Fabius' Aufmerksamkeiten. Als gestern nacht nur einer der beiden gedungenen Mörder zurückkam und berichtete, daß du mit dem Umhang entkommen sein könntest, stellte er einen Gladiator als private Leibwache ab und postierte ihn versteckt über dem Eingang zu meiner Loge, um deine Ankunft abzupassen. Ohne mein Wissen hatte Fabius die Wachen entlassen, die normalerweise am Eingang zu meiner Loge stehen sollten, damit es keine Zeugen gab. Es war sein letzter verzweifelter Zug; hätte der Mörder dich erfolgreich aufgespießt, hätte er Fabius informiert, und du wärst weggeschafft worden, um mit den toten Gladiatoren zu verrotten, eine anonyme und unbetrauerte Leiche mehr.«

»Und heute abend wäre Faustus Fabius frei von jedem Verdacht gewesen.«

»Ja«, seufzte Crassus, »und die Leute um den Golf würden die Mär von dem einzigartigen und prachtvollen Schauspiel verbreiten, das Marcus Licinius Crassus für sie inszeniert hat, und die Geschichten würden widerhallen von hier bis hinauf nach Rom und hinunter nach Thurii zu Spartacus' Lager.«

»Und neunundneunzig unschuldige Sklaven wären tot.«

Crassus sah mich schweigend an und lächelte dann dünn. »Doch statt dessen ist das Gegenteil von all dem eingetreten. Ich glaube, Gordianus, du bist in der Tat ein Arm der Nemesis. Deine Arbeit hier hat nur den Willen der Götter vollendet. Wie anders, wenn nicht durch eine übermütige Laune der Götter, könnte es sein, daß ich heute abend hier sitze und den letzten exzellenten Falerner meines toten Vetters ausgerechnet mit dem einzigen Mann auf der Welt trinke, der glaubt, das Leben von neunundneunzig Sklaven sei wichtiger als die Ambitionen des reichsten Mannes von Rom?«

»Was wirst du mit ihnen anfangen?«

»Mit wem?«

»Den einhundert.«

Er schwenkte den letzten Schluck Wein in seinem Glas und starrte in die rote Flüssigkeit. »Für mich sind sie nutzlos geworden. Ich kann sie jedenfalls auf gar keinen Fall in dieses Haus oder auf eines meiner anderen Güter zurückkehren lassen; nach allem, was geschehen ist, könnte ich keinem von ihnen je wieder trauen. Ich habe erwogen, sie hier in Puteoli zu verkaufen, aber mir liegt nichts daran, daß sie ihre Geschichte am ganzen Golf verbreiten. Ich werde sie zu den Sklavenmärkten in Alexandria verschiffen lassen.«

»Der thrakische Sklave, Alexandros –«

»Iaia hat mich bereits angesprochen und gebeten, ihn mir als Geschenk für Olympias abkaufen zu dürfen. Aber das kommt natürlich überhaupt nicht in Frage.«

»Aber warum nicht?«

»Weil die Möglichkeit besteht, daß irgend jemand auf die Idee kommt, doch noch Anklage gegen Faustus Fabius zu erheben und einen Prozeß zu erzwingen; wie ich dir bereits erklärt habe, gelüstet es mich nicht nach einem öffentlichen Skandal. Ein Ankläger würde Alexandros natürlich als Zeugen aufrufen, aber ein Sklave darf ohne die Erlaubnis seines Herrn nicht aussagen. Solange Alexandros sich also in meinem Besitz befindet, werde ich nicht zulassen, daß er je wieder über die Angelegenheit spricht. Doch er muß außer Reichweite gebracht werden. Er ist jung und kräftig; wahrscheinlich werde ich ihn als Galeerensklaven oder Minenarbeiter einsetzen. Vielleicht schicke ich ihn auch auf einen Sklavenmarkt am anderen Ende der Welt, damit er still und leise verschwindet.«

»Aber warum überläßt du ihn nicht Olympias?«

»Weil sie ihm, wenn es zu einer Mordanklage gegen Faustus Fabius kommen sollte, erlauben könnte auszusagen.«

»Ein Sklave darf nur unter der Folter aussagen; das würde Olympias nie zulassen.«

»Vielleicht läßt sie ihn frei; das wäre sogar wahrscheinlich, und ein freier Mann kann nach Herzenslust aussagen – und mich damit auf ewig beschämen.«

»Du könntest ihn schwören lassen –«

»Nein! Ich kann nicht zulassen, daß er irgendwo in der Gegend um den Golf bleibt, verstehst du das nicht? Solange er hier ist, werden die Leute über die Affäre Lucius Licinius reden; und war Alexandros nicht der Sklave, den man zunächst des Mordes beschuldigt hatte, und hat es sich nicht am Ende ergeben, daß irgendein Patrizier es war? So ähnlich werden die Klatschmäuler reden – verstehst du, er muß vom Golf verschwinden, so oder so. Meine Art, ihn loszuwerden, ist gnädiger, als ihn einfach umzubringen, begreifst du das nicht?«

Ich biß die Zähne zusammen. Der Wein schmeckte auf einmal bitter. »Und der Sklave Apollonius?«

»Mummius will ihn kaufen, wie du wahrscheinlich weißt. Doch auch das kommt natürlich nicht in Frage.«

»Aber Apollonius weiß nichts!«

»Unsinn! Du selbst hast ihn nach den Waffen tauchen lassen, die Faustus Fabius ins Wasser geworfen hatte.«

»Trotzdem –«

»Und seine Anwesenheit unter den anderen neunundneunzig heute nachmittag macht es unmöglich, daß er in meiner näheren Umgebung Dienst tut. Mummius ist meine rechte Hand; ich kann nicht erlauben, daß ein Sklave, den ich beinahe hätte hinrichten lassen, in Mummius' Haus lebt, mir Wein serviert, wenn ich zum Essen komme, mir das Bett macht und eine Natter zwischen den Decken versteckt. Nein, Apollonius muß genau wie Alexandros verschwinden. Ich nehme an, es wird nicht schwierig sein, einen Käufer für ihn zu finden, in Anbetracht seiner Schönheit und seiner Fähigkeiten. Es gibt Zwischenhändler in Alexandria, die Sklaven für reiche Parther erwerben; das wäre das beste, ihn an einen reichen Herrn am Rande der zivilisierten Welt zu verkaufen.«

»Du wirst dir Marcus Mummius zum Feind machen.«

»Sei nicht albern! Mummius ist ein Soldat, kein Bacchant. Er ist ein Römer! Er ist mir verbunden, und sein Ehrgefühl ist allemal stärker als die flüchtige Vernarrtheit in einen hübschen Jungen.«

»Ich glaube, du irrst dich.«

Crassus zuckte die Schultern. Hinter der Maske unbarmherziger Logik glaubte ich selbstgefällige Zufriedenheit zu erkennen. Wie konnte ein so großer und mächtiger Mann Gefallen daran finden, auf so kleinliche Art und Weise Rache zu nehmen an den Menschen, die seine Pläne durchkreuzt hatten? Ich schloß einen Moment lang müde die Augen.

»Du sagtest eben, daß ich das versprochene Honorar bekommen würde, Marcus Crassus. Als Teil meines Honorars… als einen Gefallen… unter den Sklaven gibt es auch einen kleinen Jungen, ein Kind namens Meto –«

Crassus schüttelte grimmig den Kopf. Sein Mund war eine gerade Linie. Seine schmalen Augen blitzten im Licht der Lampe. »Bitte mich nicht um weitere Gefallen bezüglich irgendwelcher Sklaven, Gordianus. Sie leben, und das danken sie deiner Hartnäckigkeit und Gelinas Beharrlichkeit, doch dein Honorar wird in Silber erstattet werden, nicht in Fleisch und Blut, und keiner der Sklaven wird eine Sonderbehandlung bekommen. Nicht einer! Sie werden in alle Winde verstreut, unerreichbar für jeden in diesem Haus, verkauft an neue Herren, bei denen sie gute Dienste leisten werden und damit ihren kleinen Beitrag, unseren Wohlstand zu mehren und die ewige Macht Roms zu bewahren.«

Am nächsten Morgen bereiteten sich Crassus und sein Gefolge auf die Abreise nach Rom vor. Die Sklaven, unter ihnen auch Apollonius, Alexandros und Meto, wurden von den Stallungen ins Lager am Lucrinus-See und von dort weiter zu den Docks in Puteoli getrieben. Olympias schloß sich weinend in ihr Zimmer ein und wollte sich nicht trösten lassen. Mummius beobachtete den Abmarsch der Sklaven mit finsterer Miene und aschfahlem Gesicht.

Iaias Haussklaven wurden aus Cumae geholt, um sich um das Notwendigste in der Villa zu kümmern. Ecos Fieber ging zurück, doch er wachte nicht auf.

Am Abend wurde in einer von Oratas Villen in Puteoli, wo Crassus und sein Gefolge die Nacht verbrachten, ein Gastmahl zu seinen Ehren abgehalten. Gelina nahm daran teil, doch ich war nicht eingeladen. Iaia blieb bei mir, um bei Eco zu wachen. Am nächsten Morgen brach Crassus nach Rom auf. Gelina traf Vorbereitungen, die Villa zu räumen, um über den Winter in Crassus' Haus in Rom zu wohnen.

Am darauffolgenden Tag erwachte Eco. Er war noch schwach, hatte jedoch einen gesunden Hunger, und das Fieber stieg nicht wieder an. Irgendwie ging ich davon aus, daß mit seiner Krankheit auch seine wiederhergestellte Sprachfähigkeit verschwinden würde; wenn meine Arbeit in Baiae nur die Ausführung göttlichen Willens gewesen war, wie Crassus gesagt hatte, dann war es nur logisch, daß die Götter auch Eco die Gabe der Rede nur zu dem Zweck verliehen hatten, mein Leben zu retten, und sie nun zurückverlangen würden. Doch als er an jenem Morgen die Augen öffnete und zu mir aufblickte, flüsterte er mit heiserer, kindlicher Stimme: »Vater, wo sind wir, Vater?«

Ich weinte, und ich hörte lange Zeit nicht mehr auf zu weinen. Selbst Iaia mit ihrem Zugang zu den Mysterien des Apollo konnte sich nicht erklären, was geschehen war.

Sobald er kräftig genug war, machten Eco und ich uns auf die Rückreise nach Rom, diesmal zu Lande und nicht zu Wasser. Mummius hatte uns Pferde zur Benutzung und Soldaten als Leibwächter für den Weg dagelassen. Ich wußte seine Sorge zu schätzen, vor allem, da ich eine recht beträchtliche Summe Silber bei mir trug, mein Honorar für die Aufklärung des Mordes an Lucius Licinius.

Wir nahmen die Via Consularis bis Capua, wo Spartacus zum Gladiator ausgebildet worden war und gegen seinen Herrn aufbegehrt hatte, und folgten dann, die prachtvolle Herbstlandschaft in uns aufsaugend, der Via Appia Richtung Norden. Kein Mensch konnte damals ahnen, daß dieselbe Straße im kommenden Frühling in ihrer ganzen gepflasterten Länge Meile für Meile bis nach Rom von den Leichen gekreuzigter Sklaven gesäumt sein würde – die unseligen Überlebenden von Spartacus zerriebener Armee, an Kreuze genagelt und öffentlich ausgestellt zur moralischen Erbauung von Sklaven und Herren gleichermaßen.

EPILOG

»Du wirst nie glauben, wer zu Besuch gekommen ist!« sagte Eco. Für einen Jungen seines Alters war seine Stimme ein wenig tief und heiser, aber für mich klang sie schöner als die jedes Redners.

»Vielleicht doch«, erwiderte ich. Ihn nur sprechen zu hören, reichte auch zwei Jahre nach den Ereignissen von Baiae noch immer, mich fast alles glauben zu machen. Ich hatte gelernt, die Launen der Götter nie zu hinterfragen und sie auch nie für selbstverständlich zu halten.

Ich legte die Schriftrolle, in der ich geschmökert hatte, beiseite und trank einen Schluck Wein. Es war ein warmer Hochsommertag, die Sonne schien heiß, doch eine kühle Brise strich über die Blumen in meinem Garten, so daß die Astern die Köpfe senkten und die Sonnenblumen tanzten.

»Könnte es … Marcus Mummius sein?« fragte ich.

Er musterte mich skeptisch. Nachdem er seine Sprache wiedergefunden hatte, war er für eine Weile wieder ein Kind geworden, ständig fragend, immer neugierig, doch die Fähigkeit zu sprechen hatte ihn zu einem ganzen Menschen gemacht und sein Erwachsenwerden beschleunigt. Von den verblüffenden Schlußfolgerungen seines Vaters ließ er sich jedenfalls längst nicht mehr so leicht beeindrucken wie früher.

»Du hast seine Stimme in der Halle gehört«, sagte er vorwurfsvoll.

Ich lachte. »Nein, ich habe seine Stimme schon von draußen gehört. Zuerst wußte ich nicht, wo ich das lautstarke Organ unterbringen sollte, doch dann fiel es mir wieder ein. Führe ihn herein.«

Mummius war alleine gekommen, was mich bei seiner neuen wichtigen Position in der Stadt erstaunte. Ich stand auf, um ihn von Bürger zu Bürger zu begrüßen, und bot ihm einen

Stuhl an. Eco setzte sich zu uns, und ich schickte eines der Sklavenmädchen aus, mehr Wein zu bringen.

Er sah irgendwie anders aus. Einen Moment lang betrachtete ich ihn verwirrt. »Du hast dir deinen Bart abgenommen, Marcus Mummius.«

»Ja.« Er strich sich verlegen über sein nacktes Kinn. »Man hat mir erklärt, für einen Politiker sei ein Bart entweder zu konservativ oder zu radikal, ich weiß nicht mehr genau, was von beidem. Jedenfalls habe ich ihn mir während der Wahlkampagne im letzten Herbst abrasiert.«

»Steht dir gut. Nein, wirklich. Es betont dein markantes Kinn. Und die attraktive Narbe – von der Schlacht am Collinischen Tor?«

»Ha! Eine frische aus dem Kampf gegen die Spartacisten.«

Ich lachte. »Du hast dich gemacht, Marcus Mummius, und eine neue Karriere gestartet.«

Er zuckte die Schultern und sah sich in der Säulenhalle um. Es herrschte nicht das übliche Chaos, und so sollte es auch sein, mit all den neuen Sklaven, die ich auf Bethesdas hartnäckiges Betteln hin angeschafft hatte. »Du hast dich auch gemacht, Gordianus.«

»Auf meine Art schon. Aber zum Prätor Urbanus gewählt zu werden – was für eine Ehre! Wie fühlt man sich denn so nach der Hälfte seiner Amtszeit?«

Er unterdrückte ein dümmliches Grinsen. »Ganz gut, nehme ich an. Eigentlich ist es ziemlich langweilig, den ganzen Tag bei Gericht herumzusitzen. Im Stehen zu schlafen ist eine leichte Übung verglichen damit, einen langen heißen Nachmittag wach zu bleiben und zuzuhören, wie diese Advokaten zanken und sich langatmig über ermüdende Klagen auslassen. Jupiter sei Dank ist es nur für ein Jahr! Obwohl ich zugeben muß, daß die Organisation der Apollinischen Spiele im Sommer recht amüsant war. Warst du da?«

Ich schüttelte den Kopf. »Nein, aber ich habe gehört, daß der Circus Maximus überfüllt war und die Zuschauer ein unvergeßliches Spektakel gesehen haben.«

»Nun, solange der Gott Apollo zufrieden war.«

Die Sklavin kam mit dem Wein. Wir tranken schweigend.

»Dein Sohn ist zu einem jungen Mann herangewachsen.« Mummius lächelte Eco an.

»Ja, und er macht seinem Vater von Tag zu Tag mehr Freude. Aber sage mir, Marcus Mummius, bist du einfach nur vorbeigekommen, um einen Bekannten zu besuchen, den du seit zwei Jahren nicht gesehen hast, oder hat der Prätor Urbanus geschäftliche Angelegenheiten mit Gordianus dem Sucher zu besprechen?«

»Geschäftliche Angelegenheiten? Nein. Ich wollte dich eigentlich schon seit längerem aufsuchen, doch meine Pflichten nehmen mich sehr in Anspruch. Ich gehe nicht davon aus, daß du seit Baiae irgendwelchen Kontakt mit Crassus hattest?«

»Überhaupt keinen, außer daß ich im letzten Herbst überall seine Wahlgraffiti gesehen und ihn hin und wieder auf dem Forum reden gehört habe. Auch ich bin ein vielbeschäftigter Mann, Marcus Mummius, und meine Pflichten führen mich, wie es scheint, nur sehr selten mit dem großen Konsul der römischen Republik zusammen.«

Er nickte. »Crassus hat alles bekommen, was er wollte, nicht wahr? Nun ja, nicht wirklich alles und nicht genauso, wie er es sich gewünscht hat. Warst du bei der Ovation, die man ihm zu Ehren nach seinem Sieg über Spartacus abgehalten hat?«

Ich schüttelte den Kopf.

»Nicht? Auf dem großen Fest, das er diesen Monat zu Ehren Hercules gegeben hat, mußt du aber gewesen sein.«

Ich schüttelte wieder den Kopf.

»Wie konntest du das nur verpassen? Man hat in den Straßen zehntausend Tische aufgestellt, das Ganze dauerte drei Tage! Und ich muß es wissen, schließlich war ich für die Aufrechterhaltung der öffentlichen Ordnung zuständig. Aber du hast dir doch bestimmt die Dreimonats-Sonderration Getreide abgeholt, die Crassus an jeden Bürger hat verteilen lassen?«

Ich schüttelte den Kopf. »Würdest du mir glauben, wenn ich

dir sage, daß ich sorgfältig darauf geachtet habe, diese Zeit im Haus eines Freundes in Etrurien zu verbringen? Mir kam der Gedanke, daß Eco die Spaziergänge in den Hügeln genießen und das Angeln in den kleinen Flüssen dort ihm guttun würde, außerdem ist es in Rom im Hochsommer immer so heiß und überfüllt.«

Er schürzte die Lippen. »Meine Beziehungen zu Marcus Crassus sind auch nicht gerade warmherzig.«

»Ach?«

»Sie sind sogar ziemlich belastet. Ich nehme an, du hast von dem Sklavenkrieg, der Dezimierung und all dem gehört.«

»Nicht aus deiner Sicht, Marcus Mummius.«

Er seufzte und faltete die Hände. Er war ganz offensichtlich gekommen, um sich eine Last von der Seele zu reden. Wie ich schon sagte, habe ich etwas an mir, das andere dazu treibt, mir ihre Geheimnisse anzuvertrauen. Ich nahm einen kräftigen Schluck Wein und verrückte meinen Stuhl, so daß ich mich an eine Säule lehnen konnte.

»Das Ganze ereignete sich gleich zu Beginn des Feldzugs«, begann Mummius. »Crassus hatte aus eigenen Mitteln sechs Legionen aufgestellt. Die beiden Legionen des Senats, die bereits gegen Spartacus angetreten und geschlagen worden waren, unterstellte er meinem Kommando. Ich dachte, ich könnte sie wieder aufmöbeln, aber sie waren total demoralisiert, und mir blieb nicht viel Zeit.

Die Spartacisten rückten von Süden in Richtung des Golfs von Neapolis auf Picentia zu. Crassus befahl mir, ihre Truppenbewegungen zu beobachten und ihm Bericht zu erstatten. Es stimmt, er hatte mir ausdrücklich befohlen, mich nicht in Kampfhandlungen verwickeln zu lassen, nicht einmal in Plänkeleien, aber ein Heerführer im Feld muß seiner eigenen Einschätzung der Lage gehorchen. Eine Gruppe Spartacisten wurde in einem engen Tal von ihren Einheiten getrennt; kein vernünftiger Kommandant hätte es versäumt, sie anzugreifen. Mitten in der Schlacht verbreitete sich das Gerücht, daß Spartacus uns in einen Hinterhalt gelockt hatte und daß seine ganze Armee vorrücken würde. Es war eine unwahre Fama, aber Panik verbreitete sich in den Rängen. Meine Männer ergriffen die Flucht. Viele von ihnen wurden getötet, zahlreiche andere gefangengenommen und zu Tode gefoltert. Viele ließen aber auch einfach ihre Waffen fallen und türmten.

Crassus war außer sich. Er tadelte mich lautstark vor seinen anderen Truppenführern und beschloß, an meinen Männern ein Exempel zu statuieren.«

»Das habe ich gehört«, seufzte ich. Aber Mummius war entschlossen, die Geschichte noch einmal zu erzählen.

»Man nennt es ›Dezimierung‹ – die Hinrichtung jedes Zehnten. Es ist eine alte römische Tradition, obwohl niemand, den ich kenne, sich daran erinnern kann, daß sie zu seinen Lebzeiten je angewandt wurde. Aber Crassus ist ja stets bemüht, großartige alte Traditionen wiederzubeleben, wie du weißt. Er befahl mir, die ersten fünfhundert Soldaten zu benennen, die geflohen waren – keine leichte Aufgabe bei zwölftausend Mann. Diese fünfhundert unterteilte er in fünfzig Einheiten zu je zehn Männern. Die Männer mußten Lose ziehen. Jeweils einer von ihnen zog die schwarze Bohne. So wurden die fünfzig Männer ausgewählt, die sterben sollten.

Die einzelnen Einheiten stellten sich im Kreis auf. Jedes Opfer wurde nackt ausgezogen, mit den Händen auf den Rücken gefesselt und geknebelt. Die anderen neun Männer jeder Einheit wurden mit Knüppeln bewaffnet. Auf Crassus' Zeichen begann der Trommelschlag. Es war eine traurige Zeremonie ohne Ehre, Ruhm und jegliche Würde. Obwohl es Menschen gibt, die behaupten, Crassus hätte das Richtige getan –«

»Die gibt es bestimmt«, sagte ich, mich an das zustimmende Nicken und Brummen erinnernd, das ich gehört hatte, als die Geschichte auf den Märkten Roms erzählt worden war.

»Aber du wirst nur mit Mühe einen Soldaten finden, der diese Ansicht teilt. Die Disziplin mußte aufrechterhalten werden, sicher, aber so stirbt kein römischer Krieger, zu Tode geprügelt von seinen eigenen Kameraden!« Er biß sich auf die Lippe und schüttelte den Kopf. »Doch ich erzähle dir die Geschichte nicht, um über meiner eigenen Verbitterung zu brüten. Ich dachte, du verdienst es zu wissen, was aus Faustus Fabius geworden ist.«

»Was soll das heißen?«

»Hast du je von seinem weiteren Schicksal gehört?«

»Ich weiß, daß er nicht aus dem Krieg heimgekehrt ist, und habe auf dem Forum die Ohren nach Neuigkeiten über ihn aufgesperrt. Angeblich ist er im Kampf gegen die Spartacisten gefallen.«

Mummius schüttelte den Kopf. »Nein. Crassus hat es irgendwie arrangiert, daß Fabius unter den für die Dezimierung ausgelosten Soldaten war. Nackt, gefesselt und geknebelt ließ sich sein Rang oder sein Stand nicht feststellen. Als die Totschlägerei begann, zwang ich mich, zusammen mit Crassus und den anderen Truppenführern zuzusehen. Immerhin waren es meine Männer; ich konnte ihnen nicht den Rücken zuwenden. Unter den Opfern befand sich auch ein Mann, dem es gelungen war, seinen Knebel auszuspucken; er schrie die ganze Zeit, daß es ein Irrtum wäre. Niemand sonst schenkte ihm irgendwelche Beachtung, aber ich bin natürlich hinübergelaufen, um nachzusehen.

Einen Augenblick später, und ich hätte ihn nicht mehr erkannt, nicht nachdem der Knüppel sein Gesicht getroffen hatte. Doch ich sah ihn ganz deutlich. Es war Faustus Fabius. Der Ausdruck in seinen Augen! Er erblickte mich und rief meinen Namen. Sie schlugen ihn zu Boden, zertrümmerten seinen Schädel und prügelten ihn zu blutigem Brei. Man konnte kaum noch erkennen, daß dies einmal ein Mensch war. Was für eine grausame Art zu sterben!«

»Nicht grausamer als die Tode von Lucius Licinius und Dionysius; und bestimmt nicht grausamer als das Schicksal, das Crassus für die Sklaven vorgesehen hatte.«

»Trotzdem, als römischer Patrizier und Offizier einen derart schändlichen Tod zu sterben! Ich starrte Crassus entsetzt an. Er tat, als würde er es nicht bemerken, doch er hatte die Lippen zu einem Lächeln verzogen.«

»Ja, dieses Lächeln kenne ich. Hier, nimm noch einen Schluck Wein, Marcus Mummius. Deine Stimme ist ganz belegt.«

Er trank den Wein wie Wasser und wischte sich über die Lippen. »Der Krieg hat nicht lange gedauert. Sechs Monate, und alles war vorbei. Wir haben sie an der Südspitze Italiens wie Ratten in die Falle getrieben und vernichtet. Crassus hat die sechstausend Überlebenden entlang der Via Appia kreuzigen lassen.«

»Ich hörte davon.«

Mummius lächelte matt. »Fortuna hat Marcus Crassus zugenickt, vielleicht war es aber auch ein süffisantes Grinsen. Eine kleine Truppe Spartacisten entkam nämlich und schlug sich nach Norden durch, wo sie auf Pompejus' aus Spanien heimkehrende Armee trafen. Pompejus hat sie wie Ameisen mit der Ferse zerquetscht und dem Senat einen Brief geschrieben, indem er behauptete, daß Crassus zwar ordentliche Arbeit geleistet, letztlich jedoch er, Pompejus, dem Sklavenaufstand endgültig den Garaus bereitet habe!« Er lachte herzhaft, und seine Wangen bekamen wieder ein wenig Farbe.

»Aber Mummius, du hörst dich an, als hättest du die Lager gewechselt und wärst ein Anhänger Pompejus' geworden.«

»Ich bin jetzt niemandes Anhänger mehr. Ich bin ein Kriegsheld, wußtest du das nicht? Zumindest haben mir das meine Familie und Freunde erklärt, als ich nach Rom zurückkehrte. Sie haben mich auch überredet, für das Amt des Prätor Urbanus zu kandidieren. Eigentlich würde ich lieber in einem Zelt unter den Sternen leben und aus Holztöpfen essen.«

»Ganz sicher.«

»Pompejus und Crassus haben jedenfalls fürs erste Frieden miteinander geschlossen. Schließlich gibt es jedes Jahr zwei Konsuln, so daß jeder mal drankommt. Natürlich hat Pompejus für den Sieg über Sertorius in Spanien einen regulären Triumph bekommen, während Crassus für seinen Sieg über Spartacus nur eine Ovation erhielt; einen Sklaven zu schlagen ist eben nur bedingt ehrenvoll. Während Pompejus also mit

Trompetenschall in einem Streitwagen in die Stadt einfuhr, folgte Crassus nur bei Flötenklängen zu Pferde. Immerhin hat er den Senat überredet, eine Lorbeerkrone und nicht bloß einen Myrtenkranz tragen zu dürfen.«

»Und das große Fest, das er diesen Monat gegeben hat?«

»Zu Ehren des Hercules. Warum nicht, schließlich hat Pompejus zu gleichen Zeit einen Hercules-Tempel geweiht und Spiele zu seinen Ehren veranstaltet. Trotzdem kann sich Pompejus im Gegensatz zu Crassus nicht rühmen, ein Zehntel seines Vermögens für Hercules und das römische Volk geopfert zu haben. Heutzutage muß man schon ein sehr reicher Mann sein, um in der Politik erfolgreich zu sein!«

Ich sah ihn skeptisch an. »Irgendwie glaube ich immer noch nicht, daß du mich nach all der Zeit nur besuchen kommst, um über Politik zu tratschen oder mir vom Schicksal Faustus Fabius' zu berichten, Marcus Mummius.«

Verschmitzt erwiderte er meinen Blick. »Du hast recht, Gordianus. Dich kann man nie lange täuschen. Obwohl ich sagen muß, daß du einer der wenigen Männer in Rom bist, mit dem sich das Tratschen wirklich lohnen würde – ich habe das Gefühl, daß ich dir gegenüber offen sprechen kann. Nein, ich bringe noch andere Neuigkeiten, außerdem wollte ich dir ein Geschenk überreichen.«

»Ein Geschenk?«

In diesem Augenblick fiel mein Blick auf eine der Sklavinnen. »Wir bekommen noch mehr Besuch«, verkündete sie.

Mummius strahlte von Ohr zu Ohr.

»Ja?« sagte ich.

»Zwei Sklaven, Herr. Sie sagen, daß sie unserem Besucher gehören.«

»Dann führe sie herein!«

Einen Moment später tauchten zwei Personen in der Säulenhalle auf. Apollonius fiel mir als erster ins Auge. Er war strahlend schön wie eh und je. Hinter ihm kam eine kleine Gestalt in den Garten gerannt und war schon auf mir, bevor ich mich in meinem Stuhl erheben konnte. Meto schlang seine

Arme um meinen Hals, und zusammen fielen wir kopfüber nach hinten, so daß Eco laut lachen mußte.

Mummius stand auf und reichte mir seine Hand. Auch Apollonius trat leicht hinkend vor, und gemeinsam halfen sie mir wieder auf die Füße.

Meto stand grinsend daneben und scharrte auf einmal verlegen mit den Füßen. Seit unserer letzten Begegnung war er beträchtlich gewachsen, doch er war noch immer ein Junge.

»Ich verstehe nicht, Marcus Mummius. Crassus hat mir gesagt –«

»Ja, daß er die Sklaven bis ans Ende der Welt zerstreuen würde, unerreichbar für uns alle. Aber Marcus Crassus ist nicht unbedingt der schlaueste Mann Roms, mußt du wissen, nur der reichste. Mein Agent fand Apollonius in Alexandria. Der neue Besitzer war ein brutaler Mann, der nicht geneigt war, ihn aufzugeben. Nach dem Ende des Krieges und vor Beginn meiner Wahlkampagne bin ich im letzten Sommer dorthin gereist. Ich mußte Zuflucht zu römischer Überredungskunst nehmen, um den Mann umzustimmen: ein bißchen Silber, ein bißchen Eisen – wie beispielsweise ein halb gezogenes Schwert – und genau der richtige Tonfall, um einen fetten Ägypter das Fürchten zu lehren.

Apollonius war durch die Mißhandlung geschwächt und erkrankte auf der Reise nach Rom schwer. Den ganzen Herbst und Winter über war er krank, doch jetzt hat er sich wieder erholt.« Mummius kratzte über sein nacktes Kinn, und seine Augen leuchteten. »Er sagt auch, daß ich ohne Bart besser aussehe.«

»Und so ist es!« sagte Apollonius mit einem liebevollen Lächeln.

»Ich werde mich vermutlich auch noch irgendwann daran gewöhnen.«

»Weiß Crassus davon?« fragte ich.

»Von meinem Bart? Ha! Nein, du meinst, von Apollonius, nehme ich an. Vielleicht, vielleicht auch nicht. Ich sehe Crassus kaum noch, es sei denn, meine Pflicht erfordert es. Es ist bei normalem Lauf der Dinge unwahrscheinlich, daß er meine Haussklaven je treffen wird, und wenn, werde ich zu ihm sagen: ›Aber, Marcus Crassus, warum sollten Römer sonst im Kampf gegen Spartacus sterben, wenn nicht, um das Bürgerrecht zu verteidigen, die Sklaven zu besitzen, die man besitzen will?‹ Ich habe keine Angst vor Crassus. Ich glaube, er ist viel zu beschäftigt mit seinem Schlagabtausch mit Pompejus, um einem alten Groll gegen mich nachzuhängen.«

Er strich mit der Hand über Metos Haar. »Ihn zu finden, hat länger gedauert, obwohl er nur in Sizilien war. Eine ganze Reihe der Haussklaven sind dort gelandet, sie wurden im Paket verkauft. Der dumme Bauer, der sie gekauft hatte, hat ihn ungeachtet seiner Ausbildung auf den Feldern eingesetzt. Stimmt's, Meto?«

»Ich mußte in den Obstplantagen Vogelscheuche spielen, den ganzen Tag in der heißen Sonne stehen und die Vögel vertreiben, meine Hände in Lumpen gewickelt, damit ich keine Früchte von den Bäumen essen konnte.«

»Ist das die Möglichkeit«, sagte ich und schluckte heftig, um den Kloß in einem Hals loszuwerden. »Was ist mit Alexandros, dem Thraker?«

Mummius' Miene verdüsterte sich. »Crassus hat ihn in eine seiner Silberminen nach Spanien geschickt. In den Minen überleben die Sklaven normalerweise nicht lange, nicht einmal die jungen und kräftigen. Ich schickte einen Agenten, um ihn anonym zu kaufen, doch der Aufseher blieb stur. Crassus muß Wind davon bekommen haben; Alexandros wurde von den Minen auf eine Galeere versetzt – auf die *Furie*, um genau zu sein. Trotzdem hoffte ich noch immer, ihn retten zu können. Dann, vor ein paar Tagen – am selben Tag, an dem Meto in Rom angekommen ist –, erfuhr ich, daß die *Furie* von Piraten überfallen und vor der Küste versenkt worden ist. Ein paar der Seeleute konnten entkommen und haben davon berichtet.«

»Und Alexandros?«

»Die *Furie* wurde versenkt, als noch sämtliche Sklaven an ihre Ruder gekettet waren.«

Ich seufzte und knirschte mit den Zähnen. Ich warf den Kopf zurück, um meinen Becher zu leeren, und starrte auf die Sonnenblumen, die ihre Köpfe in der leichten Brise wiegten. »Ein noch grausamerer Tod als der von Faustus Fabius, finde ich! Wer weiß, vielleicht hätte er überlebt, wenn er sein Versteck in der Höhle nie verlassen hätte, um Faustus Fabius zu identifizieren. Doch dann wären Apollonius und Meto heute nicht mehr am Leben. Ein bemerkenswertes Volk, diese Thraker! Weiß Olympias davon?«

Er schüttelte den Kopf. »Ich hatte gehofft, sie mit der guten Nachricht zu überraschen. Jetzt glaube ich, daß ich es ihr nie sagen könnte.«

»Vielleicht sollten wir das trotzdem tun. Sonst könnte sie endlos vergeblich hoffen. Iaia ist weise genug, eine Art zu finden, es ihr beizubringen.«

»Vielleicht.«

Danach war es im Garten bis auf das Rascheln der Katze zwischen den Astern lange Zeit still. Schließlich lächelte Mummius.

»Weißt du, ich habe so lange mit einem Besuch gewartet, bis ich eine Überraschung für dich hatte. Meto ist mein Geschenk für dich. Du hast Crassus doch gesagt, du wolltest den Jungen kaufen, oder nicht? Es ist das mindeste, was ich tun kann, um dir für die Rettung von Apollonius und den anderen zu danken.«

»Aber ich wollte ihn nur kaufen, um ihn vor Crassus zu retten...«

»Dann nimm ihn jetzt bitte an, und sei es nur aus Trotz gegen Crassus! Du weißt, daß der Junge intelligent und ehrlich ist; er wird deinem Haushalt gut anstehen.«

Ich blickte auf Meto herab, der mich hoffnungsvoll anlächelte. Vor meinem inneren Auge sah ich ihn auf einer Obstplantage in Lumpen gehüllt, schwitzend und hungrig Krähen verscheuchend.

»Also gut«, sagte ich. »Ich nehme dein Geschenk an, Marcus Mummius. Vielen Dank.«

Mummius grinste breit, bevor ein merkwürdiger Ausdruck über sein Gesicht huschte und er sich eilends erhob. Ich drehte mich um und sah, daß Bethesda aus der Küche in die Säulenhalle getreten war.

Ich nahm ihre Hand. Mummius machte ein komisches, verlegenes Gesicht und trat nervös von einem Fuß auf den anderen, wie es Männer in Gegenwart hochschwangerer Frauen häufig tun.

»Meine Frau«, stellte ich sie ihm vor. »Gordiana Bethesda.«

Mummius nickte wie benommen. Der hinter ihm stehende Apollonius lächelte. Der kleine Meto betrachtete Bethesdas gewölbten Bauch mit offenem Mund, offensichtlich beeindruckt von seiner neuen Herrin.

»Ich kann nicht lange im Garten bleiben«, sagte Bethesda. »Ich wollte mich gerade ein wenig hinlegen, als ich glaubte, Stimmen in der Halle gehört zu haben. Du bist also Marcus Mummius. Gordianus hat viel von dir erzählt. Willkommen in unserem Haus.«

Mummius schluckte nur und nickte erneut. Bethesda lächelte und zog sich zurück. »Oh, Eco«, rief sie noch über ihre Schulter, »komm und hilf mir bitte kurz.«

Eco nickte unseren Gästen zu und folgte ihr.

Mummius wölbte eine Braue. »Aber ich dachte ...«

»Ja, Bethesda war meine Sklavin. Und jahrelang habe ich sorgfältig darauf geachtet, mit ihr nicht noch einen kleinen Sklaven zu machen. Ich wollte keine Kinder von meinem eigenen Fleisch und Blut haben, und ganz bestimmt keine Sklavenbälger.«

»Aber dein Sohn ...«

»Eco trat unerwartet in mein Leben. Und jeden Tag danke ich den Göttern, daß sie mir die Weisheit gaben, ihn zu adoptieren. Doch ich sah keinen Grund, neues Leben in diese Welt zu bringen.« Ich zuckte die Schultern. »Nach Baiae hat sich irgend etwas in mir gerührt. Bethesda ist jetzt eine Freigelassene und meine Frau.«

Mummius grinste. »Und ich verstehe jetzt auch, womit du

vor neun Monaten, also im Dezember, so beschäftigt warst, daß du dir Crassus' Ovation nicht anschauen konntest!«

Ich lachte und beugte mich zu ihm. »Weißt du was, Mummius, ich glaube, es ist tatsächlich in ebenjener Nacht passiert!«

Plötzlich tauchte am anderen Ende der Säulenhalle Eco auf, flankiert von den beiden Sklavenmädchen. In ihren Gesichtern stand eine Mischung aus Bestürzung, Verwirrung und Freude. Eco öffnete den Mund. Eine Weile schien es, als wäre er wieder verstummt. Doch dann sprudelten die Worte hervor. »Bethesda sagt, es ist soweit – sie sagt, es geht los!«

Mummius wurde blaß, während Apollonius nur entspannt lächelte. Meto wirbelte herum und klatschte in die Hände. Ich verdrehte meine Augen gen Himmel.

»Eine neue Krise«, flüsterte ich, auf einmal ängstlich und besorgt. Doch dann fügte ich unendlich begeistert hinzu: »Eine neue Geschichte nimmt ihren Anfang.«

NACHBEMERKUNG DES AUTORS

Obwohl er legendären Reichtum erwarb und gemeinsam mit Caesar und Pompejus das Erste Triumvirat bildete, gilt Marcus Licinius Crassus allgemein als einer der größten Verlierer der Weltgeschichte. Sein entscheidender Fehler war, 53 v. Chr. auf dem Höhepunkt seiner Macht und seines Ansehens, in einem unzulänglich geplanten Feldzug gegen die Parther ums Leben zu kommen. Seine Enthauptung macht selbst den reichsten Mann der Welt letztendlich irrelevant.

In englischer Sprache sind zwei Biographien über Crassus erschienen. Allen Mason Wards unschätzbares Werk *Marcus Crassus and the Late Roman Republic* (University of Missouri Press, 1977) besticht durch seine akribische Recherche und seine plausible Argumentation; F. E. Adcocks *Marcus Crassus, Millionaire* (W. Heffer & Sons, Ltd., Cambridge 1966) ist im Grunde ein langer geschliffener Essay. Ward zeigt sich manchmal übermäßig nachsichtig, so wenn er über Crassus' Maßnahme der Dezimierung der eigenen Soldaten schreibt: »Die Zeiten waren verzweifelt, und verzweifelte Maßnahmen notwendig... es wäre also ungerecht, Crassus' Verhalten als unmenschlich und bösartig zu bezeichnen.« Adcock hingegen macht es sich möglicherweise zu leicht, wenn er über den jungen Crassus schreibt: »Er trug sein Herz gewiß nicht auf der Zunge, und man kann bezweifeln, ob er überhaupt eines hatte.«

Die wichtigsten Quellen über den Spartacusaufstand sind Appians *Historia Romana* und Plutarchs Lebensbeschreibung des Crassus in seinen *Vitae parallelae*. Quellenmaterial über andere Sklavenaufstände und die römische Sklaverei im allgemeinen findet sich in Thomas Wiedemanns *Greek and Roman Slavery* (Routledge, London 1988).

Der umfassendste Führer durch die römische Malerei, aber

auch in Fragen von Kräutern und Giften ist Plinius *Naturalis historia,* der wir auch unser karges Wissen über Iaia und Olympias verdanken. Wer sich für die mythischen Gefilde der Sibylle von Cumae interessiert, mag Vergils *Äneis* konsultieren. Hinweise auf Speisen und Getränke finden sich in zahlreichen Quellen (die pythagoräische Bemerkung über Bohnen in Kapitel 7 stammt beispielsweise aus Ciceros *De Divinatione*), doch eine wahre Speisekammer voll Informationen bietet Apicius; abenteuerlustigen Köchen und Sessel-Gourmets empfehle ich den Band *The Roman Cookery of Apicius* (Hartley & Marks, Inc., 1984), aus dem Lateinischen übertragen von John Edwards und mit Rezepten für die moderne Küche ergänzt.

Zuweilen findet ein Forscher ein ihm bis dato unbekanntes Werk, das seine Fragen mit geradezu unheimlicher Präzision beantwortet. So erging es mir, als ich auf den Band *Romans on the Bay of Naples: A Social and Cultural History of the Villas und Their Owners from 150 B.C. to A.D. 400* (Harvard University Press, 1970) von John H. D'Arms stieß. Es war ein Buch, das ich schon lesen wollte, bevor ich von seiner Existenz wußte.

Für Details und Fragen der Nomenklatur habe ich fast täglich eine dicke, verstaubte 1300seitige Ausgabe von William Smiths unübertroffenem *Dictionary of Greek and Roman Antiquities* (James Walton, London; 2. Ausgabe, 1869) konsultiert, sowie in geringerem Umfang auch ein weiteres Nachschlagewerk aus dem neunzehnten Jahrhundert, *Everyday Life of the Greeks and Romans* von Guhl und Koner (Crescent Books, Nachdruck von 1989).

Man mag meine Adaption von Lucretius' »Nichts also geht der Tod uns an ...«* in der Bestattungsszene von Kapitel 16 für einen Anachronismus halten, da Lucretius' *De Rerum Natura* erst 55 v. Chr. erschienen ist. Mir jedoch gefällt die Vorstellung (und sie ist nicht völlig unplausibel), daß Lucretius bereits 72 v. Chr. als noch nicht Dreißigjähriger an frühen Entwürfen seines großen Lehrgedichts gearbeitet hat und daß einzelne Passagen unter den Philosophen, Poeten und Schauspielern zirkulierten, die rund um den Golf lebten.

Mein Dank gilt einer Reihe von Menschen, die ein unermüdliches persönliches Interesse an meiner Arbeit gezeigt und mich in meiner beruflichen Karriere stets unterstützt haben: meinem Lektor Michael Denneny und seinem Assistenten Keith Kahla; Terri Odom und dem Odom-Clan; John W. Rowberry und John Preston; meiner Schwester Gwyn, Bewahrerin der Disketten; und natürlich Rick Solomon.

Eine Bibliothek spielt in diesem Roman eine wichtige Rolle – die Bibliothek von Lucius Licinius ist der Schauplatz des Mordes. Im Hier und Jetzt sind es allerdings die Bibliotheken selbst, die gemeuchelt werden – etatmäßig zurückgestuft, geschlossen, demontiert und Buch für Buch, Dollar für Dollar in alle Winde zerstreut. Ohne Bibliotheken jedoch hätte ich meine Recherche kaum leisten können. Besonders wichtig war für mich die San Francisco Public Library, die durch das Erdbeben von 1989 schwer erschüttert, aber nicht geschlossen wurde; das Fernleihe-System, das es mir ermöglichte, Bücher aus Sammlungen im ganzen Land zu besorgen; die Perry Castaneda-Bibliothek auf dem Campus der University of Texas in Austin, wo ich in einer Art Informations-Ekstase ganze Tage zwischen den Regalen verbracht und Material sowohl für *Arms of Nemesis* als auch für den Nachfolgeband *Catalina's Riddle* gefunden habe; und last not least die Jennie Trent Dew Memorial Library in Goldthwaite, Texas, wo vor mehr als dreißig Jahren all meine historischen Forschungen in gewisser Weise ihren Anfang genommen haben.

GOLDMANN

Bestseller

Tom Clancy und Sidney Sheldon, Utta Danella
und Danielle Steel, Heinz G. Konsalik und
Marie Louise Fischer, Colleen McCullough und Gillian Bradshaw,
Charlotte Link und Irina Korschunow –
internationale Weltbestseller garantieren Spannung und
Unterhaltung auf höchstem Niveau.

Peter Forbath,
Der letzte Held   9605

Margaret George,
Heinrich VIII.   9746

Frank Baer,
Die Brücke von Alcántara   9697

Robert Shea,
Der Schamane   41519

Goldmann · Der Bestseller-Verlag

GOLDMANN

Bestseller

Tom Clancy und Sidney Sheldon, Utta Danella
und Danielle Steel, Heinz G. Konsalik und
Marie Louise Fischer, Colleen McCullough und Gillian Bradshaw,
Charlotte Link und Irina Korschunow –
internationale Weltbestseller garantieren Spannung und
Unterhaltung auf höchstem Niveau.

Tanja Kinkel, Die Löwin
von Aquitanien   41158

Susanne Scheibler,
Der weiße Gott   41514

Régine Colliot, Die
Geliebte des Sultans   41521

Gillian Bradshaw, Der
Leuchtturm von Alexandria 9873

Goldmann · Der Bestseller-Verlag

GOLDMANN

Bestseller

*Tom Clancy und Sidney Sheldon, Utta Danella
und Danielle Steel, Heinz G. Konsalik und
Marie Louise Fischer, Colleen McCullough und Gillian Bradshaw,
Charlotte Link und Irina Korschunow –
internationale Weltbestseller garantieren Spannung und
Unterhaltung auf höchstem Niveau.*

Daniel Evan Weiss,
La Cucaracha   9578

Remo Forlani,
Die Streunerin   9978

Akif Pirinçci,
Felidae   9298

William Wharton,
Frank, der Fuchs   9966

Goldmann · Der Bestseller-Verlag

GOLDMANN

Bestseller

*Tom Clancy und Sidney Sheldon, Utta Danella
und Danielle Steel, Heinz G. Konsalik und
Marie Louise Fischer, Colleen McCullough und Gillian Bradshaw,
Charlotte Link und Irina Korschunow –
internationale Weltbestseller garantieren Spannung und
Unterhaltung auf höchstem Niveau.*

Joseph Hayes, An einem
Tag wie jeder andere   41154

Marcel Montecino,
Kalt wie Gold   41224

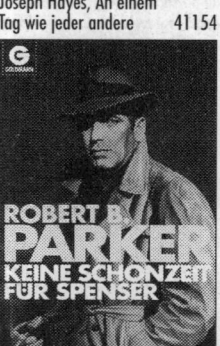

Robert Parker, Keine
Schonzeit für Spenser   41520

John Sandford,
Der indianische Schatten   41504

Goldmann · Der Bestseller-Verlag

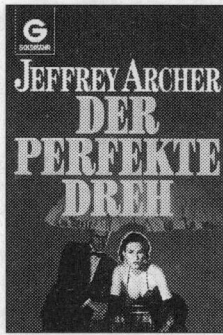